愴烈黃埔：將軍望
Flag of the General
鄭九蟬◎著

題記

在我們的十里長街，有個不成文的老規矩：大凡是出了人物的家庭與本地有名的標誌性建築門前，總要豎起一根旗桿，上懸一面旗子。若此家是個酒店，三角形的旗上書有一「酒」字；若此家出了個狀元，旗子上書個「文」字；若是出了個將軍，旗子上則書個「將」字。這面旗子，便被本地人稱之為「望」。

【名家薦言】

黃埔師生的愴烈命運

——《將軍望》與大時代

司馬中原

黃埔軍校，在中國近代史頁上，實占有不可磨滅的位置，當時，推翻滿清，重建民主中華，已成爲舉國一致的心願，正如巨浪狂濤，洶湧流盪，不可遏止。

在此革命大潮中，無數有志青年爭著湧向南方，投入黃埔軍校，使黃埔島成爲革命武力誕生的搖籃。

但當時國內外的情況極爲紛亂複雜，而且時刻變幻迷人耳目。歷代朝代更迭均有戰亂產生，然均只是群雄割據、逐鹿中原爭霸的內鬥；但至清末，日俄之戰、鴉片戰爭、黃海中日之戰、南方諒山中法之戰，以迄八國聯軍之戰，事實上，列強已蓄意瓜分，將利刃插入大中華的心臟，等著各擁利權、分食把肉了。英、德、葡、法，各懷鬼胎，尤其是日、俄兩鄰邦爲害更烈，民間所稱的「洋奴買辦」，最先只稱爲洋人洋行跑腿賺本國金錢、不吝出賣祖先的狗崽子，但後來發覺，「買辦」一詞不僅如此，軍事買辦、軍火買辦、政治買辦、教育買辦、路權買辦、通商買辦、航行買辦、關稅買辦、科技買辦，無所不包的利權買辦，深深滲透入黨政軍各界，更兼及社會各行業之中。列強皆抱著「混水摸魚」的心理，最不願見到大一統的中國，孫中山先生的崇高理想，在無情的現實怒海中，是最爲艱難的「逆水行舟」。

黃埔軍校出身的各期校友，在入校時算不得是高級知識分子，但他們渴求現代知識且刻苦自學，經不斷上達而成爲文武兼資、德術俱備之名將者頗不乏人。雖然軍人事業在戰場，還談不上能涵納多面的軍國大計；但黃埔師生確有澄清天下之志。當時，盤據北洋的軍閥，奪權爭攘不息，割地自雄者有之，爲入主中樞而挾洋自重者有之，爭奪局部利權而興兵惡鬥者有之，加上洋人、國賊從中挑弄，政客的路線紛歧，自一九二二年中山先生辭世後，黃埔軍校的校史，就註定了「愴烈」的命運！

黃埔人寫黃埔的文章，爲數頗多，以意識型態爲先的小我之見，不能入史，多數以自傳形式呈現的書籍，誇功諉過也不足一觀，但《愴烈黃埔：將軍望》這部傳記性很濃的小說，卻是使我一讀再讀、深受感動的傑作。書中的關光明、林興軍、林少白、陳叔桐，都真是熱血男兒，他們義結金蘭、情逾磐石、宅心仁厚、篤實務本的精神，生死一方，可懸爲後世的榜樣。而寫這部書的作者，正是託名關光明將軍的幼子，寫得真誠無隱、舉筆千鈞，不愧其爲關聖帝的後裔也。

我相信，經歷將近一世紀的變幻滄桑，分離世界各地的黃埔校友，會產生更多動人心魄的故事，展望未來，同根相煎的愴烈，也應該就此結束了。以垂暮之年，老將們以淚眼望殘陽，望的什麼呢？該是中華興盛、永世和平罷。

生活於太平之世，從不知兵的後繼生靈，也該從這部書中，得到些新的感懷了。

二〇〇八年三月十日

所有人都想像著這一定是一個爆發出強烈感情的場面。然而，一切卻平靜得就像兩位熟人散步時的偶遇，兩位老人如睡夢未醒地看著對方，良久，只是「呵呵」了一聲，兩隻蒼老多皺的手便緊緊地握在一起了。

人生好比是中草藥裏的配伍，有些藥只能為佐，為吏，用來敗火作引；而有些藥卻能做君，做主，一鳥入林，百鳥壓音。而這些即將有大成就的人物，那秉性、那天賦，早在他未發跡時便顯露了出來。

尤其出乎父親他們意料的是，蔣校長背地裏還派他的副官雷達均到該團來

Contents

當參謀，秘密監督他們兩個。雷達均從受命那天起，天天從頭至尾跟著，雙目牢牢鎖定父親他們的一舉一動。而被監視目標一切如常，只是埋頭苦幹，絕不問路。打從總司令從雷達均嘴裏接到這道密奏之後，他才正式認定，他的眼光沒有錯，這兩人是打著燈籠找不著的好漢。

當時敵人愈打愈多，蝗蟲樣地撲了過來，其中有個不怕死的兵，我一槍打中他的額頭，可他還繼續往前奔，一直撲到我的壕溝前，才一頭栽倒在地上。那黏稠稠的血一直流到我鼻子尖，我這才感到可怕。我想，我殺人了，我今天終於殺了人。當時，那股血腥的味道直衝腦門，我只想吐。但這種感覺只持續了幾秒鐘，就馬上過去了。

風光占盡，父親成了全村人的中心。是有眼的，那眼都往父親身上瞧；是有嘴的，那出口的好話都往父親身上說。他們把父親說成桃源村關家一脈的第一等人物，是桃源村關家唯一的驕傲，是桃源村關家人日後幸福的源泉與福蔭。

Contents

網，身子一閃，伸出手來把她攔住了。

第八章 在印緬屠場／199

他伸出手，想把這小孩牽下來。萬萬沒想到，這個年齡五六歲模樣的小男孩拉開了一枚手榴彈的導火線，「轟隆」一聲巨響，一大一小兩個身軀被高高地拋起，最後有如一團浮雲慢慢地墜在地上，剎那間四分五裂。

第九章 我徂東山／207

他喪氣了，退入城內。城裏也是愁雲慘霧，一片沮喪的景象，傷員們亂七八糟地歪在大街小巷上，慘叫，呻吟，咒罵。更讓他感到絕望的是，原先經他一手調教過的忠勇將士已經變得毫無鬥志，只要有一聲槍響，便神經質地大喊：「共軍打進來了，共軍打進來了！」

下部／217

第十章 還鄉與還願／219

他只知道遵循祖制「武將不惜命，文臣不愛財」。大將之才，當視錢財如

糞土。現在，過去他所信的那些理論教條早被血淋淋的現實生活擊得粉碎。父親確實是後悔了，早知道會是這樣的一個結局，莫不如趁著戰亂撈一把，也不至於目前家徒四壁、倉皇四顧。

第十一章　橫峰橋的母親　／227

世上什麼最難料？人心最難料。什麼最寒？人情世故最寒。樹倒猢猻散，凡過去與母親家有聯繫的人，一個個都在這節骨眼上倒戈了。正因如此，黃百里更加囂張了，他開始多方面向母親進攻了。在外公「頭七」的當天，黃百里帶著十幾個人威風凜凜來到母親家裏，站在門外高叫：「姓米的，我要娶妳！」

第十二章　海山島之戰　／257

父親那一天動了感情。若干年後，他對我說：他與四個朋友結成生死之交，可他從來沒有為與他們分別而流過淚，獨有這位共產黨的將軍，又是他在戰場上的死對頭，卻與他有著兄弟般難分難捨的情感。是命運在作祟，還是英雄惜英雄？他總結道：「他在真正意義上打敗了我。」

Contents

第十三章 劫與亂／274

兩個女人不知是怎麼搞的，居然互相揪起褲帶來，只聽得「啦」一聲響，兩人的褲帶同時扯斷了。褲子一掉，兩個從不見陽光的圓滾滾的大白屁股裸露了出來。剎那間，底下一片譁然。

第十四章 入獄／291

還不等父親完全清醒過來，十幾名公安部隊的官兵衝了出來，父親本能地想躲進公司後門內，但兩名公安人員已經將他扭住，他被押送到了一個軍人面前。這個人就是石長青，一位山東籍的大個子軍人。

第十五章 四妗婆／310

他們把箱子裏的畫一張張打開來看，七八個箱子被翻遍了，還是一無所獲。林星雨發狠了，說出了一句在場人誰也想不到的話：「前幾天我還看見她手上戴著那只戒指，怎麼說丟就丟了？八成是這女人藏在她的月經帶裏了。」林星雨咬牙切齒。

第十六章 艱難世事／329

大母親用怨毒的目光逼視著女兒：「也不看看妳自己，成了破爛貨了，妳還想挑人？妳不想想，妳挑別人，別人還挑妳呢！我只怕妳一旦顯了懷，想嫁也嫁不出去了。妳想想，哪個年輕後生，不吃頭道菜卻要吃妳這二道貨？」

第十七章 旗望寂滅／361

造反派們打他罵他，逼著他喊「關天珍是破鞋，我翁成立是流氓」，他就是不喊。醫院裏一個造反派罵：「你這個美國特務張狂什麼？看我的拳頭硬還是你的嘴巴硬！」

第十八章 瘋娘啊，我娘／374

有人說，關光明過去作惡太多了，所以後代遭報應了。有的人發揮想像力，把我描繪成一個叛國分子：「寫一首歌就能成反革命？說死我也不相信。他是逃到蘇聯去當克格勃被抓回來了，他犯的可是叛國大罪，跟林禿子一樣壞！」

Contents

楔子

早晨一上班，我接到了一份中央對台辦公室的電傳，通知地方黨委和政府隆重接待一位台灣來的原國民黨高級將領，電傳裏說，林更新先生係著名愛國將領。老人現年已九十有五了。他的老家是在寧溪山裏的烏岩鄉，希望落葉歸根，不知他的家人是否健在？希望你們相關部門爲他做好查找工作，並且妥善安置他的晚年生活。台州地區國民黨軍人多如牛毛，僅將官一級軍人就有七十多人。林老先生的老家烏岩鄉原住民，早在「大躍進」全民修建長潭水庫的時候四下遷走了，尋找其親友工作難度很大。

還沒有等我們把他家裏人找到，林老先生似乎有一點等不及了，坐著飛機就提前趕來了。當我匆匆從縣裏趕回時，他已經被地區台辦的工作人員從機場接來了，下榻在方遠國際大酒店。我到他的房間去拜望。

這是一個非常和藹的老頭子，滿臉紅光，胖乎乎得像個彌勒佛。他伸出來的那一雙手佈滿了皺紋，軟和和得猶如一團棉花。他坐在寬大的沙發裏。我站起來給他遞名片的時候，老人家客套著也想站起來，畢竟年事過高，欠了好大的腰，這才把身子支了起來。他站起來走動的時候步履踉蹌。陪著他來到這裏的，是他在《中國時報》當記者的女兒，名字叫林文莎白。

宴請林老先生的時候，我帶著歉疚的心情告訴他，尋訪親友的工作難度非常大。林老先生寬宏大量地說：「唉，他們可能也死於戰亂了，也可能改名換姓了。找不著，也就不用找了。」

宴會畢，我把林老先生送回房間，對他說：「您老累了，好好休息一下，我這就告辭了。」

就在這個時候，他上前一步，拉著我的手：「關書記，你是否能留一步？」

我留下來了，這一留，謎團就此解開了。

林老先生說，自己來到大陸的最大心願是要尋找三個故友。

「您老說說看，要找的那三個人是誰啊？」

「第一個人，是李少白。」

台辦主任說：「李少白在一九四九年就病故了。」

「他家人呢？」

「只知道他死後不久，他妻子也死了。只剩有一個女兒。」

「他這個女兒叫什麼名字？」

「她是在二十年前去了新疆，名字……好像叫李希娟。」

「我想找到他的這個女兒。」

「好的，好的。第二個要找的人呢？」

「此人名叫陳叔桐——他不會也不在了吧？」

台辦主任遺憾地說：「他也死了。」

「哪一年死的？」

「他是土改那年死的。」

「他是爲什麼死的？」

「那時候，執行政策中出現了過火行爲，他受不了當地百姓的鬥爭，自殺了。」

林老先生聲音發澀地「喔」了一聲，頭埋了下去，囁嚅道：「可惜，可惜，他是個秉性剛強之人吶——他家還有沒有人了？」

台辦主任說：「只聽說他們家有兩個兒子，在外面做生意，據說生意不錯，但一直也沒有回家鄉。」

林老先生問到這裏時，我的整個身子緊繃了起來，我有一種強烈的預感，他打聽的第三個人一定是我的父親！我屏聲息氣地等待著他問下一個人。

等了好長的時間，他這才又開口。此時，我發現他的整個臉在微微顫抖。

「林先生，那您打聽的第三個人是誰？」

林老先生卻沒立即回答我的問題，自顧自喃喃地說：「前兩個都死了，都死了。人生真是無常吶。如果這個人要是也不在了，我這次回大陸來也沒多大意思了！」

「林老先生，反正您在這兒住，又不是一天兩天的事，我們會全力幫著您找的。由於您這一次來得急，我們這裏有關資料也不全，一下子接不上頭，對不起您了。」

「沒關係，我知道你們已經盡力了。我要找的第三個人，是我一生當中最好的一個朋友，也是一名抗日名將。」林老先生擺擺手說。

「他是我們這裏人嗎？」我的心都快跳出嗓子眼了。

終於，他軟軟的上下嘴唇一碰，說出一個令我渾身出汗的人名。

「是，他本是桃源村人，名叫關光明，字啓星，原是國軍的一〇九軍中將軍長。後來，他在東北戰場上與粟定鈞打了一仗，敗了，他就投共……不，投誠了。」

我腦中「轟」的一聲，立即知道這老人是誰了——天哪！他就是林興軍，我的岳父！他哪裡想到，站在他面前接待他的市委書記就是他的親女婿！那位台辦主任正想開口說些什麼，我一擺手沒讓他說。

我竭力壓抑著激動的心情，問：「林老先生，您與關光明是什麼關係？」

「我與他是從小一塊兒長大的。當時，我們共有四個人，一個是關光明，一個是李少白，一個是陳桐，一個就是我，我們四個曾在李家四結義。後來。我們去了廣州，一起考上了黃埔軍校。我與他一起當上了蔣委員長的侍衛。他是上校主任，我是中校副主任。後來，他成爲七十一師師長，又策應著我去捕殺王正南——」

「林老先生，您仔細看一看，我長得像誰？」

他開始上下端詳我，不一會兒，兩隻眼漸漸地明亮起來了，聲音也顫抖起來：

「你，難道你……」

「我是關光明的小兒子關天和。」

他很吃驚：「你、你這樣出身的人，在大陸是要被打入另冊的，怎麼也當上了市委書記？」

我對他說，過去的那一頁已徹底地翻過去了。

「天和賢侄，你父親他還活著嗎？」

「他還活著。」

「現在他在哪兒？」

「就在我家裏。」

「我要去見見他，馬上就走，這就走……」老人激動得手舞足蹈，如同返老還童。

「林先生，我再斗膽問您一句，您老人家原名是不是林興軍？」

「可不是嗎？我就是林興軍。那時，從台灣軍界退下來之後，我就做了生意，我以爲我那幾個兄弟全都不在了，還留著我這個人的名字做什麼？我就把自己名字改了。」

「老人家，讓我來告訴您吧，您在大陸原有兩個妻子，一個名叫任荷花，是個童養媳，無子；後來，您在武漢又有了一個妻子，名叫馮正蕊。在她懷孕一個月的時候，您打發她回老家來生孩子，後來您退到台灣去了，也就把她扔在大陸了。」

林興軍瞪著我：「賢侄啊，這些事你怎麼知道得這麼清楚？」

「您就上我家去吧。只要您到了我家，一切都會明白了。」

在十里長街，父親端了一條小凳，獨自坐在街沿上，默默地坐著曬太陽，看著行人們亂紛紛地在他前面走過。母親在屋內瘋瘋癲癲地搖晃著，嘴裏不住念叨著什麼。我把林興軍引來的時候，父親的目光是定定的，沒有轉過來看來客。我用一種儘量平靜的聲音告訴父親來者的名字，父親像被電擊了一般豎起了身子，迎向了來客。

林文莎白打開了照相機鏡頭，要把兩位老朋友時隔半世紀後重逢的場面拍下來，所有人都想像著這一定是一個爆發出強烈感情的場面。然而，一切卻平靜得就像兩位熟人散步時的偶遇，兩位老人如睡夢未醒地看著對方，良久，只是「呵呵」了一聲，兩隻蒼老多皺的手便緊緊地握在一起了。

妻子把兩位老人引到小客廳裏，兩個老人面對面地坐了下來。由於長期的牢獄生涯，父親的耳朵原本就有一些聾，這些年越來越重聽了。兩個老人似乎在用打電報的形式對話，他們時而用含混不清的方言數黃道白，只能隱約聽到「李少白」「陳叔桐」的音節；時而像草原上搞皮貨交易的販子討價還價那樣互相拉著手，扳著手指頭，嘴裏發出似笑非哭的拖音。終於，兩個老人從近似於孩童的狀態走出來了，他們的對話讓人聽著不再那麼吃力了。

父親問林興軍赴台後的情況。林興軍啞著嗓子說，到台灣後，他內心十分苦痛。天各一方，他自覺再也回不到老家與妻子女兒身邊了，就又成了個新家，又生了一男一女，兒子名叫林肖生，現在在美國工作；女兒名叫林肖楚，在《中國時報》當記者，她自己又起了一個名字叫林文莎白。她顯然是一個沒有經過滄桑的幸福女人，看上去比實際年齡小得多。她向父親深深地鞠了一躬。

這時候，父親彷彿一下子回轉到了過去的年月，精神抖擻了起來，突然大著嗓門對林興軍吼了一聲：

「林興軍，你相不相信命？」

「我相信。」

「你知不知道李少白在臨死前的那個囑託？」

「我不知道。」

「他在臨死前對我說，要我的小兒子關天和長大成人之後，務必娶他的女兒李希娟做妻子。我是一口答應了的。」

「這麼說，賢侄關天和娶的是李少白的女兒嘍？」

「非也，非也，不是冤家不聚頭。」

父親突然聲調高亢地喊我妻子：「肖英，肖英，妳過來。」

一下子來了那麼多客人，肖英忙得個昏頭昏腦，正在廚房間做桂圓湯，一聽父親那麼大嗓門喊她，一時間不知發生了什麼事，一臉茫然地走了出來。

「爸爸，什麼事？」

「妳媽媽在哪兒？」

「您說的是哪一個媽？」肖英小心地問了一聲，帶著惶惑的笑意。

「是妳的親媽，不是妳婆婆。」

「噢，她在房間裏聽收音機呢。」

「妳把她請出來，我要讓你們見一個人。」

肖英把我岳母馮正蕊攙了出來了，岳母不知發生了什麼事，茫然地站在那裏。

林興軍仔細打量著她，臉上的表情不斷變化，兩頰不斷抽搐，嘴角顫動，似乎想說什麼可又說不出來。他哀叫了一聲，緊緊地摟著我岳母，像個孩子般地號哭起來：

「我的老妻啊，我總算是活著見到妳了……」

眼盲的岳母也知道面前的這老人是誰了，她全身都顫抖了起來，伸出手來，上上下下地不斷摸著他的老臉，不住地哆嗦。兩位老人哭成了一團。林文莎白一時也目瞪口呆，當反應機敏的她跑過來喊了肖英一聲「姐姐」的時候，肖英淚水嘩嘩地淌了下來。

接下來是團圓家宴，我們到四星級飯店裏訂了兩桌的菜，並通知了其他幾位健在的老友來參加。團圓宴上，兩位老人看著當年的故舊們，不住地念叨那些戰場上的往事。林興軍說：「一將功成萬骨枯，著實有理呀。我現在一見到紅的心裏就怕。」

父親喝了點黃酒，喃喃道：「慘極了，緬甸、關東……唉，慘吶！」

上部

彈箏峽東有胡塵，天子擇日拜將軍。
蓬萊殿前賜六纛，還領禁兵為部曲。
當朝受詔不辭家，夜向咸陽原上宿。
戰車彭彭旌旗動，三十六軍齊上隴。
隴頭戰勝夜亦行，分兵處處收舊城。
胡兒殺盡陰磧暮，擾擾唯有牛羊聲。
邊人親戚曾戰沒，今逐官軍收舊骨。
磧西行見萬里空，幕府獨奏將軍功。

——唐・張籍《將軍行》

第一章　桃源關家

我獨自一人，站在我家特設的祭堂裏，望著那一張張高高掛在那裏的先人遺像，把目光盯在父親那張大照片上。

儘管父親去世多年，但他的容顏至今無法在我心頭消失。有時，我覺得他是一棵長滿苔蘚的老樹，立在高山之巔；有時，我覺得他是一片地火，無形無影地燃燒；有時，我覺得他是一條永不消退的紫色傷疤，至今令我心頭有著難言的痛。

我彷彿看見，父親站在我面前，親暱地喚我「小兒」；彷彿看見他正在大操場上，虎氣十足地教子孫學拳；又彷彿看見他指揮著千軍萬馬殺氣騰騰地鏖戰疆場；最後，在盈著淚水的視線裏，我彷彿看見他與我母親相親相愛地挽著手，在佈滿綠蔭的小徑上徜徉。

我就這樣一遍又一遍地研究、思考著父親。有時，我覺得父親是位頂天立地的大英雄；有時，我又覺得他是個在命運前垂首的懦夫；有時，我覺得他是窮兇極惡的魔鬼；有時，我又覺得他是威儀如天神般的聖者；父親究竟是個什麼樣的人，更多的時候，我根本說不上來。

我老家在台州西部山區一個名叫桃源的小村子裏，這裏空氣純淨，山高水長，風景極美。

風景雖好，可是青山綠水又不能當飯吃。我一直不明白，關家的老祖先怎麼會選中這樣的深山冷嶴作爲安家之地，繁衍子孫。對於身無分文的窮苦人來說，想在此地生存，有如是石板道栽蔥——所有的農田，都如屋簷高掛在山腰上；遍地全是巨石，亂滾滾的一片有如大鵝蛋；稻米之類的東西別想種起來，能種的只能是那些生存力極強的雜糧。

就拿父親來說吧，從他搬遷到此地的那一天起，便一直住在臨溪搭建的那間小屋裏——此屋是純粹用山裏的白茅草蓋起來的——吃的是山裏飯，做的是山裏活。

說到山裏的活，除了種蕃薯、燒炭、挖藥材、砍苦竹、放排打獵外，山頭人的日腳，基本上沒什麼別的想頭，經濟收入更不用提。

我的籍貫在河南沁陽，細究家世，我們老關家還是三國時期關雲長關公的傳人，是有名望的家族。為什麼要背井離鄉來到南方？回到老家，我曾多次翻閱傳下來的家譜和相關資料，但線索甚少。怎麼看怎麼像山裏開春時的連片迷霧，彌天蓋地，令人不知該走向何方。既然上代人什麼也沒有說，我也不想刨根問底了。中國人自古便有十分厚重的戀土情結，也有著刻骨銘心的戀舊思想，既然他們做出如此大動作——離鄉背井，越過萬水千山來到台州，總有他們的道理。

我爺爺姓關名東昌，字永濟。當過清朝的武弁，打過仗。我們全家兄弟姐妹五人中，只有我大哥見過他。那時，我大哥只有五六歲，爺爺長得究竟什麼樣，他也記不清。我只聽別人對我說，爺爺活著的時候吃得特別淡，每次燒菜，鹽多一點都不敢放。有一次，我大母親給爺爺端上一盆菜，爺爺伸筷子夾了一口，頭一歪就嫌起來：「鹹了，鹹了，實在太鹹了！」大母親一聽，心裏很委屈：「我就放上這麼一點鹽，你就說鹹了，這菜還怎麼做？」情急之下，給他重炒一盆菜，一點鹽星兒也不給放。她把菜再次端到我爺爺面前，重重在他面前一放說：「這一回你吃一吃，還鹹不鹹了？」爺爺夾了一口送進嘴裏：「唔，唔，這一下正好，正好。」對於爺爺的這種習慣，我一直懷疑是不是我們老家長期缺鹽造成的。

我奶奶在父親三歲的時候就死了，怎麼死的，村裏有兩種說法。一說是我爺爺他們剛來的時候，窮得連雙布鞋也穿不起，一年到頭光著腳丫走路。有一天大清早，我奶奶去餵豬，想不到那豬欄前盤有一條五步蛇，一腳給踩上去了。那蛇自然生氣了：我又沒招妳惹妳的，妳踩我做什麼？牠張開大嘴惡狠狠地回敬了我奶奶一口。這可是要了命的回敬，奶奶來不及叫出聲來，頭一歪，就倒在地上了。待到我爺爺從山裏回來，怎麼看也不見人，最後找到了豬欄裏，一看，可憐的奶奶，她早已身體僵硬得像一根燒焦了的大木頭了。

二是說我奶奶是上山砍毛竹的時候死的。那時，她正在山底下捆柴，山頂正放毛竹，其中有一根毛竹突然偏離了它原先的軌道，向我奶奶直衝過來，「嗤」的一聲響，從奶奶肚子那兒活活地穿過，奶奶就這麼一聲不吭地死了——她到底怎麼死的，村子裏的人都說不清，於是，我也就更加搞不清了。

我們家那個時候窮得鍋灶打在腿肚子上，仰轉只有一根金條，撲轉只有一口豬窠。因爲沒錢買布，父親從生下來的那天起一直光屁股，一直光到八歲。直到他那兩腿中間那根種管漸漸地長大起來，若是再沒有那麼點東西遮住它，就太不像話了，爺爺這才知道他唯一的兒子長大了，將就不得了，要擋一擋下體了。於是，他便把身上那件破爛的上衣脫下來，央了村裏的女人，連夜挑燈改了一改，做一條褲子給他穿上。

從一歲起到八歲止，父親不曾穿過真正的鞋，頂多穿雙六耳麻鞋。那時候，他的腳底鋪滿厚厚的黃繭，冷不丁一看，嘿，分明是腳下墊了一塊馬掌。到了九歲，父親的肩膀有點硬了，能與村子裏的大人們一樣，挑著擔子長途跋涉去黃岩賣炭了，我姑婆這才東扯西拼地給父親做了一雙千層底的鞋，父親這才擁有了有生以來第一雙真正的鞋。儘管那鞋是給父親的，但我爺爺對這雙鞋的使用有著十分明確的限制：只有到城裏做生意的時候才能穿。所以，父親每一次進城，腳上穿的總是那雙六耳麻鞋；一直快走到城邊了，這才找了渾濁的河塘，把草鞋脫下來掛在扁擔上，洗一洗腳，再把那雙布鞋好好穿上。

儘管家裏如此貧困，但爺爺始終相信關家人終有出人頭地、重現祖先威儀的一天，所以他給父親起名叫光明，字啓星，就是希望父親有朝一日能如啓明星一般明亮，光宗耀祖。

山裏的樹葉，黃了又綠了，綠了又黃了；農田裏的花兒，開了又謝了，謝了又開了。春夏秋冬，歲月就這麼輪迴交替著，父親一天天地長大了。

山裏的草木一長大，它就要開花結果；山裏的人，最好是永遠別長大。一長大，他的心就變得浮躁而焦灼了。

父親長大了，他的心自然漸漸變得不安分了。他不甘心在這窮山溝裏當一世的山民。

父親也不是臆想妄想之徒，他知道，無論是讀書也罷，做生意也罷，他根本沒本錢在這陰陽兩界上闖出條血路來。在那時，父親咬著一口菜筋，一心一意盼著成爲一名統率千軍萬馬的將軍。

父親把當將軍作爲他的終生奮鬥目標，自有原因。

一百年前，我們家的老祖宗剛剛來到此地時，有個風水先生就曾經對我祖上說過，你們要安家，就安在桃源村這地方。山者人也，人者山也。別看這地方山嶺崎嶇、物質貧乏，但三世後，必定出個將軍級的大人物。當時，關家人全都相信了。於是，他們便下令叫關家氏族南遷的所有人全在此處安營紮寨。

關家是個非常特殊的大家族。出了聖人關雲長，這既是我們家族的一種驕傲，也是我們家族的一種悲劇。從關公被封爲武帝並供後人瞻仰的那天起，老祖宗就發下話來，無有祖宗之精神者，不可爲後。於是乎，一代傳一代，一世傳一世，莫不是要求關姓男兒文武雙全。這一祖訓從家裏分支的第一人起，八岔開基，傳到爺爺輩，業已到了第九十七代，大大小小爲官者三百五十八人，立功者八百八十五人，可還不曾出過一位能與祖上相媲美的人物。

爲了光宗耀祖，爲了延續關家的命脈，關家什麼都可以缺，唯有幾樣不可缺：一是要有家廟。這家廟裏必須供有關公的塑像（**像不像那是另一回事兒**），並且統稱之爲關帝爺（**一個在世時大不了是正部長級的官員，卻能被後人稱之為「帝」的，史上能有幾個？**）。二是要有關家的私塾。哪怕是你窮得沒有夜飯米了，可是你的孩子年齡一到，必須送到那裏去讀書。誰要不送自己的子弟讀書，那好，對付你的辦法有的是。或是家法領教——那家法是用成根的毛竹腦頭做成，一頭可用手拿，一頭劈成絲，極像一把刷子，打起人來十分厲害——輕的，三下過去便連連苦饒，重的，四下落地便能叫你皮開肉綻；或是要你家出半年糧。族裏還特意出資從寧溪請了一位前清的秀才做老師。

學武更是關家的族風。在正對著村口的地方，族人修了個很大很大的大校場。這大校場有兩個用處：農忙時節，可以用來曬稻米，曬蕃薯乾，曬藥材，曬黃豆，曬毛竹米；農閒時節，關家滿九歲的男孩子們，都得上這裏來練拳，練槍，練棒，舉石鎖。村子裏的人特爲此開了一個公眾大會，實行公推公選，選出一位德高望重、功夫到家的壯年人，由他挑頭，把全村的男孩子們全召到這兒來，從每天的上午八點到十一點，或是列隊呼天搶地地叫喊一氣，或是學習各種各樣的武器格鬥。學好武功至少有兩點好處：平日裏可以防身，動亂時可以爲國效力。男孩子從八歲起就要幹上兩件事：一是上學讀半天書（**下午要上山做活**），二是一大早勒緊褲帶去校場吼一通。

作爲關家的後人，父親自然也不能例外，十幾年的時間就這麼眨眨眼下來了。

儘管父親吃的是野菜與蕃薯，喝的是山溪水，但他還是如溪灘上的那棵溪蘿樹一樣瘋長起來。也許是關家的遺傳基因起了作用，父親長得與一般的山裏人大不一樣。這一帶的山裏人，十個人裏有九個長得比較矮小（**有不少人說，山裏人的這種矮小是扁擔壓的**）。但父親是個例外，他個頭很高，足有一米八多；身體特別健壯，有如山裏的一隻豹子；兩隻腿肚子圓滾滾的，一條條全是肌肉；渾身上下特別有力，直到六十歲那一年，他還能在山上健步如飛。

有一年，一大幫子本家兄弟來我家玩。當時，在我家院子裏放有一台供銷社用來秤苦竹的磅秤，八個年輕的小夥子一見這裏現放著能鬥角力的玩意兒，手便發癢，當時便賭起力道來了。他們把三百六十斤的秤砣子放在鉤子上，人蹲上去，用手掰住底盤拉，看誰能把它拉起來。八個小夥子，一個接一個地輪過去，把小臉漲得通紅，硬是拉不起來。這時，父親一晃一晃回家了。他一看，八個小夥子拉不起那三百多斤的砣子，便站在一邊抱著兩手，哂笑道：「完了，完了，耗子下豆鼠——一代不如一代了。人種退化了，關家的人種退化了。」

八個小夥子一聽父親那話，很不服氣，有人說：「太公（**從我們關家的輩分來排，這些小夥子得管父親叫太公**），難道你能拉起來？」

父親的一顆童心瞬間便躍動起來了。

「我拉得起來怎麼說，拉不起來怎麼說？」

「太公，你若是能拉起來，我們給你買一罈子酒。」

父親笑了一笑：「來哉，孫子們。現在就讓你們好好看看，老太公怎麼把這三百多斤秤砣子拉起來！」

大家都以爲父親只不過是說著玩的。當時他可是六十多歲的人了，有道是好漢不提當年勇，這可不是鬧著玩兒的。但他的表現大出眾人意料，他不動聲色地走將上去，蹲下，兩隻老手把住磅秤沿，一聲大喝：「起！」那三百多斤的大秤砣子居然高高翹起來了。嚇得那些後輩兒孫們臉色全變了，愣了幾秒鐘，便嚷了起來：「天哪，老太公，神人！你真是個神人！」嚷罷趕緊掏出錢來，跑到供銷社，給父親抱來一罈子糯米老酒。

父親的確有一身好武功。我老家的二層樓房，過去根本沒扶梯（**現在的這個扶梯，還是一直到了我大哥二哥出生後，大母親老說「麻煩，麻煩」，在她連續不斷的嘟噥之下，父親這才勉強叫個木匠把它架起來**），家裏好些不常用的或是特別貴重的東西，全都放在樓頂上。平日裏，我大母親要上樓取什麼東西，沒法子，只得乾瞪眼瞅著，等父親回來。父親回來後，只要他伸出兩手，在橫出來的樓板上一搭，一矬身，「噌」的一聲響，一眨眼，人就飛到樓上去了。

他上樓的架式，我沒見過，待我出生時，樓梯早已安好了，這些事我都是聽別人說的。但有一件事卻是我親眼所見。那是在我十一歲那年，老家正月半開聯歡晚會。我老家是道地的山裏農村，千年不見戲上棚，萬年不見鑼鼓響。一般來說，村日長閒，根本沒什麼文藝活動。那年縣裏搞什麼文化下農村，從城裏開進來一個規模不大不小的劇團。他們從進村的那會兒起，便聲明要給關家好生演上一齣戲。消息一傳開，村裏的氣氛就像大過年一樣，太陽還沒落，半大的孩子們早就搬出凳子在戲臺子面前等著了。

那天夜裏，我去了，父親也去了。戲還沒開場，一幫小後生在台下喊：「太公，來一個！太公，來一個！」非要父親上臺給他們表演一下武術不可。父親開始說什麼也不願上，說：「年老屁股鬆，幹啥啥不中。你看看我都多大年歲了？一大把子了，顯不了力了。」但他架不住村裏族人們的起鬨，只聽一片叫喊：「老太公，耍一個！老太公，耍一個！」父親沒法子，只得說：「好吧，好吧，我就來一回。只是我年齡大了，能不能做成，再說了。」父親一縱身，跳上臺。

當天晚上，他當著全村那麼多人面，顯了三樣本事：一是他把我們家祖上傳下來的那把青龍偃月刀（**據家裏人說，這把刀是關帝爺耍過的，但我不信**）耍了個花團錦簇，耍完後，心不跳，氣不喘。接著，他用兩根手指頭支在地上，整個人倒著立起來，慢慢地，慢慢地，居然能把自己的兩條腿筆直地挺將起來。再後來，他搬上臺八塊磚頭，平整地放在凳子上。人走上前去，一運氣，把手舉起，然後猛地往下一劈，只聽得「喀嚓」一聲響，凳上摞著的磚頭頓時四分五裂。要知道，我父親四十七歲與我母親成的親，四十八歲有的我，那時我都十一了，父親已經是五十九歲的人了，花甲子早就在那兒等了，居然還能有這個力道！

除了武功之外，父親還寫得一手好毛筆字。小時候，他一邊教我學毛筆字，一邊對我說：「字是頭碗菜。一個人出去之後，是好是壞，第一印象就看你手裏的字。字好了，別人對你的第一印象就好；字寫不好了，別人對你的第一印象就不好。往往第一印象不好了，往後一步步走過，人家對你也好不了了。做人，一半是爲自己活著，另一半還必須爲別人活著。爲自己活著，你生活坦蕩；爲別人活著，你臉上風光。你若是想要有一手好字，不咬下菜筋，倉頡老爺子不給你。所以，夏練三伏，冬練三九，不吃苦中苦，你就難做人上人。」

我小時候，也曾暗中拿父親的毛筆字與母親的相較。我母親那字娟秀有餘，但總體格局遠沒有父親的曠達，也遠沒有父親那字寫得圓潤、有官閣氣。母親的字最大的特點就是飄逸，彷彿是一朵彩雲，在天空上飄來飄去。

從台州有名的軍閥王正南衣錦還鄉那天起，父親就定下一個奮鬥目標，效法王正南，做個名副其實的將軍。爲了實現這一目標，他可真是下了苦心與苦力。從十幾歲起，幾乎每天東方剛露白，他便從床上爬起來，先把自己的褲帶勒緊，然後大步走到村口長方形的大操場上打拳。我們這裏有南拳，有北腿，父親打的是關家傳下來特有的黑虎拳與關家拳——又是叫，又是吼，又是跺腳，直打得出一身臭汗，一直到了太陽順著山崗露臉，這才告一段落。九點鐘後，他匆匆扒了一兩口飯，馬上拿起書與筆，走進私塾，一是讀四書五經，二是練毛筆字。

爲了能學一些吃飯的本事，父親幾乎到了發瘋的地步。他不知聽誰說，要想自己多力，必須用沙袋綁了自己的腿，天天往裡加小沙子，一直加到滿爲止。於是他做了兩個很大很大的沙袋，綁在自己的兩條腿上，連晚上睡覺的時候都不拿下來，一直綁到他那兩條腿都發腫了。因買不起紙筆，爲了使自己字能寫得更好，他便折一支柳樹條子削尖當筆，把溪灘裏的白沙抹平當紙，只要有一點時間，便伏在那兒又寫又畫。寒冬臘月，西北風呼呼叫，凍得人手與腳都麻木了，他也從不停止。

就這麼一直學，一直幹，到他十七歲那年，機會來臨了。

當年，清帝退位，浙江大亂。

那時，我們這一帶，誰手中有槍誰就是草頭王，一會兒是姓張的當家，一會兒是姓段的當家，一會兒是姓蔡的當家，一會兒又是姓袁的當家。就台州這塊天生的獨立小王國，也呈現出一片亂局。一夜間，三個中心城市有一百多個民團呼拉拉地成立起來了；一夜間，有七十三張這樣那樣的小報滿天飛了。女人們變了，變得越來越野了——有的剪了自己的長頭髮，有的放開了自己的小腳，有的乾脆穿起了露著大白腿的小旗袍，在街裏毫無顧忌地走來走去。男人們呢，也變了，變得天不怕地不怕了，他們再也不願趕小海（**編者按：在沿海撈捕漁獲**）、種蕃薯了，他們要趁亂走出大山討自己的出路了。一夜間，不知有多少渴望著成功、渴望著做人上人的人，拋下了他們手中的種山趕海的傢伙，揹著小小的包裹，三五成群，你追我趕，翻過了麻狸嶺那一條十里多長的長崗，走向了繁華的大都市，與這洪水般的潮流融合在一起了。

一個地方的人自有一個地方人的性格，我們台州也是一樣。平原地帶的人與山地地帶人的性格不一樣，海邊一帶的人又與山地一帶的人天性不一樣。父親的性格中就有著山地人獨有的天性，無論在何時何地都顯得格外的與眾不同，既有大山的那種堅毅，又有著山溪水的那種清亮、急峻與簡潔。

山裏人的生存環境實在太困難了。

山裏人的心，有如聳立著的高山，遠大而雄峻。

我曾經精心地查閱過台州地方誌，過去的一千五百年間，台州前前後後發生過三十六次農民起義；為了能給自己尋出一條路來，台州的民眾就曾出現三次走出山門的大漂流。第一次是在元末明初，路橋第八次農民起義。為首的是一位食鹽走私販子，名叫方國珍，因為他的一位好友被稅務官所殺，他一怒之下扯旗造反，一日一夜間，台州全地聚有一萬多人，三日三夜間，便有生死不怕的三萬多人跟著他打仗。

他們一路衝鋒陷陣，好不威風，轟轟烈烈一路凱歌高奏打到杭州。雖然起義最後失敗了，但在這次漂流中，前後有十三萬人離開了台州，做了別地居民，其中一千多人做了當時朝廷的達官顯貴。

第二次大漂流是北洋軍閥統治時期，又有幾十萬人揹著包裹，翻過高高的麻狸嶺，走向全國。這幾十萬人中，雖然有十幾萬人不明不白地死在他鄉異地，有一萬人連屍體都無法找到，但留下來的精英卻成為了本地人引以為豪的豐碑。從文的，有全國有名的作家十一名，兩院院士十五名；從商的，光上海灘這十里洋場中，便崛起一百三十一位大資本家；從軍的，出過七十六條黃皮帶（**黃皮帶是將官的標誌**）；從政的，省部級的官員就有一百零八人。

第三次大漂流，是在改革開放時期，台州又差不多有二十萬大軍走向全國，走向世界。就拿現在來說吧，光國內資產上億的企業就有三千三百多家……

當時父親實在是太恨這地方了，他再也不想在這山溝裏繼續待下去了，父親覺得自己該徹底走出去，爲自己的未來做另一番打算。

那年的臘月，天氣冷得實在讓人受不了，既咬腳又咬手，茅草屋上，寶塔形的黃冰柱一根接一根地掛下來。天氣太冷了，窮人太遭罪了。別的姑且不論，就連那薄薄的棉衣也穿不上。父親沒有法子，只好躲在自己的小茅屋子裏向火——就是在自己家的屋正中，挖個坑，圍上石頭，架上柴頭燒，上面再架只大銅壺，銅壺裏裝滿水，放上一大把山上產的茶葉，一家老小手裏拿口碗，全圍著火坑坐。

那火頭熊熊地燃燒著，火光把每張臉映成古銅色，壺裏的熱氣「咕嘟咕嘟」地冒著。若是家裏有存糧，一家子人就這麼坐著烤烤火，喝喝茶，倒是十分有鄉趣野意；可在那吃了上頓沒有下頓的日子裏，這是一種苦熬！父親那時盼的是天氣稍微好一些，能讓他出去打些獵物來充饑。

就在這時，父親聽到門外有一陣急促的腳步響——家門口積著雪，那厚重的鞋底落在雪上，「喀嚓喀嚓」的聲音聽起來十分響亮。不一會，疏朗的柴門動了，「吱啦」一聲響過，門開啓了，閃進來三個人。

這三個人全是父親的好朋友。爲首的名叫林興軍，字登基，烏岩人。他是我們家的遠房親戚，從輩分上論，他與父親表兄表弟相稱。因爲烏岩那村子實在又小又窮，再加上本村人心不齊，辦不起私塾，他的父母憑著與我們家那點打斷骨頭連著筋的關係，便把他送到我們關家的私塾來讀書了。林興軍與父親是同桌，又是表親，年齡也相仿（父親比林興軍小一歲），兩人自然成了好朋友。

第二位是陳叔桐，字仲文，下洋人。與父親從家族論，也算得上是個表親。他比父親大兩歲。也因爲下洋村窮，人少，沒學堂，他家裏有兩畝山地（如果按照五十年代評階級成分的標準，他們家應當屬於富裕中農階層），供得起，好說歹說，也送他上這兒來讀書了，想今後能在社會上討個出身。他本不會打拳，看我父親拳術好，一套跟著一套的，心中十分羨慕，於是只要下了課有一點空閒，他便纏死纏活地要跟父親學拳術。父親也毫不保留地教，三教兩教的，陳叔桐與父親也漸漸成爲好朋友了。

第三個人叫李少白，字天亮。這個人與父親的關係更加不一般了。他是黃岩城裏的一位大富戶的公子，家裏祖祖輩輩都是有名的商賈，專賣南北貨，黃岩城裏十字街坊那一帶所有的店面，差不多全是他們家的。

關於這李少白，得多說兩句，老話說得好，物以類聚，人以群分。按說，父親與李少白是兩種完全不同類型的人，何以能成爲朋友？這也和我爺爺有關係。

李家是我爺爺在黃岩城裏的一位用炭的大客戶。我爺爺是寧溪山裏十分有名的燒炭工，他燒的白炭十分講究。一是用料精，不是冬至日砍下來的青崗木，爺爺絕不用；二是必須在夏至日前後，木頭正式晾上一年而乾才能進窯；三是更主要的，爲了保證質量，爺爺發明了一種水悶法，即在木炭燒熟開窯前，用山中的清水潑。

這種操作方法燒的炭好是好，但沒一點膽魄的人根本不敢做——萬一分寸掌握不好，劈哩啪啦炸將起來，弄不好是要出人命的。正是因爲爺爺採用了這些程序，白炭燒成後，質地非常好。那炭遍身黑得油光發亮，不夾半點雜質，扔在地上哐哐作響，在暖閣裏燒起來不冒一點煙，而且留下來的灰全是清白色的。

但爺爺的這種操作法也有著嚴重的缺陷，那就是產量少得出奇。偏偏爺爺個性倔強，寧可產量少一點，也決不圖多賺一點錢而倒自己的牌子。這麼一來，黃岩城裏的十家大戶便願意出好價、出高價，買下爺爺所燒的全部白炭。爺爺的炭燒好後，父親便光著個腳桿，挑到黃岩這十家大客戶的家裏。

有一天，父親挑著一擔白炭來到李家。正趕上李家叫了個江西佬給李少白看相，看一看他們家唯一的兒子能不能成爲讓李家光宗耀祖的人物。

那江西佬正看著呢，父親挑著白炭走進來了。他那兩隻眼只是瞟了父親一下，頓時便變成一枚釘子死盯在父親身上了。父親走到哪裡，他的目光移到哪裡，父親挑著炭進了後堂了，他那目光還不肯收回來。

李少白的父親李可久見此情形，心中大奇。

「你怎麼盯著這個後生不放？」

「此人是你家長工？」

「不，他是個賣炭的。」

「哪地方人？」

「寧溪桃源村的。」

「姓什麼？」

「姓關。」

「是不是從河南沁陽搬過來的關家？」

「……怕是的吧。」

「此人倒是個能出人頭地之人。」

「何以見得？」

「人各有相，是好是壞，相中自有蘊涵。」

「那你給我說說看，此人能有多大前程？」

「從正面看，出身很苦，一生災難不斷；從後背看，將軍級的人物；從地格上看，此人命中壽元九十有七；從鼻下翼看，此人最後必將死在女兒手裏；從眼相看，此人若干年後定能威震八方；從唇宮與人中上看，最後一個兒子還能大貴。」

「那你看我的兒子呢？」

「貴公子我看了。恕我直言，人家是樹，貴公子是藤，他若是能攀上此人，定有出息。」

「他只不過是賣炭的，要錢沒有錢，要人沒有人，哪能得貴？」

「話可不能這麼說。人不可貌相，海水不可斗量。劉邦想當初只不過小小一亭長，後來還當上了皇帝呢。他祖上關雲長只是販棗之夫，後成五虎上將，豈可以出身論？」

就這一句話，把這兩個少年所有關係全都改變了。

三天後，李可久拿著二十塊大洋，親自翻山越嶺來到桃源村，找到我爺爺，說關光明這孩子相當不錯，有仁又有義，想叫李少白與他結成兄弟，爲的是在這兵荒馬亂之年兩個人將來互相有個幫襯，二十塊大洋是見面禮。

李可久這樣抬舉著實令人吃驚，他們家可是黃岩赫赫有名的大戶，我們家在那時算什麼？只不過小小一介草民，何以能得到大戶人家的看重？李可久熱情洋溢的親近，我們家想拒絕都拒絕不了，讓爺爺和父親頗爲不安。

有道是好心不可卻，爺爺與父親只好半推半就地同意了。也就從這天起，這李少白隔三岔五便往我家跑，有時候高興了，在我們家一住就是小半年。那時我們家是個什麼境況？與他們家相比，簡直天壤之別，他能在我們家住下來，豈不是天大的面子？且李家還常常拿出錢來幫襯關家，自然而然，他也與父親的兩個表兄弟——陳叔桐、林興軍好上了。這一好，全擰上勁兒了，四人慢慢地變成不可分割的整體了，三天不見面心裏就不踏實。

真正對這四人關係起關鍵作用的，還是這一年的端午節。

我們老家過端午的鄉風很盛，一直以來便有「小過年」之稱。那天，李少白又翻山越嶺地走了一整天，在太陽剛落山時才來到我家裏。他來的目的只有一個，請父親與兩個表兄一起去他們家過端午。那年月的端午節過得鬧旺著呢，家家門口掛菖蒲劍，人人喝雄黃酒，女孩子的衣襟上掛著五彩繽紛的八角香袋，嫋嫋地從人前走過，便有一股悠悠的香氣直撲鼻子，叫人忍不住地回過頭去瞧她半晌。

除此外，還有兩個景致。一是上山採些柏樹枝來燒，燒得每一家都煙霧騰騰，清香撲鼻；二是舉行大規模的划龍船比賽（可惜，現在我們家鄉的南官河水全都污染了，想看這種熱鬧的景象也看不到了）。

那時，我父親整十七，陳叔桐、林興軍他們一個十九、一個十八，都是風華正茂的愣頭青，天生又特別好熱鬧；況且，那時並非農忙季節，閒著也是閒著，四個人一碰頭，你瞅了一眼我，我瞅了一眼你。

「去不去？」

「去，去！不去白不去。」

「好，去就去。」

第二天的一大早，天還不曾亮，他們就踏著山中的露水，起程到黃岩去看龍船了。

當天晚上，吃完飯，四個後生閒著沒事便去逛街，逛著逛著，李少白說：

「我爹有一個好朋友，是個看相人，名叫鄭天啓。聽說他是前朝大學士鄭國維的後人，因宮廷之變，有一支流落在此處，以卜算爲業，掙幾個錢來養家糊口。我聽我爹說過，他看相本事非常大，看人一生的好壞也非常準，常常有些官場中人花重金來叫他看相問前途。我們是不是去他那兒，叫他給我們好好看看？」

陳叔桐說：「看相？這玩意兒能準嗎？」

李少白說：「怎麼不準？石墩的王正南到黃岩賣柴，路過他店門口，一時口燥，向他討杯茶吃，就是他叫他拉桿子當兵，說他有當將軍的命。後來怎麼樣？王正南果然一路發達，你看，他現在不就當上浙軍總司令了？」

林興軍說：「要錢不要錢？」

李少白說：「當然要錢。要不，他吃什麼？」

父親說：「我沒錢，要看你們去看，我不去。」

李少白說：「要去一塊兒去。我與你們都是朋友，花錢的事兒，還用得著你說嗎？我付就是了。」

陳叔桐說：「去去，都去。莫囉嗦。」

就這樣，他們一拐彎，走向了鄭天啓的家。

那時，鄭天啓家就在五洞橋，是兩間臨近河邊的木房子，四周都種有葡萄與天露瓜，青色的牆壁上爬滿雷公藤。正門口的門臉上掛有一塊很大的牌子，上書「鄭天啓寓」四個大字（後來，人們在這裏修起一座富麗堂皇的「天啟宮」，每日香火不斷）。

李少白首先走上去，敲了三下門。門「吱呀」一聲開了，鄭天啓一見堵在門外的是四個後生，很客氣地迎了出來。

「哪陣風，把你們四位大後生刮到我這裏來了？」

「東南風，東南風！」

「找我有事？」

「有事。我們早聞老先生的大名，今天四人來，想請先生仔細給我們看看相。」

「好說，進來罷。」

四個後生各自在凳子上坐下來。鄭天啓睨著他的兩隻老眼，一個個地瞧過去，把父親、林興軍、陳叔桐三人從頭瞧到腳，從粗看到細，從外瞅及內。

鄭天啓當時便一拍桌子，開口道：「好，好，今天我可是碰著大貴人了。」隨後又張羅著沏茶擺點心，一邊張羅一邊說：「我看了這麼多年的相，從沒遇到三人如此齊整。」

照鄭天啓那時的說法，這前來的三人，全是當今世上將星閃耀的人物。他鄭重其事地對父親他們說：

「你們好好地互相提攜著吧，黃岩有了你們這幾人，歷史可要好好重寫了。」

李少白眼睛一亮：「我帶來的這三人都能當將軍？」

「對，都能當將軍。」

李少白當下就要給錢。鄭天啓一擺手，說什麼也不要，他說：「等到你們富貴天下響的時候，再給我也不遲。」李少白怎麼搪，他也不收。沒法子，他們只有千恩萬謝地告辭了。

雖然鄭先生的話讓人心裏一震，父親他們卻有些不信。朝中無人莫做官，這是天大的老理。雖說現在是天下大亂，勝者爲王敗者賊，好事也不可能全落在他們三個山頭末佬身上哪。像他們這種山裏的普通草芥，怎麼能有這個機遇從密匝匝的樹蔭中透出縫來？可仔細回想一下鄭天啓說話時的認真樣子，又不像誆哄他們。回來之後，那種自命不凡的感覺像一顆種子悄悄地在他們心裏紮根了，只要有那麼一天風調雨順，它們便會順理成章地破土而出了。

後來，這四人在李少白父親李可久的安排下，結拜爲兄弟。

這位李可久，別看他是個生意人，用現在的話說，還應當算是個知識分子。若干年前，他一心想博取功名，也曾飽讀詩書，只不過命運不濟，連考三回也沒考上。後來，科舉那一套順應天時作廢了，時不我屬，他一度死了心，於是隨著大流從了商。而他對那些將相王侯的種種故事無不是爛熟於心。

此人特別相信看相算命那一套，從他讀私塾那天起，除了一本正經地讀四書五經外，流傳在野的《麻衣相法》《冰鑑》等雜七雜八的東西，他同樣讀了不少。他自己也說不清是爲什麼，那個根深蒂固的想法總是他心裏左右著他。他認爲，天下事，皆在天定；天下物，皆在數。正因如此，所以有定數一說。比如，他認爲一個人是否有出息，都在命定之內。這就好比是山裏那些在同一塊土地上生出來的樹木，有些樹注定只能當木柴燒，你怎樣栽培它，它也長不好；有些樹，命中注定是造屋造橋的大材，你無論把它放入怎樣殘酷的環境裏，它總能筆筆直直地出人頭地。他認爲人生好比是中草藥裏的配伍，有些藥只能爲佐，爲吏，用來敗火作引；而有些藥卻能做君，做主，一鳥入林，百鳥壓音。而這些即將有大成就的人物，那秉性、那天賦，早在他未發跡時便顯露了出來。只不過絕大多數人全是肉眼凡胎，沒有穿越時間隧道看到未來的功力罷了。

李少白回來之後，一臉喜色。李可久一見兒子笑吟吟的樣子，便問：「有什麼事，把你高興成這個樣子？」

李少白立刻把鄭天啓看相的話全都告訴了父親。

李可久忙問：「他們三個全看了？」

「看了。」

「那他沒說你的相？」

「沒說。」

「你怎麼不叫他好好看一看哪？」

「……我只顧替他們高興了，沒想那麼多。」

「那好，我去問一下。」

鄭天啓家離李家並不遠，橫穿過三條街就到了。那時，黃岩所有三十六條街全是用溪灘裏的鵝卵石鋪成的，滑塌塌的不好走。李可久走得又急，等他來到鄭天啓家，已是上氣不接下氣。正趕上鄭天啓坐在堂屋中吃飯，一見李可久來了，馬上站起來。

「嗨，多時不見你光臨寒舍。」

「佝背人說拔直話，我找你有點事。」

「你說，你說。」

「我聽我兒子說，你把他帶回來的三個朋友全看相了？」

「是呀。」

「聽說，這三個山頭小子個個都是當將軍的料？」

「對呀。只要他們不作惡，早晚會有此前程。」

「那我這個兒子到你家這麼多次，你為什麼一句沒說？」

「老兄，我之所以不說，因為我不想說假話。現在呢，我可以對你說了：你兒子有這三個朋友，錯不了。」

「這是為何？你說我聽聽。」

「你兒子出生那一年，你就拿了他的生辰八字叫我算。我當時就有點不明白，你到底積了什麼德了，為什麼生個兒子下來有命無相？現在，我明白了，原來是你這個兒子在兄弟位裏有這三位天乙貴人夾著他呢——今天這不就讓我全看著了？」

「那你給我出個主意，我當怎麼辦？」

「好辦。交友要交窮朋友，莫交富朋友。學一學《三國演義》的劉關張，給他們來個桃園四結義吧。」

李可久是明白人，哪有不依之理？回家後，把他們四人叫到面前來，說：「在家靠父母，出外靠朋友。你們四個人，感情那麼好，有如親兄弟。依我看哪，你們四個莫不如學一下劉關張，在我們家後院結成義兄弟吧。」

「好啊，這有什麼不可以的？」

就當時來論，這對三人來說全是巴不得的好事。在那個時候，他們手中有什麼？光著個屁股做人。有了這麼個有錢的朋友托著，襯著，聯著，多少會得到一點好處啊。

當日下午申時，李家專門殺了一口豬，燒了八碗，插了明香，在後花園排上一張大八仙桌。四個人跪倒在地，歃血爲盟，向天立誓，結成生死之交，無論到什麼時候，永不背棄，還學著古人的樣子，發下「不求同日生，但願同日死」的宏願。也就從這天起，一種無法說得清的情感力量，便把他們四人緊緊地絞在一起，將他們一生中所有的生生死死、恩恩怨怨，全都鎖定在同一條命運鏈上了。

李少白、林興軍等人雪天上門找我父親，是爲一件大事而來的。

那天，李可久不知因什麼事，到縣政府去。到了大門口，他偶然間抬起頭來，看到門口的大屏風上貼著一張榜文。榜文上說，廣州成立了黃埔軍校，第二期招生正式開始。冥冥之中，他似乎聽到有個聲音在召喚：快走，快走，機不可失，時不再來。隨著這個聲音在耳邊迴蕩，他的腦海中立即浮現出一個想法：眼下全國正是動亂時期，有道是「亂世出英雄」，是不是上天給我下指令，叫這四兄弟出去建功立業？我這個人平素從來不到縣衙門來，今天怎麼就鬼使神差般地來到這裏了呢？到了之後，怎麼第一眼便看見大門口上貼著這個榜文了呢？無意時，一切都是無意；有意時，一切都是上天的安排。這不是天意又是什麼？這念頭一閃，閃得他靈魂出竅了，原本想辦的事兒也不辦了。他看一下上面標著的日期，立刻折回家，把李少白找了來。

「少白，你立刻去一趟寧溪桃源村。」

「做什麼？」

「既然人家算定你們四兄弟都是將星閃耀的命，如今天下大亂，孫中山辦了一所黃埔軍校，校長是蔣中正，此公又是浙江奉化人。親不親，家鄉人，拔刀上陣，靠的父子兵。你們何不趁現在走出去，投靠蔣校長，將來說不定能討個好出身。」

李少白一聽，忙問：「爹的意思，是叫我與他們一起去廣州投軍校？」

「對呀。你想想，這不是千載難逢的好機會嗎？你們四個人若是不出去，螺螄殼裏何以能做出好道場來？」

第二天一大早，李少白冒雪出發了。他頭戴箬帽，身披蓑衣，一腳高一腳低，整整走了一天，累得個上下喘做一團，一直到黑了天，這才把另外兩個弟兄叫齊，一塊兒來到桃源村。

父親把他們讓進破茅屋，叫他們在床上坐。三個屁股一坐下去，父親的竹床發出尖銳的叫聲。

父親說：「這麼冷的天，你們怎麼跑到我這裏來了？」

李少白問：「你想不想出人頭地？」

「人摸高頭水摸低。我是人哪，何以不想？」

「機會來了，孫中山在廣州辦了個黃埔軍校，正招人呢。去，還是不去？」

父親身子一震：「真的？」

林興軍說：「那還有假？我們家有不少親戚都跑去考軍校了。」

李少白說：「廣州離我們這裏太遠了，一要坐船，二要坐車，連走十幾天都不一定能到。若是不趕緊走，怕報名要結束了。」

父親說：「我有什麼？關了門餓不死小板凳，一個人吃飽了全家餓不著。你們定，什麼時候動身？」

「機不可失，時不再來，要走，馬上走。」

父親點頭說：「好。馬上走。」

那時，我們家那座小草屋子裏只住著兩個人，一個是我爺爺，一個是父親。爺爺當時年齡五十有三，身子骨還硬朗著呢，就是父親走了，也不要緊，況且，還有光德、光興、光成三位叔叔在身邊轉著，萬一爺爺有什麼難處，他們都會上門幫襯。我們家那時根本沒什麼財產，前穿後亮，四壁如野，上天下地，左風右雨，空蕩蕩的一間草房子，有什麼可以留戀的呢？說走，捲巴捲巴隨身的衣服便可以走了。

父親去徵詢爺爺的意見，爺爺說：「去，可以。我給你三年時間，三年內你若死了，我一字不提，認命；若是你活下來了，你必須回來一趟，把婚給我結了。我老了，家中沒個像樣的女人照顧，受不了。」

這對於父親來說，不是件難事。男大當婚，合情合理。父親說：「好。若是我三年後還活著，我娶個女人在家伺候你。」

兩天後，他們一行四人，順著古老水道，踩著河沿邊的一塊塊青石板出發了。

第二章　黃埔的光榮

父親他們走了整整十八天，從寧溪走到黃岩，從黃岩往東行，走到樂清；樂清有港口，港口有去福建的船，上了船，一路顛簸到福州；再從福州購了火車票，這才來到廣州。

現在回過頭來細細一想，父親他們那時的運氣實在太好了。他們來到了學堂大門口時，正趕上黃埔軍校這期報名要收尾，定睛細看門上貼著的布告，大吃一驚：天哪，哪是第二期？根本是第三期！黃岩縣衙門門口貼著的那張告示寫錯了，好在那布告底下報名的日期沒寫錯。

負責報名的是位頭剪短髮、一身打扮十分時興的女子，衝他們嫣然一笑，漩下兩個很是好看的小酒窩，說：「你們實在太走運了，再過一個時辰，我可要收攤了。好吧，你們把自己的簡單情況填一填吧。」

於是，四個人全伏在桌子上，拿起筆，把那張表上所有要塡的全部塡上了。

名是報了，但還不能馬上入學，要考試，只有考上了，學校錄取了，才能算是正式學生。考的內容呢，有文化體能共八個科目，時間一共三天。這三天，他們必須和關家老祖宗一個樣，過五關斬六將。終於，一關接一關地斬過去了，接下來是最後一道關——面試了。

當時，有一位從江西過來的考生，名叫粟定鈞，長得很是眉清目秀。他對父親他們說，這道面試是最難的一關，有好多人都在這關被主考官刷了下來——這位主考官不是別人，就是校長本人。他很厲害，一要看相，二要聽口才，三要品聲音。馬虎一點的人，他甩甩手都不要。就在他的前面，粟定鈞瞪著眼看著三位就被活活刷下來了，一個是因爲長得一副奸相，一個是因爲長得四肢不對稱，一個是因爲天性猥瑣，連句話也說不周全。

父親早就在小飯店裏聽那些考生們議論，這蔣校長不是常人，其相其貌都非常了得。此人有雄才大略，政治手腕十分了得；兩隻眼極厲害，入木三分，一個人好不好用，只要他看一下，就一看一個準；他對考生們非常挑剔，若是他看不上的人，什麼人上來說項也不行。有個名叫李立的考生，就因爲早晨喉嚨發癢，隨地吐了一口痰，校長一皺眉：「朽木不可雕也。」拿起紅筆，當場就把他一筆勾銷了。每逢面試，這位蔣校長一動不動地坐在大堂上，叫他手下的人把考生一個一個喚進來。有些人一問好幾個鐘頭不鬆手；有些人問不到三句，揮揮手便讓他走人；好用的，他當場拿過筆來，在他的名字上方圈個紅圈子；若是不行，哪怕你的筆試成績再好，也是白搭。

父親他們有些發愁，也有幾分不解：有道是「人不可貌相，海水不可斗量」，豈可如此待人？到了正式面試時，他們心中不由得打鼓，站在門外，看到有不少人興高采烈出門來，有說有笑；而有些人呢，癟成一塊乾薑，悄悄離去；有些人不服，一邊走口中還罵罵咧咧。

父親他們是最後一批報名者，按著順序號自然是在最後。先是李少白，二是陳叔桐，三是林興軍，四是我父親。父親看到李少白出來的時候，那張小臉漲得通紅。

父親忙上前問：「校長都問了什麼？」

「我想不起來了，反正什麼都問。」

「聽得懂他說什麼嗎？」

「不大好懂，一口寧波口音的官話。」

陳叔桐進去了，一會兒又出來了。

父親又問：「他問了些什麼？」

「怪，他只是問我會不會打算盤。」

「你怎麼說的？」

「我一時鬧不明白校長爲什麼這麼問，我後來答什麼也全忘了。」

林興軍進去了。過了十分鐘，也出來了，一臉全是汗水。父親正想問一下校長到底問些什麼，但傳令兵已經在叫父親的名字了，父親沒法子，只有硬著頭皮老老實實地走了進去。

若干年後，我與父親閒談時，一說到那時的情景，父親還是記憶猶新。他說，他在那個時候心都快要跳出胸口了，氣都有些喘不過來了。是好是壞，成敗都在此一舉了，他下決心要給蔣校長一個好印象。

這蔣校長披著一件外黑內紅的大氅，戴著一頂軍帽，帽子上的那顆金色的太陽星閃閃發亮，腳下穿著一雙擦得晶亮的軍皮靴，兩隻手搭在前面的那把軍刀上。那軍帽深深的帽簷，幾乎壓住他那雙可怕的鷹眼。別說再有什麼問話了，只要他在面前這麼一站，那股威風便殺氣騰騰直逼而來了，令父親變成了石板下的草芽，無法抬起頭來。

父親當時老老實實地在他面前站了十多分鐘，蔣校長都沒有開腔，他一直坐在那裏，不動聲色，只是目不轉睛地盯著父親。最後，他終於以一種特有的嵊縣腔開口了：

「你走上五步。」

父親雄赳赳氣昂昂挺胸疊肚地走了五步。

「這桌子上有紙，你寫幾個字給我看一看。」

「請示校長，寫什麼？」

「你想怎麼寫就怎麼寫。」

父親走上前去，坐下，拿起筆隨手寫了「龍飛鳳舞」四個字。

「你拿過來，讓我看。」

父親畢恭畢敬地捧著這張紙，遞將上去。

校長細看那四個字，父親十分清楚地看到他那粗黑的眉頭挑了一下。

「你爲什麼寫這四個字？」

父親說：「當今天下群龍無首，飛龍在天，必有新天子出，有了新天子，必然有新皇后，所以我寫『龍飛鳳舞』。」

校長不吭聲，只是那緊閉著的嘴角彎了一下。

「你是什麼地方人？」

「報告校長，浙江黃岩人。」

「爲什麼想要考軍校？」

「報告校長，我們家實在太窮，過不下去了，想投靠校長，將來附個龍尾，討個出身。」

「你是關雲長的後代嗎？」

「報告校長，是。」

「你家裏還有什麼人？」

「只有一個老父親。」

「母親呢？」

「報告校長，在我不到三歲時，母親大人過世了。」

「你讀過書？」

「報告校長，讀過。是私塾五年。」

就這樣，蔣校長揮了一下手，叫父親出去。

面試結束了。

到了四個兄弟們在小店裏聚齊的時候，把各方的問話一湊，發現全是隨機而問。問得最少的是李少白，只有三句話。第一句是：你們四個人是同鄉，是一塊兒來的嗎？第二句是：你們家很有錢，在我手下當兵，你能吃得了苦嗎？李少白的回答是：我是男子漢，不想在家享清福，出來當兵，我能吃得了苦。第三句話問得更是有趣：是他們拉你來的，還是你自己要來的？李少白說：是我父親看到縣政府門口貼有榜文，叫我們四個結義兄弟一塊兒來的。問完了，校長便揮了一揮手，讓他走了。問得最多的是陳叔桐，連他們四個人如何結拜義兄弟的前後經過全都問了。李少白頭搖得有如撥浪鼓一樣，長歎一口氣說：「看樣子，怕是沒我的份兒了，我看蔣校長連眼角都不往我身上掃一下。」

從當時的情況判斷，父親與林興軍、陳叔桐被錄取的希望，要比李少白大得多。

他們火急火燎地在小旅館裏等了三整天。

終於放榜了。出人意料的是，這四個人全都被錄取了，只是在分配班級上大不一樣。父親是在一班（與父親同班的還有那個來自江西的粟定鈞），林興軍是在二班，陳叔桐是在三班，李少白是在四班。紅榜一發佈，他們四個人自然高興得又摟又抱地作起了打虎跳。當日夜，他們在小飯店裏要了一桌好菜大啖了一頓。

若干年後，我偶然從台灣《傳記文學》的一篇回憶錄裏得知，蔣校長當年之所以如此鍾愛父親與林興軍兩人，原因很多，同鄉之誼倒在其次。首先，這兩個人長得虎頭虎腦，精氣神十足，特別是他們那兩雙眼，灼灼如電，精光射人，咄咄逼人。當時蔣校長的心下便喜了三分，他細看了一下父親與林興軍寫的毛筆字，各有風骨。在他的眼睛裏，父親的字是鐵劃銀鉤，力透紙背，分明是個有骨有勇有智之人，可以充任獨當一面之虎將；林興軍那字，個個圓潤、秀雅，則可以當他身邊的協調官。他更爲留意父親的「龍飛鳳舞」四個字及父親的對答。

那時，他的政治抱負還沒有徹底顯現，而與父親有意無意的那番對話，恰恰暗合了某一種天機，這使他打心眼裏歡喜。別的姑且都不論了，就我父親出口那話，分明給他討了個口彩。更要緊的是，父親是關家之後，關雲長是什麼？是我們民族文化中仁義禮智信的代表，是民族的楷模。況且我父親名光明，字啓星；林興軍字登基，一個與國民黨黨徽暗合，一個與中華民國一國之尊的玄機暗合，這實在是太叫他高興了。現在，我們回過頭來把過往的東西細細地掰開來看，此兩人爲什麼受到垂青，也不難理解了。

人的命運與文字到底有沒有關聯？若說沒有，細品一下，你會感到有；那你說有罷，稍去深究一下，你又會覺得此說法無根無芽。歷史上的書法家命運不濟的有的是；而不少富貴榮華之人，那字寫得還不及一個小學生。

蔣校長的第一感覺似乎一點兒也不錯。陳叔桐的字寫得細，認真，個個間隔緊密，後來他一直在軍隊的軍需部工作，天天與糧草、被服、金錢、輜重打交道。在理財這一方面，他的確是把好手，上上下下都叫他料理得滴水不漏，他最後的官職是軍需部少將副總監。李少白寫的字雖然有些散，但多少也說得過去。他晉升了上校後，在一次戰鬥中挨了一個炸子，打斷了左手骨，不能再打仗了，順勢捲舖蓋回家，當上了黃岩縣的縣長；後來，他又出任路橋榮仁公司的副董事長，最終還是接了他父親李可久的班，老老實實地做了一個生意人。

從這一天起，好與壞相羼，惡與善相成，苦與樂同道，福與禍相隨，就這樣磕磕絆絆地讓父親在種種活罪中小心地走完九十七歲人生的全程。父親再也不是那位躲在山裏打些燒柴、種種蕃薯、挑著一籮白炭到下洋頭換吃換喝的庸碌之輩。他不止一次地咬牙發誓，趁著這個天賜的好機會，一定要混一個人樣出來。躋身將校之列並不是一件遙不可及的事情，他有這個信念。

父親與林興軍、粟定鈞三人，從來的那天算起，就一直暗中較著勁兒。無論幹什麼，他們仨都要比任何一位同學付出的更多。早晨，他們仨要比別人早一個小時起床，翻來覆去地操練學習作戰的一切技能；夜裏，他們仨要比任何學員晚兩三個小時熄燈，沒有電，他們仨就點起一盞小小的洋油燈，趴在那兒看書，一看就到下半夜。第二天一大早起來，你看我，我看你，仨人滿鼻孔都是黑乎乎的煙垢。幾乎是在一年內，他們把所有相關的軍校教科書全都精讀了個遍。父親與林興軍、粟定鈞三人，就是這樣一前一後地趕著，繃著弦趕了整兩年，每一門成績都是甲等。

三年後，他們仨被分配到部隊。粟定鈞分到葉挺那個團裏去了，所有的學員都分到軍隊最基層去了，大都做了連長。獨有父親與林興軍，校長偏要給他們一點臉色看看，一擼到底，連個連長都沒讓他們當，只叫他們當了個最低級的小排長。

父親他們初時怎麼也不能理解這一安排，也曾去向校長副官雷達均詢問：爲什麼別人都能當上連長，而只有我們兩人當一個小排長？是不是我們表現不好？雷副官也很無奈：這是蔣校長親自做的決定，我們也管不了。

命令發佈後，當時全班五十四名學員聽到這個異乎尋常的安排，全都愣了：以林、關二人的成績與現在掌握的技能，當個營長副營長也差不了哪兒去，怎麼反倒是往小裏做了？

尤其是那位粟定鈞，有點打抱不平了。有一天夜裏，他來到父親的房間，對父親說：「啓星，你跟我走。」

父親懵頭懵腦地抬起頭來：「上哪？」

「跟我上葉挺那個團去。你明明是個百裏挑一的好人才，校長怎麼能這樣對待你？」

父親擺了一擺手說：「好兄弟，你的美意我領了。軍人以服從命令爲天職，我還是聽從他的安排吧。」

父親似乎受得了，林興軍可實在是受不了了。他越想心裏越不是個滋味，命令發佈的當天夜裏，他便把父親悄悄喊出來。

「光明，我們是不是犯下什麼錯了？」

「犯什麼錯？你呀，別在那兒瞎想了。我與你的命全捏在他手裏。若是我與你有錯，你我還能待到今天？」

「那，蔣校長幹什麼這樣對待我們？」

父親仰臉呵呵一笑：「登基啊，我勸你呀，什麼話也別說，什麼事也別想，叫你幹啥你就幹啥好了。」

「此話怎講？」

「你懂不懂得『欲揚之必先抑之』的理兒？」

林興軍似有所悟：「這麼說，校長有意不叫我們上去？他是有意磨煉我們？」

「你就相信我的話，煞下腰來好好幹吧。你放心，不出三年，你就明白蔣校長的用意了。」

他們倆真的什麼話也不說，學員發送之日，便打起背包，分別來到了第一軍第一師一團一營一連的一排和二排，分別充任排長。

那時，父親的手下只有三個未滿員的班，二十四條槍。別看槍少人也少，卻經營得十分認真。他與二十四位士兵吃住滾打爬在一起，從頭搞到腳，搞得個天昏地黑，日月無光；搞得手下那二十四個人相親相愛，如同一母所出。特別是與秦三觀、黃昌新、林星河（全是黃岩人）這三個班長，好得有如一個人似的。

除去必要的訓練課目外，額外父親還教這些士兵學寫字。他還把自己在家裏所學的那些拳路，一五一十全傳授給他們。半年時間不到，父親便把這二十四個小兄弟訓練得有如深山老林裏奔突出來的老虎，無論從體魄還是靈魂都充滿原始的野性：論槍法，百米內，步槍一端一個準，想打你的左眼，絕不會打你的右眼；論拳術，無論南拳北腿，全在行。就他班裏出來的那二十四個士兵，不動真格的也就罷了，一旦動起真格的，怕是上來七十二個人一時間也對付不了。

林興軍那邊也是一樣，把一個排訓練得有聲有色。

儘管如此，令父親與林興軍漸漸有些灰心的是，蔣校長彷彿真的把他們兩人忘乾淨了，他倆一窩便是整兩年。同時出道的那些同學個個吉星高照，差不多全提起來了，比如陳叔桐，還有李少白，他們倆一桿子插到顧祝同的部隊，不出一年，搖身一變，就當上營長了。

消息一傳來，林興軍心裏更是貓抓一般難受。一天夜裏，父親正坐在桌前面對著一摞毛邊紙，準備寫一篇文章，林興軍來找他出去談談心。

他倆一前一後地走出營房。天很黑，風又大，吹得周邊連排的柳樹林子一忽兒伸腰，一忽兒伏軀。耳邊的風刮得嗖嗖響。偌大的鄱定湖水在夜風中蕩著一層又一層的漣漪，夜風旋在他們兩人的臉上，有如鋒利的小刀子劃過。

林興軍澀著嗓子說：「有一事我怎麼也想不透。我們四個人一塊兒來的，他們兩個怎麼就上得這樣快？」

「嗨，他們上他們的，我們幹我們的，管他做甚？」

「這事要是傳到老家去，鄉親們會怎麼說呀？」

「嘴生在別人腦袋上，你不叫他說，也辦不到哇。」

「聽別人說，要想提，就得金，我們是不是也給長官們送點？」

「你要送你去送，我可不送。你想想，我們家有什麼？水缸鍋灶邊眠床。一個老父親，住著茅草棚，吃著蕃薯絲，點著火篾照。所有的生活費用全靠我軍餉中出，自己都混不過來了，還有餘錢給上司進貢？」

「我只怕時間一長，真要活活窩死在這裏！」

父親歎口氣說：「想做什麼隨你吧。我呢，沒這個力量，我也不想打這個炮仗。」

話不投機半句多。他們倆誰也沒定出個名堂來，只有不再提了。

時間一拖又一年。從表象看，蔣校長的確是把這兩名他親自錄取的學生忘得光光的了。父親與林興軍所在團的團長名叫傅信道（**此人也是黃岩人，黃埔一期的學生**），傅團長倒是位大好人，他總覺得這兩位優等生壓在他的手下當名小排長，實在有點說不過去了。他也不止一次地聽說，葉挺軍長囑咐粟定鈞，想盡一切方法也要把他們倆從他這個團裏挖走，並放出話來：這樣的好軍人，你們傅團座不用，我們用。他一看，這麼下去，怕是此二人要起異心，到時可就留不住了，於是他打了份報告，提醒校長留意一下關、林二人提升的事。但一切如石沈大海，傅團長撐不住勁，心一橫，又打了一次報告。

這一次報告遞上去後，蔣校長終於有批覆了。等那批覆下來，他打開一看，如五雷轟頂——

此件是關、林托請爾呈報，還是爾自為？若是他們唆擺長官，遣發回鄉為民可也，國民革命軍難容無利不起早之徒；若是爾自為，當警告爾等勿忘軍人本分，爾可懂得「試玉要燒三日滿」之理？關、林二屬，決不能升遷，至囑。

句句如雹，非常冷。傅信道一看：不好，校長不高興了。從這天起，他再也不敢多說一句話了，只是把那批文一收。

父親所在的可不是一般的部隊，是蔣校長的嫡系。有關這個團所有的軍官提拔，都必由蔣校長親自批准方可行事。後來那消息終於慢慢地傳出來了，別說父親丈二金剛摸不著頭腦，就連高級一點的指揮官們也不知道蔣校長的葫蘆裏到底裝的是什麼藥。議論歸議論，在軍隊裏，長官的意志決定一切，胳膊從來擰不過大腿，只要蔣校長不放口，誰都沒辦法。

又是一年過去了。

這一年，父親二十一歲，林興軍也滿了二十二歲。

這一年的七月一日，國民政府發表了《北伐宣言》。此時的蔣校長不再只是蔣校長，又就任北伐軍總司令了。

也就在七月六日的那一天，大本營下來一道手令，總司令要到傅信道這個團來視察軍務。傅信道非常準時地在軍營門口迎接他。總司令來到後，二話沒說，第一件事就是要傅信道把全團所有的士兵們集結起來。傅信道連忙下令，一聲口哨扯裂天際地響徹全軍營，五分鐘不到，一團所有的人馬齊嶄嶄地全在開闊的大操場裏集合。

傅信道請總司令檢閱部隊。蔣總司令擺擺手，下了一道指令：全團人舉行列陣大比武。

傅信道所率第一團是整編團，士兵共有一千五百人。在值星軍官統一口令之下，先是一營，其次二營，隨後是三營。檢閱的全是部隊裏日日訓練的課目：格鬥、擒拿、武術、操練。

人就是這樣子，不怕不識貨，就怕貨比貨。一比，林興軍與父親帶的那兩班人，馬上從上千人中出彩了。

到了最後一個課目，第一團的關、林兩班人馬要與十三太保比武。這十三太保是蔣總司令的老衛士，就當時論，名聲非常顯赫，個個身懷絕技。那年廣州兵變，他們十三個人赤手空拳打出去，最後衝出城門，從外地調來部隊解去廣州之圍。這十三個人與這四十八人比起來，那節目自然熱鬧。別人來北腿，他就來少林；別人來南拳，他就來太極；一軟一硬，一柔一剛，一比一地比過去，打過去，比得個眼花撩亂，讓旁觀者目不暇接。

最後一關，是總司令敲定的課目：角力。工具就是放在操場上的一根足有兩百多斤的大鐵槓子。

當時，先上去的是蔣總司令的貼身衛士胡立奇。他是廣州黃崗人，武功蓋世，據說是一代拳術宗師黃飛鴻的三徒弟。此人的確有些非同尋常，長得熊腰虎背不說，兩眉高剔，氣度非凡。從個頭到體魄，先壓倒人三分。他走上前去，把大鐵槓子用盡全力提一下，自覺難舉，抬上三尺之高，不得不放下來，頓時大臉漲得有如一副豬肝，喘得說不出半句話了。

蔣總司令走上前一步，問全團人：「你們還有誰能把這根鐵槓鈴子舉得起來？」

全場一片沈默。凡是從這個團起家那年過來之人，誰人不知胡立奇？軍隊上下都稱他為「天下第一條好漢李元霸」。想想吧，連「李元霸」都拿不起來的鐵槓鈴子，傳信道這個團再厲害，還有誰能拿得起來？

三分鐘時間過去了，全場人仍是一動不動，誰也沒這份勇氣衝上來觸摸這個鐵傢伙。

蔣總司令用失望的口氣再問了一句：「你們都拿不起來了？」

就在此時，林興軍悄悄咬著父親耳朵說：「前兩天，我不是看你舉過一次嗎？」

「是舉過，不止一次。」

「你何不去拿它一下？」

「你有所不知，胡立奇是總司令的身邊人，總司令對他特別賞識。宰相家丁七品官，一旦叫他下不來台，往後給我小鞋穿怎麼辦？」

「他敢？這個軍隊可不是他說了算，你怕什麼？」

「閻王好見，小鬼難搪吶！」

「你這可就傻了。你想一想吧，蔣總司令為什麼搞突然襲擊？其中肯定有名堂。以我之見，管他得罪不得罪，先拼他一傢伙再說。」

就在此時，總司令開口了：「林興軍，出列！」

林興軍一挺胸衝出隊列。

「你在底下嘀咕什麼？」

「報告校長！這個鐵槓子，關光明能拿起來。」

「關光明，出列！」

「是！」

父親同樣一挺胸衝出隊列。

「關光明，爲什麼不拿？」

「報告校長，我怕拿不了反而丟醜。」

「你是娘兒們嗎？一開口就是個怕？我命令你，拿！」

「是，總司令！」

父親快步來到蔣總司令面前，當時說不出有多緊張，渾身上下每條肉都繃得緊緊的，彷彿用指頭彈一下，便會錚錚作響。他正眼都不敢往總司令身上乜一下，只是頭一低悶聲不響走上去，在大鐵槓鈴面前立定，先是屏住呼吸。此時此刻，他身上所有的肌肉立刻鋼澆鐵鑄一般，一疙瘩一疙瘩地鼓將起來。

他一跺腳，出口吼了三聲：「起！起！起！」說時遲，那時快，看上去不費吹灰之力，便把那根大鐵槓子高高舉將起來，直立著舉了足有十分鐘，這才扔將下去。立刻，腳下的土地強烈地顫抖了一下，發出沈悶的迴響。全場的上千名官兵全在瞬間變成兵馬俑，目瞪口呆了。

蔣總司令哈哈大笑。父親退了回來。

蔣總司令向前走上一步對著操場上的將士們發問：「你們說，好不好？」

「好！」

「你們再說一遍！」

「好！」

「大點聲！」

全操場發出震天動地的喝彩聲：「好，好，好！」

隨後，他問我父親：「我知道你是三期的學生，與你同期的那些同學早就當上中校、上校了，你們的傅團長呈報了你們數次，我沒有批，你生不生氣？」

「請總司令明察：此事卑屬不知道，更沒有胡思亂想，如有虛言隱瞞，甘願受軍法處置！」

「你們真的不感到冤屈？」

「報告總司令，要說一點存疑之念都沒有，那是假話，但決不敢有含冤懷怨之念。我與林興軍都是山裏人，到了這裏，一是有飯吃，二是有人尊重，這就夠了！」

其實，父親所說的全是假話。但在那個時代裏，只要假話說得好，同樣也能吃得開。就這一句話，當下便贏得了蔣總司令的心。他當著全體官兵們說：「關光明的話，你們聽見了沒有？」

「聽見了！」

「我就喜歡這樣的人。只有這樣的人，才是我們國家的棟樑！才能得到重用！」

蔣總司令當下宣布：從今天起，一排與二排全體士兵，正式調入北伐軍總司令部的衛隊編制。

進入總司令部衛隊行列，這預示著什麼？大凡從那時候過來的軍人，哪個心裏不明鏡似的？無論過去或現在，哪個帶刀侍衛不吃香？就現在，國民革命軍八個軍裏的所有高級將領，除了黨代表是共產黨派來的外，哪個實權派指揮將領不是從蔣總司令的貼心圈子中走出來的？真是官星上來了，紫薇星也壓不住。

父親和林興軍在總司令眼裏是文武全才，在他的目力所及武將中，這樣的子弟不多見。有些人有勇卻無謀，有些人有謀卻無勇；有些人在台下能當好漢，一上檯面便是稀巴鬆；有些人只可單兵作戰，卻統率不了大軍。有道是：將不在勇，卻在其有謀；兵不在多，卻在其藝精。而父親與林興軍兩人，這兩條全具備。父親與林興軍的確是有些好手段，居然能把手下的四十八個人整齊劃一地全帶了上來，同在一個水平線上，這不容易啊！在總司令的眼睛裏，一個人若是能帶好一個排，他便能帶好一個連；他若是能帶好一個連，準能帶好一個團。

更要緊的，此兩人全是浙江人——親不親，家鄉人；和不和，父子兵。不論過去還是現在，哪位馭人者不想用一心一意忠於他的家鄉人？作爲一位新上任的總司令，要幹一番大事業，若沒幾個家黨做他的銳爪利牙，何以能伸得開手腳？他之所以看重他們兩個，更主要的是，他們是真正的山頭人。

在蔣總司令的眼裏，山裏人和平原人就是不一樣。山區一帶出來的人，有三處常人所不能企及的特點：一是特別能吃苦。無論什麼樣的苦，別人吃不了，他都能吃得下。二是敢捨命。這些人從小就窮，不知惜命是何物。從出生那天起，他們就認定自己這條小命値不了幾個錢，也從不把自己的那條小命當命看。特別是在千鈞一髮的關鍵時刻，敢於把自己的小命搭上去。三是更主要的，蔣總司令從他們來的那一天起，就已經把父親與林興軍兩人全看在眼裏，但他不是馬上就啓用，而是先把他們放進爐子裏燒紅了，再掄起錘子往死裏砸。

一般來講，人們往往有個共同點：無利不起早，有奶便是娘。可這兩人倒好，整整三年，校長大人硬是沒提他們倆爲校官，就讓他們倆一沈到底當個小排長。一般人頭上長有反骨，早就走他娘了，而他們居然不動一點聲色。尤其出乎父親他們意料的是，蔣校長背地裏還派他的副官雷達均到該團來當參謀，秘密監督他們兩個。

雷達均從受命那天起，天天從頭至尾跟著，雙目牢牢鎖定父親他們的一舉一動。而被監視目標一切如常，只是埋頭苦幹，決不問路。打從總司令從雷達均嘴裏接到這道密奏之後，他才正式認定，他的眼光沒有錯，這兩人是打著燈籠找不著的好漢。用他自己的話說，這兩個傢伙業已經受了我的全部考驗了，可以啓用了；於是，這才作出決定，放開手腳把他們倆全提了上來。

職務馬上確定下來了。父親是上校侍從室主任，林興軍是中校侍從室副主任（那時候蔣的侍從室人員，軍銜並不高），所有帶過來的八個班編制全不變，只是叫法不同（稱之為特一特二特三特四特五等等），軍銜不同，級別不同。連胡立奇在內的十三太保這樣的漢子，也歸父親統一指揮。別小瞧這六十個多人，簡直比一個團都厲害。人員素質之高姑且不論，就連他們身上的裝備也在全軍將士中數第一。

父親開始全面負責總司令部的內外警戒工作。

別看父親是從大山裏走出來的，但他和那些頭腦簡單的軍人完全不一樣。他是認真讀過書的軍人，家就是國，國就是家；家什麼樣，國也什麼樣。從政的人與搞科學的人完全不一樣，從政的人，成了九十九件事，只要有一件事失敗，就會粉身碎骨，永不翻身；而搞科學的人，你可以失敗九十九次，只要你有一次成功了，你便會揚名於世。

在權傾天下的人身邊做事，是不可以混事的。搞好了，也許一件微不足道的小事會叫你平步青雲；搞不好了，怕是你有千載功績也難免死無全屍。更主要的一點，你若想做主子，你必須學會做奴才。父親從進總司令部、成爲總司令身邊人的那一刻起，他便和林興軍抱定了四個字的行爲標準。一是「謹」：凡事都必須小心謹慎，三思而後行。二是「幹」：多做實事，少說閒話。用老話說，低頭不語真君子。用本地土話說，你那嘴生來是用來吃飯的，不是用來說話的。尤其在總司令身邊，只要一句話不慎，便會招來殺身之禍。三是「蒙」：一切都要裝愣充傻，不該管的事，千萬別管；不該問的事，千萬別問；不該看的東西，說得天花亂墜也不能看。四是「忍」：有什麼樣的委屈，都得往自己的肚子裏咽，他們牢牢記得曾文正公的教誨：牙齒打掉和血吞。

九月下旬，北伐軍終於打到了武昌。

父親一生中，非常重要的一件事情發生了。若干年後，父親曾親口告訴我，正因爲有這件事墊底，使這位總司令從此之後對父親青眼有加。

那天，總司令專程來到菏澤山。此菏澤山是一處不高的饅頭山，別看它小，但在當地卻稱之為靈山。此山風水極佳：山靠江邊，其勢不高，但形態奇峻，左看如天子之帝帽，右看如皇后之鳳冠。山上古木參天，翠竹連片，習習生風，清寒入骨；竹林片片排山倒海，洶湧澎湃。只要到了這裏，在半山腰上一站，冷眼向洋，便有一種氣象萬千變化莫測的感覺。清冽的山泉水從縫岈中蜿蜒而下，有如滾動著的一片布帛，叫人心曠神怡。

此山為世人所知的原因並不是景色別致，而是那順著山㠌建的一座三百多年歷史的大廟。此廟有個非常好聽的名字，叫「佛眼廟」，傳說此廟供的是釋迦牟尼的眼睛。立在正堂上的那尊佛叫千眼佛，是位眼觀六路、耳聽八方、上知三千年興衰、下知凡人平民百年生死的大佛祖。

廟中有普天之下不曾有過的一項特技，叫作「摸字測」，奇準無誤。大凡來此處有所求之人，只要你走上去，對著千眼佛，點上三炷香，恭恭敬敬地拜上三拜，默默將自己心中藏著的心願許將下去，然後抓出箱子裏的紙龜，展開來看一看紙內之字，所求的事情是好是壞，全能從此字中解讀出來。

據說，若干年前，就有兩位大人物曾來過此地。一位是康熙爺，當時他到這裏，求的是大清國的國運。結果，他摸出來的是個大寫的數字「拾壹」。當時他百思不得其解，不知道此數字為何意。直到後來，大清國到了第十一代把整個江山丟個一乾二淨了，人們這才恍然大悟。天不言，而自有序，佛爺早就在這個數字裏告訴你了，只不過你並非是全知天意的聖人，所以就不知道其中的奧秘了。

第二位來到此處的是袁世凱，他也知此廟有神算，特繞道來此一算。當初，他正是野心勃發，求的是是否有真龍天子之命。他求完了後，同樣伸手摸，結果摸出來那字令他嚇一跳，那是個「死」字。他把這個「死」字細拆開來讀，是「一夕斃」。袁世凱認為此是不吉之言。好端端地摸出這「死」字來，這還有個好？袁大總統忙叫手下的那幾位謀士們解字。

這些謀士們自知道行低，不知天意，不敢解。一時間，個個呆若木雞。有幾個聰明的人多少猜著那

「死」字的奧秘，但他們畢竟是袁家的奴才，太知道伴君如伴虎的道理了，也不敢往明裏挑。想來想去，沒別的法子，只可花些錢，請那位坐家和尙解。

這位坐家和尙叫法明，此和尙是位有學問的和尙，他只往那「死」字上瞄一眼，便知其中涵義。他同樣怕自己說不好，會招來殺身之禍，不敢往真裏說，只是靈機一動，作出另一番黑洞式的解釋。他說：死字拆開來有兩字，上面是一個「一」字，一者，則是天下第一人；下面的那個字呢，是鴛鴦的一半，回去後，你不僅能當上天下第一人，而且還有三宮六院七十二偏妃。

這一解，聽上去很貼切，也合了袁世凱的心。所有的隨從都跟著長長出了一口氣，馬上異口同聲地附和說解得切。袁世凱呢，自然沒得說，腆著個大肚子樂顛顛地走了，一切照辦。但他那個皇帝夢並沒有做圓，登基僅八十三天，就灰溜溜撤了帝號，接下來，吐了一口血，一命嗚呼了。

那時，總司令與當初的袁世凱一樣，正處在於人生非常重要的關鍵轉折期。這一年的十二月份，國民黨中央與國民政府根本沒聽他的話，拒絕把政府所有部門遷往南昌，硬是在武漢安下家；轉過年來，一九二七年三月份，國民黨的二屆三中全會又通過了《統一黨的領導機關決議案》，旨在提高黨權防止個人獨裁，一紙決定取消蔣總司令的中央常務委員會主席和軍人部長等職務。蔣某人自然知道，人在高處不勝寒，樹大招風風撼樹。他比誰都清楚，這是他人生的艱難期，是好是壞，需要有個明晰的判斷。

他早就聽說在這裏有一座十分靈驗的佛眼廟，便帶著衛兵，避開了所有人的耳目，到這座廟裏來了。

他穿著個便衣，廟裏的管事兒們全是些肉眼凡胎，當然不知這位前呼後擁來到此地的人物是當今中國響噹噹的人物，廟門口看門的小和尙也只把他當成一位平平常常的香客，開口就問：「你們是哪兒的？」

「我們是過路客人。」

「上香呢，還是求算？」

「全要來。」

「那好，拿錢。」

「拿什麼錢？」

「樂助錢。要是你們全來白上香，叫我們喝西北風呀？」

總司令的隨從都生氣了：他娘的，你一個看門的小和尚，有什麼了不起，哪能對我們的總司令這麼說話？但總司令只是笑了一笑，示意手下不可造次。他叫副官雷達均拿出三塊銀元來，遞給小和尚。有了這三塊沈甸甸的銀元做舖墊，小和尚神色肅然，這才從他嘴裏冒出個「請」字來。

小和尚在前面引導，一行人隨後。走上二十多步，豁然開朗，便是大殿。此殿畫簷雕棟，正中站有四根合抱廊柱。拾階而上，正門楣上，懸有一長方形大匾，上書三個描金大字「佛眼廟」。兩邊的柱子上，寫有一副敷金黑底的對聯：

明是一眼便洞世事，只是本生不悟

確能一口就清黑白，奈何天性冥頑

上面還有一個橫批：「後悔已遲」。

若非過來人，何能出此言？總司令上下看了一遍，只是默然無語，便來到了那佛像跟前。那佛像出奇地高，底座全是蓮花環迴，正中有一眼，金光四射。

蔣總司令鄭重其事地走將上去，上香，默拜了三拜後，嘴裏念念有詞。他把手（那是一雙很白很白、彷彿女人樣的手）伸進了那只紅木箱子裏，摸了好長好長時間。

父親看到蔣總司令那雙伸進去的手，不為人所覺察地在那裏輕輕顫抖。半天之後，終於摸出了一個紙團來。打開來，卻是一個「現」字。

一看到了這個字，總司令有些茫然，他遞給身邊的幾個隨從看。他們看後都搖搖頭，說不知此字何解。他又叫小和尚看。小和尚說：「我不識字，還是把我老師父請出來看吧。」

小和尚進去了。一分鐘後，一個蓄著花白鬍子的老和尚走出來了。

總司令顧不上客套，劈頭就問：「我揀的這個字好不好？」

老和尚細細地揣摩了一下，眉頭輕輕皺將起來。他用一種蒼老得要頹然倒地的聲音說：「施主，你這個字，揀得可不是太好啊。」

「爲什麼不好？」

「你不怕我老衲給你討了口寸？」

「生死有命，富貴在天。立事之人，還怕討什麼口寸？」

「那好。既然如此，我就實話實說了。若是求財，財者水也，水盡魚蝦現，怕是你做什麼生意也不能成功；若是你求官，官星已透，怕是上走一步極難。若求婚姻，王者有見，怕是你心中名花早已落入他手。」

老和尚話一說完，蔣總司令的臉色有如絞乾了水的抹布再展開，變得十分難看。他想什麼？他想的是如何奪取最高權力，想的是如何與那位當今中國第一號名媛結婚，再利用這樁婚姻關係一統天下，沒想到這幾件事在老和尚口中皆成了鏡中花水中月，怎能不深受打擊？只要是塵世之人，不管過去或是現在，無論做過多大官，都多多少少有點相信所謂上天的昭示。只不過有些人正大光明，有些人暗箱操作；有些人肉包皮，有些人皮包肉。你想想，若不是這樣，爲什麼看風水算命之類的人就像長江流水源源不絕幾千年？

按道理，父親在總司令身邊，只不過是個小小的侍從室主任，雖然天天與總司令相伴，但與那麼多高高環坐的高參們相比，是微不足道的小人物，根本沒他開口說話的地方。況且，那時總司令也曾給身邊的貼身警衛立有「不可逾越」的十八條禁令，其中有一條：「凡長官政務之事，不可隨便插嘴。」父親當時也說不清楚自己是怎麼了，不知哪根神經出了問題，總之，只覺得喉嚨裏彷彿有顆水銀在滴溜溜地滾來滾去，非開口說話不可。

他走上前去，對著蔣總司令「喀嚓」打個立正，說：「報告總司令，老和尚的解釋全不對。」

當時，林興軍就站在一邊，他一見父親這樣喊，嚇壞了，忙暗示父親別胡來。出人意料的是，總司令卻很和氣地對父親點點頭：

「闞光明，你說說看，人家錯在什麼地方？這位方丈可是有名的大師喲！」

「報告校長，《說文解字》說，『現』字，當由王見兩字組成。今天正是校長來這裏拜佛求籤。佛說：王者，見也。我以為，佛是告知校長，王者之人出現了。」

總司令仍然和藹地笑著搖頭：「不確，不確，如今是煌煌民國，五族共和，什麼王者不王者的？」

「卑職以為，不可以今世概念生套古語，所謂王者，當指能掌控天下局面的政治偉人。」

「你這番說辭有什麼依據啊？」總司令仍是一臉的淡然之色，但細心之人早已觀察到，他腳上的皮鞋在地板上細碎地叩響。

「我小時候讀過古書，上面說趙光義進白馬寺求籤也曾得此字。」

「這本書叫什麼名？」

「我記不得是什麼書名了，只是當時對此事感興趣，便記住了。」

「是正史還是野史？」

「記不住。」

「說的也是此字？」

「回校長的話，也是此字。」

「你敢保證此字真的是這樣解釋？」

「是，真的是這樣解釋。」

總司令臉色一變，扭頭走出大殿。眾隨從也急忙跟了出去。

林興軍斷定父親說話造次惹怒了總司令，一邊走一邊小聲抱怨。父親心中無底，也不敢多想，只是趨從總司令走到院子裏。

總司令舒展了一下雙臂，鼻孔哼哼了兩聲，像自嘲又像開玩笑地說了一聲：「革命軍人還能信這一套嗎？哈哈，解解悶罷了。」

從表面上看，這只不過是一場玩笑，總司令哈哈一笑便甩手離去了。

一九二七年春天，他在上海發動了「四一二」事變，並在各地實行清黨；同在這年的歲末，他與中國最美也最有背景的女性宋美齡結婚，從此與宋子文、孔祥熙聯姻，透過江浙財團與西方列強拉上關係。頓時，整個政局發生了翻天覆地的逆轉，他成爲國民政府主席了，所有的黨政軍大權落到他一個人身上。

果不其然，總司令一切都如願以償了。

有一天夜裏，他把父親與林興軍一起叫到他的辦公室，噓寒問暖半天，又問他們對將來的前程有何打算。

父親熱淚盈眶地說：「我們都是山裏的小老百姓，過去連飯也吃不飽，如今在總司令手下任職，有吃又有喝的，我還求什麼？只要總司令看中我們，不嫌棄，我們就知足了。」

總司令臉上很難得地浮現出情動的樣子，說：「好，好，你們倆都是好樣的。我對你們台州人放心。」

也就從這一天起，總司令對父親的態度完全不一樣了，不僅開口說話不一樣，連某些軍國大事也會對父親聊一聊，聽一聽他有什麼高見。就連總司令極爲信任的雷達均請父親吃飯時也說：「總司令對你的好，都讓我有些眼熱了，你快要取代我的位置啦。」

第三章　隴海線上

上帝對人類的態度實在是怪。好運來時，好得讓你眼花撩亂；歹運來時，接二連三，讓你的心靈與肉體飽受種種災難。人生就和下棋一個樣，關鍵就看幾步。有時候，只要這幾步上去了，步步也便跟著上去了；這幾步若是不慎出溜下來了，隨後的一切也便順勢跟下來了。這幾年，無論從那個角度去看，對父親來說，的確是十分關鍵的。總司令爲了統一天下，與諸路軍閥鬥法，後來終於想出個好主意，以裁軍爲名，要馮玉祥、閻錫山、李宗仁一干人交出他們手中的兵權。你想想，人家不是傻子，嘗到了權力好處的人，哪個能輕而易舉地交出手中兵權？哪個人心裏不明白，一旦失去兵權，他就會變成刀板上的魚兒，由著別人去分割？於是乎硝煙四起。蔣桂大戰、蔣閻大戰、蔣馮大戰，一個跟著一個地拉開序幕。

一九三〇年，總司令帶著軍隊再一次北上隴海線，他要橫掃六合蕩平天下了。

那天，部隊剛剛極爲秘密地在某高地安下了總指揮部，不知是閻錫山的偵緝隊神通廣大，還是隊伍中原本就有內奸，情報很快傳進閻錫山的耳朵。這對閻錫山來說，是個打著燈籠找不著的好機會。於是，閻老西神不知鬼不覺地調動整整一個師的兵力，把總指揮部圍得有如鐵桶一般。

閻某人不愧是人中的狐精老祖，手段又狠又絕：一是切斷了後援與前鋒，二是集中兵力攻其一點，形成了使對手首尾難顧的總格局，企圖再來個巨蟒回首，分兵圍殲。

這是十分危險的一著棋，可以說是集生死於一旦。閻軍的將領都恨透了這個浙江佬，若是不把他這個排斥異己、野心勃勃的傢伙一口吃掉，他們早晚要成爲他的盤中餐。如今有這樣一個天賜的機會，還能不聚其力往死裏打？於是，閻軍調集了一百三十八門重炮，對準中央軍的指揮所猛轟。

這是一場極其殘酷的戰鬥。

密集的炮火舖天蓋地砸下來，山坡上幾乎每隔一尺便有一個黑乎乎的大坑。彷彿有個碩大無朋的巨人手裏拿了一把大鐵鍬，把這塊地的每一寸土地都翻將上來，然後用盡全力一點點地打碎。凡是那天參戰的士兵，耳朵全被撼天動地的炮聲震壞了（父親的耳朵之所以後來重聽，就是那時候留下的後遺症）。黑色的硝煙一陣陣地冒將出來，遮天蔽日，天昏地暗。山坡上所有的樹木都被攔腰削斷，樹杈子就像一把把尖刀，直戳天空。從士兵們身上削下來的肉片就像撕下來的花瓣兒一樣，落英繽紛。濃重的血腥臭，使人吸上一口氣，連著腸子都要往外嘔。

傷亡極其慘重。

大炮過後，閻軍開始衝鋒，密集的程度與莊稼地裏的蝗蟲一樣。總司令一看如此漫山遍野之人，開始發慌了。就在這危急時刻，父親作出了一個異常大膽的決定，他說：

「校長，你看到沒有？現在東西南三面全有敵軍把守，我們插翅也飛不出去。但他們的部署忽略了十分重要的一點，那就是北面形同虛設。」

「人家並不傻，那可是高山峭壁。」

「是高山峭壁。但我在布設指揮所時，已經找了個本地的嚮導詳細瞭解過，此山中有條羊腸小道，足可供我們全部人馬撤退。」

總司令焦躁地說：「可我們根本沒有時間機動！閻錫山兵員已把山下圍得鐵桶一般，上哪裡找這位嚮導？」

父親說：「校長，我前天多了一個心眼，把他一直留在我身邊。」

「這個，好是好，可是撤退也難呀，一旦沒有阻擊，他們追上來，我們如何跑得過他們？」

「校長，我想好了，由我帶一百名敢死隊，備足糧食彈藥，死守在這裏。你再把你身上的軍服脫下來由我穿，給敵人一個你仍在這裏指揮的假象，他們勢必會把所有的兵力集中在這裏。這麼一來，司令部的全體人員便可從容走脫了。」

「但，這樣一來，你的處境實在太危險了。」

「校長，你就別想這麼多了。我們這些人要爲校長而生，當爲校長而死。退一萬步說，我的命與你的命不一樣。我的命是草，你的命是參天大樹。中國有沒有我無所謂，若沒有了校長……」父親說著，便哽咽了起來。

當時，蔣總司令一直背著他的兩隻手在工事裏走來走去——後來有人把他寫成殺人不眨眼的魔王，其實要看他是在什麼時候處理什麼事情，在有些事情上，他比任何人都有人情味——他多少有點不忍心。但他手下的所有參謀人員全都叫嚷了起來：

「總司令，關主任的主意是唯一的辦法了，你還遲疑什麼？當斷不斷，反受其亂呀！」

「好，好，我同意這麼辦。只是啓星，你要格外當心才是。」

蔣總司令問父親有什麼事情要交代的時候，父親只是說：「我若是活下來，千好萬好；若是活不下來，家有五十多歲的老父，請您叫地方政府關照一下吧。」總司令當時便垂下淚來，一口答應。

林興軍與父親兩人馬上行動起來，從兩百人中挑出以胡立奇、秦三觀、黃昌新、林星河爲首的九十七名台州人，並把這些人的名字、家庭住址和要交代的事情全都寫在紙上，寫好後交給林興軍。

當時有兩封信寫得極爲悲切。一是黃昌新的。他說他只有一位瞎老媽，他希望能把他的撫恤金好好地交給他的哥哥黃昌球，叫他別再在街頭擺寫信攤了，好好讓瞎老媽安度晚年。他還對哥哥說，老家狼特多，你千萬要小心，別叫狼把老媽叼了去。第二封信是林星河寫的。他在信裏說，他們家兄弟姐妹極多，叫他父親與他那個不爭氣的弟弟林星雨，千萬別爲了錢把自己兄弟姐妹賣了。人活在世上十分不容易，眼下上哪兒去找這份親情去？他死了就死了，一了百了，什麼苦啦，累啦，災啦，難啦，全不知道了。可活著的人，如果賣兒賣女過日子，那可就丟盡天良心了。看到這封信，所有人都差一點掉下淚來。

生死關頭，一切都不容人們多想。父親一聲令下，便把所有的人集中起來。他打個虎跳，躍上一塊很高很高的石頭，開始戰前動員。

父親飛舞著他的兩隻手，豪氣十足地說：「我們都是校長的人，校長待我們不薄，沒有校長的栽培，我們這些山頭人也絕不會有今天。現在，黨國需要我們保護校長突出重圍，我們就用自己的生命來換吧。死了，算是我們該著；不死，算我們命大。」

這九十七名敢死隊員馬上全副武裝起來。蔣總司令呢，也把從來不曾離過身的軍服脫下來，交給了父親。司令部人員全在林興軍的指揮之下，由嚮導帶引，向北面開撤。父親把這件最高統帥服披在身上，然後站在高地上對著敵人的陣地亮了好一會兒相——他明白，敵人的望遠鏡正對著這兒。他們會把這裏所有的細枝末節看得一清二楚。隨後，他揮了一下手，帶著這九十七位台州勇士進入戰壕。

密集的炮火，幾乎把山上每一塊地皮全都囫圇地掀將起來。整個工事重地被要命的炸藥整整搓了三遍。有個名叫師強的江西人，還沒有出手就挨上一顆炸彈，刹那間，全身就被炸成了一隻前穿後亮的篩子。一小時後，猛烈的炮火全線停歇了。閻錫山一個師的兵員，就像螞蟻一樣沿著山坡爬上來。父親一直悄悄伏在那兒，等到他們進入了有效射程後才下令開火。

負責西向的是胡立奇，負責東向的是秦三觀，負責南向的是林星河。子彈嗖嗖地飛著跳著，一道道火舌織成了密不透風的經緯網，形成一幅張開來的扇面。人呢，就像一捆捆夏日裏被曬的稻草一樣，肆無忌憚地在父親面前一排排地甩開，交火三個多小時才平歇下來。

這九十八人，憑著這點天險，死死地抵住一個整師的上百次進攻，最後死了八十五人，活下來十三人，父親是僥倖活下來的其中一個。那時，他身上沒一塊好肉，黏稠的血液流出來，把他那張臉全都糊住了。若干年後，父親對我說，一些電影把人中彈後描寫得痛苦萬狀，其實根本不是那回事，人中彈的瞬間沒什麼感覺，如果接下來你有了痛的感覺，就證明你還有救。

閻軍終於順著山坡一步步摸將上來了。他們在望遠鏡中不止一次地看到「總司令」一直在那裏指揮戰鬥；倒下去又站起來，站起來又倒下去。他們滿以為這會兒這位一心想著獨霸中國的蔣某人已經被徹底地解決了，他們歡呼著發起了最後一輪衝鋒。

父親這一生中，第一個要感謝的救命恩人，就是閻軍中這一次直接參戰的先鋒：一團團長馮金龍。此人原是金華人，和父親有一段淵源。十年前，他在外面做長年（就是幹長工）。有一年的冬天，他實在餓得受不了，偷偷地來到寧溪大戶王克岸的家廟裏。王家家廟的那張供桌上擺有三塊金黃色的大發糕，他顧不了許多了，伸過手把這三塊大發糕捋過來，狼吞虎咽地大吃起來。就在此時，王克岸進了廟。

那王克岸是寧溪一帶橫草不過的惡霸地主，誰要是惹了他，就算不叫你死，至少也得叫你褪上一層皮。王克岸見此情景：偷我們家供老祖宗的東西吃？這不是褻瀆我的先人嗎？那還得了？你這個狗娘養的小子八成是吃了豹子膽老虎心了！他一揮手，喊了一聲：「來人哪！」他手下八個兄弟全都蹦出來了。

他手下那八兄弟，當時在我們老家有「王家八彪」之說，個個長得惡煞，一臉橫肉，而且都兇狠異常，敢於下死手。對付個大活人，在他們那裏就像對付一隻山裏的小獸一樣。王克岸一揮手，八彪便撲了過來，把馮金龍五花大綁，掄起了一根竹梢子，鋪天蓋地、沒頭沒臉地開打。一個肉身做的馮金龍，又沒煉成金剛不壞之身，被他們打得皮開肉綻，幾成肉醬了。最後，他們一看他鼻子裏沒多少氣了，一怕消息洩漏會吃官司，二怕有好打抱不平的人站出來與他們作對，於是找了一隻大麻袋把他裝將起來，一直扛到離我們家並不遠的一處深山冷嶴裏，丟下來準備餵狗頭虎（就是狼）。

正趕上那天爺爺領著父親到大雁嶺這一帶採吊蘭，走到此處的大山谷裏，從毛茸茸的草叢裏踩下去，覺得腳底下有個什麼東西墊著，軟搭搭的。扒開草棵子看，嚇一跳，是個人。爺爺伸出手來摸一下身子，還熱，翻過來看，鼻子裏還有游氣。爺爺那時候雖窮，心地卻極好，馬上對父親說：「來，來，這人多少還有點救，我們爺倆幫他搭一下手。」於是，爺爺就與父親砍下兩根大竹子，做了副擔架，把馮金龍放上去，一前一後把他抬下山來，抬了十五里山路，直至家中。

那時，我們那裏有個土醫生，名叫小杏仙。細論起來，他還是我家沒出五服的本家子。此人專治跌打損傷，醫道極好。爺爺叫父親跑去把他叫來，他來了後，俯下身子來細細察看，對爺爺說：「嗯，此人還有救，只是時間要長。傷筋動骨一百天，怕沒三個月，下不來床。」

爺爺說：「管他幾個月呢，我總不能看著他那條小命白白丟了。」

這馮金龍在我家整住了三個月，這對於一個山頭人來說，那是什麼樣的負擔？可不管怎麼說，吃細的，拉粗的，他還有條小命，後來終於一天天地見好了。爺爺勸他留在這裏安個家算了。

爺爺說：「我這裏，就是苦一些，好在山高皇帝遠，沒人來欺侮你。」

馮金龍不肯。他咬著牙說：「我一個大男人，落到這步田地，夠慘的了，若是不像模像樣地闖出一條路來，我還算什麼人哪！」

人各有志，不可強求。他既然要走，爺爺把家裏的積蓄傾其所有全給了他（據說，只有值一塊袁大頭價的一百多個大銅板），又怕他路上沒吃的——人在餓急之下，說不好會幹出什麼傻事來——又給他打了四十多個又大又滿的麥鼓頭（一種類似於餡餅的食物），拿了一塊飯帖子給他往腰裏綁好，引他上路了。

馮金龍一離開我們家，沿著山路去了仙居；又從仙居出發，翻過麻狸嶺，到了寧波；然後從寧波下海坐船，一直搖搖晃晃到了煙臺，再從煙臺一路逶迤，到了山西太原，恰逢那時閻錫山在招兵。他一看，當兵吃餉還可以，乾脆投了軍。由於他是苦出身，命也如地裏的小草，不值錢，再加上他老實聽命，勇敢善打，力氣過人，深得閻錫山本人的喜愛，雖不是五台縣人，也得到了升遷，從班長、排長當起，一路下來，成爲一名團長，指揮六百人。

攻上山頭後，他滿以爲蔣某人早已一命嗚呼了——不是明明白白地看到他搖晃著身子倒了下去嗎？他當時便下令，不准任何人上前，他自己先上前看。

當他俯下身子，把那穿黑呢子大氅的人小心翻過來看的時候——這一看不要緊，又看出個五十年的恩恩怨怨——天王老子，這哪裡是蔣總司令，分明是他手下的一名侍衛官；再仔細一看，怎麼看，怎麼覺得此人有點似曾相識，彷彿在哪裡見過，只是一時間想不起來是誰了。畢竟他與父親整整十多年沒有見面了。當他小小心心地把父親內衣中的軍種符號翻過來一看，馮金龍的心頓時好像停止跳動了：天哪，這不是我恩公的兒子闞光明嗎？怎麼今天會這種樣子？兩軍對陣，差一點把自己的恩人活活殺死？

他手下的一個士兵一看：什麼？他不是蔣總司令？「喀嚓」一聲拉上槍栓，就要把這個冒牌貨給斃了。馮金龍急忙擋住：「別，別！敗軍之人，不可亂殺。況且他是我的恩人，誰他媽的動他一個手指頭，我就要他的命！」他馬上叫手下的衛生員來，把父親與那十二個還沒有死的人全從死人堆裏扒出來，全部給包紮起來，然後並排放在戰場上。他說：「你們聽著，中央軍的援軍馬上就要到了，我們撤吧！」

他揮了一下手，便把全部人馬帶下山去了。

半個小時後，中央軍一個師的增援部隊，像一條噴著毒焰的巨龍一樣，從四面八方包抄過來了。師長不是別人，就是父親的老長官傅信道。他帶著大批人馬到了山頭之後，挨個兒清點過去。閻錫山部隊死了的人，全被馮金龍打掃戰場時抬下去了，剩下歪在那兒的全是中央軍的人，橫七豎八的樣子說不出有多慘烈：有的被活活炸開肚子，有的被炸斷兩條腿，有的身子被子彈穿得活像一隻大馬蜂窩。

尤爲慘烈的是一代英豪胡立奇了，他的身首分家，已經面目全非，簡直無法辨認。只有父親與秦三觀他們十三個人還沒有死。他們全被包紮起來，排成一排躺在那兒。

傅信道終於找到父親了，他仔細看了一下父親，還活著，只是由於失血過多，那張臉如一張白紙。傅信道大喜過望。他下令全師動手，把那八十五個人全部就地掩埋，並叫士兵全站在那裏，朝天放了八十五響槍，作爲軍人最後的葬禮。隨後，他下令砍下一大批七倒八歪的小樹，做了十三副擔架，把僅剩的這十三位全從山頂上抬將下來。

若干年後，我坐在家門口與父親一塊兒納涼時問過他：「你第一次打仗是什麼樣的一種感覺？」

父親說：「當初，我只是趴在地上放槍，也只知道敵人一個個地倒下去。那麼多人一起放槍，對面的那些生龍活虎的人，到底是被哪支槍打死的誰也不清楚。當時我紅了眼，沒什麼感覺。當時敵人越打越多，蝗蟲樣地撲了過來，其中有個不怕死的兵，我一槍打中他的額頭，可他還繼續往前奔，一直撲到我的壕溝前，才一頭栽倒在地上。那黏稠稠的血一直流到我鼻子尖，我這才感到可怕。我想，我殺人了，我今天終於殺了人。當時，那股血腥的味道直衝腦門，我只想吐。但這種感覺只持續了幾秒鐘，就馬上過去了。因爲這是面對面的戰場，子彈都不長眼，它並不因爲你心地善良便躲著你。你不去殺別人，別人就要殺你。人這個東西很怪，殺得惡了起來，什麼人性都沒有了，你也就道道地地變成殺人的工具了。人一旦變成殺人的工具了，殺人也就和屠宰場裏殺豬宰牛沒什麼區別了。」

蔣總司令以爲這九十八個台州人全都死了，打算開個異常隆重的追悼會。

林興軍忙著佈置大會場。他們把我父親那張照片放得又大又醒目，在父親的照片下面，按軍階排列，有胡立奇、秦三觀、黃昌新、林星河，一整排九十八個人的照片。蔣總司令還親自爲這些犧牲的人寫了一副輓聯：

熱血男兒為國捐軀，雖死猶生
一代英烈為民除賊，青史永銘

靈堂四周還佈滿了一朵又一朵的小白花。

祭奠的時間很快就決定下來了。正在此時，傅信道師長走進來了。他向蔣總司令報告：九十八名士兵中還有十三人活著。

「有誰？」

「有關光明，有一班長秦三觀，還有十一名士兵。」

「什麼?關光明活著?」

「是的，總司令，關光明活著!」

「人在哪裡？」

「已經叫我送到醫院裏去了。」

「傷勢怎麼樣？」

「中了不少子彈，但要害部位無大礙，只是不省人事。」

總司令臉上充滿著一種難以形容的喜色，罵了一句：「娘希匹，關光明還活著，還活著!這個小子竟然還活著!」

三年前，我有個老領導，名叫李英，曾是浙江省的主要領導。在上任的那一天，我去拜見他。那時，他剛從領導職務上退了下來。他與我們家很熟，有好些發生在父親身上的難事惡事惆悵事尷尬事，都是他一手幫著解決的。他很是高興地接待了我。我與他坐在同一張沙發上，一邊喝著茶，一邊談起了人的命運。

至今我十分清楚地記得他對我說過：「人就和水裏的魚兒一樣，你若是能夠在水門底下待著，說不上什麼時候，那水門開了，你頂著水流兒便可以游上來了。一旦衝上急流之後，展現在你面前的，則是另一番廣闊的天地了。你呢，也就會從那天起，有著更多的機會在平臺上展示你的才能了。你的社會地位與命運呢，也會隨之而大變了。」

當時，我也有我的想法。我一直搞不清楚，是機遇決定著命運，還是命運決定機遇。有時候，我覺得是人的命運決定著機遇，一個人若是沒有這條命，何以有各種機遇？有時候，我又覺得不盡然，人生是一本永遠解讀不透的羊皮卷。

就拿父親來說吧，就因為這次大難不死，他的命運徹底地改變了。而那十二個人，除了秦三觀傷勢較輕，願意留在軍隊裏與父親一塊兒繼續從軍外，其他那十一個均因傷殘過重，無法再在軍隊裏幹下去，軍需部發給了他們一筆錢，就讓他們回家了。

再來看看馮金龍的命運，自老閻被老蔣逼得通電下野之後，晉軍也自動解散了，有些被中央軍收編了，有些人流落江湖了。先鋒團團長馮金龍不想受中央的約束，也不想就此偃旗息鼓，他還鄉的第一件事就是報仇，攏了本團與他不錯的「九大金剛」，跑回寧溪山區來了。

一天傍晚，他們向寧溪的王家發起突然襲擊，王家雖然造有一個很高的炮臺子，也有十一條槍，可他們畢竟是土包子，與那些正規軍比，哪裡是對手？一打，便稀哩嘩啦了。王克岸當場便被打死了，王家三十五口人在這次屠殺中幾乎被滅門。正趕上林興軍那天帶著他手下的八名衛兵來老家休假，聽到風聲後，他一邊派人上黃岩調兵，一邊衝出去要與他們幹一傢伙。馮金龍一看，再折騰下去，怕官軍前來包抄，也怕剩下的王家人會與官軍聯起手來與他作對，乾脆逃入黃茅山，拉起桿子做土匪了。再後來，他與那個太平縣冒出來的黃百里攪在一起，成立了個自救革命團，自己當了團長。

在所有的傷員中，父親是傷勢較輕的一個。當時，他的身上有三十三處子彈孔。他一動不動地住了幾個月院之後，終於從醫院裏走出來了。

父親從蔣總司令的身邊被放了出來。總司令不放他也不行了，他的功勞太大了。父親終於實現了將軍夢，出任第七十一師少將師長。

這也許是總司令對他捨下性命的一次還報，可那時父親一直處在魂不守舍的狀態中。他想那些死去的士兵，他想黃昌新，他想林星河，他想胡立奇。他曾經與他們在一起吃飯睡覺有說有笑。可現在，這些生龍活虎的人，說死，一瞬間就死了；說沒，一瞬間就如秋風掃落葉樣地全沒了。他再也看不到他們活蹦亂跳的人影了，再也聽不到他們親切的大嗓門了。在差不多一個月時間裏，父親不斷地做噩夢。他感到身子在發飄，整個精神世界全裹在雲裏霧裏。

又過了幾個月，父親這才有一點回到現實的感覺。

父親一生中夢寐以求的願望，終於實現了。

黃皮帶的夢變爲了現實，由於極度興奮，父親連續好幾個夜晚睡不著覺。他一會兒夢見自己肩膀上將星閃耀，一會兒夢見有無數個女子圍著他團團亂轉，一會兒又夢見自己老家蓋起華麗的三台九明堂……

授銜這一天，對於父親來說，真是個非同尋常的日子。

總司令來了，全場響起一片雄壯的軍樂聲。與父親一起受銜的共有八位高級將領，他們都肅立在青天白日旗下。總司令一臉笑容，緩步上前，親自把一枚枚閃亮的少將軍銜佩在他們胸前，還當場授了一把中正劍。

當父親接過了勳章、接受了中正劍後，只覺得自己的耳朵邊嗡嗡直響，彷彿是飛起了一群狂蜂，他感到天旋地轉，費了九牛二虎之力，才把自己那顆顫抖且又狂跳的心死死穩定下來，才控制住自己的肢體。

父親終於沈靜下來了，來道賀的人全都走光了，整個營房裏也只有父親一個人了。那天的夜，是多麼地寧靜啊，只有風吹得那連片的竹林子沙沙作響。父親一遍又一遍地摸著那顆星那柄劍，大顆大顆的淚珠撲簌簌地掉下來。眼淚流過了，頭也隨之昂起來了。他覺得自己整個身子所有的一切全都變了個模樣，連他司空見慣的景物也與往常有著很大的不同了。

在這一段時間裏，父親寫下了大量的筆記，筆記裏所寫的內容，全是他受寵之後不忘報恩的想法。

×月×日

今天我正式受勳。蔣總司令把勳章別在我的胸口上，他對我說：我希望你能和你的老祖先一樣，成為國家的五虎上將。是呀，我何嘗不希望自己能成為五虎上將呢？我想，其他所有的一切都不重要，重要的是，總司令如此厚待我，只要我有一口氣在，我就要為總司令奮鬥到底。

×月×日

今天我請同鄉們吃飯，只有李少白不在。直到今天我才知道，在我負傷的那天，他同樣在一次戰鬥中，叫子彈打斷一隻手。我住院的時候，他也跟著住院了。由於子彈擊中了他的左手骨，沒有及時療救，感染了，為了保命只有截肢。他沒法再在軍隊裏幹下去，回老家了，被任命為黃岩縣縣長。

陳叔桐對我說：我們老家的那位鄭天啓真是個天人，他看的相真準。你看，你不就是第一個有了回應了？我說：如果他看的相準，你們的將軍馬上也就會來到。林興軍說：那可不一樣哪。我們四個人一塊兒出來的，你是第一個達到這個級別的。陳叔桐說：這是你的光榮，也是我們家鄉的驕傲。我說：我相信一句老話，命裏有的畢竟是有，命裏沒有的，你想也難。兄弟，不管是好是壞，反正我拿定一個主意，人生在世，奉行四個字：一忠，二公，三正，四誠。林興軍說：聽說粟定鈞老想拉你到共產黨那邊去，不知你是否動了心？我對他們說：這是不可能的了。

不用多說，這一段時間也許是他一生之中最爲驕傲最爲得意的日子了。

這段日子不僅讓父親畢生難忘，對蔣總司令來說也頗不平靜。經過幾番沈浮，蔣總司令終於就任了國民政府軍事委員會委員長，大權在握。

父親很快上任，全身心地投入他的整軍工作中去了。

他請德國顧問到他們師裏講陣地戰，講軍事機動，講如何利用地形地貌，講如何在側翼——敵人最薄弱的環節——發起毀滅性的攻擊；講什麼叫作戰術，什麼叫作戰略。父親深深懂得，一支軍隊，特別要緊的是要有文化。而軍人文化素質的高低，將直接影響軍隊的整體戰鬥力，他首先在全師展開文化教育。

他把全師的士兵長官，根據文化程度不同分成了三個層面：第一階層為掃盲階層。他派出了十四個教員，從「人、手、刀、牛、馬、車」教起，規定參加掃盲班的人必須在一年內達到會寫家書的水準。第二階層是中級階層。他叫每一個團裏定一名有高中文化程度的老師，把班以上的軍官全集中起來，講文化與歷史課，讓他們懂得中國的歷史，懂得中國的文化，懂得中國的民情。第三階層則是本師裏的最高階層——全師營級以上幹部階層，這個階層由父親請了兩名軍校裏的教員來執教，教所有他過去在軍校裏讀過的課程。

父親當時有兩個十分有名的觀點：一是每一個戰鬥單位必須是一個善於獨立戰鬥的單位，每一個戰鬥指揮員必須具備對不同情況作出不同判斷的獨立思考能力。一個團一級的指揮員，除了服從最高指揮部的總體戰略部署外，更要緊的是能善於因時因地、制定靈活機動的戰術，贏得局部戰爭的全面勝利。二是一支沒有文化的軍隊是一支愚蠢的軍隊。文化是根，文化是魂，必須把根與魂同時深入於每一個士兵之中。尤其是營一級以上的軍官學習班，就跟下兩個階層的班完全不一樣，層次要高得多，著重在理論學習方面。除了戰術課外，文化課全由父親審定。課本有老子的《道德經》、孔子的《論語》、周文王的《易經》，還有《孫子兵法》。其中一些課目由父親親自主講。

父親整整花了兩個月時間，親自編寫了《步兵條例》與《後勤內務管理條例》，經全體軍官聯席會議討論之後，在師裏實行。他還成立了士兵委員會，專門解決士兵與長官之間的矛盾。他還制定了不准打罵士兵、不准剋扣軍餉、不准擾民、不准害民、不准隨便徵用百姓物資等規定。他還十分明確地下達命令：每一個月下半月的第一天為士兵與民眾代表接待日，在這一天，他要求連以上的軍官全部參加。為了實現七十一師官兵一體，父親要求團以上的軍官每一周必須達到三個一：與士兵們同吃一次飯，與士兵們同睡一次覺，與士兵們同出一次操。

父親非常懂上行下效的道理。他說，上樑不正下樑歪，要想自己的部隊成為獅子，長官本人就得成為獅子，一隻兔子是無論如何也不可能把他的麾下培養成為獅子的。此外，他還首先提出治軍的十六字方針，就是「質量建軍、文化建軍、裝備建軍、素質建軍」。

有一天早操，父親發現一個士兵軍服上掉了一粒鈕子，他當即便把連長叫過來，問：「你看沒看到他軍服上的鈕子掉了？」連長說：「我不知道。」父親馬上從自己的口袋裏把針與線拿出來，當著全體士兵面前，把這個士兵的鈕子縫好。

做完這一切後，父親當場訓斥了這位連長。他對全體官兵說：

「一個士兵的鈕子掉了，雖然只是一件小事，但是，你們千萬要記住，戰爭的成敗往往是由最小的細節決定的。一個馬蹄鐵丟了一枚釘子，可以毀壞一匹戰馬，一匹戰馬受傷可以連累一個長官，一個長官犧牲，可以喪生一支軍隊，一支軍隊消亡可以毀滅一個國家。一個不注意小事的長官，不論在什麼時候，都是不值得信任的。」

他當場便撤了這位連長的職務，由副連長來頂替。

他還在全師首先實行全體官兵刷牙制。如今，哪有軍人不刷牙的？可在那時候，軍人刷牙的幾乎是鳳毛麟角。為了樹立這個良好的生活習慣，每天早上號一響，父親便一個排一個排地檢查過去。他抽到誰，就要誰張開嘴。

當時，十八連的一位士兵嘴一開張，便嚇了父親一大跳——滿口齊嶄嶄的牙齒上全是黃黃的陳垢，噴出來的濁氣差一點把人熏倒。父親立刻把排長叫來，叫他拿牙刷當場示範。那天，父親雖沒有發作，但態度十分嚴厲。他對這個排長說：「什麼時候他的牙齒刷白了，什麼時候你帶他來見我。」排長緊盯住這個黃牙兵半個月，一直到他的牙齒乾淨了，這才放了心。

父親的另一個舉動叫全師官兵更感到吃不消，他們也從中真正領教了父親的厲害。經討論他決定，爲了強加體能、技能，每半個月搞一次全師軍事演練。不折騰則也罷了，一折騰就得一整天，光山地路就得跑上幾十公里。

有一次演練結束後，全師人回到營地時已經是下半夜了。各團的團長實在太累了，也忘了軍人管理條例，回來後，所有的武器擦也沒擦，便解散上床睡覺了。官兵們剛躺下，父親立刻下令叫所有的參謀人員下各營區檢查，內容只一條：官兵們有沒有遵守條例。一查，全傻眼了，全體官兵所有的武器都沒擦拭，而且軍容不整就上床睡覺了。參謀人員回來一報告，父親一言不發；半個小時後，父親突然下達緊急集合命令。軍號立時響起，一片淒厲。官兵們根本不知發生什麼事，驚魂甫定，急急忙忙地爬將起來，在操場中成立方陣。

我父親站在臺上，大喝一聲：「軍人條例第十二條怎麼講？」

「訓練結束後，必須擦拭武器！必須整容方能就寢！」

「你們做到了嗎？」

全場一片沈默。

父親改用溫和的口氣說：「我早就跟你們說過，武器就是軍人的生命，軍容是軍人的靈魂。別看我現在半夜三更把你們叫起來，從戰爭角度去看，這可不是兒戲。一旦到了真刀真槍的時候，也許你會因爲你的槍出現卡殼而送掉性命；也許會因爲你的軍容混亂而失去意志，從而輸掉整個戰爭！現在聽我命令，擦拭武器！整理軍容！」

若干年後，當年父親身邊的副官秦三觀曾多次對我說過：「那時候，你老子在七十一師的威信達到巔峰，全師近萬名士兵沒有一個不敬服他的。由於你老子天天和那些士兵們摸打滾爬在一起，冷不丁兒一看，就和水溝裏的黑泥鰍一個樣。那時，你老子也真討人彩啊。外來的軍官，不到七十一師則也罷了，一旦到了七十一師，兩眼沒有不過電的。」

那時，父親指揮的七十一師是中央軍榜上有名的模範師。每一次演習，只要七十一師出場，無不是拿頭名，名聲也隨著他的軍威越傳越遠。每一次集訓演習，父親一出現，人們總是用一種非常獨特的眼光瞅著他。

父親上任之後的第六個月，蔣委員長對他的幕僚們說：「你們都說七十一師是最好的軍隊，耳聽爲虛，眼見爲實，我要好好看一下。」他這一次去，沒有通知我父親，什麼人也不告知，只帶了宋美齡與貼身副官雷達均悄悄前往。

他到了七十一師之後，正趕上部隊會操，軍營裏一片空蕩蕩。他是統帥，隨意走慣了，沒辦手續。剛到門口，哨兵向他畢恭畢敬地敬個禮後，要求他出示總司令部頒發的特別通行證。委員長三人是隨機出訪，哪帶這個？哨兵也是個山頭末佬，頭頸硬著呢，強著個脖子說什麼也不讓他們進去。

雷達均十分生氣，對哨兵說：「你瞎了眼了，這可是蔣委員長和蔣夫人！」

哨兵舉手又敬個禮說：「報告！也許他真的是委員長與夫人，但我並不認識；就算認識了，我也不敢放。我們師有警衛條例，沒有司令部正式證件，絕不放行。」

這傢伙說得滴水不漏，整得他們一時間沒有辦法，很是尷尬地站在軍營大門外。

趕巧七十一師的上校軍需官王允祥要上外面調集一批軍糧，驅著輛吉普車駛到軍營門口，一見委員長、夫人、副官雷達均被堵在外面，大吃一驚，連忙從車上跳了下來，向委員長、夫人敬禮。

「委員長，這是怎麼回事兒？」

「我的證件沒有帶來，你手下那個兵不讓我進。」

王允祥馬上命令哨兵放行。

哨兵說：「那好，你必須簽字。」

王允祥馬上簽字。

委員長、夫人與雷達均一進門，王允祥便要去操場叫父親。委員長笑著搖了搖手，沒有同意他去叫。他說：「你不要打擾他了。我這一次出來算是刺探軍情，我要好好看一看他帶的兵到底怎樣，別搞欺上瞞下、虛頭滑腦那一套。」

就這樣，委員長、夫人與雷達均，由王允祥引路，從這個營盤轉到那個營盤，委員長的心情可以用「震撼」二字來形容——兵營裏所有的牆上都掛有各種武器的標識；軍營每一處都打掃得一乾二淨，連半根毛刺都沒有；士兵床上所有的被子都折疊成豆腐一般的四角稜正；士兵們所有的洗漱用具都整齊劃一地排成一條直線。委員長帶著笑意連連說好。

三天之後，委員長下令，全軍師一級以上的指揮員到七十一師參觀。我曾經翻閱過那時候的民國報紙，那張發黃的《中央日報》上，登有一張委員長視察七十一師的照片。我的確是被七十一師的軍容所震撼了。這是個什麼樣的方陣啊！無論你從那個角度去看，都是直角帶直線；所有的官兵，裝備整齊，清一色白手套，清一色黑皮靴，清一色鋼藍閃閃的步槍。這哪裡是人，分明是用方方正正的鋼材壘起來的一架殺人機器！那威風凜凜、銳不可擋的樣子，叫所有前來參觀的人都為之歎服。

就在那天的檢閱會上，委員長講了話。他說：「什麼是國民革命軍？這就是國民革命軍。什麼樣的軍隊才能戰無不勝攻無不克？唯有這樣的軍隊才能永立於不敗之地！七十一師是我們全軍的標桿，希望全軍將士都效法這個師！」

三天後，委員長又叫父親去了趟他的官邸，批給父親一大筆錢，並給了十天時間，叫他回家省親。他對父親說：

「你這次回家，我沒有別的要求，只命你務必要討個好老婆來。眼下中國正是多事之秋，戰爭不是一年兩年就能解決的。你們沒有我，你們上不了這個位置；我沒有你們，單槍匹馬也幹不成事情。你們天天把自己腦袋掖在褲腰帶上，說不上那一天說壞就壞了。古人云『不孝有三，無後爲大』，你若不趁此機會弄個女人來，生個一男半女，上對不起祖宗，下對不起自己。」

那話說得父親一片淚花閃閃。

第四章　將軍省親記

父親可以衣錦還鄉了，可以以將官身分探望我爺爺了。他先是通過郵局，從委員長獎給他的錢中拿出三百塊銀元寄給李少白，並打了個電報給李少白，請他務必把這三百元錢給我爺爺送去，讓我爺爺拿這筆錢慰勞一下桃源村的鄉親們——那時，我的老家山路崎嶇，所有的道路全掛在山崖上，根本不通郵路。若是沒有人專程送，那錢就無法到達我爺爺手裏。隨後，父親給李少白寫了一封信。他在信裏說，他馬上就要告假回家省親。他不想搞得風聲太大，尤其是不要在家裏豎什麼「將軍望」，太招搖。他這次回來有幾個目的：探親，擇妻，最主要的還是探望死去的那八十五位老兵的家人，尤其是他的兩個好友林星河與黃昌新的家。

若干年後，我從老家人的嘴裏，陸續得知了父親的一些還鄉軼事。

先是李少白縣長派來的那個信使揣著那信與銀元，騎著一匹快馬，一路風馳電掣地來到我的老家。當時，爺爺正挑著一擔豬糞往桔園裏送。信使在村口那棵茂盛如華蓋的大樟樹下下了馬，與我小叔關光成相遇了。信使拿著馬鞭子指著關光成大聲粗氣問：

「喂，後生！那個關老太爺的府上在哪裡？」

關光成脖子一縮：「……我們這裏都是窮老百姓，哪來的關老太爺？哪來的『府』？」

「嗨，說了你也不懂，關老太爺就是關光明的老爹。」

「哦，你說的是他呀，關光明是我二哥，關叔……不，關老太爺在山上的桔園裏吶。」

「你能不能幫我找一下，叫他趕緊回來？」

「有甚要緊事？」

「關光明馬上要榮歸故里了，他給老太爺寄來一封信與三百塊大洋吶。」

「什麼？你說什麼？有大洋？」

「對呀。」

「有三百塊大洋？他，他在外頭混了這麼多年，做什麼大買賣？怎麼會這樣有錢？」

「你們還不知道？」

「我們全是山頭末佬，一天天在山旮旯裏轉，知道個什麼？」

「天哪，你們這些人，真是道地的鄉下人！關光明再也不是過去的關光明啦，他現在可是大名鼎鼎的國軍少將啦！」

關光成一聽，對天哈哈一聲長笑，撒開腿，發了瘋似的跑到桔園裏，一把把爺爺給拽了回來。信差先是交給爺爺三百塊大洋，爺爺擦了一擦手上沾著的泥，彷彿是搶來似的，連點也不點，便一把揣了。信使又給爺爺奉上那封信。

爺爺哆哆嗦嗦地抖著信紙，說：

「我不識字，煩老爺能不能給我讀一讀？」

「得罪得罪，老人家你才是老爺呢——我給你讀信。」

信差馬上把信拆開來，讀了一遍，大意就是不肖兒即日回家，一起前來的有三個衛兵，勞煩父親大人把家裏的房子好好地收拾一下。

信差說：「老太爺，這一回，你們老關家可是祖宗墳上冒青煙嘍。年紀輕輕當上了師長，這好事上哪找去？」

爺爺卻變成了一根木頭，一動不動地站在村口的大樟樹底下，差不多有兩個多小時。他不知道自己該想什麼該看什麼了，他高興得差點忘了自己姓甚名誰，連話也說不全了，至於如何把信使打發走的，他就更記不得了。剛授銜那會兒，是我父親睡不著覺；現在，輪到我爺爺睡不著了。

夜深了，爺爺肚子飽脹得十分難受，什麼東西也吃不下，就這樣和著衣服躺在竹床上了。竹床在他瘦削的身子底下吱吱嘎嘎地一陣發響。爺爺的老身子骨開始在床上烙餅。烙了這一面，熟狠了，他又去烙另一面，也熟狠了，最後，他全身都烙透了，再也睡不著了。他心裏越想越興奮，越興奮越難睡，越難睡越是想，兩隻眼燒得有如孫悟空從八卦爐裏煉出來的火眼金睛了。

第二天一大早，爺爺就跟五六歲的小孩子一樣又癲又狂起來了。他在村子裏到處亂走，逢人就拿出三百塊銀元與那封信給同族的鄉親們看，到處炫耀：「哈，哈，我們關家，終於出個老祖宗樣的大人物了！」

他又叫我小叔關光成去了一趟寧溪，準備下了豬頭、魚、雞、鴨之類，小心地捧到村正中關家的祖廟那裏一一擺好，然後點上三炷香，咚咚地磕起頭來。

人與人之間存有多大的差距啊。有些人死了，連他那名字叫什麼也不知道了，可有些人卻能在死人的骨殖上將星閃耀。

父親屬於幸運的後者。

那天，父親還鄉的消息不脛而走，小小的桃源村剎那間便地動山搖。一個未名的小山村居然出了一位全國有名的將軍，那是什麼樣的情景？一百多家的柴門，開了又閉了，閉了又開了。所有的女人都站在家門口，嘰嘰喳喳地說著這件事。那時候的父親簡直成了一輪高高掛在天上的明月。

黃岩縣縣長李少白丟蕩著一隻空了的衣袖，帶著衙門裏的一位文職人員來了。

那時，我老家的道路與現在完全不一樣。現在，一條又寬又長的柏油大公路，一直從城區通至我的家門口；那時，你要想上我家，沒得說的，必須翻山越嶺，或坐滑桿，或騎馬。那天，李少白騎著一匹遍體呈紅色的東洋大馬先進了村子，馬屁股一顛一顛的，看起來非常威風。他一進村子，一個偏腿翻身下來，把大紅馬拴在村口的大沙樸樹下。那馬呢，也許是沒跑夠，也許是閒不住，搖著尾巴不斷地打著噴鼻，不斷用牠的蹄子蹶來蹶去，把堅硬的土地敲得答答響。

山裏的孩子們，平時見的除了牛還是牛，幾時見過這等大馬呢？全都圍過來看。左三層，右三層，把這匹大紅馬圍得水泄不通。有個孩子膽子稍微大一點，拿了根長茅草在馬屁股上捅一捅。馬打了個很響的噴鼻，他嚇得踉蹌往後連退幾步。

李少白走進我家茅棚，對著我爺爺就磕了三個響頭。

「恭喜叔公！阿哥明天就要回來了。」

「什麼？明天？這麼快？」

「我已經接到上峰電報了。只是這華居實在有點……還是好好準備一下吧。」

就李少白的這句話，小小的桃源村第二次震動了。那時，桃源村關姓人家共有一百三十五戶，全是打著骨頭連著筋的關家後代。爺爺去報告關家的老族長關榮春，關榮春一聽，立刻把掛在村口老樟樹下的大銅鐘敲了起來。明亮的鐘聲水波樣地舖展開去，他扯著嗓子喊起來：「你們聽著，全體族人開會，全體族人開會！一家來一個，一家來一個！」

一百三十五戶的男男女女們聞聲，全來到村口的大樟樹底下。

老族長關榮春兩隻手扠在腰間，清了一清嗓子，說：「你們給我好好聽著！明天，東昌家的光明要從武漢回來了。我們關家傳了那麼多代，沒有一人能當上將軍，而獨有光明當上了，這可是千年不遇的大好事，這可是祖上積下的陰德啊！」

「要不要吃頓全家飯？」

「老祖宗有規矩，要。」

「要不要唱一台戲？」

「老祖宗有規矩，要。」

「可是，家裏有的，好辦；家裏沒的，怎麼辦？」

「派人去採買。」

「錢呢？用手指頭？」

我爺爺一聽，馬上從台下顫顫巍巍地站起來，當眾拿出父親寄回來的三百塊銀元，攤在鄉親們的面前。

「我兒子就寄來這麼一點錢，不知夠不夠？」

「多少？」

「三百塊。全在這兒了，一塊也不少。」

「好，好，好！有錢就好，有錢就好啊。」

老族長把錢一接過，隨手交給關家大廟裏的主管，開始分派工作。六個中年人趁市日上寧溪當採辦，專辦那些桃源村民從來沒見過的黃魚、白蝦、帶魚；三位老人翻山越嶺去田嶴，與一個名叫金龍兵的民間草台戲班碰頭，簽下一份契約，點的是全本大套的《關雲長演義》，要連續演上七天七夜，讓鄉親們看個夠；十個年輕多力的後生人，上山砍了毛竹與樹，在大操場上搭起一個戲臺子，好供父親還鄉那日上戲；三十位俐俐落落的女人把家廟裏放著的三十五張八仙桌全抬將出來，擦洗乾淨，吃飯待客祭奠親祖時好用。

男人們上山的上山，外出的外出，各忙各的。那三十多名女子呢，紅著兩手，或用抹布、或用瓜縷子擦洗個不休。上洗，下洗，左洗，右洗，擦得桌子上的每條木紋兒都顯將出來。她們又叫三個後生拿著三擔腳籮，一趟街一趟街地吆喝，把每家多餘的碗全拿過來，留著開宴那天備用。

終於，父親還鄉的日子到了。

那天是一個大晴天，太陽一冒花，全村人就忙亂了起來。六十多個女人負責燒火做飯，專做些麻糍糕之類的好吃食。一百多名青壯年組成三支隊伍：舞獅子，滾龍燈，乒乒乓乓敲響這裏特有的樂器——竹銅鑼。

縣裏的快馬報信，縣長李少白與父親已經到了寧溪上街頭，全村人便海浪一般洶湧了。父親與李少白及各級政府官員的人影剛在白鶴殿的山口一露頭，關家宗族的男女長幼們就湧到了桃源村的三岔路口上。父親他們一到，所有的人即刻行動起來，抬他們上轎的抬他們上轎，駕腿上馬的駕腿上馬，一下子把十幾個人全給浮雲樣地擁將起來了。

這是多麼熱烈的場面啊！父親直到七十多歲後，一說起此事，整張臉還如同春天剛出土的苗兒充滿著鮮亮的色彩。他對我說：「兒子啊兒子，我當時就想，『高祖還鄉』的盛景也不過如此吧，經過這麼一齣人生大戲，死也值了。」

村民們給父親戴上花環，用那頂竹做的小轎高高地抬起來。一路敲鑼打鼓，呼天喝地地把十幾位大小官員們，一口氣抬到關家祠堂前。

一下轎，老族長關榮春鄭重其事地打開兩扇大門。男丁們威風凜凜地站成兩排，恭恭敬敬地把他們請上中堂。祠堂裏面一切早已準備就緒，擺有八張大桌子，桌子上放的全是本地待客的好東西：花生、瓜子、炒豆，以及烤得黃焦焦的蕃薯肚肚（這種食品，是用切下來的蕃薯煮熟，曬乾，吃起來喀巴喀巴直響，十分香甜）。人們剛一坐定，勤快的女人們便白了兩隻手，把熱燙燙的桂花炒米茶沏了上來。在一片熱騰騰的白霧中，所有人的眼角隨那飄出來的霧氣漸漸地軟餳了起來。

風光占盡，父親成了全村人的中心。是有眼的，那眼都往父親身上瞧；是有嘴的，那出口的好話都往父親身上說。他們把父親說成桃源村關家一脈的第一等人物，是桃源村關家唯一的驕傲，是桃源村關家人日後幸福的源泉與福蔭。我們關家從出了關公父子之後，整個宗族彷彿斷了血脈兒似的，如今，天老爺有眼，老祖宗顯聖，想不到來此山溝的一脈居然出了一位將軍了。村裏的人還有不高興之理？

當夜，桃源全村家家就像大過年一樣，先是吃，後是看。那戲很長，也很精彩，一直唱到雄雞報曉。

第二天，陪同前來的李少白與縣鎮兩級的官員們客客氣氣地告辭了。接下來就是家族內部的祭祀活動。

時辰一到，父親被親友們前呼後擁著，來到關家的祖廟。面對著那紅辣辣的關公大帝之像，像一刀斬了似的全跪下去了。隨之，三十五桿鐵銃動山搖地放將起來——那大鐵銃十分有力，每放一響，四周的群山似乎都在顫抖。一圈接一圈的白煙衝得很高，也很遠。

父親點了三炷香，對著祖宗的牌位三拜九叩，這是我們關家有出息的子孫衣錦還鄉後必須辦的第一件事。叩完頭，父親許下他一生中最大的心願：希望我們家的老祖宗再一次顯聖，再一次好好保佑他，讓他成爲蔣主席的五虎上將。他要和祖上一樣，給我們關家創造出第二個神話，成爲後代子孫永遠驕傲的資本。

他剛站起來，老族長關榮春就問：「你發了什麼心願？」

父親把自己的心願如實說出，老族長大爲感奮：「那好，我們家這麼多年沒有出息個人，能到這種位置的只有你一個人，現在你在老祖宗面前明誓吧。」

他揮了一下手。一切早就有準備，第二個儀式馬上開始。十八個膀大腰圓的漢子，清一色的光頭，清一色的腳上穿著六耳麻鞋，清一色左袒，清一色手裏捧著明晃晃的米酒，威風凜凜，神氣活現，走到父親面前。父親又一次對著祖宗牌位跪了下去，高聲明誓道：

「生爲人傑，死爲鬼雄，關光明決不給關家祖上丟臉。請祖宗明鑒！」

說完，父親站起，當著眾人的面，掣出那把中正劍，把自己的中指割出一道口子，紅且濃的血隨之點點滴下，漾在酒碗裏，慢慢地潤開去。於是，關家的十八個兒郎大聲喊出「精忠報國，肝膽照人」的誓言，將酒一飲而盡。

整個儀式，直到這時才算完成全部的內容。

此時太陽業已正中。太陽下面的那一座的大山在明媚的陽光下益發顯得黑白分明，黑的一片黑黲黲有如深水，金的一片光閃閃有如浮雲。滿山的樹林、毛竹，生出來的色彩層次非常豐富，彷彿有雙神手在那兒塗抹著。

若干年後，我也曾在老家參加宗族的祭祖活動。我仔細觀察過我們家的祖廟，感到家族的觀念與宗法的力量實在有點兒可怕。那關家大廟雖歷時上百年，在子孫們的精心呵護之下，依然顯得那樣金碧輝煌。那巨大的神像，與我所看過的《三國演義》裏所描寫的關雲長毫無二致：紅臉，長鬚，兩隻眼高高吊將起來。左邊站的是關平，右邊站的是手持青龍偃月刀的周倉。下面呢，全是關雲長死去的子孫後代們的牌位，一排跟一排。邊上還掛有關家歷代顯赫人物造像，附有他們每人生平行狀的文字描述。這其中，就有我父親受國軍中將銜時拍攝的那張巨大照片。

照片中的父親威儀凜人，別著小手槍，腰裏挎著蔣介石贈他的中正劍，上下是一身挺括的軍裝，腳下是一雙黑漆油亮的高筒皮靴。

更叫我難以忘懷的，則是家廟兩根大柱子上刻著那副黑木描金的對聯。據說這字是國民政府「第一文膽」陳布雷的手跡。那對聯是：

一門忠烈，不事二主，恩怨分明，不昧心地
盡孝盡義，無苟富貴，善惡經緯，偉烈丈夫

當晚，關家人舉行舉世無雙的盛宴。這次夜宴的規模，家廟中存著的記事本至今仍有記載，那發霉的黃裱紙上用小楷十分清楚地記著那天晚上豐盛的酒食。

那天晚上，全村殺了三口大豬，辦有四十九桌酒席，用的全是山裏人平時吃不到、看不到的好東西。有鮑魚，有黃魚，有海參，有豬肘，菜肴之豐盛奢華，連素來有「山頭黃魚」之稱的冬筍在那天只可墊碗底了。全村不分男女老小，是關姓人氏均可出席，食用計開三百一十五人。

若干年後，我回老家。長長的夏夜，我與鄉親們坐在巨大的石塊上納涼。天上的銀釘在非常調皮地眨著眼睛，溪上捕魚的漁火忽明忽滅。我們一邊搖著扇子，一邊閒談。父親榮歸故里的那些事，鄉親們講起來，彷彿就發生在昨天一樣。

老人們特別講到了我爺爺那天的表現，他實在太快活了，原本不勝酒力，居然忘乎所以地大喝特喝了起來，一個勁地與人推杯換盞，終於醉得不省人事，順著桌子出溜到了地上。酒席散後，收拾碗筷的女人聽見桌子下面鼾聲如雷，俯身一看，才見是我爺爺。她們費了好大的勁兒才把他拖出來，攙到房裏去睡覺。

父親始終沒有忘記，他這次還鄉還有一個更爲重要的使命，那就是要去探望一下兩部分人：一是要看困難時期幫助過他的人，二是要看那八十五位在戰場上死去的士兵的遺屬。他常說：人活著可以忘恨，但不可忘恩；做人立腳點，必須前半夜想想自己，後半夜想想別人。一心爲民者，你做不到；一心爲己者，你不會有朋友。唯有常與別人換位置思考，你才能在幫襯了別人的同時也幫襯自己。無論對人或是對事，你可以不去錦上添花，但你必須雪中送炭。

當時，父親從武漢隨身帶回來一箱大洋，其中有一部分是委員長本人送給他的一筆安家費，還有一部分是總司令部軍需處撥下來分送給死去的台州籍士兵家屬的慰問金。八十五家，一家五塊，共計四百二十五塊——從當時的生活水準講，這可不是一筆小數目了。父親作出這樣一個決定：軍需處撥下來的錢，一個子也不能少，必須送到每一家去；至於給他那四百塊錢安家費，必須拿出一半來感謝鄉親們。

第三天一大早，父親與三個衛兵早早便爬起來了。他把大洋按一家五元的數目用紅紙封好，然後挨家挨戶送。進門之後，他先是行個鞠躬禮，說上一句：「謝謝鄉親對我老父親的關照，我沒有更好的東西表示心意，就這五塊銀元，萬望笑納。」

接著他把頭一低，把那紅紙包高高捧將上去。本村的鄉親們呢，也並不說什麼，笑而受之，父親便很是快活地從他們家走出來。只用了一上午的時間，本村該走的家走完了。下午，他們又起程了。第四天的一大早，父親便出現在黃岩街頭了。

到了十字街坊後，他第一個來到鄭天啓的家。他一敲門，鄭天啓彷彿知道我父親要來似的，早在那兒等了。門一開，鄭天啓便笑著把我父親迎進房間裏了。兩人分賓主坐下。

「少將軍，你今天是不是來謝我的啊？」

「是，是，鄭先生。我今天就是來謝你的。」

父親恭恭敬敬地奉上五十塊大洋。

「啓星，何必這樣客氣？是上天給你安排好的命，我有什麼可謝的呢？」

「我這一輩子第一個要謝的就是你。若是沒有你的指點，我也許永遠不會離開老家一步呢。」

鄭天啓不再說什麼，只是對父親一笑，不說接，也不說不接，便讓父親把那五十塊銀元放在那兒了。

「我今後還會有什麼？」

「還要高升，這是注定的。」

「我有沒有大禍呢？」

「不可能沒禍。自古以來，命則數，數則命。一正一反方成組合，豈有安生之理？人活著說明了就是受罪。天下者成功與失敗成正比，幸福與痛苦成正比，災難與榮耀同樣也成正比。」

「能不能躲開？」

「福當受之，禍也當受之，何避之有？既然你上船入海了，一切皆聽天由命吧。」

「你有什麼話要囑咐我？」

「我只是勸你一句，戰爭乃是上天之安排，誰也沒有法子逃脫。你呢，只要把住一條，積德行善，諸惡莫作，愛民重民。自古官場、戰場，可是行善最好的地面哪。」

他說完了這些，兩隻眼一閉，什麼也不再說了。父親太知道這些高人們的脾氣了，無論說什麼話，總好點到爲止。於是，他不再多問，也便起身告辭了。

當父親又來到那八十五位死去的士兵家中時，他整個心都在顫抖了——真是一將功成萬骨枯啊。父親做夢也沒有想到，名義上國民政府有救濟，可政府拿來的這兩個錢根本不夠吃。那些士兵死了也就死了，什麼都解脫了，但那些活在世上的人還要繼續遭罪。

別的人且不說，黃昌新和林星河家的慘景讓父親心揪得幾乎暈死。

黃昌新是十里舖人，他們家過去並不窮，有一畝地，兩間小木屋。家裏人口不算多。一個哥哥名叫黃昌球，書呆子，人瘦得叫風一吹就倒，地裏的活想幹也幹不了，只好在十字街坊郵局門口擺個攤子給別人寫信，一天坐到晚，攏著個袖，佝著個背，活似一隻毛猴子。一天熬下來，多少有點收入可添補家用。家裏還有個瞎了眼的母親和一個老實巴交的父親。

黃昌新曾說過，他們家裏極叫他留戀的還有一條大水牛，那大水牛全身有如一片白雪，兩隻圓溜溜的眼睛常歪在一邊看人，極有靈性的樣子，黃昌新小時候，天天牽著那條牛在河邊走來走去。但從他九歲起，家裏便走了下坡了。黃父得了一種莫名其妙的怪病，肚皮日日風長，脹得有如一面鼓。一家子爲了能救老父的命，三年內把家裏能賣的東西全都賣了，一直賣得家裏上無片瓦、下無插針。此外，還借了王百萬一百塊高利貸。

那高利貸是千萬借不得的啊，利滾利，利重利，幾年之後，一百變成三百，三百變成五百，五百變成八百，最後折騰得他家那條老水牛也不得不叫別人給牽走。生產工具沒了，吃飯的本錢也沒了，他們家的生活實是混不下去了；最後逼得實在沒法子，只有出來賣壯丁，用賣壯丁的錢來還債。

黃昌新犧牲那天，他被那顆很大很大的炸子打中後，整個胸膛被掀開了，都能看得見跳動的心臟。臨死時，他只與父親說了一句話：「大哥，你若是能活著出去，你無論如何要把我娘的生活擔當起來，我的家實在太苦啦。」他所交託的事是父親放不下的一塊心病。

再一個是林星河。他與黃昌新不大一樣，他家的地同樣也不多，只有三畝山地，三間茅草屋。他的母親特別能生孩子，一個接著一個地生，就像老母雞下蛋那般容易。有時候一年生一個，有時候兩年生一個，結果就生出了九個兄弟姐妹（這還不算死了的呢）。林星河是老大，接著是老二林星雨、老三林星辰、老四林星奇、老五林荷花、老六林春花、老七林月花、老八林梅花、老九林茶花。

待到老九出生時，他娘突然大出血。家裏人一下子全慌了神。一個原本就在生命線上掙扎的人，何以經得住雪上加霜?人家說用童尿可以止血，他們就用童尿；人家說用山茅根可以救人，他們就用山茅根。一家人可以說是搜盡民間偏方，但天老爺不讓人活著，一點招也沒有。他母親身下的血怎麼也止不住，那腔人血活活流乾了，血一乾，人也死了。

俗話說，做官爸不如討米娘。一個沒娘的家庭，那是後背貼在刀口上。生活的擔子全落到林星河這個長子身上。十三歲，他就被他父親送到鞋舖裏當學徒。那鞋店的老闆名叫曹懷古。此人長得圓滾滾的活似一隻大皮球，一臉橫肉，生性極爲兇殘。林星河在他手底下一幹三年，眼看快要出師了，就在這時，店舖裏突然丟了一百塊大洋。當時，店裏沒有一個外人來，只有他弟弟林星雨到這裏來給他送衣服住了一夜。曹懷古懷疑林星河與他弟弟串通一氣，偷了自己一百塊大洋。他黑擼著臉便出去了。三分鐘不到，他喊來了五個社會上的爛頭兄弟，走將進來，一聲大喝：「小雜種，我一給你吃，二給你穿，你還如此不識相！我叫你做人手腳不穩！」三兩下便把林星河全身剝得赤條條一絲不掛，五花大綁起來，然後掄起毛竹梢頭打得他皮開肉綻、血肉模糊。他實是被打得受不了啦，只有屈打成招，在供狀上畫了押。一畫押，曹懷古就把他送官府。

當時黃岩縣長是個福建人，名叫于幫義。于縣長是個酒迷子，也不好好坐下來審一審，帶著酒勁看完卷宗，大筆一揮判了他五年有期徒刑。

浙江省的省監獄設在金華。過去，從黃岩到金華陸路不通，只通水路，三百多名犯人在澄江口上船去往金華。船到湖州，警察把林星河鬆了綁，叫他吃飯。他藉口要解手，趁警察不注意，一縱身便跳進了河裏，憋著一口氣潛到對岸，穿過柳樹林子，逃走了。

他逃到一處不爲人知的小地方，報名參了軍。他天生能幹，鬼點子多，深得父親的喜愛，就把他招到手下來。他臨上陣時，只與父親說：「今天是死是活，聽天由命了。我只求你這個當大哥的，萬一你能活著，我沒別的要求，你務必到我家好好看看。我不知道我家裏的那些人現在怎麼樣了。」

父親把這二人的話全銘記在心裏。當時，他也不知自己是死是活。如今，他活著回來了，也唯獨他當上師長了，豈可把那些生死之交的朋友弟兄們忘掉？

父親先來到黃昌新家。他們家那房子，差不多全是用稻草紮起來的，門框是用成棵的木頭做成的，門扇是用篾片編起來的，再在那上面掛一片破麻袋用以擋風。一拉開門，撲面而來的是一股濃烈的酸臭。探一下頭，細看房子的內部，更令人愕然：屋裏橫架著只有兩張小得不能再小的木板床——成年人夜裏翻身，一不小心，便會從上面掉下來。那床上放著的棉被更沒法看，白色的棉絮有如豬腸子一般翻在外面。環壁四看，絕無長物。左邊放有一口供他們娘倆使用的便桶，敞著很大很大的口子，桶裏的那些骯髒東西全能看得見。右邊，緊靠著門，設有一口做飯用的小缸灶。由於長年累月的燒火，灶口掛著一片毛茸茸的黑灰。再看那鍋裏，盤著三口飯碗與兩雙筷子，洗也沒洗。邊上放有一張斷了一條腿的小方桌。再看桌上擺著的菜，黑乎乎的一團，分辨不清究竟什麼東西。

有位頭髮白花花的老女人——兩眼全長有白翳——正哆哆嗦嗦地坐在床上。她手裏拿著一串佛珠，含糊不清地不斷念佛。一聽有人進來，她便顫聲問：

「誰呀？」

「我。」

「你是誰？」

「我是妳兒昌新的老戰友。」

「啊，你說什麼？」

「我是妳兒的朋友。」

「昌新呢？怎麼沒有回來？」

父親一愣，馬上接口：「老人家，他在部隊上忙，託我給妳帶來十塊大洋。」

原本是五塊，他一看他們家那樣子，情不自禁地又加了五塊。

「什麼？你說什麼？」

「昌新叫我給妳帶來了十塊大洋。」

「十塊大洋？我兒子有錢了？這麼說，我兒子有錢了？」

「叔母，妳兒子那十塊大洋，我交給誰啊？」

「煩你喊一聲我大兒子昌球吧。」

「他在哪兒？」

「就在對面山上砍柴呢。」

父親馬上走出來。也許由於父親穿著一身將軍服出現在小村子裏，早就把村子裏做活的人全震動了。不等父親張開嘴喊，便聽得好一陣響，山上有人說話。不大一會兒，一個瘦得像一根竹桿的男人，躬著個腰，上氣不接下氣地跑到他面前。

「先生，你找誰？」

「你是黃昌新的哥哥嗎？」

「是的，老總，我是他哥哥黃昌球。」

「你怎麼不擺寫字攤了？」

「弟弟當兵去了，家裏老娘沒人照顧，我就不擺攤了。」

「你借的那些高利貸，人家還來討嗎？」

「就剩下兩條命了，他們也不來討了。」

「還欠他們多少錢？」

「還欠一百塊大洋。」

父親馬上叫衛兵從箱子裏拿出一百塊大洋，連同那十塊大洋，一起給了黃昌球。

「你把那些債還了吧。」

「你是不是我弟弟跟著的那位關將軍？」

「是的。」

黃昌球馬上要下跪，父親一把拉住他。

「別，別，你千萬別這樣。你弟弟死那事，知道不知道？」

「知道。李縣長到我這裏來過了。」

「我看你娘還不知道。」

「我不敢告訴她。」

「國民政府不是有規定，每年每人發一次救濟嗎？」

「嗨，別提了。僧多粥少，發來的錢只夠吃十幾天的。」

「好了，好了，我要走的人家很多，在你這裏我也待不長。你弟弟什麼人也不想，就惦著你們倆。你可要對老娘盡心盡責啊。」

「知道，知道。」

隨後父親告辭。

下午一點鐘了。父親在路邊的小店裏和三個衛士匆匆吃點東西，又按著林星河生前留下來的地址，找到林星河所在的村子。

林星河家比黃昌新的家更遠，這是一處靠山傍河的村落。這個村落最大的特點就是枇杷多，滿山遍野長的全是蓬蓬如煙的枇杷樹。他東討訊西討訊，終於找到林星河的家。父親仔細一看，發現他們家比黃昌新家還不如。黃昌新家好說歹說還有個家。而他們家呢，連個能遮擋一下風雨的茅草棚子都沒有。

在問路時父親發現，林星河的二弟林星雨在這帶村民中似乎沒什麼人緣。父親每打聽一次，對方總是用一種怪怪的眼光瞧著他，隨之便刨根問底：

「你是他家什麼人？」

「我是林星河的朋友。」

「嘿，你居然和這樣的人家結朋友？」

「怎麼啦？」

「沒怎麼的，我勸你啊，離他遠點好，可別沾著起泡。」

「沾著起泡？這話怎麼說？」

「你想想，弟弟作惡哥哥受，這家子人還能落個好？」

這話說得不陰又不陽，父親有些丈二金剛摸不著頭腦。他再想往深問，可對方馬上露出黃黃的牙齒來，冷冰冰地一笑，再也不說什麼，掉過頭就走了。

父親在村前村後轉了好長時間，終於轉到村東頭那家小店。這大概是此地唯一的小店，專賣一些醬油、老酒、醋、千張、香蠟燭、糕餅、荔枝、桂圓之類。店主是個長得又白又嫩的年輕女人。父親走上前去，討了一碗茶，便在她小店裏的條木凳子上坐下來，拉家常般地問開了：

「林星河家在哪兒？」

「你說的是那位逃走的林星河？」

「對。」

「他家可是慘嘍！」

「怎麼個慘法？」

這女人便告訴父親，林星河逃走的那天夜裏，官府就把林星河的父親抓去坐了監牢，可憐的老林頭，只坐進去不到一個月便在牢裏病死了。那個林星雨根本不是個東西，遊手好閒，五毒俱全。別的姑且不說，就要錢那一項就夠人嗆了。越賭越想賭，爛田稻臼，賭得個昏天黑死眼，沒錢了便甩開手賣自己的家。一年不到，他們家的兩畝田全叫他賣個一乾二淨。再後來，連那小破房也折騰光了，全家人不得不住到對面山頭上的那個破廟裏了。

父親吃驚地瞪大了眼：「天哪，怎麼會這樣？」

女店主說：「這有什麼辦法？什麼叫命？這就是命！」

父親與三個衛士轉了好多個彎兒，終於找到了地方。這是一座破得不能再破了的山神廟。一走進了廟裏，才發現此廟不是陽廟，而是陰廟。這座廟說不上被人們冷落有多少年了，四壁到處結滿了一叢叢蜘蛛網。剛走進去，一股塵封的黴味兒便撲鼻而來，逼得父親不由得倒退了一步。

睜眼細看，正中坐著一座面目猙獰的泥像。由於長時間沒人上香，也沒人管理，那五彩繽紛的貼金早從泥像身上一片片地剝落下來，露出了灰色的泥胎子。廟的一角是用石頭壘起來的一隻大鍋臺，上面架有一口鍋，邊上擺有十幾口碗。這就是他們的廚房。再往左看，那是兩個大間與一個小間。那兩間大房子裏，就地舖著一層厚厚的稻草，上面放有幾床捲將起來的破被子，那被子破得不成個樣，怎麼看怎麼覺得是一面打了敗仗軍隊的旗幟。這就是林家人夜裏住宿的地方。

父親轉了三圈，找遍了每間房子，也沒見一個人。他喊：「有沒有人哪？有沒有人哪？」

喊了大半天，香案底下小耗子般蹌出一個女孩子來。父親低頭一看，嚇了一跳。她的一頭灰髮幾乎全結成餅，與墳頭上長著的草蓬沒什麼區別；伸出來的手有如鷹爪尖長；面孔、脖子、手臂，及光著的腳丫，全都是黑的。若不是她那兩隻眼睛忽閃著一絲亮光，誰能把她當成活物？

「妳家裏的人呢？」

「唔（我）不是輪（人）嗎？」

「妳家就妳？大人呢？」

「唔——不知道。」

就這樣，沒法再理論了。

父親當時很想把這五塊銀元交給她立馬走人，但他那手指尖一觸著那冷冰冰的東西，猶豫了——就這麼一個小孩子，手中有了五塊大洋，萬一被不良之人發現了，這不等於要了她的命了？若是她因爲這五塊大洋而沒了命，這又不是他作下的孽？當下這社會，人心如此險惡，害人之心不可有，防人之心不可無，他不能不多長一個心眼。當下，父親決定等，只有等，等到她家有大人露面為止。

差不多等了兩個多時辰，快到天黑時候，林星河的弟弟林星雨，喝多了一點酒，搖搖晃地唱著小調，回到廟裏來了。他一見我父親，嚇得渾身打了個冷噤，掉過頭就跑。父親連喝了兩聲，他還是飛跑。一個衛士朝天連開兩槍，大喝道：「你他娘的再跑，我要你的命！」

這兩聲槍一響，他站住了。父親馬上走過去一看，這兩槍把他嚇了個半死，全身上下抖得有如篩糠，上牙與下牙打得格格直響；再細一看，臭烘烘的尿液居然順著他細瘦的腳桿流了下來。父親越看越來氣：天下還有這樣的男人！

父親吼道：「你跑什麼跑？我又不吃了你！」

林星雨撲通一聲跪下去，磕頭如搗蒜：「老總，行行好吧，我家裏還有七個兄弟姐妹，我有個哥哥在外面當兵被打死了，家裏就靠我一個人了，你們別抓我當壯丁吧。」

父親有點兒惱怒，伸出手來一把扯住他的脖子把他拎起來，一股從他身上發出來的臭氣，差一點把父親中午吃下去的東西全嘔了出來。

「起來，起來說話。」

「是，是。」

「你是不是林星雨？」

「對。是林星雨。你怎麼知道我的名字？」

「我是你哥哥的弟兄。我問你，你怎麼會變成這種樣子？」

「爸死了，哥又死了，我家裏還有七個兄弟姐妹，我不成這樣子，叫我成什麼樣？」

「你那七個兄弟姐妹還在嗎？」

「有三個做了別人家的童養媳了，最小的一個也叫別人抱走了。」

「你怎麼能這麼對待自己的兄弟姐妹？」

「有什麼辦法？要地，我沒有；要做生意，我沒本錢；給別人做長年，人家又不要我。我走投無路，只可如此。」

說實在的，父親對這個人沒什麼好感。這人的長相與他哥哥完全不一樣。林星河一看就知道是個厚道人，而林星雨似有一股邪氣，那兩隻眼圓圓的，略帶一點三角，怎麼看怎麼像一對老鷹眼；那嘴尖尖的，怎麼看怎麼像隻貓頭鷹；削下來的那兩腮幫更不用提了，怎麼看怎麼像一隻老馬猴子。尤其叫父親看不上眼的則是他走的那兩步路，肉不束筋，跳來跳去的活似一隻狐狸。

父親本想給他五塊錢就算了，可又不忍心，他家裏頭畢竟還有那麼多小孩跟著。想了又想，最後一咬牙給了他二十塊。本來父親想對他說：這是我自己的錢，你可要拿這錢起個本，做做生意什麼的，好好養養家。可後來轉念一想，好鼓不用重錘敲。若他是知家的，這二十塊錢一定能派上大用場；若他是個百分之百的無賴，哪怕你是說得天花亂墜也是個白搭。

父親便對他說：「這二十塊錢，是我們那些活著的士兵們從軍餉中省出來給你養家的。我希望你能咬牙，把你這幾個還不曾成年的兄弟們帶大。」

林星雨哆哆嗦嗦地伸出手，把這二十塊銀元接了。父親也不再多說一句話，便從那座破廟裏走出來了。

父親就這樣往回走了。父親打算今天是要走上十家的，可事與願違，只走了兩家。照著這樣的速度，他可就別想準時歸隊了。他一路上只是低頭快走，一片長吁短歎。

傍晚，父親終於來到李少白家。

李家等他半天了，那飯涼了又熱。而父親只覺得肚子彷彿吃多了白蟹刺根兒一般從下往上塞滿了，扒了兩三口，便說什麼也吃不下了。

「你怎麼就吃這一點點？」

「我什麼也不想吃。」

父親只覺得很累，想好好歇一歇。但家住城裏的五位老兵的家屬，不知怎麼打聽到父親回來的信兒，又前來打探。他們一打探，關師長還在李少白家，便吵著要與父親相見。父親沒法子，只有重新穿上衣服爬起來，與他們見面。

這一見面可好了，一個個都跟著數黃道白地訴起苦來了，一直到下半夜，這才了結。真是家家都有難唱的曲，父親做夢也想不到，這些老兵們的家庭生活會有那麼多的磨難。與其說是活著，莫不如說是在受活罪。別看父親在戰場上殺人如麻，其實他心腸十分軟善。這些過去曾與他一塊兒打仗的死去士兵們的家庭，居然沒有一個日子過得稍微像樣的。

這一夜可把父親折騰慘了。他多麼想自己能成爲觀世音菩薩，有著天大的法力，把所有的人都從地獄之門拯救出來。可他畢竟是個凡夫俗子，上哪兒去尋找如此法力？千人幫一家一幫一成，一人幫千家一幫一敗。他何以有那個能力？父親第一次深深地感到自己是這樣的軟弱無能，是這樣的渺小無奈與尷尬。

他想，若是每家五塊這麼分，根本不夠給他們塞牙縫；若是一家二十塊這麼分，那就是一千六百塊，這可是個天文數字哪！

天剛濛濛亮，父親就跑去喊李少白，李少白睡眼惺忪地從他的房間裏走出來。

「這麼早，你把我喊起來做什麼？」

「我一整夜都沒睡。」

「就爲那些老兵的家眷？」

「對。你如今是百姓的父母官了，能不能想一個辦法，救一救這些跟我出去打仗的老兵？」

「你這是什麼話？我又不是千手觀音。國民政府撥下來的那幾個錢，杯水車薪，望梅止渴而已，早就了了。就我整個縣府裏三十多號人來說吧，每個月的薪金都成了問題，你說叫我從哪裡擠？」

「叫你這麼說，他們只有等死？」

「天下這麼大，窮人這麼多，這麼大的一個政府都解決不了，叫我怎麼辦？」

「我昨夜想了一整夜，想出個辦法來，你看行不行？」父親這才把他想了一夜的話和盤托出，「我想辦一個實業公司，先以經營木材爲主，看以後的發展。如果好，我們還可以開發其他產業。」

「你怎麼想起辦這個公司？」

「你想想吧，與我一同起家的那一些士兵，差不多全是山頭人，他們熟門熟路，懂木材，到山裏收購也容易。家裏有人的，就叫他到公司裏上班；家裏沒人的，由公司按五元一股算，叫他們入個乾股，每年好從盈利中拿出一部分紅利，補貼他們家用。」

「這個點子好是好，可叫誰來挑頭？」

「我想好了。名義上，你當總經理，我當董事長。這麼一來，對你對我都有好處。狡兔三窟，我不能當一輩子將軍，你也不能當一世的縣長。況且，現在政局如此不穩定，說不上哪年哪月，你我都是斷頭鬼，留下這份產業對我們子女後代也有好處。中國自古以來要想在商業上成氣候，講的全是官商結合。趁著現在你是縣長，我是師長，地方那些不三不四的人也不敢惹我們，說辦起來也就辦起來了。」

「你說的是個理。做人呢，誰的背後也不長眼，我們也不能在一棵樹上吊死。可是這資金從哪裡出？」

「先由你墊付一部分。我呢，把剩下的這八百塊大洋全墊進去。回去後再借一些，再把林興軍與陳叔桐兩個人也調動起來，還是可以解決的吧。」

「那麼，在哪裡開辦公司呢？」

「路橋是最好的地點，那裏是水陸交通之要衝，商貿發達之地，只要能幹，做什麼樣的生意都能成功。你不是與路橋的鎮長范國雄非常要好嗎？叫他也伸一把手幫一下我們吧。」

「難哪，你想，你和林興軍、陳叔桐他們掛的都是空牌子。我呢，天生就笨，又不懂經商之道。」

「這好辦。我向你推薦一個人。此人名叫米可心，是太平縣橫峰橋人，橫峰碗窯的大老闆，家裏很有點錢。別的情況，我也不瞭解。我剛剛出任師長那一年，他與一位名叫嚴於濟的朋友，不知從哪裡聽說總司令要把象山號兵艦淘汰了，嚴於濟很想把這艘兵艦買來，作爲商用船走香港線。左找右找，找到我頭上了。當時，我出於老鄉的情誼，替他張羅了一下，但總司令沒有最後下決心，一直掛在那兒。事情雖然沒有辦成，但我看出這個米可心爲人十分厚道，是個經商之才。我們何不請他過來？」

「太好了，他家在哪兒？」

「我有他一張名片。我給你再寫一封信，你去找他，把原委和他說清楚。我想此人是個仗義之人，由他出任公司的總經理我最放心。」

李少白一點頭同意了。他畢竟是黃埔軍校出身的人，又在軍隊裏打滾過一陣子，好歹也是個實幹家。他當時就下決心，要在父親離去之前把所有的事兒全都敲定下來。

當天，李少白便拿著父親寫的那封信，坐著小火輪來到了太平縣橫峰橋。他東打聽西打聽，順著石板路，來到了米家大院。他進去時，那位很會享福的米可心正坐在一個綠蔭繽紛的葡萄架下喝茶。

「縣長大人貴足何以登上寒舍之門？定有指教，請坐請坐。」

「有個叫關光明的，你認識不認識？」

「認識，認識，少年將軍，大有祖風哪。」

李少白把父親的信遞給米可心，米可心從頭到尾把信看了一遍。

在這封信裏，父親恭稱米可心爲「老前輩」，誠懇地把辦公司的情由和盤托出，邀請米可心出任公司的總經理。信中有一句話說得非常好：「愛人則愛己，救人則救己。」

讀了此信後，米可心大爲感動：「好，好，關光明身爲國軍高級將領，難得有這樣的好良心。救人一命，勝造七級浮屠。我去，我去。」

他一答應，李少白當夜乘小船來到范國雄家。

他到范家時，范國雄正掌燈吃飯，范國雄問：「你這個大縣長，從來無事不登三寶殿的，這次來有事？」

李少白便說了來意。他一聽，同樣十分感動，當即表示：「關將軍既然有此心，我何以不相助？」他當場敲定，也出一筆錢，購下一百股。

是夜，李少白宿在范家。

第二天一大早，天剛濛濛發亮。古老的十里長街所有的店門都緊閉著，船埠上的連排航船上，女人們正在做飯。她們沿著船幫走來走去，戽桶不斷翻著跟斗，水擲得一片嘩嘩響。紫色的柴煙從船上飄出來，順著平靜的水面上弋開去，彷彿有條薄薄的被子覆在水面上。

范國雄帶著李少白穿過石板路順著河往東走，一氣來到離郟家船埠一里地的地方——別看現在這裏到處是高樓大廈，過去此處卻是一片根本沒有開發的處女地，長滿了亂七八糟的野草與葛藤。尤其鬧旺的是一叢叢菖蒲沿河而長，尖挺的葉子劍樣地直戳天空。各種各樣的飛禽走獸在荒草地裏流星樣地出沒。

面對著這片雜草叢生的荒地，范國雄說：「我們就多花上幾個錢，把這裏全圈去吧。」

李少白天天與他父親泡在一起，多少明白這個道理：有水就有財。水是財，財是水，臨河總比不臨河好。他站在那兒，從風水角度去細細端詳。這地方確是打燈籠找不著的好地方，起碼有兩個過人之處：一是此處是海河交界之地，順著出去，不到四十里地就是金清海口。出了海口，往東，是去上海必經之路，有海山與大白兩島爲坐地門戶；往南，可去福建、廣東，自有白沙、黑沙兩島爲關隘。所有的內河船隻均在此處總集，海船河船均在此處交會，運輸十分方便。二是此地又是十里長街的當間，雖然眼下尙且沒有更多的商業用房，但出不了三年，這處環節一連，將是十里長街的中心地帶。有這樣的潛力，還有什麼可說的呢？他幾乎用不著與我父親再一次商量，便一口同意了。

三天過去了。李少白馬不停蹄地跑前跑後，把一切該辦的手續全都辦好了。

就在父親假期剩餘的日子裏，第一個董事會順理成章地召開了，他在路橋一個名叫臨水閣的地方（**此臨水閣就在現在的三水涇口**）把十八名董事成員全都請來了。大家認真仔細地把每個環節作了全盤討論，當下作出四個決定：

一、公司定名爲「榮仁實業公司」。榮者，繁榮也；仁者，仁義之心也，這也是辦這個企業的宗旨。

二、除了向陣亡士兵遺屬發放的五十股股份、每股五元外，父親一百股，范國雄一百股，李少白一百股，米可心一百股，林興軍一百股，陳叔桐一百股，每股計大洋二百塊。總計六百五十股，大洋一萬二千二百五十塊，作爲本金。此款項用於造屋、購買木材和資金流通。

三、制定本公司全體高層管理人員名單。董事長爲關光明，副董事長爲林興軍與陳叔桐，總經理爲米可心，副總經理爲李少白與范國雄。總會計由黃昌球擔任，後勤事務管理員由林星雨擔任，總出納由關光德擔任。其他業務人員以招聘與推薦相結合，能者多勞。薪金由總經理確定。

四、每一年年底從紅利中拿出百分之五十作爲救濟老兵生活費用。

五、所有日常開支費用，由總經理一人決定；重大事項，由全體董事會決定。責權利分定之後，下設四樑八柱。四面八方一擺佈好，接下來就確定規章制度，一共是三十三條，外加一條附則，共計三十四條。

如此細細商量，一直商量到了下半夜一點，公雞都叫三遍了，這才把所有該定的東西全都用文字記錄下來。

在父親即將離開老家回軍隊的最後三天裏，榮仁公司借了范國雄的三間臨街門面成立起來了。那天，公司憑藉著政治勢力與個人的威望，幾乎把黃岩、太平、臨海三地的頭面人物全都請將過來了，前來捧場的人有若雲集。若干年後，十里長街的那些老人們，一提起榮仁公司開業那天的情景，還讚口不絕。

那天，各種各樣的小轎，從公司門口貼著街排起，一直排到三水涇口；那船，貼著河岸排起，從鄭家一直排到糖橋。光花籃就送有一百五十對，木匾送有八十只，至於那供堂上張掛的字畫不下一百五十件。晚間，酒席就辦了一百八十桌。也從這天起，這個後來名聲顯赫的榮仁公司，在這個古老的十里長街中崛立起來了，父親後半輩子的興衰榮辱，也注定都要與這個實業公司緊緊聯繫在一起了。

那時，令父親焦慮的還有一件事，那就是他的個人婚姻問題。

父親一心想娶一個才貌雙全的女人做妻子，但天老爺彷彿就在這個事情上要與父親作對。我曾試圖從關家祖上的歷史瞭解一下關家老祖宗們真實的婚姻狀況，但這些資料中，根本體現不出他們的男女情愛線索來，只有家譜中牽出一兩條紅線，寫明祖上某某人的名字，下連某某氏。有子的，在下面注明有子；無子的，那紅線也便到此結束。至於其客觀存在相關的種種事實全不見記錄，是不是他們所經歷過的痛苦與幸福均被歷史的黑洞全盤吸收了呢？還是人類本身的遺傳基因就有著健忘的特性？

父親原本打算就在黃岩街找個體面女子做妻子。李少白一直想把他的遠房表妹名叫王文雅的女子說給他。我從老輩人口中得知，這位王文雅是個才貌雙全的女子，當時剛剛從上海教會大學畢業。她是我們城關鎮有名的柑桔大戶王炳彪的三女兒。李少白也問過父親：這次回來是不是要解決這個問題？父親說：是要解決的。要不然，我被一槍打死也就斷子絕孫了。但婚姻是男女雙方共同的事。我得看中她，她也得看中我。況且，你只讓我見過她一張照片，照片裏的影像是真是幻，我也說不清楚，總得和她見個面後雙方共同定奪。於是，李少白便與父親約定時間，待榮仁公司全盤敲定後，再騰出點時間與她見見面，然後決斷。

其實說到底，父親唯一掛牽的就是爺爺。歲月不饒人哪，爺爺年齡越來越大了，精力越來越不濟了。過去，他能把兩百多斤的柴頭「喀嚓喀嚓」地一口氣從大平頭挑下來，現在說什麼也不能了。父親又一年三百六十天不在家，帶他在身邊也不現實，所以當時父親只想在黃岩城裏找個像樣人家的女子，把爺爺從桃源村接出來，在城裏安個家，生活上有兒媳伺候著，他也就放心了。

處理好公司事務之後，在回來的船上，父親就對李少白說：「少白兄，你能不能與那位王文雅聯繫一下，我想與她見個面。」

船一到黃岩，靠了岸，下船，父親自然在李少白家裏住下了。

當夜，李少白吃過飯，立刻去了他姨姨家裏，與他表妹的父親會話，約王文雅與我父親見面。但他到了他姨姨家之後，卻不軟不硬地碰了一個釘子，倒不是他們王家沒有看上我父親，而是這位王文雅另有主意。她完全受著易卜生《玩偶之家》的影響，要爭取自己的婚姻自由。她對一介武夫的求婚嗤之以鼻，對自己一家人的過度熱情一百個不領情，不管家裏拍電報寫信，只是一概不理，而且根本不往家裏走，一直在杭州與她的意中人遨遊，無意做什麼將軍夫人。

當李少白走進她家，他姨姨及姨夫很不好意思地說：「少白啊，煩你轉告一下少將軍吧，我們家文雅沒這個福份，做不了將軍夫人了。你還是另找吧。」

少白回來把女方的話這麼一說，父親心裏當然什麼都明白了。你覺得你是個少將，軍階挺高的，在人家眼裏可沒拿你當盤菜。這還有什麼可說的呢？父親當然沒必要再在黃岩城傻待下去了。他什麼話也沒說，帶著三個衛兵，翻越山嶺回到自己的家裏。

父親那時候想：天下何處無芳草，東方不亮西方亮，就憑我年紀輕輕的國軍少將，還找不到我想要找的上等女人？他決定打道回府，回武漢後再找。

然而此時，我那個固執的爺爺卻已領著一個女子出現在家門口了。

這女子不是別人，就是後來成爲我大母親的女人，名叫何秀英。

別看她的名字淑靜端方，她本人的容貌既不「秀」也不「英」，在我家老中堂的牆上，至今掛有她的一張放大了的照片。無論我從哪個角度去看她，都無法看出絲毫的動人之處。大母親長得恰如大山裏剛剛鋸下來的一段木頭。她身上有幾個不同於一般女人的特點：兩隻眼實在太小太小了，小得有如兩粒小綠豆；她那張臉太圓太圓了，那圓多少有一點古怪，她不是下面圓，而是上下一般圓，冷不丁一看，就像一張剛剛從鍋裏攤出來的麥鼓頭；她那個子呢，實在是太矮了，只有三塊豆腐高。走起路來，她的上身一動不動，下身卻小雞啄米似的倒騰得非常快，眨一眨眼的工夫，她就走得老遠老遠。

這位何秀英是爺爺在父親五歲那年定下來的娃娃親。父親也只是偶爾從爺爺嘴裏聽說過，他對這場娃娃親根本沒往心裏去。之前這何秀英也曾來到我家，以當家媳婦的姿態做這做那，但因父親不是上山燒炭就是下洋放排，雙方往多裏說只見過三四次面。而每一次見面，雙方也只是你瞅我一眼，我瞅你一眼，連句話都沒有說。既然雙方都沒有感應與溫度，爺爺爲什麼非要把她定下來給父親做妻子？直到了我十五歲那年，我這才從伯伯關光德嘴裏知道，這裏還藏著個驚心動魄的故事。

回過頭，且從爺爺那一輩人大遷徙至桃源村的前一年說起吧。據現存的家族史料記載，來黃岩寧溪桃源村安家的關家人氏前後共有三批，兩端相隔的時間跨度足有五十年。我們家，是屬於關氏七份中的第三批，也是這家族南遷隊伍之中的最後一批。從我爺爺這一批到達之後，沁陽的原關家莊我們家這條線上的子孫業已搬遷殆盡。老家那邊所留下來的人，全是旁一系的關家氏族了。此後，關家後代的另外那三個旁系再也沒人往這裏搬遷了。

這一天，爺爺揹著三歲的父親走在黃岩山麻狸嶺上。是時，正值南地三伏，天熱得有如一口蒸籠，逼得人喘不過氣來。爺爺生於北方長於北方，無法習慣南方這種又潮又濕的氣候，當時別的族人都相繼走過去了，爺爺沒有法子，只得揹著父親走走停停停停走走，落在隊伍的最後了。

就在他們翻越大雁嶺時，也許是山中的冷泉喝得太多了，也許是因爲過度勞累，爺爺突然得了十分厲害的絞腸痧，只覺得天轉了，地轉了，山也跟著轉了。隨後，他便一頭栽倒在地上，爬不起來了。父親那時小著呢，他根本不懂，好端端的人，怎麼說歪就歪倒在地上呼呼睡著了？他怎麼喊我爺爺，爺爺就不應。沒別的法子了，小孩子求援的唯一之法就是哭，於是他穿雲裂帛地哇哇大哭起來。

也是爺爺命不該絕，就在此時，有人前來搭救他們了，此人是大雁嶺一帶很有名氣的大獵戶何志清。恰好那天，他揹著支獵槍晃晃蕩蕩來到這裏，先聽到一個孩子聲嘶力竭的哭叫，當時想：這麼個深山老林，爲何會有孩子哭？是不是狗頭虎叼來人了？（**我老家山林多狗頭虎。往往人打了狗頭虎，狗頭虎為報復人，叼孩子上山的事兒也時有發生。**）便順著哭聲摸過來，一看，山旮旯裏橫倒著個中年人，邊上有個約莫三四歲的小孩仰著小臉嚎哭。他走過來俯身細看，此時，有隻很大的黑螞蟻在我爺爺臉上爬著。

他是山裏人，見得多了，有經驗，馬上從腰頭掣出牛角刀，對準我爺爺的穴位狠刮起來。很快，爺爺的那口氣便從胸中透將出來。氣一透，一切落心肚了，小命總算是被請回來了。何志清扶著我爺爺、揹著我父親到他家裏，讓這爺倆兒好好在他家將息幾天，怕的是倥傯再走，再倒下，那就不好救了。我爺爺與父親就住在他家裏，又吃又喝差不多有三整天，恢復差不多了，他這才把我爺爺他們一直護送到桃源村。

當時，先到的關家人都以爲我爺爺一家發生不測了，因爲每一次大遷移，死的人都非常多，一路死過去，往往目的地到了，人也只剩下一半了。一見我爺爺領著兒子到了，他們十分高興，圍著我爺爺說個不停。老族長關榮春說：「還圍著他說什麼？還不趕緊給他們爺倆搭出個房子來，叫他們下黑住哪裡？」

村裏人在緊靠著黃岩溪溪邊的一個地方選個位置，砍樹的砍樹，斫竹的斫竹，動手搭起三間小茅屋。這三間小茅屋一直到父親出任中將軍長、他與李少白他們所辦的那個公司有了盈利之後，才推倒重蓋起九間木結構的新房子，讓同樣逃難到這裏的三個叔伯兄弟光德、光興（光興到共產黨那兒當兵去後，家裏還留有一個剛結婚不久的妻子）、光成，每人兩間（中間為中堂），有了個安身立命之地。

關家人對於仁義禮智信特別講究，有恩必報是關家人生存在社會上的基本原則。安定後的第三天，爺爺便借了點錢，上一趟寧溪，購了八個很像樣的紙包餡（裝著桂圓、荔枝、白糖、老酒、豬肉之類）用擔子挑了，到何家去謝恩。

遠親不如近鄰，也從這天起，我家與何家來往非常頻繁。尤其到了年關，我們家總要給何家送稻米、蕃薯、豆麵、米麵、豬肉、竹筍；而何家同樣年年給我們家送野豬、麂子，就這樣，一來一往走動有兩年多。再後來，爺爺又把我奶奶從老家接了過來，本來想一家人團團圓圓過日子，不料沒過多久奶奶就死了，剩下爺爺和父親二人相依為命。

父親五歲那年，有一天，何志清就應桃源村全體村民之邀，帶了八個獵戶來此地打野豬。我老家自古便有三多：狗頭虎多，麂多，野豬多。前兩樣且不說，就那野豬多得實在令人吃驚。這種玩意兒，一猛，二兇，三是極能禍害地裏的莊稼。我們家種的蕃薯，常常一壟接一壟地被牠用尖利的嘴拱翻。就這一年，村裏的蕃薯地被活活拱去一半。

我們山裏人有什麼？不就靠這一點蕃薯過日腳嗎？一旦蕃薯被牠給拱沒了，全村子三百多口老少男女吃什麼？別看我老家人個個舞槍舞棒很威風，但對付這些尖嘴骯髒的傢伙卻是十分外行了。你安上個鐵夾子，打不住；你安下個陷阱，這傢伙極為機敏，在陷阱邊上轉來轉去，就不往裏跳。第二天一早，你起來往陷阱裏看，準能看到野豬的蹄印不偏不歪地擦邊而過，把人活活氣死。

村裏的人為了能救下這點口糧，專門組織了一支敲鑼隊，全村的男人女人輪著夜夜敲。一天兩天，拍桌子嚇耗子，管用；時間一長，野豬們也漸漸悟出道理來了：別看你敲出這麼大的聲來，只是乾打雷不下雨，牠壓根兒不買賬，當著你的面「咯咯」地啃，不時還翻著小白眼歪瞅著你。村子裏人無可奈何，想來想去，只有去找我爺爺了，說：「你能不能出出面，把你麻狸嶺的好朋友請來，救我們一駕？」

爺爺一聽，沒二話，去了。

兄弟有難，豈有不幫之理？對方沒說的，自然放馬過來了。

不料，何志清剛走上山坡，劈剌裏便躥出一頭三百多斤的野豬王。何志清打了這麼多年的野豬，殺死牠的宗族無數，從未見如此龐然大物，牠冷不防從黑林子裏竄出來時嚇了他一跳。定睛看，這還是野豬嗎？簡直天生怪物！牠叉開兩條腿在他面前一站，大牯牛那麼高；一身閃閃發亮，全是松脂油，彷彿大將軍披著一身鐵甲；兩隻獠牙足有二尺長；一打噴鼻兒，嗞嗞一片發響。

他拔出槍想摟火，但人與獸間互相的征服，決定存亡往往只是一步之間：快一步，人能征服獸；慢一步，獸能征服人。何志清就因爲慢了一拍，刹那間，便叫這隻野豬征服了，那頭野豬王尖利的大獠牙正好切入何志清的胸脯，頭一甩，「哧啦」一聲響，何志清的胸腔被挑開了。那個慘勁兒哪，沒法叫人看了。

等到村裏人手忙腳亂把何志清抬回來，他只剩下最後一口氣了。那時，爺爺正在山中燒炭，渾身上下塗得一片漆黑，活像小鬼。聽到此消息後，忙把手裏的家生一扔，上氣不接下氣地跑下山來。

何志清一看到我爺爺那張黑黑的臉，淚水便在他多皺的臉開出溝溝渠渠了。何志清叫圍著他的人全走開，他單獨有話要與我爺爺說。村裏人悄悄離開了。我爺爺把身子俯下來，伸出手，握住何志清的手。

何志清說：「東昌兄，兄弟，三天前，我就做了個夢，有個白鬍子的老人對我說，你爲人太狠了，打的野豬太多了，你命長不了了。你一死，你妻子不出三年就要跟別人走。我說，人都欠上天一條命，早死晚死無所謂。女人只是一件衣裳，我能穿，別人也能穿。我一生只生有一個女兒，是我的種。我死後，把她交給誰？白鬍子老頭說，多虧你生前做過好事，上天念你有好人心，你把女兒交給關家吧。你的女兒命中注定有做夫人的命。東昌，夢做到這兒，我就醒了。我一直小心翼翼，想逃此一劫。可是，命中注定的，我還是個逃不過……兄弟，我實話和你說吧，那個夢，做得對啊。若不是有老天，我能把我的那個女兒託給誰？我那個老婆啊，長得如花似玉，一直也沒把我瞧在眼裏，一直愛著下洋頭那個人。就是後來有了女兒了，她還和下洋頭人偷偷摸摸地你來我往，叫我逮著三四次了，都因爲顧慮家醜不可外揚，我一直吞在肚子裏。如今，我一死，她解脫了。我想，不出一兩年，她就要跟別人走了。東昌，一切自有天命。生與死也只是一層紙的事。活著，就是死了；死了，也就是生了。我什麼都放得下，就我這女兒，只有三歲半，我放不下哪。若是我那弟弟能帶，你就叫他帶；我弟弟若不能帶，你就把我女兒抱回家，給你家做個童養媳。若是我那弟弟能把她帶到十五歲，你就把她領來，嫁給你的兒子關光明吧。我怎麼看，這小子今後定有大出息……」

什麼樣的拜託最重？一個人在臨死時的拜託最重。爺爺當時沒說一句話，點了一下頭，何志清就死了。村子裏的人用了一桿抬椅，把他抬到麻狸嶺老家，埋到了他家的祖墳裏。

爺爺見到了何志清的女人，這個女人的確是山裏的第一大美人（**就山裏人來論，這樣漂亮的女人確是不多見**），免不了也要哭幾聲，哭完了也不責備爺爺，就進屋去了。

後來的一切不出所料。三年後——這個女人實屬不易，還爲何志清守了三年寡——便把六歲多點的女兒往何志清的弟弟何志明家裏一送，便捲巴捲巴她家所有的東西（**其實也沒什麼好東西**），咬牙把門一關，與她相好的悄悄地走了。爺爺聽到信當日，便跑到何志明家裏，要把何秀英接走。但何志明沒同意，他說：「這是我家的子女，理應由我來養。既然我哥死前對你有話，我只希望你不要食言，等到她十五歲時，你們家就來迎娶吧。」

從這女孩子十三歲那年起，她叔叔就支她一年來上幾次，幫爺爺做點雜活。待她一到十五歲，何志明就來到我們家找我爺爺商議什麼時候迎娶。可那時父親天天在打仗，生死未卜，怎麼迎娶？就這麼一年接一年地拖著，一直等到父親當上少將師長特許回家省親的日子。

這時，何秀英已經二十歲了。山區人家歷來早婚，十三娘、十四爺為家常便飯，過去哪有二十來歲的姑娘沒抱上孩子的？可當時爺爺年齡大了，忘性也大，再加上他歡喜得連自己姓什麼都不知道了，哪還記得起這事？

在父親去黃岩張羅成立榮仁公司的那幾天，消息終於傳到何志明家裏。這事是寧溪人王先生來麻狸嶺家購買山貨時與何志明說的。當時，何志明便大吃一驚：

「什麼？關光明回來了？」

「是呀，回來了，從軍隊裏回來了。這回該他們關家神氣了，我在寧溪還看到一百多個鄉紳們站在牌坊下接他呢。」

「他媽的，關東昌這老東西，怎麼連個屁也不放？」

「老弟，你也別怪人家了，他們關家今非昔比，現在可是達官顯貴了。那些千金小姐想要嫁他的怕是趕鴨牽羊，你這個山頭末佬的侄女還不早被忘到爪哇國去了？」

「不可能。他們關家不可能這樣做的！」

「你們兩家有婚約？」

「沒有。但有我哥哥的臨終囑託。」

「這有什麼用，天下有幾人把話當真了？你想想，一個當了大官的人，沒結婚，還能沒女人？怕是兒子在外都生出一群來了。」

何志明當即便罵起來：「他娘的，我馬上領我的侄女去。我看這老東西是人不是人！說話算數不算數！」

我們老家的人情，好說話也不好說話：說得著了，可以為你兩脅插刀，丟了性命也無所謂；說不著了，可以與你反目爲仇，白刀子進去，紅刀子出來。這何志明是個說幹就幹的人物，他把告訴他口信的王先生打發走後，立刻站在麻狸嶺的峰頭上對著全村何家人一吆喝，來了三十多個人高馬大的何姓男人。一聽他說完，群情剎那間海浪般地亢奮不安。

「他娘的，去找他們，我們全去！」

「志清是爲他們村死的，我們念及親情，沒找他們算賬，如今好了傷疤忘了疼，新賬老賬一起算！」

他們拉著何秀英，前呼後擁地全到我家去了。爺爺正坐在村口，一見是他們來了，馬上迎了過去，這幫人把他圍個水泄不通。

何志明劈頭就問：「你兒子是不是回來了？」

「回來了，回來了。」

「爲什麼不通知我們？」

「哎喲！我忙糊塗了。」

「現在你想起來了吧？」

「想起來了，快坐快坐。」

「沒由來坐什麼？我問你，你兒子是不是在外面有人了？」

「外面有人？看你們說的！天天打仗，這條命還是從子彈堆裏撿回來的，哪有時間找女人？」

「那你今天就當著我們的面，把話挑明了，何秀英等他十年多了，你們關家說的話是不是話？」

「這還用問嗎？當然是話！他今兒有公務上黃岩去了。待他回來，我就叫他與秀英完婚。」

「他會不會跑了？」

「親家叔公，這麼說話，可就傷人了！我兒子是個堂堂的男子漢，怎麼會那樣呢。他的東西還全在家裏呢。況且，他一帶不走我，二帶不走這房子。我老了，做不動了，還想兒媳婦來照顧我呢。」

「嘿，這一句才算人話。我們定了，就在這兒等著。你兒子什麼時候與秀英結婚了，我們喝了喜酒就走，決不再叨擾你。」

就這樣，他們全在我們村子裏住了下來。爺爺又一次叫老族長關榮春出面張羅，給父親辦喜酒。

小小的桃源村，因爲有了父親的這場婚事再一次鬧旺起來。

第二天下午，太陽剛把顏面托在西邊的山崗上，家家紫色的炊煙一縷接一縷冒起來了，父親與三個衛兵沿著山路回來了。

父親一進村口，見情況有異，便問道邊一個女人：「村裏來了什麼人？怎麼這麼熱鬧？」

女人甜甜地對他一笑說：「什麼人也沒有來，是大伯公要給你結婚吶。」

父親當時就如當頭打了一悶棍，傻了——這怎麼可能呢？這麼大的終身之事，怎麼連我自己都不知道？

父親快步回到家中，一進家門，只見麻狸嶺村三十多個人全坐在道地裏，喝茶的喝茶，吃花生的吃花生。那位只見過幾次面的何秀英，穿得一身豔紅，低眉順眼地坐在一邊。三個本村的女人正用兩根小細線一把又一把地絞去她臉上細細的茸毛。

這件事若是落在別人身上，也許早就炸鍋了；父親畢竟是一個有身分的人了，他控制一下自己的情緒，把在人堆中說說笑笑的爺爺找到了一邊。

「爹，你這是搞什麼鬼名堂？」

「鬼名堂？這可是給你辦婚事。」

「婚事是我的終身大事，你怎麼不和我商量一下？」

「兒子，我知道你現在看不上她，可是——」

「可是什麼？我是個堂堂的國軍少將，怎麼可以找這樣的女人？」

爺爺低聲把情由細說了一遍。

「我就拿她當親生妹子待，不就完了嗎，為什麼非要做我妻子？」

「兒啊，這事恐怕沒那麼簡單。你看，他們村子裏來了多少人？」

「人多？我怕什麼！要打就打，再來他三十個，也不夠我三個衛兵對付的。」

爺爺急了：「我的兒啊，你行不得啊。人活在世上，還有什麼比人臨死前的囑託更重要？我們關家自古以來講的就是仁義禮智信，言必信，行必果，怎麼可以在你身上不靈了呢？況且，我年紀一天比一天大了，你一走，說不上是死是活，總得有個女人照顧照顧我吧；你若是死在戰場上了，總得給我留下個一男半女吧；你若是活下來了，官越當越大了，到那時，你討幾房你想要的女人，也不是不可啊。」

父親是個大孝子，還從來沒見到過爺爺急成這樣子，他不得不坐在那裏歪著頭，想開了。

若干年後，父親對我說，他之所以同意和何秀英結婚，出於幾種考慮。首先，戰場上的變數實在太大了，別看他現在是如此顯赫，但無法知道下次是死還是活。尤其是他曾親眼看到他手下一名軍官的下場，更是憂心。那軍官曾對他說：「我可不能連一次女人也沒睡過，就這麼死了。」有一次上戰場前，那軍官下決心，帶著自己所有積蓄的錢，到城裏找了一個風月場上的女子。兩個人正在脫衣解帶，沒想到一顆炮彈不偏不斜正好落在他們的那張床上，眨眼間就把他倆炸得血肉橫飛了。父親想：萬一有那麼一天，我也和他一樣，我們家的子孫後代不就絕了？細細一想，放個女人在家裏，能替他照顧好老人，再給他生個一男半女，也不至於家中無人。再一個，不得不承認，關家的祖訓沈甸甸地壓在父親心頭，他深知，做人和做生意一個樣，立個牌子難上難，毀個牌子，只要錯上一件也就全散了。劉關張桃園三結義，不是至死都沒有變嗎？關公不是在曹操的上馬金下馬銀面前圖一個「信」字，最後是封金掛印，過五關斬六將嗎？

儘管父親覺得爺爺的做法有悖於他本人的意願，但從知恩圖報這個古老的理念來說，無疑又是十分正確的。想一想吧，天地之下還有什麼比一個人臨死前的囑託更為要緊？再有，父親也怕與麻狸嶺何家的人發生衝突。他太瞭解山裏人的秉性了。這些人個個都是橫草不過的人物，說得著了，可以跪下來管你叫太公；說不著了，天王老子他也不買賬。兩虎相爭，必有一傷。父親是從戰場上過來的人，他太知道什麼叫作「性」，什麼叫作「命」。好好一個男兒，若是就爲女人死了，實在太不合算了。還有什麼比「性」比「命」更爲珍貴的東西呢？

父親當下變了個臉，顯出十分慷慨的樣子：「好，就這麼定了。結婚就結婚。」

爺爺一聽父親開口答應了，真是喜出望外，連聲阿彌陀佛，歡天喜地。

在那時候，父親內心的確充滿著矛盾。良知與肉身，情欲與理智，魔鬼與天神，在那裏不斷開戰。這又有什麼辦法？什麼辦法也沒有啊，結婚就結婚了吧。

就這樣，父親在家裏又整整住了三天。三天之後，上峰的電報就來了：戰事吃緊，務必要迅速返回軍隊。

四天後，父親重新啓程了。大母親並沒有哭，只是穿了一件火一樣紅的衣服，站在山埡口上，一直看著父親與他的三個衛兵走得沒有影爲止。

第五章　二母親

父親回到武漢後，忍不住對林興軍說起了他這件煩心之事（此時，林興軍業已是委員長身邊的少將侍從室主任了）。父親說：「我必須委屈自己。」林興軍說：「唉，我們是同病相憐啊。」他也是剛剛在三天前，和一位全無姿色、一個字不識的女人結了婚。這個女人也是他老子替他做主定下的娃娃親，根本不問他是否同意，就把她千里迢迢地送來與他完婚了。林興軍與父親不一樣，他倒是笑逐顏開地接受下來了。

林興軍寬慰父親說：「我們還是現實一點爲好，目前剿共戰事不利，今後天下說不上是誰的。有人說，其實委員長不是個真龍天子，真正的真龍天子還在共產黨那兒。若真的是這樣，惡戰不可避免。別看我們眼下軍階這麼高，說不上哪天，你我一不小心，讓共產黨砍了腦袋，光光的什麼也沒有了。到那時，誰來照顧我們的家？若是能留下個種來，也不至於斷了自家的血脈。你也別淨說什麼委屈，我們要學會聽命於人，官再大，實際上小命全捏在別人手裏。從外面看我們一派風光，背地裏，哪個嘴裏不含苦膽？萬一有那麼一天，一件事辦砸了，說送命就會送掉你的小命。所以，我們只有委屈自己來成全這個世界了。俗話說，近地醜妻家中寶，不好看的女人自有不好看的好處，她能給你守個家。天下女人有的是，有的高官日嫖夜賭，你我還不是這種貨色，可是以後我們有這個條件了，再找個外室調劑調劑自己也不爲過。你看，委員長手下的那些高級將領們，哪個不是家裏守著一個外面又掛一個？若是你我將來遇著個紅顏知己，再討一個也無妨。」

經他這麼一說，父親那顆亂紛紛的心這才穩定下來。

對江西的圍剿戰事進入如火如荼階段。

父親原以為七十一師非參加這一次圍剿不可，結果，命令一下達，父親的七十一師沒有去。外面就有議論，說委員長比什麼人都奸詐，專門叫與他不同心的軍隊去白白送死，自己的老本錢就是不想輸掉。

不久，我大哥哥出生了。爺爺央村裏的先生給父親寫來一封信，告知，我們關家有了下一代了。「貓兒貪葷，爺爺貪孫」，這是自然的。他在這封信裏只有一個要求：你是我們關家最有學問的人了，你就給你的兒子起個好名吧。

接到信的這天夜裏，父親又睡不著了，內心說不出有多複雜，既高興，又難過。高興的是即使他死在戰場上了，也不怕了，畢竟自己有了後人。難過的是，這個沒有文化的女人，不知會給他帶養出個什麼樣的兒子來。他又想起何志清臨死前做的那個夢，多少有點驚異。按著祖上定下來「光天化清」四個字的輩份來排，我大哥該是個「天」字輩。於是，父親乾脆就給孩子起了一個名字叫天奇。

再接著，國民政府的報紙電臺喜氣洋洋地宣布：江西剿共戰爭告捷，紅軍被迫向西南邊陲之地逃竄。看來，蔣主席的主要敵人暫時不會構成威脅了。

這是黨國要員們筋骨舒泰的一年，父親也開始走桃花運。

人之欲望，是隨著他的地位作半徑而不斷地擴大它的外延的。貧賤起盜心，富貴思淫欲，也是常理。成為委員長的親信，看到自己肩膀上的那顆代表軍銜的金星，父親的自我感覺有意無意地發生了某種膨化。人最大的優點是抵不住誘惑，人最大的弱點同樣是抵不住誘惑；有時誘惑可以創造出新世界，有時誘惑也可以毀滅一個世界。

那時，在軍隊內部醉生夢死的風氣盛行。委員長手下的三百多位高級將領，嘴上說的是一切皆為黨國，其實他們的內心無不是為著本身的利益而忙乎。他們主要做法有三條：一是拼命撈錢，能逮著一把的就往死裏逮它一把。長官吃空餉已經成為慣例。二是發不義財。別看他們有軍職，但幾乎人人都在做生意。這叫做狡兔三窟，萬一打了敗仗，也會有個轉圜餘地。三是不倒翁處世。能叫好的，統統叫好；能不得罪的，統統不得罪；你好我好大家好，只要不傷害我的利益，天塌下來也不管。四是更主要的，醉生夢死，今日有酒今朝醉，哪管明日哪朵花兒開？能多掙他一份錢的就多掙他一份錢，能好好享受的就拼命享受個夠。

以上諸般苟且齷齪，父親不屑為之，做個不倒翁也不是關家血性男兒的作為，他也不想自己做人太掉價。但有種誘惑卻叫父親難以抗拒，那便是女人，尤其結婚回來後，彷彿一下子沒了女人就過不去夜了似的。過去他沒結婚那會兒，也日夜想女人，但那時候的想與後來的想大不一樣，根本沒有那種焦灼感；而現在，有了女人，一旦離開了之後，有種火燒火燎的感覺。每一次軍訓結束之後，父親上街，看到他的同事們無論走到哪裡，身邊總有個貌美女子跟著轉來轉去，心裏便似有一條小蟲在爬似的，一片渾癢。與他們一樣，去找露水夫妻，只圖目的，不論手段，父親做不出來；叫他去春樓喝花酒，與那些蝴蝶樣的女子們相聚，解決一時間的欲望，父親又覺得難堪。他開始留心尋訪一門外室。就在這個時候，一個女人在父親的面前出現了。

此女有個十分好聽的名字，叫蘇夢茵。

她到底是什麼樣的家庭、什麼樣的身世，我並不很瞭解。在她的老家常熟，人們也只是很籠統地向我指出她墳地所在的位置。我只知道她是個唱蘇州評彈的。

一天，陳叔桐、林興軍在大光明菜館擺酒宴，把父親接去了。在父親幾位結義兄弟中，陳叔桐是最敢放浪的一個，也是鬼花頭最多的一個。他並沒有去臺上點秋香，而是步出門去，給他剛剛搞定的外室蘇琪格打個電話，叫她來湊趣。沒過多久，蘇琪格來了，還帶來了她的師妹蘇夢茵。

這兩個女人均是演藝高手，又吹又拉，又彈又唱，又吃又喝，好不快樂。陳叔桐、林興軍的興致頓時高漲起來，獨有父親坐在一邊發呆。他越沈默，陳叔桐越是決心要拉他下水。他把蘇夢茵喚來，與她耳語了一陣，蘇夢茵的兩隻媚眼瞬間便灼熱了起來。一曲終了，蘇夢茵便亭亭玉立地站在父親身邊了。

「長官，你怎麼不跳舞啊？」

「……對不起，我不會。」

「那你總可以喝兩杯酒吧？」蘇夢茵嬌笑著，要爲父親斟酒。

「對不起，我是軍人。軍人無論何時何地都要善於節制自己。」父親本能地將身體往後移了移，局促不安地說。

「那你和我們說說話總可以吧?怎麼，我們這些沒有見過世面的女孩子跟你談談天，總不會辱沒您這位國軍少將吧？」

父親居然說出了笨得不能再笨的話：「妳，妳也沒和我說話啊。」

蘇夢茵爆發出一陣清亮的笑聲，然後落落大方地在父親身邊坐下來，這一坐，父親便與蘇夢茵認識了。

她的確長得非常迷人：瓜子臉，兩隻大眼黑得分明；一笑，便有兩個很好看的小酒窩現出來；特別是她那排白生生碎米牙兒，齊嶄嶄的一圈；那一身好皮膚簡直白得淌油，彷彿伸手輕輕一掐，就會有水汁從中流出來。她最大的特點是身上無處不軟。軟的手，軟的腰，軟的腿，軟軟的聲音——真是令人骨癢的吳儂軟語啊。男人們與她一塊兒跳舞，款款一曲下來，全身有一種酥軟的感覺。

人世間有三種男人：一種是愛女人，卻不懂女人；一種不愛女人，卻懂女人；還有一種是愛女人，也懂女人。據說，這三種男人中極爲可怕的是第二種男人。不知有多少女性對我說，這種男人是女人喝進口裏的毒藥。但我這個做兒子的，一直不知道父親到底是屬於哪種男人，只有一點可以確認，父親與她從見面時起，便有一種相見恨晚的感覺。

也許是一直生活在軟調環境的緣故吧，蘇夢茵也說不清是爲什麼，特別喜歡父親那種山裏人特有的英俊、兇猛、強悍、執著、快刀斬亂麻式的天性。特別是父親那一對高高吊起來、又粗又黑的臥眉蠶讓她迷得要死（我們關家所有子女的眉毛差不多全是這種樣子，這大概是遺傳基因在那兒作怪吧）。自從初次見面後，兩人開始約會，先是蘇夢茵來我父親處造訪，後來是頻頻約父親見面。任何一位男子都抵擋不了美麗女人連續不斷的進攻，一周下來，父親當然是百分之一百地喜歡上蘇夢茵了。

開始時，林興軍把他們的交往看成逢場作戲，萍水相逢，各取所需，睜隻眼閉隻眼也就算了。在動亂的世界裏，人的無常感比任何時候都強烈。人哪天死都成了個未知數，又何必把自己的生活看得那麼頂真？但當林興軍看到父親根本不是那種看得開的人，居然動了真感情時，他開始發慌了。

他找到父親，劈頭便問：「喂，你、你、你這是怎麼一回事？」

「這女人不是陳叔桐給我介紹的嗎？」

「你這個傢伙，陳叔桐把她領來，只是叫你蜻蜓點水，玩玩罷了，你怎麼好動起真格來？」

「好就是好，不好就是不好。玩？我們關家可從來沒有玩女人這一說。」

「你這傢伙，真的想把她收爲外室？」

「你不是都給我做出榜樣了嗎？我收她有什麼不可以？」

「啓星！你要睜眼看看她是誰，她是個戲子！十個戲子九個浪，我只怕她水性楊花。你想想，萬一她出了軌，讓你當烏龜，你這死心眼能扛得住？」

「我早已經想好了，我們是同居，不結婚，什麼儀式也不搞。租一處房子，能過就這麼過，不好就分手。」

「如果她今後非你不嫁呢？」

「我並不是白木人，看情況。」

「看什麼情況？生米都做成熟飯了，哪還由得你？」

「你聽我說，就眼前論，我還沒想那麼多。是橫是直，我與你不一樣。你是委員長身邊的人，穩。我要上戰場，子彈又不長眼，誰敢說自己是員福將？能享受一會兒就享受一會兒吧。」

林興軍一聽，知道父親的心思定下了，不好再說什麼，但他內心深處總有一點不祥預感：這女人長得實在太漂亮了，若是人財兩訖的露水夫妻倒也無所謂；若是真的成婚，只怕她日後心中長出草來，那可就有大麻煩了。

終於，兩人的感情飛快升溫了。這一回不是她前來約父親了，而是父親主動前去約她了。父親直截了當地攤牌了。

「妳願意不願意做我的外室？」

她只是咯咯笑。

「笑什麼？我可是與妳說真的。」

「我不是早就和你說過了嗎，我願意。」

「那好。我不想騙妳，我家裏可是有了老婆的。」

「我知道。你們軍人這種情況多著呢。其實，我也沒別的要求，只要妳不把她帶到我這裏來，一切都無所謂。」

父親與蘇夢茵找到一處離軍營並不遠的房子安頓下來。兩個人的生活也十分簡樸，只是花錢購了些必備的日常生活用品，便算有了個臨時的家，蘇夢茵也就成了我的二母親。

在這段時間裏，父親把他所得的薪水一分爲三，自己身邊幾乎分文不留：三分之一用於發付榮仁公司的股金；三分之一寄到寧溪桃源村給我爺爺與何秀英，作爲養家費用；另外的三分之一交給蘇夢茵全權處理。在這段時間裏，父親的日子過得十分愜意，是爭分奪秒享受著生活。

在父親當時的日記中，寫有這樣的一句話：「日與將士共練武，夜與美人共枕衾，天下還有何事與其相美乎？」由此可以看出，父親已經沈溺在美好的小生活中去了。至於在老家的大母親，早就被他拋到九霄雲外去了。一旦有時間，他便往家裏趕。到家後，先是迫不及待地與蘇夢茵親熱，待親熱得全身都放開之後，父親這才與她一塊兒出去，或是到漢正街去逛一逛商店，或是到夫子廟去品嘗各地的名小吃，或是與她一塊兒到四處去轉轉，遊山玩水。

從外表上看，這兩個人的確相親相愛、蜜裏調油。不知就裏的外人瞧見父親與她親熱的那種樣子，覺得他們的情愛是八輩子前就命中注定了的。

就在這時，日本人發動事變，佔領了整個東北。父親接到上級的命令，他必須加緊軍事訓練，準備隨時開赴戰場。父親回來與二母親相聚的時間也隨著時局的變化越來越少了，有時候，只是叫他手下人把生活費送她手裏，根本見不著面。

二母親很快生了個女兒——就是我的大姐。我曾經看過大姐小時候的照片，她實在是兩人最好的複製品。父母雙方相貌上的優點全都聚集到她一個人身上了：那一雙眼睛是關公式的丹鳳眼，那一對眉毛完全是關家獨具的臥蠶眉，她那小巧靈瓏的鼻子，完全是我們關家祖傳的高挺鼻，而她深深漩進去的小酒窩、美麗的膚色與身子上的軟功，則完全是從她母親那兒繼承來的。

大姐出生那天，父親匆匆忙忙地趕回來了，他一把從蘇夢茵手中接過剛出生不久的女嬰，歡喜異常：「好，好，我們關家這一下品種齊全了。」父親獨自坐在那裏，想了好久好久，這才給我的大姐起名叫做關天嬰。

沒過多久，父親奉命去武昌署理軍務。

在臨出門的那天，他對我二母親說，他這一次去，要兩個多月才能回來。二母親沒有想到的是，父親這次去，只過了十八天事情就辦完了。父親火急火燎地往家裏跑——什麼叫作小別賽新婚，這就是了。

父親先回到師部，隨後上了一輛吉普車往家裏趕。一小時後來到家門口，他驚異地發現家中大門緊鎖著。他站在門外，大著嗓門怎麼喊也叫不開。他想：咦，這是怎麼回事兒？就是她買東西去了，那門也絕不會鎖著呀？當時，父親根本沒想到會有其他變故，而是憂慮是不是二母親身體上出了什麼毛病，倒在床上起不來了。當時心下就有幾分發慌，兩手一托，「蹭」的一聲越過了院牆——父親的武功是一流的，別說是這麼一座小小的矮牆，就是再高一點，在他眼裏也和走平地一樣。

他跳進院子後，一看，更是吃驚，只見所有內門都從裏面上了鎖，怎麼推也推不開，不祥之感便一下子攫住了他的心。父親當時渾身便打個冷噤：不好了，這女人準是出事兒了。她若不出事，何以內門全鎖得這麼死？父親完全出於一種下意識，趴到窗門口，往裏張望一下。這一張望，全身的汗毛都豎起來了。

與此同時，林興軍的話頓時間浮上心頭——

「你想一想吧，哪有天姿國色的戲子能老老實實守住一個不解風情的丘八？她們見的男人多了，能把你這位兵放在眼裏嗎？那些天天在臺上串來串去、『哥也妹也』叫著的貨色，天生風流成性，哪個又不是吃著碗裏的瞧著鍋裏的？」

父親做夢也沒有想到，這些他當時聽上去覺得十分刺耳的話，居然會在這時候成爲現實！

許多年後，我從二母親所在的老戲班子的人口中得知，其實二母親嫁給父親做偏房時，已經和她同行的師兄王心能暗中好上了。而她之所以願意與父親同居，並不是她對父親有著什麼愛情，其主要原因只有一個：在她認識我父親之前，遇上了一個大麻煩，她被一位名叫黑三的黑社會頭目纏上了。這黑三在武漢這大都市裡，沒有他手伸不到的地方。只要他看中的女人，很難逃脫他的手心。他到底是如何與蘇夢茵相遇的，並不重要，重要的是他看中了她，並且立誓要拿下她。他當天就揚言，只要他本人在這世上還活有一口氣，沒得說，非要娶她做小不可。蘇夢茵躲避、婉拒，都不頂用。

黑三對戲班子放出話來：若是隨了我，我要妳吃香喝辣，要什麼有什麼，就算妳要天上的星星，我也會架個梯子把它摘下來；若是妳不識相，就騎著毛驢看唱本走著瞧吧，我的手段多的是，毀容、追殺，隨妳選。她嚇得整夜整夜地睡不著覺，她怕他真的會給她臉上開花，只得一次次地搬家。

每一次上街，她見背後有人跟著——有時候只是個普通行人——就會懷疑是黑三派來的人，就會心慌意亂、六神無主、舉止失措。就在這種左右爲難的時刻，正趕巧同鄉同族的女朋友蘇琪格大學只讀了兩年就讀不下去了，成爲了陳叔桐的外室，她就奔她家避難去了。

她在他們家一住就是三整天。當時她的想法是籌點錢，再逃到別處去；但她又怕自己一時間逃不脫，想躲一躲、冷一冷再說。就在這天，陳叔桐來電話，叫她倆都來飯店陪一下朋友。當時，她心裏打怵，不想去。蘇琪格說：「妳怕什麼呀？他們都是些什麼人哪？都是兵權在握的國軍將領！哪個傢伙敢大蟲頭上搔癢？」她一想，也是，有這樣的人給她撐腰，她怕什麼呢？就跟著蘇琪格去了。

她與蘇琪格雙雙走進飯店大門的那一刻，就在大舞廳的店堂裏碰見了黑三。黑三一揮手，有三個大漢就準備撲過來；但旋即又見兩個女人的背後隨有兩個荷槍實彈的大兵，黑三面色一灰，便閃到一邊去了。也就在這天，蘇夢茵真正領略到軍人的威力了。

陳叔桐這個傢伙也不是一塊好餅，他心裏有的是鬼頭風。他知道父親在委員長眼裏不是個尋常角色，今後想在軍界混，沒有父親與林興軍這兩位兄弟相幫也不行。自己有外室，林興軍有外室，獨有父親在那時還沒有外室。自己的小妾與蘇夢茵有點親戚關係，若是趁著這機會把他與她聯起來，豈不是錦上添花、好上加好？

而蘇夢茵，同樣也被父親那種軍人氣質所吸引。在她的眼裏，父親與她相熟的男性完全不一樣，戲班子裏的男人，莫不如說是個半雌雄。而父親呢，是真正有著男人的雄風，況且，父親在那時是個十分道地的成功人士。若是她真的做了父親的偏房，那些黑道的人哪個敢來碰她一下？那一天她確實是動了真心的。

就在她決定與父親第二次見面的頭一天晚上，她約老相好王心能在一座小橋上見了一面。她決定與王心能好說好商量，攤牌、分手。

「心能哥，我們分手吧。」

「爲什麼？我可是對妳忠心耿耿的呀。」

「我知道你愛我，可你沒能力保護我。」

「是的，我在這裏保護不了妳，可我們可以遠走高飛啊。」

「我想過一百遍了。就你這兩下子，我逃到哪裡也活不了。」

「那妳打算怎麼辦？」

「我打算嫁給一個能保護我的人。」

「誰？」

「直說了吧，我要嫁給一位師長。」

「就是那一次陳叔桐請妳吃酒時認識的關光明？我聽說，人家可是有了老婆的。」

「我知道。」

「妳只是給他做偏房，萬一他大老婆來了，一山容不得二虎，還不夠妳喝一壺的。」

「此一時彼一時。我也不是算命先生。誰也不能往後料自己，只能是走一步看一步。」

「妳決心定了？」

「沒有別的辦法。天下鍋都朝天燒的。我唱了那麼多年戲，哪一地的人不是如此？就拿那天來說吧，我在大廳裏與黑三碰個照面，黑三瞪著兩眼就不敢下手。這一點是你做得到，還是他做得到？」

「那、那我怎麼辦哪？」王心能顯出一副苦相。

「我手裏還有幾個錢，全給你。你回常熟去吧，天下女子比我好的有的是。我們自此以後各奔東西吧。」

「妳就這麼絕情絕義？」

「別這麼說，這是兩回事。我要救我自己，不然，我就毀在你手裏了。」

「我只有一個要求，我能不能與妳隔三岔五見個面？」

「若是我與他正式成家，見面就不能了。這一點上，我希望你能諒解。」

實事求是地說，蘇夢茵起初對她老相好王心能的態度是十分堅決的。她給了他一筆很可觀的錢後，一直待在陳叔桐家裏，不再和他見面。她對一切非常樂觀，臺上是戲，台下也同樣是戲。她演了那麼多年戲，小戲臺就是大社會。那些臭男人們哪個是好相與的？為了能躲避王心能，蘇夢茵確實絞盡了腦汁。與父親同居後，她連住的地方在哪裡都不曾告訴他。平平安安過去兩整年，她與父親有了女兒以後，膽子也稍微有些大了，手腳有些放開了。

有一天，她上百貨店裏購一件衣服，哪知被這個王心能撞見了。其實這傢伙拿了蘇夢茵的一筆錢之後根本沒走，一直在此地鬼混。王心能一看，心中大喜，他太知道這蘇夢茵怕什麼了。他偷偷跟著蘇夢茵找到新住處，自此幾乎天天來找蘇夢茵。蘇夢茵見他一次罵一次，根本不理睬他。

但她沒想到，那個王心能是個百分百的無賴，有一天大清早，蘇夢茵剛打開門，就見他跪在她家的大門口！蘇夢茵倒吸一口冷氣——多虧那天父親沒在家，若是在家，還不知怎樣呢？

「你、你、你這傢伙想要幹什麼？」

「我要妳。」

「你這個人怎麼如此沒皮沒臉？我不是給了你錢，要你回去的嗎？」

「我不能沒有妳。妳若是把我拋棄了，我沒別的法子，只有在妳家門前吊死。」

「王心能，我可不比以前了，我可是有夫之婦啊。」

「我不想要妳的滿漢全席，只想吃點你們的剩羹殘菜。」

不知道女人的心態究竟是怎樣的，她越是怕失去眼前的一切，就越是怕她過去的情人會做出讓她難堪的舉動；越是怕父親知道她過去的一切而鄙視她甚至拋棄她，她就越是難從眼前的困境中掙脫出來。她犯的一生中最大的一個錯誤，就是太自作聰明了，假如她能對父親把所有難處坦白地講明，也許所有的情況都會改變。但她偏偏在那個時候依從了這個男人，分一點殘羹剩飯來買他的心。她想的是：我都如此待你了，你總不會太過分吧。

就這樣，她鑄成了一個人生大錯。父親在家的時候，她把自己全頭完尾地交給父親；父親外出，她便強作歡顏地應付那個王心能。她想的是，關光明是個軍人，總會有調防的那一天；一旦調防，她便順勢把這個王心能一甩，從此便可遠走高飛，再也無牽無掛了。但人算不如天算。她做夢也沒有想到，男女間的這種事情，本是只允許兩人享用的專席，剩下來吃不了，寧可倒掉餵狗，也不可施恩於別人的。

她更不曾想到的是，父親會提前趕回來。

父親用盡全力，一腳把關死的門踹破，站在這對男女面前。頓時，床上鴛鴦的兩張臉變成一張白紙了。蘇夢茵趕緊扯過條被子，把自己的光身子緊緊捂住。父親掏出槍來，黑乎乎的槍口對準那位敢在老虎嘴裏拔牙的男人，王心能滾下床來，頭碰出血來，哭喊「饒命」。父親氣得渾身都在不住打顫，他真想一槍便把這個王八蛋給斃了。

此時此刻，蘇夢茵萬般悲傷地捂著臉，嗚嗚大哭起來。

父親費了好大的勁兒，才叫自己的頭腦冷靜下來。他一腳把王心能踹到一邊，對著蘇夢茵咬牙切齒地低吼起來：「老實說，他是妳的什麼人？」

「是……是我師兄。」

「他叫什麼名字？」

「王心能。」

「好一個王心能！你知不知道，她是誰的女人？」

「我該死，我該死。」

「你老實說，你們兩個雜種好了多少年了？」

「有……有些年了。」

「這麼說來，在嫁給我之前，妳就是他的人了？」

「不，不……」

「怎麼回事兒？嗯？」

「是、是在我嫁給你之前。」

「若是妳想活命的話，今天，一句話也不准妳亂說。」

「我不會亂說，我決不會亂說的。」

「那好。我問妳，妳現在生下來的女兒，是我的，還是他的？」

「不，不，你不能這樣瞎說，她是你的，是你的，你看看，她哪點不像你？」

此時，父親那顆心有點平靜下來了：「好了，一切都用不著妳多說了。」

父親又問王心能：「現在，我問你第二個問題，你是不是愛她？」

「我當然是愛她的。」

「那好。你要知道，我是個男子漢，是軍人，我眼裏容不得半點沙子，也容不得我頭上戴上那頂烏龜帽，既然你們兩個人如此相親相愛，我今天就成全你。這個孩子是我的，還我——你們倆走吧。」

蘇夢茵「哇」的一聲哭出來，她求道：「你饒下我這一回，行不行？你讓我離開這裏，這些王八蛋們就會置我於死地的！」

父親說什麼也咽不下這口氣。他眼一瞪：「我叫你們滾，你們就給我滾！妳還想叫我戴一世的綠帽子嗎？」

就這樣，父親連拽帶踢地把他倆從他這處臨時的家裏趕出去了。

他們一走，父親馬上把這所住房退還給了屋主，把我大姐天嬰帶到軍營裏。一個大老爺們帶個孩子在軍營裏，那情景實在是狼狽。別的姑且都不必論了，就那孩子的吃奶拉屎、頭痛感冒、日夜啼哭，一大堆這樣那樣的瑣碎事，一個大老爺們怎麼受得了？這麼一個娃兒，叫這位堂堂的大師長怎麼帶？他手下的那些衛兵們手忙腳亂，就近給她找了個奶媽子，一個月五塊大洋，叫她給餵著看著。

十天後，李少白與米可心、嚴於濟一塊兒來了。他們這次來有兩件大事：一是嚴於濟決心要購買那艘象山艦，價錢多少可以面議，香港航線業已開通，若是不用這艘艦來做商船，怕是保險係數沒那麼大。他們請林興軍與父親務必幫忙把這筆生意做成。二是現在路橋一帶棉紗奇缺，武漢有一家全國很有名的棉紗廠，能否動用一下他們兩個人的政界關係，搞一些這類緊缺物資。若是能搞得到，那他辦的那個棉紡織廠就不會半路停靠了。況且南洋一帶的棉布生意剛打開，若是產品接不上線，他們的市場占有率上不去，上千名職工沒飯吃不說，鉅額的資金周轉會變得非常困難，就更別說什麼利潤了。除此之外，他們也想借著這個機會，向三位董事彙報一下榮仁公司營運的有關情況。

父親原本十分討厭這些事，可畢竟他是榮仁的名譽董事長，不管也不行，於是父親帶著他們一行三人，先到了國府，約出林興軍。林興軍打了個電話給陳叔桐，共同敲定當天晚上在「仁友」大飯店裏見面，爲這三位從家鄉趕來的夥計們接風。也就在這天，公事差不多全談完了，最後林興軍還是談到了父親這場倒楣的婚姻。

林興軍說：「出事了？」

父親說：「你聽說了？」

林興軍點點頭：「你怎麼處理？」
父親說：「我還能怎麼處理？叫她走人就完事。」
林興軍說：「我早就跟你說過，守家過日子，找個一般人就行了。那些花容月貌之女不招禍才怪呢，有幾個戲子能守著一個男人過？」
陳叔桐說：「眼下這個女兒怎麼辦？」
父親說：「我現在討個保姆帶著。」
林興軍說：「是不是叫我那女人替你帶一陣子？」
父親搖搖頭歎氣說：「太煩，太煩哪。」
林興軍說：「萬一打起仗來怎麼辦？」
父親說：「聽天由命吧。」
李少白說：「要不由我給你帶回去，叫何秀英帶？」
父親想了想，還是搖頭：「兒要親生，田要深耕。我只怕這女兒不是她本人所生，會受虐待。」
李少白說：「這不會吧。我看何秀英，醜是醜了一點，爲人似乎還厚道。」
事到如今，又有什麼別的辦法？父親也只好這麼辦了。三天後，李少白他們辦妥了所有的事兒，便帶著我的大姐坐著長江輪，回老家浙江了。

父親指揮的部隊即將開赴前線。
出發的那天，蔣委員長十分隆重地舉行閱兵式。閱兵式的總指揮不是別人，就是父親。
閱兵式一完，全國各大報紙在十分顯要的版面刊登了中央社發的一張誓師儀式照片。我在查訪這段歷史時，特意把舊報紙從檔案室裏調出來。由於時代久遠，那照片黑乎乎的一片，人影依稀可辨，在主席臺上站著的那一位是委員長本人，站在他身後那位是林興軍，在台下向委員長報告的是父親。他上下一身軍服，筆直挺括，手上套著白手套，英氣逼人，活像一柄出了鞘的劍。

閱兵誓師之後不久，蘇夢茵就死了。

關於她的死，說法很混亂。其一說，登有這張照片的報紙很快飛遍半個中國。那時，蘇夢茵與她的師兄從武漢出來後，躲在一處名叫花山嶺的小村子裏，自己養雞養鴨，種園頭菜，打魚摸蝦，徹底地成爲一個農婦，過著與世無爭的生活。就在這天，這張報紙不知怎麼的飛到了她手裏，她一看，百感交集，身心大慟，才知自己鑄成大錯，把整根腸子都悔青了。她又哭又喊又叫：「天老爺呀，我作了孽啊！我怎麼就這樣沒有福氣啊！」哭完之後，她便一縱身跳到河裏自殺了。

其二說，蘇夢茵被父親休掉之後，那位對她垂涎已久的黑三當時就冷笑了：「好哇，這一下妳的南屏山終於倒了，我要好好地叫妳看一看馬王爺長有幾隻眼！」一聲令下，他手下的痞子們就開始了追殺。蘇夢茵逃到哪裡，他們便蛇一樣地跟到哪裡。終於，有那麼一天下午，黑三在一處破爛不堪、緊靠著河邊的小廟裏，把他們堵上了。黑三呵呵大笑道：「妳這小婊子，也會有今天！」他們先把王心能亂刀砍死，然後蜂擁上去，把她的手腳捆住，把她的全身剝光，平放在廟裏的案桌上，三十多人全撲上去把她輪姦了，直至她窒息而死。

第三種說法是，蘇夢茵那個相好是個活脫脫的地痞無賴，一看蘇夢茵沒什麼油水可榨了，就產生厭惡了。她與他一塊逃到蘇州，住在一處小旅館裏。那時，她的打算是重操舊業，組個草台班子，走鄉串戶地唱唱。可當夜王心能捲起所有他可捲走的東西，神不知鬼不覺地走了。旅館的老闆就把她給扣住了，威脅說：「給妳三天時間，妳若是不把房錢、飯錢及他向我借的錢結清，我就把妳賣到青樓裏去。」那時，蘇夢茵身無分文，兩手空空，真是叫天天不應，叫地地不靈。她這才知道油嘴滑舌的男人根本沒法子靠得住。她之所以走到這一步，也全是她自己作的孽。她越想越後悔，越想越痛苦。她趴在桌子上給父親寫了一封信，說：

「我什麼人也不怨，只怨我自己看瞎了人，只怨我自己腳踩兩隻船，是我自己的貪欲坑了我自己。我什麼不求了，我想去了，遠遠地去了。我只希望你能把我們的女兒好好帶大，若是她今後還能記得住她這個母親，就讓她來我的墳頭燒一張紙吧。」

寫好這封遺書後，她貼上一張郵票，便寄給了父親。隨後她吃了整整三十多片安眠藥，便睡死在小旅館裏了。

這三種死法，不知哪個是真哪個是假。我一直找到現在也找不到真實憑據，但我最終的估計是第三種死法。

有一點很確實，得知了她死去的消息，父親的內心十分痛苦。他曾在日記中前後八次寫下她的名字，寫道：我做得太過了！我做得太過了！我不該這樣啊，我不該這樣啊。父親一度很想把她的遺體找回來。但在那時，七十一師業已接到了開拔的命令，他想做也做不了了。再後來，情況發生變化，一切都時過境遷，都如雜色煙花一般消散了，他再也無心張羅這件事了。

在父親後來的文字中，再也沒有一字提及她了。畢竟父親在那時正如日中天，他滿腔熱情地投入抗戰中去了，他無暇顧及這位曾經愛過他的女人了。

有位社會研究學者曾提出這樣一種高論：共產黨之所以能贏，是贏在他們的思想上與幹部上；國民黨之所以必敗，也就敗在他們的思想上與幹部上。

父親對國民黨內部的腐敗行爲十分惱火，他憤恨地想，那些達官顯貴們哪個一心爲著黨國？發國難財的發國難財，互相殘殺的互相殘殺，占地盤的占地盤。父親對黨國前途充滿了憂慮。

就在這一年，父親的部隊差點發生了一次嘩變。導火線是七十一師軍需處長王允祥。

此人只是個上校，但他背後的靠山卻硬得很。他是委員長的親戚，論輩分，還是委員長的遠房舅舅。從他上任的那一天起，他就變著法子偷著扣發士兵的軍餉，然後自己拿著這一筆錢在外購買莊院，討了一房小妾。

當時在國民黨的軍隊裏，正副職都有著十分明確的分工，你管什麼的就去管什麼，不得越位。我父親呢，只是一門心思地抓訓練，抓專案，根本不知道這傢伙有如螞蟥一樣拼命地在那兒吸著士兵們的血。

這天，父親從軍部開會回來，正趕上發餉日。父親從走進軍營的剎那間就感到情況有些不妙。軍營裏瀰漫著十分濃重的火藥味。有好些士兵情緒激憤，舉著拳頭在那裏乍呼呼地喊叫：「要當兵，就上共產黨軍隊裏去當！共產黨好，官與兵一個樣！哪像這裏，當官的專吸士兵的血！」

更令父親嚇出一身冷汗的是，副官秦三觀向他報告，三團有一個整連的士兵準備嘩變。怎麼會這樣？怎麼他連一點風聲都不知道？他帶了這麼多年的兵，也不曾出過這種事情！到底怎麼回事兒？彈壓？行不通的，越壓，反彈越厲害。不彈壓？若是一味放任下去，他精心組建的這支隊伍就要一夜間崩潰。

他努力使自己的頭腦冷靜下來，把三位副官叫來問話。一問，父親那心更沉下來。

秦三觀一看父親的臉色，就知道一場暴風驟雨便要到來了——但這位貪官不是別人，而是委員長的親屬，你這位小小的關師長敢老虎嘴裏拔牙？

當時，全師所有的官兵全盯著父親，他們看父親會做何舉動——是船幫船水幫水撐船、老大幫水鬼呢，還是站在士兵的這邊開口說話？父親當時那張臉黑得有如一塊石頭。

「幾個月沒有發軍餉了？」

「半年了。」

「你們都知道？」

「知道。」

「那你們爲什麼不報告我？」

「師座，不是我們不報告你，我們是不敢報告你。你想想，人家是什麼人？皇親國戚哪。你生性又是這樣暴躁，只怕打不著狐狸反惹一身臊。」

父親震怒了。他命令憲兵隊全部出動，無論如何——哪怕找到天涯海角——也要把王允祥找回來。三小時後，憲兵隊把這位正在萬花樓裏吸大煙的王允祥抓來了。

王允祥仗著自己的「外甥」是蔣委員長，關某是他「外甥」手下的小師長，根本沒把父親看在眼裏。憲兵隊去抓他時，還有這樣的一番對話——

「你們好大的膽子，想幹什麼？」

「我們奉師長之命，要抓你回師部。」

「什麼？你說什麼？抓我回師部？」

「對。」

「你們是不是把話傳錯了？」

「沒有。」

「就他?怎麼敢對我說『抓』?」

「沒錯，師長就這麼命令我們的。」

「他媽的，一條我外甥手下的狗，居然敢抓我，他是不是想反天了?」

「對不起，長官。你還是跟我們去見師長吧。」

「見就見，我怕什麼?」

憲兵押著王允祥走進師部。父親一看，他們沒有把他綁住，火了，桌子一拍，當場吼起來:「爲什麼不綁起來?」

「他說，你沒有資格綁他!」

父親兩眼圓睜，「唰」的一聲，把手槍掏出來對準憲兵:「誰違反軍令，我現在就地槍決!」

憲兵們一看，不好，師長真的動怒了，急忙把王允祥結結實實地綁了起來。父親大步衝將上去，一伸手便把王允祥腰頭的手槍給下了。

王允祥綁是綁了，但毫無畏懼之色:「關師長!你這樣胡來，沒想過後果嗎?」

「我問你，你爲什麼剋扣士兵們的軍餉?」

「你有證據嗎?」

「你不剋扣，士兵爲什麼反?」

「這是你的兵，你沒本事壓服還來問我?」

父親對著手下的憲兵吼道:「你們聽著，先把他給我押起來，查，從頭到尾地查!」

父親的確是位幹將。他那個山頭人脾氣上來後，又倔又強，天王老子也不怕。他一下令查，可有戲看了。父親手下那些士兵們早就對王允祥恨之入骨，背地裏都罵他王扒皮，只是礙著他是委員長的親戚，不敢造次而已。如今，師長下了命令了，他們還有個不快活之理？士兵委員會成立清查小組，對王允祥突擊清賬。

這一清，不得了了，王允祥在短短的幾年時間內，光黃金就貪了一千三百兩。尤其是，這幫士兵還自作主張衝進他姘頭的家，從床底下拖出一隻鐵箱子，倒出整整五十根金條。五十根金條！這是一筆什麼樣的數目？這等於全師士兵們一個月的生活費用！

所有的材料彙總起來後，父親下令，將全部案卷交給軍法處，對王允祥進行連夜突審。父親親自擔任主審官。

「這黃金是不是你的？」

「是。」

「你總共貪了多少軍餉？」

「你們不是全都知道了嗎？」

「這麼多黃金，你是怎麼貪的？」

「吃空餉；剋扣伙食費與兵餉；發餉不用現大洋，用假銀元代替。」

「什麼？用假銀元代替？你發給士兵們的全是假銀元？」

「對。」

「你叫他們拿回家去怎麼用？」

「混得出去算他有命，混不出去算他倒楣。」

「這可是觸犯軍法！」

「什麼軍法不軍法的我不管。我只知道，靠山吃山，靠水吃水。你呢，也用不著對我又吼又叫。你問問看，哪個當官的不是靠吃軍餉發大財的？」

「你這是殘害士兵！」

「沒法子，誰叫他天生就這個命！」

父親壓制著火氣問：「你怎麼就不想想，這些士兵們家裏苦成什麼樣子，你居然敢在他們身上做文章？」

「當官爲什麼？當官不爲錢，我當它幹什麼？」

「這他媽的叫什麼話？是人話嗎？」父親瞪著兩眼，「你枉自披了張人皮，堂堂的蔣家怎麼會和這麼個玩意兒沾親戚？」

王允祥朝父親齜牙一笑：「你這不就見著了嗎？」

「你這個癟三，我馬上斃了你！」

「你呀，可別在我面前吹。敢動我一根毛？你還得跪著給我捧起來。」

頓時，父親臉上浮現出猙獰的笑容：「你是不是太自信了？」

「關師長，我已經給足你面子了，你可不要不識相。我這不是自信，我只想告訴你：槍斃我的這個人哪，還沒有生出來。」

父親嘿嘿冷笑兩聲，轉過去問軍法處的兩位審判官：「根據總司令定下的律法，他當何罪？」

「死罪。」

「那好。照章執行！」

軍法處宣布判處王允祥死刑，立即槍決！

士兵們大喜過望，又快又狠地行動起來，剎那間便把他捆成一隻粽子。

王允祥起初以爲父親只不過是跟他賭狠，一看這回當真了，他心裏即刻發慌了，大叫：「關光明，你不要命了？委員長是我外甥，你敢殺我？你敢殺我?!」

當時在父親身邊的大小軍官總計有三十多人，全嚇得不輕，個個都爲他捏把冷汗。可父親決心已定，要麼做絕，要麼什麼也不做。他一揮手，執法隊立刻推搡著把王允祥拉將出去。三分鐘後，一聲沈悶的槍聲便響了（那些執法的士兵們怕父親後悔，人還沒有拖到指定地點便開槍了；那一槍正好擊中王允祥的後腦勺，他連哼也沒有哼上一聲，便一個跟斗栽倒地上）。

這件事，就當時來說，震動朝野。特別是委員長身邊的林興軍，震驚不已。他曾在台灣出版的《同鄉回憶錄》裏發表文章說，一聽到關光明殺了王允祥，當時他渾身所有的肌肉全都跟著跳將起來了。他想，這不是大蟲頭上搔癢嗎？這不是老虎嘴裏挖肉嗎？你這官是委員長送給你的，你這條命是黨國的，如今你殺了他的親屬，他想要你的命，還不和捏死一隻小螞蟻那樣容易嗎？他親眼看到七十一師送來的報告；也親眼看到蔣委員長看了那報告後，臉色難看得有如一塊剛剛鑄出來的生鐵；他還親眼看到蔣委員長拳頭重重擊在桌子上，罵了一句難聽的話。

我曾就這個問題問過父親：「你當初怎麼就有這麼大的膽？」

父親說：「箭在弦上不得不發。我是一心爲黨國的。我所做的一切也是爲了黨國，絕無私心。你想想，士兵們用生命換回來的那麼點兒軍餉，卻叫他們貪贓了，萬一士兵們造起反來，委員長的心血不也就全白費了嗎？」

我又問：「萬一蔣委員長殺了你怎麼辦？」

父親說：「是死是活，只有聽天由命了。」

當天下午，父親做了兩件事：把全體士兵的簽名書與他對王允祥審判的口供資料以及那五十根金條全送到委員長那兒；再把自己五花大綁起來，叫警衛用槍押著他來到軍事委員會大本營，跪在臺階上，請求委員長發落。

父親大約只跪了三分鐘，委員長就從內裏走出來，彎腰一伸手把父親扶起來。

「啓星！你這是什麼樣子？起來。」

「委座，我對不起你，是我一怒之下處決了王處長。」

「好了，好了，你做得很好。我只有一點百思不得其解，是誰給你的膽子，連我的遠房舅舅你也敢殺？」

「是你給我的膽。」

「我什麼時候給了你這個膽？」

「委座早就教導我們學習曾文正公『行霹靂手段，顯菩薩心腸』！如果我不殺他，士兵們就要怨恨，他們就要造反。這叫一比一萬。我只有殺了他，士兵們才能感謝委座，才能與委座一條心。這也是一比一萬。」

「嗯，這件事你做得好，你做得好。只有一點，處理他之前，你多少得和我打個招呼嘛，讓我殺他，是不是比你殺他聲名更好？」

「委座，我只知道，我是你的人，在這個師裏，我的一言一行都代表委座。有道是箭在弦上，不得不發，所以我就這樣做了。」

「你做得好啊，做得好，殺一儆百！」

「委座，我什麼也不擔心，我只擔心我們隊伍貪污腐化現象如此嚴重，大敵當前，若是不除，必將自毀長城。」

委員長聽罷，長吟一句什麼詩（父親沒有聽清），喃喃地說：「啓星，此言有理，此言有理呀。」

他下令把這五十根金條全部獎勵給父親。父親流著淚說：「我殺了你的親戚，委座不計較，我已經心滿意足了。一個戴罪之人，何以能拿這筆財祿？」

委員長說：「你一心為黨國，才有此舉。此事怨不得別人，只怨我有眼無珠、用人不當。若是一個師的人馬都背叛了我，我蔣某人還有何顏面再見世人？像你這樣忠勇仁信之士怎可不獎？」

父親還是不肯接受。委員長招來了林興軍，對他說：「你是他老鄉，你替他保管著吧。」

林興軍受命接了那批金條，退了下去。當天，父親便離開軍委大本營，回到師部。

當時的《中央日報》上面有一條特別新聞，上寫：「蔣委員長揮淚斬親屬，眾官兵戴恩賀領袖。」

在這段時間裏，在共產黨那邊擔任高級將領的粟定鈞，心裏同樣說不出對父親有多擔心。他知道父親是個愚忠式的人物，他怕父親會無端地被蔣介石所殺。也就在發生這件事之後的第三天，他就派了一個名叫方永泉的聯絡員來到父親的師部——這個方永泉，後來成爲了中國人民解放軍的一名團長，再後來，又成爲我老家的縣委第一書記——父親在極其秘密的狀態下，偷偷地以老家來人的方式接待了他。

方永泉交給父親一封粟定鈞的親筆信。

這位粟將軍，是與父親在黃埔三期時的同學兼朋友。兩人同住一個房間，同下一個場，同滾一塊地，兩個人的關係那就不用多說了。當時，父親就知道他是CP（中國共產黨）。他呢，也曾利用一切可以利用的時間與機會做父親的思想工作，想叫父親到共產黨那邊去。他前後多次對父親說過，國民黨不可能治理好中國的，真正能叫中國老百姓有好日子過的只能是共產黨。當時，父親沒那麼高的覺悟，他只知道當兵吃糧，只知道自己要忠誠如一，只知道爲將者要立功立德，也唯有如此才能出人頭地。至於由誰來統一中國，他沒多想。

其實父親那心也曾搖擺過，他與三位好兄弟也偷偷商議過。父親說：「粟定鈞老是叫我們過去，你們看，去還是不去？」

他們說：「到那裏有什麼好？他們連個自己的軍隊也沒有。就算是他們有了軍隊了，也成不了什麼氣候。現放著個陽光大道不走，不是自討苦吃嗎？」

父親左想右想，的確覺得有些爲難。他就對粟定鈞說：「我不能去葉挺那個團了，爲什麼？你有所不知。我們四人是起過誓的，要麼同生，要麼同死。如今，他們三個都不去，我去了，不好。」

粟定鈞見我父親這樣說，他知道我父親看重的是什麼，也就不好再說什麼了，這就分了手了。這一分手，國共兩黨的楚河漢界也順之就劃出來了。

以後，粟定鈞帶著他的部隊參加共產黨的南昌起義了，父親再也見不到他了。儘管如此，到底強手對強手，兩人背地裏無不是相互感佩。粟定鈞瞭解父親，他知道父親是有一說一、有二說二。粟定鈞知道，父親是個貨真價實的軍人，對正規部隊的要求狠、精、準，是個不可多得的軍事人才，無論他被哪個黨派所用，都會打開新局面。他的確是想叫父親能帶著他一手培養起來的鐵軍到共產黨那邊去。

此信一直被父親保留著，夾在他的日記中。我整理父親遺物的時候，還十分清楚地看到那一封信。粟將軍在信上說：

「老朋友，這個蔣姓之人是個獨夫。如今你殺了他的親屬，雖然眼下他爲收得民心，暫且不會對你如何，但自古以來伴君如伴虎，我怕是有那麼一天，他會想盡一切辦法要你的腦殼。我知道你們關家祖訓中有不事二主之說，我也知道老蔣對你有知遇之恩，但我只擔心你這種愚忠，絕不會給你帶來什麼好果子吃。比干不是個忠臣嗎，他最後不是被紂王給活活剜心而死嗎？岳飛不是個忠臣嗎，他最後還不是被殺死在風波亭嗎？楊家將那麼多能人，哪個不是赤忠之臣？從大郎到七郎，有幾個不是橫死的？與獨夫相伴，自古忠臣無好死。我想你是個讀過大書的人，這點會比我明白。我勸你聽我一言，還是上我們這裏來吧。我們的軍隊不是一般的軍隊，是人民的軍隊。我們這個軍隊與你們的軍隊不同的是，我們這裏沒有什麼等級概念，無論多大的官，全和親兄弟一樣，平等，互助，尊重。我們這支軍隊是來自老百姓，所有的工作目標是爲了老百姓，絕不做那種魚肉老百姓的缺德之事。別看我們眼下暫時沒有掌握政權，但最後兩黨決一高低時，得民心者得天下，失民心者必失天下，終將還是我們會勝利。我勸你還是拋開那種狹隘的封建思想，作出更有遠見的選擇。」

他還說：「如果你現在深受蔣先生的恩寵，下不了這種決心，我可以理解。但從民族發展的角度及你本人今後的前途考慮，我還是勸你仿效董振堂、趙博生兩將軍毅然起義，參加革命。如果你一時間下不了這個決心，可以觀望、審度一段時間；什麼時候你想過來，我們都會熱烈歡迎你。」

若是換了別的粗魯武夫，粟將軍派來的這位方永泉早就死定了。但父親沒這樣做，兩軍交兵，不斬來使，大丈夫幹什麼都要講個來去明白。他把他好好地接進來，又好好地把他送出去。父親一直把方永泉送到師部的大門口，悄悄對方永泉說：

「請閣下回覆粟將軍，我們各事其主，是好是壞，一切順其自然。請他放心，我做人有三大原則：昧著良心的事情我決不去做；殘害老百姓的事情我不做；拿槍去打自己人的事情，我決不幹。」

方永泉什麼話也沒說，他只是別有深意地看了父親一眼，握了一下手，再一次把帽簷深深地壓了一壓，悄然離開父親的司令部。

父親私下對他的幕僚說：「我們眼下的所作所爲，的確是與國父的三民主義相去甚遠，但委員長對我實在是不薄，『士爲知己者死』，我怎可以看風使舵、看人下碟子、腳踏兩隻船？此事到此爲止，全當沒有發生過。」

此時，父親又偶遇了一位離亂中的家鄉女子。這女人是黃岩大寺巷荔枝街人。她是在走投無路之時來到父親身邊的。

當時，日本人發動全面的侵華戰爭，國土紛紛淪陷。窮兇極惡的日本軍隊從海面開著大兵艦登陸於上海至江浙一帶，迅速佔領了黃岩全境。那日本人實在太兇、太惡了——這些人真是上帝命定的魔鬼，純粹爲了毀滅人類世界而降生！他們佔領黃岩後，哪裡還把這些安分守己、善良溫順的綿羊似的中國人當成人？不是殺人，便是放火，再者強姦婦女，掠奪財物，使這塊土地變得百孔千瘡。三日三夜間，日軍順著十里長街燒掉了一千六百多間商鋪，搶掠二十五家錢莊，丟下一萬多發炮彈，毀壞一千多間房屋。

黃岩一小店老闆方明成，有個女兒名叫方菊香，長得楚楚動人，是位本本分分、足不出戶的大家閨秀。日本人衝進家時，她正幫著她父親收拾店鋪。爲首的那位日本人名叫三木太郎，一看到這位純中國式的淑女，便不可阻擋地衝動起來。他歪著兩隻小老母豬眼，伸手一把便捏住她的下巴。

方菊香長這麼大，連生人都沒有見過幾個，更不曾見過日本人。當時，她嚇得渾身抖成一隻篩子，上下牙齒不住打顫，連半句話也說不出來了。方明成是個人精，一看情況有點不妙，連忙走過去，打開抽屜，把所有的錢顫顫巍巍地捧將出來。他對三木說：「太君，這些都給你們，萬望你們饒了她吧。她可還沒結婚哪。」但那三木太郎早已不是人而是獸了。他不顧一切，一把把方菊香抱起來，便進了內屋。到了內屋後，任憑她怎麼掙扎，他就不鬆手。他把她放倒在一張橫著的木板上，便拿刀子把她身上所有的衣服全挑開。

別看方明成是個五十多歲的老頭子，平日裏和悅可親，兩眼一笑便剩一道縫，好噙著桿煙管躲在一邊偷偷地吸煙，昏昏然地看著穿梭不絕的行人在他家門口走來走去，連句重口話都不曾說，但在這生死存亡的關鍵時刻，他多少也有一點血性。說起來，這三木太郎也太不瞭解中國人了。在他眼裏，中國人是任人宰割的魚肉，是食物鏈中下等的食草動物，而他們是主宰一切的白臉蒼狼，可以隨心所欲地對食草動物們動手。他沒有想到手無縛雞之力的店老闆也會爆發。

方明成拿起一把藏在抽屜裏的刀子，從另一個通道閃進來，用盡全力，對準三木光光的脊梁扎下去。這一刀扎得又兇又狠，血如噴泉，三木當場斃命。站在門外嚴防死守的七個日本兵，心花翻飛，蠢蠢欲動，他們也打算著趁此機會揩油。多時不見三木太郎從房間裏走出來，他們忍不住哇哩哇啦叫起來：三木這傢伙，他媽的在房間裏幹什麼？這種事兒，一小會兒工夫不就夠了嗎？怎麼會用這麼長時間？他們按捺不住，推開房門進去，探頭一看，被可怕的場景驚呆了：三木太郎身上流出來的血像一條大蟒一般，搖頭擺尾地一直游到二門的門檻上。

方家父女還沒逃出去三百米遠，便被這些無惡不作的日本兵們逮住了。他們當場殺了方家七口，同時還點上一把火，把永興巷一百三十一間房子變做一片白地。最慘的是那位方菊香了，他們在黃岩縣府門口的廣場上架起了一堆大火，把她推進火中活活地燒死。其中有個名叫家田大佐的日本士兵，實在受不了這種慘景的刺激，居然當場舉槍向他的上司開了一槍，然後舉槍對準自己的太陽穴「砰」的開了一槍，把自己斃了。

崩潰性的大逃難開始了。

李絢麗是黃岩荔枝街李金斗的長女，黃岩中學的女生。李金斗這人天生沒什麼特長，利用祖傳的四間店面做些南北貨小生意糊口。儘管做了不少年頭，但由於家中人口太多，他又要供四個子女上學，一年到頭也剩不了多少錢。這李金斗什麼也不怕，就怕他那年幼的兒子會死於非命或是長得天姿國色的女兒會叫日本人糟踏。方家發生慘禍當天夜裏，他把女兒與三個兒子喊到面前來，從口袋裏掏出一百多塊銀元，放在桌子上，對李絢麗說：「女兒，快帶著妳的三個弟弟逃命吧。」

往哪兒逃？當時，全國沿海一帶沒一處是安全的，唯有武漢一地有精銳之師七十一師守著，日本人打了幾次都沒打進去，相對安全一些。李絢麗在武漢有個姨表姐，一直在武漢的開元街做生意。李金斗說：「妳娘不在了，我老了，是死是活，也就這樣了。妳和三個弟弟，能逃出去一個算一個。」

就這樣，李絢麗帶著三個弟弟匆忙上船。四人又是坐船又是坐車，沿著那條水路走了小半個月，終於到了武漢。費了不少神打聽到了地方，走到了一看，李絢麗幾乎要大哭一場：武漢儘管是中國的腹地，也同樣陷入恐怖的境地。空襲幾乎天天來，炸彈幾乎是天天丟。有那麼一天，有一顆炸彈正好落在她姨表姐的房頂上，她那表姐夫與她表姐，變成了一堆粉末。面對著冒著煙的瓦礫與殘垣，她傻了，站在那兒連一句話也說不出來。

李絢麗絕望了。她身後那三位弟弟年紀尚小，只知道吃喝，根本不知在這種兵荒馬亂的年月該如何生存。更主要的是她口袋裏帶著的那些錢，有如籮裏的柴頭，抽一塊便少一塊。都說出門在外最難，外面龍窩不如家裏狗窩。眼瞅著偌大個武漢舉目無親，她想給家裏打電報，可那時的黃岩連個像樣的電報局也沒有；就算有電報局，她打的那份電報又能給誰？她父親是死是活又能上哪兒知道去？就打去了，她父親也知道了，又上哪兒去搞錢給她？她們家裏除了那幾間祖傳的老屋之外還有什麼？

李絢麗知道，再這麼拖延幾天，除了出賣肉體，她再也不會有別的路了。面對著三位瞪著烏油油大眼瞅著她的弟弟，她當時心裏有若亂麻，只有一屁股坐在街沿上嗚嗚哭的份兒了。

正在她傷心淒慘的當兒，有個二十多歲的軍人朝她走了過來。這個軍人不是別人，是父親的貼身衛士周澤人。

周澤人是路橋下溏港人，因爲家中生活困難，被父母賣了壯丁，分配到父親所在的七十一師。有一天，父親偶然間到他所在的團去檢查軍務，剛一進門，便聽到有人說著十分生硬的黃岩話。聽到家鄉音，父親覺得很親切，立刻把他喊到面前來。

「你是什麼地方人？」

「報告長官，卑職黃岩下溏港人。」

「你知不知我是什麼地方人？」

「報告長官，我知道，您與我是同鄉。」

「既然知道我與你是同鄉，你爲什麼不找我？」

「長官，我不想別人說我是憑著老鄉關係爬上去的。」

父親一聽，嘿，這小子有種！性子有點像他，心裏先是喜了幾分，問：「我調你到我身邊來當衛兵幹不幹？」

「鳥往高處飛，水往低處流。長官要調我當貼身衛兵，我求都求不來呢，有什麼不願意的？」

「那好，有你這句話就好。」

三天後，父親一道命令下來，周澤人便來到父親的身邊走馬上任。從這一天起，這兩人就相依爲命，一直到父親死的那一年。

巧得很，周澤人聽到這個長得很是漂亮的女孩子一邊哭一邊說著黃岩話，完全是出於一種好奇與對鄉人的關愛，來到她面前，俯下身問：

「妳是黃岩人？」

「是呀，是呀，老總你怎麼知道的？」

「敲鼓聽音，聽話聽聲。妳開口一說那話，什麼地方人，妳還躲得了嗎？妳想想，天下哪有其他的話像黃岩話這樣賊硬賊硬的？」

山不親水親，水不親還有鄉音親，當即，李絢麗兩隻手往臉上一捂，淚水便順著指縫源源不斷流淌下來。

周澤人慌了：「嘿嘿，莫哭，嗨，莫哭，有話好好說嘛！妳這麼一哭，把我的心也哭得亂了套了。我這個人麼，生不怕，死不怕，就怕女孩子哭。」

好說歹說了一陣子，李絢麗這才止住哭泣，把情況與他說了。周澤人當下作出個決定：他要把她領到父親那裏去。他相信父親是個大好人，有情又有義，絕不會見死不救。

「妳願意不願意跟我走？」

「你叫我上哪兒？」

「妳知不知道七十一師的關師長就是我們黃岩人？」

「就是冒死救了蔣委員長的那個？」

「對呀——妳怎麼知道的？」

「我是從我父親嘴裏知道的——老總你說，他會收留我們四個嗎？」

「我想，他會的。」

「我與他無親無戚，他怎麼會……？」

「妳不瞭解我長官，他很重鄉情。前些日子，黃岩有十幾個老鄉沒錢回不了家，他一把就拿出五十塊錢打發他們回家。上年的中秋，八個做生意的浙江人因爲私賣物資犯了軍禁，差一點要被緝私隊拉出去槍斃了，後來其中有人打聽到他在七十一師當師長，就找到這裏來了。我們長官當場寫個手令，說這些全是他的親戚，希望對方高抬貴手，放他們一馬。對方一看是他寫的手令，二話沒說，全給放了。」

既然這樣，當然是求之不得的大好事。就這樣，周澤人領著他們姐弟四人起身了。由於周澤人及時雨般出現，一下子叫李絢麗原本漂泊無著的生活有了根，她的心頓時也踏實了許多。人一高興，心情也隨之雨晴雲散了，李絢麗的話也便像倒菜籽落壇一樣又多又密了。

一路上，她絮絮叨叨地說起來沒個完，問起來也沒個完。她問，這將軍有多大歲數？他是不是位老掉牙的漢子？又問，他們家是不是丫環成群、妻妾成堆？又問，他們家是不是有個很大又很氣派的院子？他們家是不是要什麼便有什麼？又問，這關師長是不是長得非常難看？他是不是爲人非常厲害？是殺人不眨眼的魔王？

面對她這種天真可笑的猜想，周澤人只是抿著嘴輕輕地一笑。他對李絢麗說：「小姐，妳就別坐在車子上瞎想了。他到底什麼樣，我沒讀過書，沒好口才，說不出來。耳聽爲虛，眼見爲實，妳自己到那兒好好看看就知道了。」

就這樣，先是坐公交車，後是坐黃包車，走了一個多小時，終於到了城外的七十一師師部。

那時，父親剛剛參加過武漢保衛戰，把來犯的日軍打跑，部隊正在短暫休整。周澤人把姐弟一行四人一下子全領進父親的臥室裏來了。

她一進來，當時就變成貨真價實的傻大姐了：天哪，這位大名鼎鼎的將軍住房與她想像的完全是兩樣子——哪有什麼丫環成群、妻妾成堆？哪有什麼堆金砌玉、富麗堂皇？只不過是極爲普通的兩小間房子：外面一間，是衛兵周澤人他們住；裏面一間，是師長本人住。李絢麗睜大著兩眼，四下顧盼，只見左牆壁下擺放著一張簡單得不能再簡單的行軍床，床上舖著黃色的軍用毯；右邊那牆壁上釘有兩枚大釘子，上面掛有一套將軍禮服和一件白襯衫，下面擺著一雙擦得晃眼的黑皮鞋。屋子正中間擺有一張長方形小桌，桌上放有一隻綠色的茶缸、一個硯臺、一枝毛筆、一個軍用活頁文件夾、一隻小鬧鐘。看起來，師長剛剛離去不久，那硯臺上新鮮的墨汁尚未乾透。眼前所呈現的這一切也太出乎李絢麗的意料了，驚訝得小嘴都合不攏了。

「天哪，這就是七十一師大師長的家？」

「對呀。」

「這怎麼可能呢？」

「可能不可能，妳不全看見了？」

夜裏，父親從司令部回來了。

父親一出現，她更是愣然了，她做夢也沒有想到，如此大名鼎鼎的大師長竟然是如此年輕英俊的小後生！她瞠目結舌，而父親呢，更是顯得不自在。他一邁進門，便聽到房間裏傳出女性特有的銀鈴般的笑聲——他多年不曾聽到這種嬌美的女聲了。他也說不清爲什麼一聽到這種女人的嬌喉與孩子稚嫩的嗓音，全身的血都會跟著沸騰起來。

父親開始還以爲老家犯日本亂，爺爺領著天奇和天嬰到武漢避難來了。他進了房間後，第一句話便問周澤人：

「家裏誰來了？」

周澤人鬼頭鬼腦地說：「你猜。」

「是不是老爺子與夫人？」

「不是。」

「不是他們，還會有誰？」

周澤人將情況全都與父親說了。

「既然如此，你把她安排到旅館裏去，或是給她一點錢，叫她上桂林什麼地方去。怎麼可以帶到這裏來？萬一武漢淪陷了怎麼辦？」

「有你這個大師長在這裏擋著，武漢淪陷不了，況且，我不也是圖省下幾個錢嘛。」

「你，真他媽的亂彈琴！」

「師長，你不是常和我說要行善積德嗎，我就照著你的意思辦了。」

「你說得倒輕巧！他們有四個人，我有多少經濟實力來負責他們的生活？眼前兵荒馬亂，萬一部隊來個總撤退，我們怎麼帶他們走？」

「救人先救急，走一步看一步嘛。你先讓她在這裏住上幾天。等到時局穩定之後，你再打發她走也不晚嘛。」

「瞎眼狗，你也不想想，我自己有多少薪水？家中上有老下有小的，又加上四口人，我能養得過來嗎？」

「嘿嘿，活人還能叫尿憋死嗎，她不是有手嗎，你可以讓她在你手下做份工作嘛。」

「胡說！一個女孩子能在軍隊裏做什麼？」

「嘿，別的師長身邊不都有個忙雜務的女秘書嗎？你加一個女秘書，有什麼不可？」

「當秘書？你知道什麼？哪個司令部的秘書不是由軍統統一安排的！你以爲她們是來當秘書的？她們是來監視長官的！正因爲委員長相信我，所以他從不在我身邊安插人。退一萬步說，做司令部的女秘書，並不是什麼人都可以的，一要有學問，二要有相貌，三要經過專門訓練。」

「長官，你先別把話說這麼死好不好？我聽說她是黃岩東昌書院的中學生呢。你想想，她若沒兩下，能在這個學堂裏讀書？」

他這話一出口，父親當時便沈吟不語了。

就那時的黃岩來說，東昌書院的確是個好書院。從開辦到現在出過一百多名進士，尤其是南宋，一代就出過七十人。後來我的兩個哥哥天奇、天達，兩個姐姐天嬰、天珍，都是這個學堂畢業的。沒點才華是進不了這個書院的。周澤人的話雖然有點粗，但不蠢，多少有一點道理，既然老話說「救人一命，勝造七級浮屠」，他們一家，一出來就四個人，你不救，他們只有死；你伸把手，也許就能活。能救一下那就救一下吧。

父親無可奈何地點點頭：「好，那好。就讓她在這兒住上一段日子再說吧。」

就這樣，父親便與李絢麗見面了。這一見面不要緊，由此種下一顆叫父親心痛了四十多年的惡毒種子。

父親的確是一個從大山裏鑽出來的精靈。從外表看，他有如大山裏直立著的一棵大松樹，身上無一處不顯露著男性特有的稜角。從實際內涵看，他是個有內容、經咀嚼、文武兼備的男子漢，因此，他能吸引李絢麗也就不足爲奇了。

父親與關家老祖最大的區別，就是一條：好色。那關大帝是威武不能屈，貧賤不能移，富貴不能淫，置於女色中能守其志，置於富貴中能立其身，置於誘惑中能安其神。父親儘管的確是人中雄才，但他和任何一塊銀元一樣，有著正面也必然有著反面。

我們山裏的孩子，在一般情況下對男女之事懂得較晚。而獨有父親，十二三歲的時候便對女人有著深深的渴望。鄉親們曾笑著對我說，父親過去在家裏時，曾經趁著看戲的時候偷偷伸手掐女人的大腿；也曾利用他潛水的好本事，在游泳時潛到女人的胯部處，伸手探索女人們最隱秘的部位。

到了十六七歲時，父親對女人的那種渴求越來越強烈了，他曾利用打人浪的機會，伸手去尋找姑娘們胸脯上那對高高的大奶子。自從把第二個妻子蘇夢茵「休」掉後，父親的生活出現真空。我老家的大母親呢，她永遠是父親忠實的奴僕，隨時聽從父親的調遣。父親每一次回家都十分冷淡，即使與她有那種事，也完全是出於義務與本能式的勉強湊合。每一次「湊合」之後，父親一睜開眼看到她那張蛤蟆臉與略帶著點三角形的眼，心裏便電擊似的好一陣發顫，潛在心裏的小鬼便會尖聲厲氣地怪叫起來：啊，啊，這叫什麼女人吶，這叫什麼女人吶，就讓她成爲我們家的一個牌位好好擱那兒供著她吧。

爲了排解某種潛在心裏說不清道不明的東西，他沒有別的法子可想，只有藉由拼命的工作，把自己從這種渴望之中拯救出來。每一天，他都把所有的工作日程安排得一環扣一環，滿滿當當沒有間隙。不是訓練，便是讀書；不是讀書，便是出去檢查，不敢有半點工夫叫自己歇息下來。他什麼也不怕，只怕自己一旦歇息下來之後，頭腦裏馬上會湧現出狂想，冒出他想要的女人的那種樣子來，使他渾身難以忍受。

每當到了禮拜天，軍隊要短暫休整，父親則更不敢出門，怕的是他會在路上遇到那些秀色可餐的女性，一時心動，從而不能自控。最爲可憐的是，在赤日炎炎似火燒的大夏天，父親不敢在下屬面前穿短褲，怕的是他身子底下那個不由自主的小兄弟，在光天化日之下，銳不可擋地跳將起來，讓他在部下面前難堪。爲此，他生性多少也變得與眾不同。

他拼命在這方面壓抑著自己，同樣也制約著下屬。他下令不准下屬在私底下說有關男人女人之間的下流笑話，不准部下貼那些帶有挑逗色彩的女性廣告畫。哪個班裏一旦被發現違反規定，他就要關全班士兵的禁閉。他同樣也給自己下了一道禁令：不再上林興軍與陳叔桐家去，怕別人家小夫妻間親暱的卿卿我我，會引起內心的醋意，叫他兩眼冒火。

有一天，委員長在檢查軍務時順便來到了父親的七十一師。別看委員長一直高高在上，但他多少也聽到了父親治軍的過分之處，他也曾十分巧妙地規勸父親說：「啓星，我可不想叫我手下的士兵成爲不能打仗的太監喲。」

父親說：「報告校長，我什麼也不怕，就怕色能亂心。」

委員長淡淡地說：「人性如流水，只可疏，而不可堵。你看到哪條河流是堵出來的呢？」

那時，那些與父親同階層的將領們都勸父親再找一個。他們對父親說：「我們這些人說不上哪天兩眼一閉就歸天，你何必如此自苦？走吧，走吧，今朝有酒今朝醉，人生一去不復回，還是去醉生夢死吧。」

也有的乾脆諷刺他說：「別看你是關大帝的後人，我勸你一句，別守著古訓過日子。在這種有今天沒明天的日子裏，還是放下你的架子隨一隨大流罷。」

也有些同僚說：「嗨，關光明，你別這樣一本正經好不好？我說的話，你還別不愛聽——你祖上能立碑成書，傳世千年；你哪，不能。」

這些國軍的高官們骨子裏，哪個不是男盜女娼？只要有一點能叫他們享受的機會，他們總貪得無厭。尤其是一場大戰下來之後，這些從戰場活著出來的人個個花天酒地，彷彿第二天就要到世界末日，一個個往死裏玩。特別是那些青樓，簡直成了他們的銷金窟，一個出錢，一個出身子，人錢兩訖，誰也不欠誰。在這點上，父親的做法是與眾不同。

有一年的某個禮拜天，李少白（當時他是少校軍需官）這傢伙居然給父親帶來一位只有十四歲的從江西過來的女孩子，對父親說：「這個女娃，別人不曾用過，今天我特意給你領來，你好好享受享受。錢我已經付過了，你就別管了。」說完這些話後，他把那個女孩子往父親的臥房裏一放，把門一關，甩甩手就走掉了。

父親回過頭來，一看那女孩子，倒吸了一口冷氣：天哪，這孩子都沒有發育成人呢，與其說她是個女人，莫不如說她是稻田裏的一隻青蛙。

父親從口袋裏掏出一塊銀元來，往她手裏一放，擺了擺手說：「妳走吧，妳走吧，妳實在是太小啦，妳怎麼能做這種事？」

沒想到這女孩子撲通對著父親跪將下去，嗚嗚大哭起來：「先生，先生，你用了我吧，你可憐可憐我，用了我吧。」

父親驚愕了：「這是怎麼回事？妳可是個孩子，今後妳要嫁人，妳要做母親的，妳怎麼可以墮落到煙花柳巷裏去呢？」

那女孩子哭著說，她的家由於連年不斷的戰爭加災荒，全家八口人死了六口，現在只剩下了她與七歲的小弟逃難逃到這裏。沒有別的法子可想，爲了活命也只有如此了。

「如果你不要我，我那老闆就會要我去伺候別人。我借了人家的錢，逃不出他們的手心哪！」

父親聽畢爲之大慟——一個只有十四歲的女孩，爲了活著不得不出賣自己的肉體。他一下子拿出二十塊大洋一古腦兒地送給那個女孩子，說：「妳想個法子還錢走人，找個地方和妳弟弟安頓下來吧。」

第二天李少白來了，本想打趣父親，問問他這個處女的味道怎麼樣。哪知話還不曾出口，父親便罵得他狗血噴頭。父親說：「雖然僅是男女之事，可你多少也得講點積德。你想一想，就這麼大的一個女孩子，你就下了手，叫她以後怎麼做人？」

就因爲這件事，父親差一點與李少白割席斷義，永不來往。直到後來，李少白因負傷回家當了縣長，父親才不再計較這事。

他也曾多次對林興軍與陳叔桐說：「我要娶女人，就堂堂正正地娶女人，這種下三濫的地方我絕不去！我也對你們兩位說，往後哪，誰要是想把我拉到這個地方去，對不起，那我與你絕交。」

而這一天，當黃岩老鄉李絢麗光彩奪目地出現在父親面前時，父親那顆久久壓抑的心刹那間便搖蕩起來了。一旦兩個人如炬目光死死交織在一起，無論用什麼樣的方法，也不能把它們掰開了。

當晚，周澤人把他的房間騰出來，給她與三位小兄弟一塊住，他自己跑到兵營裏另找地方去睡。這一夜，父親可是出了邪見了鬼了，歪在自己的小房間裏，只覺得渾身燥熱，熱得直出汗，而且口渴，不斷地爬上爬下：喝了一杯水，不夠，又去喝一杯，那水怎麼喝也喝不夠，喝得肚子全都鼓了起來。好好的那張床席變成一口滾燙的煎鍋，煎得他渾身上下一片黃焦，簡直可以聽到每一個貼面都在滋滋作響。

隔著一堵牆的李絢麗也是上下不得安穩，她只覺得有無數小螞蟻在她身上爬著，片刻不得安寧。一股不知從何處躥上來的焰火，燒得她頭昏眼花，喘不過氣來，若不能找盆冷水來澆一下，她就會被這股火活活地燒成灰。兩個人都在那裏拼命地壓抑自己，控制自己。

但情欲這東西是百分之百的魔鬼，越是壓抑，其反彈的作用力也越大。兩個人的心呢，越是控制不住，越是把身下的床搖得嘎吱嘎吱發響。

一直到了下半夜的三點鐘，首先挺不住的是李絢麗，她坐起身來。天與之，若不得之，必咎之。吾之所寶者，何以能讓人也？這女人展現出一種英勇無畏的精神，把身上裹著的衣服一古腦兒全脫掉，踮著腳，輕輕潛入父親的房間。她一步步地移到父親的床前。

父親此時此刻知道她站在面前。別的不說，就她那年輕女性特有的體香飄進鼻子，他豈有不知之理？只不過，父親很賊，硬是要把這齣戲演得更絕更巧妙一點罷了。父親裝成睡得很死的樣子，李絢麗輕輕揭開在他身上蓋著的被子，伸出手來，著意上下撫摸起父親的身子來。就在這刹那間，父親一個鯉魚打挺跳將起來，張開胳膊一把把她抱住了。兩人無論如何也分不開了。

「妳可知道，我是有家有小了的。」

「我知道。」

「妳做我的偏房，願意？」

「我……還有什麼可說的？」

父親可是真的動了手。這可是一場真正的戰爭，一場舖天蓋地的狂風驟雨。天崩地裂，日月無光。

第七章　大喋血

就這一夜，在這對男女身上發生的這件事，把兩人的關係徹底改變了。原本，她與我父親是不平等的：一位是求救者，一位是恩賜者；而現在，這種格局全倒過來了（周澤人語）。作爲女人，她一生中最大的本事，就是憑著上帝給她特有的容貌，輕而易舉地得到她想要得到的一切。

三天後，父親同對待蘇夢茵一樣，花了一筆錢，在離七十一師師部只有一里路的地方租了一套獨立的大院子。那時，國民政府的主要機構已經躲進西南一隅，有錢人也都隨著大部隊向南逃竄。有些人逃到桂林、雲南一帶，有些人逃往香港。父親所在的武漢成爲前線了。因爲有七十一師這支精銳部隊的保駕，當地老百姓並沒出現太多的騷動，市面上相對比較平穩。父親便與李絢麗過起小日子來，我就這樣有了第三個母親。

父親把她的三個弟弟送進附近的一所小學校。那時，陳叔桐業已是少將軍需官，他正在武漢指揮後勤工作人員，把大批大批的物資運向成都。父親只是給他打了一個電話，李絢麗便在一家運輸公司裏找到一份工作——要知道，那時候找一份工作比登天還難。她天天穿著旗袍，把自己打扮得漂漂亮亮地去上班，每個月也有一百多塊錢收入——運輸公司純粹衝著父親的面子，才付給她這麼高的薪水。想當初這位李絢麗如此之落魄，只差到青樓裏去賣人肉了，可現在呢，憑著父親的羽翼瞬間成爲師長太太了。

起初，我這位三母親爲人處世的確是單純，她似乎對那些城裏太太們身上所具有的惡習有著本能的抵觸。無論是出門接待客人，還是與父親一起去參加聚會，她都謹慎清守，仔細認真，唯恐一不小心，出個什麼差錯，叫別人看了笑話去。

她的那三個兄弟有個從鄉下帶來的「頑疾」，好隨地吐痰。李絢麗一旦發現，便會暴跳如雷大叫大嚷：「你們注意一點好不好？這裏可不是老家，是師長的官邸！來來往往的都是達官顯貴，我們別叫人小看了！」

父親看在眼裏，對周澤人說：「看來，我這個女人是討對了。」

說起來似乎有點好笑，父親爲了好好謝一謝周澤人的這次引薦，這一年的年關，他居然從自己的軍餉中拿出八十塊錢來，叫周澤人寄回家去蓋上一間房子。

誰也經不住時間的銷磨。不到半年時間，三母親李絢麗就變了，而且，她完全是在不知不覺中發生變化的。

李絢麗變了，不僅脾氣見長，而且開始吹毛求疵。起初，家中所有的菜都是她自己上市場購買，有時，爲了一角錢的差價也會與小販們爭得個面紅耳赤；慢慢地，她從主婦變成了貴婦，每天早上一起來，她把錢往周澤人面前一甩，對周澤人說，今天你給我上市場去一趟，買什麼買什麼。

周澤人雖然依從了，但內心還是有點小小的不快，而李絢麗卻對此渾然不覺。過去，她把周澤人看作大救命恩人；而現在，她把周澤人當成傭人了。

周澤人後來對我說：「你想想，我是個軍人，不是伺候一個太太的下人。人就是這樣，你敬我一尺，我還你一丈，講的是心換心。你父親當這麼大的師長，手下有上萬人，他從不對我擺架子打官腔；而這個李絢麗，架子做得比師長還足，我豈能甘服？」

衝突終於爆發了。

有一天，她不知從哪裡搞來一個土不拉嘰的人像，隨手就放在桌子上。周澤人收拾房間時，抹布一甩，不小心把這個人像抹掉在地上，打碎了。

李絢麗頓時勃然大怒，破口大罵：「你這個混賬！」

周澤人滿臉通紅：「妳罵誰混賬？」

「我罵你混賬！」

周澤人還嘴：「妳憑什麼這樣罵我？我不是就打壞了一個泥人嗎？有什麼了不起的。妳說，要多少？我賠！」

「什麼？你發了昏了！這叫泥人？這可是貴重的古董啊！」

正鬧著，趕上父親從外面回來了，聽到我三母親那高銳的嗓門兒，很吃驚，馬上走過來，問：「怎麼回事？」

她氣衝衝地把事兒一說（周澤人站在那兒黑著臉一句話也沒講），父親勃然作色，指著她的鼻子說：「妳這個女人怎麼這樣不識相？」

她臉一紅，喃喃地說：「我怎麼不識相？」

父親厲聲說道：「妳想想看，什麼最重要？是人重要，還是物重要？我今天在這裏把話和妳挑明了，妳若是再這樣下去，我可要妳滾蛋！」

也就在這天，父親對周澤人下了一道命令：「你是軍人，只做與軍人有關的事情，家裏的事，一動也別動。」

李絢麗到底是怕我父親的。從那天起，她再也不敢在周澤人面前放肆了。

然而，她的變化不是父親的一兩次斥罵能阻止的，她變得不再像剛來時省吃儉用了，開始不把錢當錢，不管家裏有沒有，大把大把地先把錢花出去再說。她再也沒有剛來時那股純純的學生味兒了，變成一位派頭十足的貴夫人。她把大量的金錢花在自己的打扮上，特別在父親長時間出門的時候，她一個人在家裏更加肆無忌憚。

冬天，她爲自己購了一套價錢十分昂貴的貂皮大衣，領頭高高聳將起來，腰兒束得有如一根麥管，腳上套上一雙黑漆油亮的長筒皮靴，走起路來妖嬈多姿。每一次她在大街上一擰一扭地出現時，街上所有男人們的眼光無不是探照燈一樣聚集在她身上。

夏天，她把自己打扮得像個百樂門舞廳裏的歌女，穿著一件料作極薄的旗袍，高領，細腰，聳乳，身上所有動人的地方差不多都隱隱約約看得見了。腳蹬一雙黑色高跟鞋，那尖鞋跟足有半尺高，不知她穿上之後怎麼能走路。每當她扭動著邁起步來，雪白的大腿半隱半顯，時刻吸引著男人的眼球。別說是那些好色的男人們，就是什麼也不是的蔫貨，見了她這副打扮，也無不靈魂出竅。

她還學會了貴婦人們一切令人討厭的派頭與叫人肉麻的拿腔捏調，不但把小嘴唇抹得血紅，還學會了喝酒與抽煙。她到這裏才多長時間哪，可她那喝酒的樣子早和交際花沒什麼兩樣了。她專喝紅酒，別的什麼也不喝；開喝時，她必然裝腔作勢地翹起小手指，嗲聲嗲氣地叫侍者過來給她加冰。除此之外，不知她透過什麼樣的途徑，和本市商界上的不少頭面人物攪上了。她和他們打鬧調笑，一會兒到百豪大舞廳，一會兒到皇后夜總會，又唱又跳。不唱不跳則也罷了，一唱一跳便發狂，怎麼唱也不夠，怎麼跳也不歇步，往往折騰到半夜也不想歸家，以至廢寢忘食，連她幾個親兄弟也不管了。

戰爭全面升級了。父親越來越忙了，他根本沒工夫待在家裏頭，與三母親相處的時間也越來越少。

終於，父親接到了一個緊急任務。

那天的夜裏十一點，他剛剛睡下，參謀部的值班機要秘書給他送來一份委員長發給他的急電，要他在十二點趕到大本營。父親一看那十分熟悉的校長簽名，一打滾爬將起來，帶著周澤人走了。

一到大本營，侍從室少將主任林興軍已在門口等他了。

「出了什麼事？這麼晚了，校長還要我來？」

「他正在那裏等你呢，你自己進去就知道了。」

父親進去時，委員長正背著手在辦公室裏走來走去，他那張彷彿長著苔蘚的岩石般的臉，在燈光裏時明時暗。

「報告校長，關光明向您報到。」

「好，好，你先看看這個吧。」

委員長把一份報紙扔在父親面前。父親拿過來一看，呆住了，只見上面刊載著寧波要塞司令王正南討日本女人做妻子的事。文章說，深受委員長信任的王正南根本不是什麼抗日將領，而是個徹頭徹尾的大漢奸。

「王正南是不是你老鄉？」

「報告校長，我們是老鄉。」

「他老家離你家遠不遠？」

「不遠，只有一里來地。」

「你認識不認識他？」

「報告校長，卑職小時候認識他。那時，他只不過是個地方軍閥。後來，也只是在軍事會議上見過。」

「嗯，這個……他的本事與你比如何？」

「卑職不知道校長說的本事，是指哪方面？」

「格鬥擒拿。」

「報告校長，卑職與他沒有交過手。」

「你聽說過沒有，他手下的衛士個個非常了得？」

「報告校長，卑職從沒有到寧波要塞去過，不瞭解情況。」

「今天，我交給你一個特別任務。我想叫你與林興軍帶著你的手下，和中央社的兩位記者一起馬上奔赴寧波，保送林興軍上任寧波要塞司令，王正南通敵有據，就地正法。」

父親剎那間傻了眼：「校長！他、他不是您的愛將嗎？當前正是用人之際，怎麼可以說殺就殺呢？」

「那是他咎由自取！我不知和他說過多少次啦，眼下正是非常時期，你不要和這個日本女人接觸，他就是不聽。你想想吧，中國的好女人有的是，爲什麼非要死死盯著這日本女人不放？你想想，上上下下誰不知道我器重他？現在舉國上下誰不罵我袒護親日分子？我不制裁他，豈不坐實了我也是漢奸的後臺？」

「可是校長，討個日本女人算不上是個原則問題……」

「不要再說了，有些情況你並不清楚。這女人並不是平常的日本女人，而是名副其實的女間諜。她之所以想盡一切辦法嫁給他，其目的就是想借他的手幫汪兆銘除掉我，而這個王正南正在一步步進入她的圈套。你說說，這樣的人，不槍斃了他，還能留他？」

「校長，問題的關鍵，他所討的那個女人究竟是不是日本特務？」

「啓星，你自己看一看軍統局送來的這份資料吧。」

委員長打開抽屜，拿出一大疊資料來。這資料是軍統頭目戴笠經過多方搜索比對整理出來的。上面寫道：這個日本女人的真名叫川山英子，若干年前畢業於日本的特工學校，是日本軍部經過精心培養出來的三大殺手之一。她曾三次潛入菲律賓，利用自己的美色站穩腳跟，然後炮製方案，殺掉三名反日軍官；曾兩次潛入越南，殺害三位著名的民族主義領袖。後來，她又化名爲田中貞子，以純情歌女的面目出現在王正南面前。她想盡千方百計，利用自己的美色來拉攏王正南。她之所以這樣做有兩個目的：一是打入國軍內部，得到可靠的軍事情報；二是利用王正南與蔣委員長的私人關係，想利用蔣委員長每年歸家拜祖到達寧波，接近蔣委員長本人時，實施暗殺。

父親當下便什麼都明白了。王正南的死期到頭了，他心裏很痛苦不安，有個十分尖銳的聲音在他的心底不斷悲鳴：王正南哪王正南，你是個堂堂的男子漢，怎麼就這麼糊塗呢？

這王正南可不是別人，他是黃岩第一位位列國軍中將之人，是父親心裏一座巍峨的豐碑。在孩提時代，父親就非常崇拜他，仰慕他幾乎到了著魔的程度。在好長的一個階段裏，父親模仿他說話的腔調、動作與姿態，也曾拿他的一言一行作爲自己做人的標桿。

更叫父親永遠也忘不了的是王正南回來省親的那一年春節。那天，他特意來到我的老家桃源村，很是威風地站在村口的那塊大青石頭上，把整整一麻袋銀元叮叮噹噹地倒在桌子上，下令給關家每戶發放兩塊大銀元。他對三十多位關家父老鄉親們說：

「關家老少爺們兒，你們是我王某的救命恩人。想當初，我王某窮困潦倒的時候，你們桃源村的人待我不薄。沒飯時，你們給我飯吃；沒有衣服穿，你們給我衣服。如今，我出頭露臉了，這些錢也就算是我的一點心意吧。」

那時，父親望著王正南領章上兩顆閃閃發光的星星，心裏是多麼的羡慕呀！他對自己說：有那麼一天，我若是跟他一樣，那就好了。

有一天下午，王正南突然來到我們家，要把父親帶走，說先給他當一名勤務兵，等他大一大，就叫他帶兵打仗，或是讓他當副官。但那時父親只有十五歲，有道是「好鐵不打釘，好男不當兵」，爺爺當然捨不得父親去當兵。爺爺說：

「大將軍哪，我兒子年齡實在太小了，骨頭還沒長硬呢，飛不起來。」（若干年後，我這才從別人嘴裏知道，其實爺爺也有勢利眼，嫌他只是一個憑兩條槍起手的軍閥，孤魂野鬼，絕不會有什麼大出息。至於後來他投誠到蔣委員長麾下，那當然是後話了。）

這王正南也看透了爺爺的心思，改口說：「不管這小子現在跟不跟我，我敢說他早晚會出人頭地的。如果有機會能叫他上軍官學校一定別錯過。關大哥，你就信了我吧，這小子絕不會低於人下。我這個人大字不識一個，別的本事沒有，在外混了那麼多年，看人的眼力還是有的。」

雖然他沒有把父親領走，但父親認爲，王正南對他有知遇之恩，又有同鄉之誼。親不親，家鄉人。儘管父親與他可以說是兩代人，但畢竟兩人是同喝一條黃岩溪水長大的；更主要的一點是，我們關家村的一百多戶人家，哪家沒有得到過他的好處？若是再論得遠一點，就拿黃岩、海門、路橋三地來說吧，這三地的商業興隆全與王司令的恩惠有關：是他允許黃岩人在寧波建立出海港口；他還恩准黃岩人在寧波做生意，還不用上地方稅；是他下令允許黃岩人在寧波城裏揹著扁擔橫著走。如今，委員長卻要父親去殺自己家鄉的人，這叫父親怎麼下得了手？萬一老家黃岩人知道是關光明這小子殺了他們的大恩人，又會對他怎麼看？這突如其來的命令不能不叫父親前後思量半晌，實在是犯難。

委員長不是個凡人（**周澤人說，他若是個凡人，也當不了全國最高統帥**），他只是瞥了父親一眼，一下便看透了他的心思。

「你是不是下不了手？」

父親老實地點了點頭。

「你的心情我可以理解。但我也想過多少遍了，非得你去不可。若是你不保送林興軍去上任，他殺不了王正南不說，還得叫王正南把他給殺了。台州一地的民性民風我瞭解，你們那裏什麼也不出，就好出土匪。方國珍是你們那裏人，金滿是你們那裏人，差不多全是些綠林好漢，只知愚忠，從不講是非大局。王正南手下那一百多號敢死隊，全是你老家一帶出來的好漢。正因爲考慮到這樣的特殊性，他那個部隊從收編那天起，我從沒插過手，一直由他一人經營著，有些年頭了。他的手下土匪流氓幫會的習氣很重，彼此稱兄道弟，和那個水泊梁山沒什麼兩樣。若不派個黃岩人去，他們鬧起嘩變來，豈不是鑄成大錯？」

「制裁之後，下一步怎麼辦？」

「好辦。你殺了他之後，馬上叫記者拍照，送給全國的報館。他在寧波所有的財產，一律送還老家。他老家有個老婆與一個十一歲的兒子，應該給予必要的照應。」

「那個日本女人呢，怎麼辦？」

「格殺勿論。」委員長的口氣十分堅決，來不得半點商量。

當日夜，父親和林興軍帶著三十名警衛人員秘密出發了。

三天之後，他們坐船到了寧波。下船後，父親叫士兵全都化裝成便衣，裝出回家探親路過寧波要塞的假象，一行人散散漫漫地走向司令部。

到了大門口後，父親拿出一張名片遞給門口站崗的衛士，名片一道接一道地遞將進去，王正南一看，喜不自勝——兩個將官級的小老鄉來拜訪他，他何以不高興？他來不及換上軍裝，只穿了一套軟襠的便衣，彌勒佛似的笑呵呵地迎將出來了。

他一見父親和林興軍，忙撲過來，緊緊地握著他倆的手說：「天哪，是你們，小老鄉！真是士別三日，當刮目相看。你看看你們，原本在我眼裏，你還是個拖鼻涕的娃娃呢，可現在成了將軍了。歡迎，歡迎！」

他笑聲爽朗地將父親一行人接進行轅。

父親邊走邊心中暗歎：王正南安得不敗？這個司令部按照軍事學原理，處處都是破綻，只是虛張聲勢罷了。從門口到中堂五十多米，道兩旁站有八十多位高頭大漢，他手下的那些衛隊人員，沒有一個是穿軍裝的，穿的全是軟襠黑綢衣，鼻子上架有一副寬邊黑眼鏡。正廳兩邊的廊柱子上，掛有一副黑色燙金大對聯，上聯是「行仁結義要學呼保義宋江」，下聯是「替天行道便做梁山泊好漢」。走過三道門，這才是他的中堂。

細一看，更絕，兩邊排有十六把紅木交椅，正中間掛有一張畫，上有一頭極其雄壯的白虎，正威風凜凜地對著蜿蜒的山脈發出震天動地的吼叫。中堂上端掛有一隻大橫匾，上書三個正楷大字：白虎堂。父親一看，他媽的，這哪裡是政府軍司令部？分明是個土匪窩！

父親領著手下人按著早已部署好的位置，站的站，坐的坐，靠的靠，全都安頓下來。王正南揮了一下手，屏風後便走出一位長得很是好看的女人，丰姿婀娜，手裏拿著把紫砂大茶壺，給他們一一斟茶。茶一上來，雙方的話匣子打開了。

「如今軍務繁忙，你等怎有工夫到我這裏來？」

「我這次帶回的弟兄們全是黃岩老鄉，如今大戰在即，這些人就要奔赴戰場。戰場上的事誰都說不清楚，這些上去的人，不知有幾人能活著回來。弟兄們多年沒回過家了，這次蒙上峰恩准，同意集體回家探親一次，只有五天時間，圖的是能與女人生個一男半女，接接家中香火。這次來，沒有什麼別的打算，路過寶地，只想看看老將。」

「他們全是黃岩人？」

周澤人「嗖」的一聲站起來：「報告王司令，我們全是黃岩人。」

王正南一聽到這麼多的鄉音，高興得手舞足蹈。他要在寧波一家有名的大飯店裏，爲父親一行接風。父親卻說：

「王司令，我與你都是老鄉親，你是我們的老前輩。我呢，在這裏也就佝背人說拔直話了。這次來，我們只想在王司令家吃頓飯。我們都聽說，你從老家帶回來個很會做家鄉菜的人。我們在外面這麼多年了，什麼菜都吃過了，就沒吃過一頓家鄉菜。我們這些弟兄來的那一天就在船上議好了，要上王司令家好好地聚一次。還有一點，老將您也別見笑，我們早就聽說，司令夫人長得美貌異常，我們這些當兵的老鄉們從不曾瞻仰過她的丰采，今天就想好好見一見，一飽眼福。況且，我們得知夫人是日本茶道中的高手，也很想見識一下。」

「好，好。你們這麼有心，我王某人若不好好待一待你們，可是對不起眾鄉親嘍。」

父親策劃的捕殺計劃是滴水不漏，他的藉口聽起來十分合情合理。王正南本就是個莽夫，思維方式也極其簡單，高高興興應承了下來。當夜，他就在行轅裏宴請這三十多位前來看他的小老鄉。

這一夜，位處浙江最富饒之地的王司令官邸正可謂是「春夜樓臺花宴開」，極盡人間繁華，外人哪裡知道這是「死亡之宴」？

飯畢，眾人享用貌美的司令太太打理的日本茶道，那更是清醇無比，讓這幫粗莽漢子開足了眼界。酒酣茶清，一切就要結束了，王正南手下那九大金剛也退出去了，父親揮了一下手，剎那間，所有的房門叫父親手下人死死守住了。王正南貼身的兩個護兵看形勢不妙，正想動，但不待他們把槍抽出來，扇面形的子彈突突地掃過來，兩個護兵蝦公樣地歪倒在地上，血馬上潤滿了地板。

王正南頓時面如土色，連話也說不全了：

「小、小老鄉，你、你這是怎麼回事？」

「王司令，請您多包涵。我是奉蔣委員長之命，今天前來處決你。」

王正南兩隻小老母豬眼一瞪：「處決我？為什麼？我幹了什麼對不起黨國的事情？」

父親把帶來的那些有關田中貞子的資料攤擺在王正南面前。王正南一看，傻眼了：

「……這可是真的？」

「真的，一點也錯不了。」

王正南打個虎跳撲過去，一把抓住田中貞子。

「妳這個賤人！我問過妳，妳不是說妳只是個普通婦道人家嗎？怎麼現在一下子就成了日本特務？」

田中貞子異常平靜地說：「是的，我是大日本帝國的軍人。我之所以嫁給你，的確是想趁機謀殺蔣介石。可惜啊，沒想到這事敗露得這麼早，連今年的清明都過不去。」

「這麼說，妳是從來沒有愛過我？」

無言的沈默。

王正南狂怒地吼叫起來：「我、我今天就斃了妳！」

王正南拔出槍，對準田中貞子。

儘管他是個土匪，儘管他殺人如麻，可在他所愛的女人面前，他發現自己竟是如此軟弱，那雙拿槍的手哆哆嗦嗦的，就是扣不了扳機。他手一軟，扔下了槍，抱著她的頭，號啕大哭起來。

就在這時，父親清清楚楚聽到田中貞子輕輕地問了一句：

「正南君，你是不是愛我啊？」

「是的，是的，我愛妳，我愛妳！」

「你想不想與我一塊兒死啊？」

「我願意，我願意！」

田中貞子顯得十分溫柔，呢喃道：「我的好夫君，你想與我一塊死，什麼都好辦了。那我就與你一塊死吧。」

她從貼胸口的衣襟裏掏出一把很是小巧的銀手槍（那樣子很像一隻玩具）。父親手下兩名警衛想撲過去奪槍，但父親搖搖手，輕輕地說：「別！讓他們去。」

只見女人從王正南的後背對準他心臟跳動的地方扣動扳機，剎那間，兩人的身體同時一軟，趴在地上，掙扎了一下，便一動不動了。

這情景讓父親在王正南身上看到了自己的影子，什麼是絕望的愛情，什麼是男人的軟弱，這情形讓他心碎，又讓他憎惡。父親是從戰場上滾過來的男子漢，根本不把殺人當回事兒，而獨有殺王正南這一次，父親不斷地嘔吐，吐得個天翻地覆，吐得黃膽苦水全都出來了。有好些日子，他肚子裏像塞滿了棉絮似的，什麼東西也不想吃。

這邊的事情一結束，當夜十一點，父親便以王正南的名義下達命令，把這支部隊連以上的軍官召集到行轅的大廳裏。父親代表委員長當眾宣布：

「從今天起，寧波要塞司令由林興軍少將擔任，即時起行使全面指揮權。王正南犯下通敵叛國罪，本人業已自盡伏法，其他人等一律免予追究。」

一切果不出蔣委員長所料，當場便有兩位王正南的心腹跳將起來大叫：「這不是真的！這是蔣某人排除異己的手段！反了吧！」拔出槍要火拼。父親早有準備，手下兩支槍一齊開火，抗議者當場殞命。

父親又一次得到了委員長的表彰，又得了一枚軍功章。但這一枚勳章，他只是在受勳當天戴了一下，隨後他就摘了下來，放在一隻小小的鐵箱子裏了。

處決王正南之事成爲父親的痛，回到師部以後，他讓自己漸漸淡忘了此事。然而，另外一種煩惱又湧上了心頭，他覺得，這個李絢麗越來越任性，讓他惶恐，讓他感到束手無策。

林興軍深知父親心頭之憂。有一天夜裏，林興軍對父親說：

「女人沒結婚前是隻鳥，她想飛哪兒就能飛哪兒；結了婚之後，是隻鴿子，即使是飛得遠了，最終她還得回來；有了孩子之後是老母雞，她想飛也心有餘而力不足了。她之所以不安穩，關鍵一點是沒有孩子。我聽說你那女兒天嬰在家很不得照顧，你還是把她領回來，認她爲母親，叫她帶吧。她那顆漸漸變野的心，也許能收一收。」

父親認爲林興軍說的話有道理，就給李少白打個電報：如果榮仁公司有人到武漢來，請務必把小女兒天嬰帶到這裏來。

十八天後，我伯伯關光德來了，帶來了我大姐關天嬰。此時，天嬰不再是小時候胖乎乎的樣子，而是奇瘦。那張瓜子臉蠟黃蠟黃的，小胳膊又細又小，讓人擔心稍掰一下就會折斷。

一見到她，父親的嘴角惡狠狠地彎了一下，有兩顆濕濕的東西要從他的眼裏掉下來，他一把把女兒抱在懷裏：「寶貝，寶貝，妳怎麼瘦成這樣啊？」

關光德長長歎口氣說：「阿弟，你要記住啊，兒要親生，田要深耕，羊肉何以能貼在狗肉上？這還用得著多說嗎？」

父親能說什麼？他什麼也不能說。也就在這天夜裏，父親鄭重其事地把天嬰領到李絢麗的身邊，跟她講了這個孩子和她母親的故事。他對李絢麗說：

「她從今天起，就是妳的女兒。我把她的這條小生命就託付於妳了。」

當時，李絢麗顯得非常高興。她俯下身去把天嬰抱起來，親暱地在她嘴上深深吻了一下，說：「小寶貝，妳是我的小寶貝。」她把天嬰緊緊地摟在懷裏，對父親說：「你放心，我和你這麼長時間一直沒懷孕，我愛孩子，你放心，我會好好帶她的。」

也就從這天起，父親在武漢的家第一次有了奶聲奶氣的呢喃，彷彿樹林子裏第一次有了鳥兒的鳴叫，家裏充滿了一種前所未有的生機。

父親似乎一切都放心了，李絢麗雖然有這樣那樣的毛病，但她有一個好處：非常愛孩子，她真的把天嬰當成自己親生女兒看。每次出門，她總要給她帶點好吃的東西。每個夜裏，她總燒好滿滿一盆水，把她上下脫得光光的，十分耐心地給她洗澡。此外，她繡花朵兒似的精心打扮她：有時候，把她打扮得有如一位神氣的水兵，有時候，把她打扮得好像一名童子軍，有時候，又把她打扮成漂亮的白雪公主。她一有空便把天嬰抱起來，坐在她的膝上，口口聲聲地叫她心肝寶貝，還捏牢了她的小手教她學寫字學畫畫。

這一切溫柔景致，父親全都看在眼裏，甜在心裏——父親不是傻子，他比什麼人都清楚，她這種稀罕憐愛的樣子絕對不是表演出來的，而是從她內心流露出來的。他當時就想，這一下，她的腳碼可得好好地收一收了。他覺得林興軍特別偉大，給他想出這麼一招，實在是一箭雙雕。

父親想不到，上天絕不會把完美的東西輕易送給他。

李絢麗在與我父親結婚的前幾個月，多少還有個好模樣。她是讀過詩書之人，雖然她對棋琴書畫並不十分愛好，但只要有一點工夫，她總是把自己關在屋子裏，拿出一本魏碑帖來，氣度閒定地在一張舖開來的黃裱紙上練字，淑靜文秀，看不出一點兒野性。

過了不久，這匹馬再也套不住籠頭了，就如我們老家藏在窖裏的蕃薯，一旦過了風，便長出黴點，黴點一點一點地擴大，最後變成一堆臭烘烘的鼻涕般的東西。她身上那種俗不可耐的東西一陣陣地熏將過來，令父親感到難以忍受，對未來充滿了憂懼。他暗中祈禱：人算不如天算，一切都不去想它了，不去想它了吧，過一天算一天吧。我什麼也不怕，就怕後院起火。老天保佑，別讓我的女人再出醜聞，事不過三啊！

父親也曾幾次對周澤人說：「小兄弟，你就看在我的面上，好好忍一忍。你呀，也再別往她那院子裏去啦，她想怎麼做就隨她去。」

周澤人說：「長官，天下怎麼會有這種好了傷疤就忘了疼的人哪？」

父親無可奈何地一笑：「這又有什麼辦法呢？若是天下一切都隨人願，還要我們軍人幹什麼呢？」

那一陣，父親的軍務實在太繁忙，戰爭之火一旦燃燒起來，便是舖天蓋地不可阻擋，作爲軍人，他在家的時間變得越來越少。

眼見著周澤人跟著父親出去，李絢麗鬆了一口氣，再也沒有一雙惡毒且又精明的雙眼躲在角落裏監視她了。她那三個弟弟呢，更是用不著說了，小的實在是太小，半大不小的還在讀書，早上天一亮就出門，不到夜裏他們也不回來。那個天嬰呢，天天在幼稚園裏，只要上學下學把她接好，夜裏自有她的三個弟弟在家中料理，她又開始蹈入那種自由奔放的生活了。

在父親前線指揮作戰這段時間裏，她幾乎每天都與那些所謂的貴婦人們搞在一起，頻繁地出現在令人眼花撩亂的各種社交場所。《易經》裏有一卦叫漸卦，那卦說得非常好——天下大變之事都是在不知不覺中發生變化。換成現代的語言，就是從量變到質變。古代人管這種漸變的現象就叫作「漸」。慢性毒藥比劇毒更適用於不露聲色的謀殺。這好比是一隻在溫水裏待著的青蛙，慢慢地加火，牠會到死都不知道是怎麼死的。

李絢麗不動聲色地變了。過去伴隨她的那種純樸的氣質，如今再也無法從她身上找到了。她或是嘴裏叼著香煙，與那些醉生夢死的貴婦人們一塊嘰嘰喳喳地調笑；或是與她們聚集在一起，稀哩嘩啦地搓著麻將，一搓就是通宵達旦；或是在美容院裏把自己那頭黑亮的頭髮燙得有如一條捲毛狗。飲宴，跳舞，在夜生活中沈淪，她這副放浪形骸的樣子，實在令人看了驚心，連她的三個弟弟都看不下去了。

五十年後，她的三弟名叫李有生的，在清華大學他的辦公室裏接待了我，他說：「天和，我就和你實話實說吧，那件轟動全國的醜聞全怪我那個姐姐，她的確不是好東西！」

他告訴我，有一天夜裏，李絢麗不知是在哪兒喝得東倒西歪，被一位大腹便便的青年男子攙了回來。一進大院子門，她身子便如蝦米樣的一躬，張開大嘴哇哇大吐起來，吐得個天昏地黑，兩眼直愣。他們三個弟弟看著都揪心，可一點辦法也沒有，只有出去把她迎進來。

大弟弟李有慶（**現在是武漢大學的一名教授**）十分看不慣姐姐的這種行爲，忍不住對她說：「姐，姐夫對妳可不薄啊，我們若沒有姐夫，一家子不早就討飯了？妳哪能好了傷疤忘了疼呢？」

說了有什麼用，人就是這般賤物，很難認識自己，也很難改變自己，尤其到了她犯渾的時候，他說的這些話，她根本聽不進去。她怪笑著，頭髮亂蓬，一臉殘朱，大著舌頭對他們說：「你們小孩子家懂什麼？讀你的書好啦。就他這個當兵的，一年三百六十天，天天不在家，叫我一個活女人守著個空房哪？」

丈夫在前線，生死都在瞬間，她居然能說出這樣不知羞恥的話來！

陳叔桐的斷言一點也不錯，這李絢麗的確不是一盞省油的燈。女人一旦拉開弓，便沒有回頭箭，她再也回不到原來的地方去了，而且只能越走越遠。這就像吃慣了油的老鼠，叫牠齋戒也難。在感情方面，男人從來都是理智型的，幹什麼動機十分明確；而女人呢，由於她過分的執著，毀滅性的情欲往往會左右她們的肢體、靈魂。這股力量太強大，太可怕了，促使她一步步朝著墮落的深淵滑去。

父親帶著隊伍，奉命開拔到南昌打日本鬼子。

這是軍令，這是一場注定十分慘烈的戰鬥，父親當然不可能帶家眷前往。就在這時候，關光德因公司的賬務問題到武漢去。他知道父親並不在武漢，而在開源，便坐江船順江來到開源。他下船上了埠，便打聽駐紮的地方，好不容易找到七十一師師部，卻正趕上部隊要開拔。

命令剛發出，軍營裏一片緊張且又忙碌，到處都是走動的士兵，到處都是來往的車輛。父親正在收拾軍事地圖與文件，見他進來，嚇了一跳。

「哥，你怎麼來了？」

「我上武漢去，繞個彎來看你。」

「這兵荒馬亂的，上武漢做什麼？」

「有好多賬一直沒結清，米經理要我來收賬。」

「你怎麼知道我在這兒？」

「我從李縣長那裏過來，沿路打聽才找到你。」

「家裏情況可好？」

「山裏旮旯的，太陽照樣下山，月亮照樣上山，有什麼好不好的？」

「爸呢？」

「好。」

「天奇呢？」

「三歲了，會叫爸爸了，滿地跑了。」

「你弟妹呢？」

「都好，餵豬，種蕃薯。山裏人嘛，還能做什麼！」

「你這次在武漢打算住多久？」

「天曉得。什麼時候賬收齊了什麼時候走。」

「旅館費也太貴了，住長了也住不起，你看……」

「阿弟，我就爲這事來的。你在武漢不是有個家嗎？我想住在你家裏。我一邊收賬，一邊看能幫你家料理點什麼。我老惦著天嬰。從她到這裏後，我還一直沒看見過她，不知她現在長成什麼樣了。不過，你得給我二弟妹子寫封信，要不然，她怎麼會認我？」

「你上一次來，不和她見過面嗎？」

「有信總比沒信好。」

「也好。我現在就給你寫信。」

父親掏出自來水筆迅速給李絢麗寫了一封信，囑她務必好好接待關光德。

父親又問：「你估摸著在武漢會有多長時間？」

「一個月也說不定，所有的款項一筆也沒到位，公司資金已出現大困難了。」

父親馬上從包裏拿出兩百塊大洋，交給他：「你來得正好。我上戰場，用不著這些玩意兒，正打算送郵局往兩個家寄。這一回用不著寄了，一切由你來辦了。」

父親按捺不住內心的煩躁，又把他對李絢麗的擔心說了一下。

「你娶她的時候，正式辦水酒了嗎？」關光德問。

「沒有。」

「沒有辦水酒，這算什麼老婆？要甩你就甩吧。我事兒一辦完，就把天嬰帶回去。」

「不行！眼前不能這麼做！這女人有些毛病是實，但對天嬰不錯，如同己出。況且，她還有三個弟弟在這兒讀書，若是我半路把她休了，不但對她不好，她那三個弟弟今後生活怎麼辦？天嬰怎麼辦？我又叫李少白打聽過，她家裏的人早叫日本人飛機給炸死了，如今她一個親人都沒有了，我一旦休了她，她上哪兒去？這不是逼良爲娼嗎？」

「阿弟，關鍵要看一點，她會不會叫你做烏龜王八？」

「這是什麼話！叫我做烏龜王八？這不可能。她這個人呢，最大的毛病就是好虛榮，天天與那些貴夫人們纏在一起，手頭實在太疏朗，錢一到她手，不管是多是少，總要給花光。娘們兒的臭毛病她一樣不少，至於偷雞摸狗，還不至於吧。」

「那這兩百塊大洋全交給她？」

「不，不是。這一百，你無論如何也要帶回老家去，交給何秀英。一家一老兩少，全落在她身上，她不容易。那一百，你給我帶武漢去，那邊的費用也不少，她掙下的那幾個錢不夠她一人花。反正你在那兒要住上一段時間，由你牽眼相法，看好了，看準了，你再給她。若是這次出征，我死了，一了百了，你把這一百塊大洋給了她，我與她露水夫妻一場，也就兩清了。她有這一百塊大洋墊底，也可以回家了。你記住，萬一我有不測，你務必要帶著天嬰走。她可是我的親骨肉。我們關家是絕不允許親骨肉丟在外面的，是好是壞都得接著。」

關光德沒什麼話可說的了，把這錢收了。

第二天一大早，江上下著很大很大的霧，白得彷彿整個天地都泡在濃濃的奶水裏了。關光德臨上船前，又到父親的軍營裏看一下。七十一師早已神不知鬼不覺地開拔了，公路上佈滿一道又一道深深的車轍子。

南昌會戰結束了，父親隨即率領七十一師北上，參加著名的台兒莊會戰。

四月初，中國軍隊以四萬人的優勢兵力包圍進攻台兒莊之敵，殲滅日軍一萬多人。當時，父親的七十一師與共產黨的粟定鈞部負責在臨沂方向阻截日本的阪垣師團。中國軍隊按預定計劃與阪垣師團交上火，一打就是整整三日三夜。父親指揮三個團與粟定鈞的兩個團協同作戰。這一仗打得相當慘烈，戰鬥結束後，七十一師只剩下孤零零的一個團，父親的貼身衛士班十五個人死了十四個，只剩下老實巴交的周澤人，也被從高空中扔下來的炸彈炸斷了一隻胳膊，在打掃戰場時，被後援部隊從瓦礫裏扒了出來。

時任副官的秦三觀後來告訴我，父親在那時完全打紅了眼，與其說他是個人，倒不如說他已變成一隻徹頭徹尾的獅子。打到最後，父親叫日本鬼子的炮彈把腸子都打出來了，他一把抓起腸子塞回肚子，然後用一根黃牛皮帶捆住肚腹，繼續戰鬥。子彈打光了，他便掄起大刀與小日本鬼子拼。

最後，他拼得完全失去正常的理智，殺人時完全憑感覺判斷了，只看對方那頭是不是戴有鋼盔，若是對方頭上戴有鋼盔，大刀便揮出去，一味地往下砍。憑著小時候練就的勇力與刀術，他獨自一人就砍殺了一百多名日本兵，最後，他手中的那把刀，變成了一把殘缺不全的「鋸子」。

粟定鈞那邊也只剩下八名戰士，他一看工事上還有人在那兒揮刀，嗷嗷直叫，便命令手下的人全衝上山去。戰鬥結束了，那人還在那兒亂砍亂殺。待走得近了，粟定鈞認出那人正是父親，他大吃一驚，一邊喊「關光明關師長」，一邊跑了上來。粟定鈞命手下的四名戰士從背後包抄過去，同時撲上前，張開八隻大手，死死擒住父親。

父親那力量實是太大了，他一甩身，準備又一刀砍來，粟定鈞銳聲大叫：「關光明，是我，是我粟定鈞！」父親這才停下手來。他瞪著兩眼睛細看——血已經把父親的兩隻眼全糊住了——終於看清在他面前站著的那人的確是友軍粟定鈞，這才大叫一聲：「兄弟，你還活著！」說完一頭栽倒在地上，任憑別人怎麼喊也不應聲。粟定鈞立刻叫手下兩位戰士找來一副擔架，把父親從高地上抬了下來。

父親那時已經遍體鱗傷——小時候，我曾與父親在老家的溪坑裏游泳。父親直挺挺躺在沙灘上曬太陽。我那時只有八歲，完全出於一種好奇，爬過去，趴在父親的肚子上，伸出手來數父親身上的傷疤。我數過了，共有三十五處，最大的一處傷口就在他的肚子上，疤痕足有碗口那麼大。他的傷疤呈現一片深黑色，邊上還有些發紫，冷不丁一看，彷彿有條活蚯蚓在他肚子上爬似的。

在父親生死搏殺、性命攸關之際，李絢麗待在大後方，卻與一幫洋場惡少們結集在一起，過著花天酒地的生活。你說她不愛我父親，不像；你說她愛我父親，可她連半點擔憂也沒有。這倒也罷了，可她邁出了最致命的一步。

她認識了一位來自上海的洋場買辦，名叫傅全才。這傢伙的長相並不能吸引女人：個子不高，上下一般圓，冷不丁一看，有如一隻圓滾滾的啤酒桶；渾身皮膚既白且膩，怎麼看怎麼是頭會站立的大白豬。他是一個百分百的洋小開，總愛穿白西裝與三接頭皮鞋，肥滋滋的厚嘴唇總是噙著一支來自法國的大雪茄。

這個人是個花花公子，獵色的高手。他勾引女人最厲害的方法，就是看中哪一個，便約她去跳舞。不管是探戈還是華爾茲，只要你說得出名目的，他都能黏上手；而且一跳起來，那胖嘟嘟的樣子全然不見，活似一隻十分可愛的皮球在你身邊不停地跳來跳去，讓女人感到舒坦。尤其令人不可思議的是，就這麼一位不男不女的傢伙，只要是他看中的女人，一般很難逃得出他手心。

李絢麗與他第一次在百樂門大舞廳裏認識的時候，傅全才那雙老鷹般的雙目馬上從她貪婪的厚嘴唇裏，窺出她是個情欲強旺的女人，一眼看出李絢麗正承受著情欲的煎熬，於是他對她使出蠶食戰術。起初，他彬彬有禮地邀請李絢麗跳舞；跳罷了舞後，他便請她吃西餐、逛商店、到大戲院去看戲。時間一長，他發現這女人有點變化，有些依賴他了，經驗豐富的他明白到了可以出手的時候了。

有一天晚上，酒酣耳熱之際，他對李絢麗說：「我家有一處剛剛開設不久的芬蘭桑拿浴，妳是不是去享受享受？」他向李絢麗說了這種芬蘭浴的一連串好處，在西方如何的盛行，如何被視爲一種高雅的享樂。他這麼一說，勾起了李絢麗興趣，她一口答應了。第二天，她便把自己打扮一番欣然前去了。

自她走進他的家門那一刻起，躲在陰暗角落裏大大小小的魔鬼們全都轟然出動了。它們拼命地伸出雙手來，揉搓她的肉體，誘惑她的靈魂，最後，把她的靈魂與肉體全都掠走了。若干年後，我也走訪過這個曾發生過驚天大案的舊公館。儘管這座昔日的富豪寓所現在已經成爲某大學的研究室，外表鏽跡斑斑，但仍能感覺到它往昔的風韻存在。

當初的這裏是一處獨立的大院子，四周建有高高的圍牆。正對著大馬路有兩扇包有獸吞與大奶釘的黑色大鐵門。在鐵門前，有兩個穿著白衣服印度式打扮的傭人走來走去。沿著圍牆種有一整排的石榴，枝頭帶著一些粉紅色的骨朵，從牆頭悄然無聲吐將出來。

李絢麗是坐著一輛勞克斯小汽車來的，開這輛車的司機是個印度式打扮的中年人。小車緩緩駛進院子，透過車窗，她第一眼看到的是庭院中央立著的那尊維納斯雕像，一股噴泉清冽地從水池中噴出。車子正對面是一座西式大洋房，柔和的燈光從一個個窗口裏透發出來，彷彿是黑絨上布撒著密密麻麻的小星星。

小車到達前廳臺階，剛一停穩，兩個侍者走過來，替他們打開車門，把兩人迎將下來。

走進大廳後，李絢麗好奇地向四周看去，大廳之豪華考究是她平生所未見。大廳的地板光彩照人，頭頂上那盞大吊燈，全是由銀色的玻璃鑲嵌而成，彷彿是朵盛開的玉蘭花，發出極其明亮的光焰。大廳四周排有大沙發，立地式西洋鐘，牆上掛有各式各樣的古董與外國名油畫，中間懸有一幅美女的出浴圖。整個大廳金碧輝煌，如神話裏的宮殿。李絢麗在黃岩土生土長了這麼些年，眼孔子淺，她當時就頭暈目眩了。

「這是你的家？好氣派！你有多大的家產？」

「這叫我怎麼和妳說呢？中國市場上的一多半煙草都由鄙人經銷吧。」

「嘖嘖，你可真的了不起啊！」

「比起妳那位當師長的先生，鄙人只是一個商人而已——不過，也算是各有千秋吧？」傅全才朝她輕佻地一笑。

李絢麗低頭不語，心裏被什麼觸摸了一下。

他讓她參觀這裏所有的房間，包括他的臥室。面對著那張金色的眠床，傅全才從李絢麗的目光中讀出了矛盾的訊息，他在心底暗笑。現在，他完全輕鬆了，一切不需再努力了，只要他耐住性子，把蓄謀已久的最後一招拿出來，這女人便會自覺自願地投入他的羅網。

他坐在那裏，伸手按了一下電鈴。電鈴響過後，不到半分鐘，有個穿著打扮很考究的老女人款款走了進來，對他畢恭畢敬地行了一個禮，輕輕地說：「主人，有什麼吩咐嗎？」

「這位小姐是我的好朋友，你們今晚要好好地伺候她。」

老女人帶著李絢麗來到了隔壁。（若干年後，我作為關家的後人，同病入膏肓的李絢麗談起這段不堪回首的往事，那時候的她已經變得衰朽，時間與生活無情地摧毀了她的尊嚴，同樣也摧毀了她的容貌。她變得不堪卒睹，但靈魂已經變得純粹，她用枯澀的嗓門，以一種講述別人故事的口氣講述著在那座豪宅裏發生的一切。）一進門，出現在她面前的是十幾位光著身子的年輕女人。當時，她嚇了一跳，本能地要退出來，但這些訓練有素的女人有如一張早就布好了的蜘蛛網，身子一閃，伸出手來把她攔住了。

其中一位印度女子用生硬的中國話笑著對她說：「小姐，這裏是一口陷阱，只要妳進來，就別想出得去了，妳還是老老實實地聽從我們老爺對妳的安排吧。」她揮了一下手，這些女人們一擁而上，除去她的衣服鞋襪，先是把她送進一口巨大的浴缸裏。

她也搞不清這是什麼水，一泡，渾身上下都發軟；然後，她們把她抬出來，抬到那張舖滿鮮花的大床上。她剛剛一躺定，有位三十多歲的女人，長相風騷，兩隻眼晶晶發亮，嘴角上明顯地帶有一種十分曖昧的微笑，她端著一隻大杯子，杯子裏裝的是黑色的汁液，走到了她面前：

「喝下去，我的洋娃娃。」

「這是什麼？」

「妳不要問。叫妳喝妳就喝好了，我們老爺決不會害妳。」

「我知道你們家老爺不會害我，可我喝了到底有什麼用哪？」

「待會兒妳就知道了。」

「……好喝嗎？」

一位妖嬈的女人扮了個鬼臉，對她說：「當然好喝，平時我們老爺還捨不得輕易請人喝呢，這可是從巴西進口的十分名貴的開心飲料。」

李絢麗當時也沒多想，毫不猶豫地拿過杯子，一仰脖，一口把它乾了。那種液體的滋味，一時間叫她無法說出口，只覺得甜中有著一種強刺激，彷彿有無數隻小螞蟻在她舌頭間叮咬一樣。隨後，這十幾個女人馬上擁過來，先用一種黃色的油抹遍她全身，接著，便用一種黑色的毛皮，就像擦美孚燈一樣，使勁擦她的全身每一處，擦得她渾身熱血沸騰。

越是擦，她心頭的欲火越是熾烈地燃燒，那一種難以言盡的要求越是不可抑制，令她快活得不得不放開嗓子毫無風度地大喊大叫起來。就在她激動得無法自已時，女人們全都影子一樣悄悄地退隱了。傅全才這才赤身裸體地出現在她面前，伸出手去抱住李絢麗，李絢麗早就像麵條兒一樣軟軟地倒在他懷裏，任由著傅全才怎麼搓就怎麼是了。

就這樣，她成了傅全才的情人。這個傅全才的確是情場的好手，不斷地變著法兒和她玩，玩得她迷失了本性，玩得她三天見不到面，就像丟了魂兒。她每一天都不顧死活地往他家跑，去乞求這種前所未有的幸福與瘋狂。有時候，傅全才出去辦事，一下子回不來，她就會變得像一條被遺棄的狗，惶惶不可終日。

天下沒有不透風的牆，首先發現李絢麗紅杏出牆的，不是別人，正是我伯伯關光德。別看我伯伯是個連話也說不全的山裏人，但他與其他關家子弟中最大的不同點，就是心細如絲。爺爺活著的時候，老說他不是關家人，不知是在什麼地方串了種。

每天伯伯嘴裏叼著個煙袋鍋子或是出去討賬，或是不聲不響地坐在家裏，一副木訥蠢笨的樣子，李絢麗都懶得多看他一眼。但李絢麗大錯而特錯了，那兩隻狗頭虎樣的雙眼，時刻窺視著這時髦女人的一舉一動。她天天打扮得一身珠光寶氣地走出去，夜不歸宿，早就引起他的懷疑。他恨恨地想：我弟弟在外面打仗，這個臭婊子卻背著我弟弟在大後方到處浪蕩。他娘的，不是什麼好貨。

原本時候到了，他也該回家去了。然而，他卻給米經理打個電報，說自己要在這裏處理一宗事，在武漢待了下來。他爲了能把李絢麗徹夜不歸的秘密搞個水落石出，就對她實行全方位的跟蹤。

這一天，他對李絢麗說，今天他要去收最後一筆賬了，晚上不回來了。其實，他根本沒走，一直躲在外面茂密的樹叢裏守候著。

下午三點鐘一到，他便看到李絢麗一身豔亮，拿了只考究的小手包，悄悄走出門來。她站在自家門口，觀察一下四周，快走出有十多步，一揮手，便叫了一輛黃包車。她前腳一走，我大伯便後腳從樹林子裏鑽出來，同樣叫了一輛黃包車跟著。她下車，大伯也下車。三轉兩轉，發現李絢麗盈盈地走進一家非常豪華的大院子。大伯一看，跟進去，不可能，他靈機一動，便裝扮成清道夫，低著個頭在他們家的外圍掃地。一直守到下半夜兩點鐘，也不見她出來。

第二天下午，他又一次對李絢麗說：「弟妹，我去城隍廟看戲去，今夜不回來了，妳也用不著等我回家吃飯。」李絢麗巴不得他走，還有不允之理？其實，大伯只是在城隍廟裏轉一圈，便掉頭來到傅家大院前了。

時間一到，李絢麗果然一搖一擺地來了。她剛一扭身走進大門，趕巧，傅家管採辦的老女人挎著一隻很大的菜籃子走出來。大伯立刻迎上前，打問：「老婆婆，行個方便。我隨便問一下，方才走進門的那女人是他們家什麼人？」

老女人很警惕，兩隻眼睜大了：「你問這個幹什麼？」

大伯也很機靈，馬上從口袋裏掏出一塊大洋，放在她手心裏，老女人的臉剎那間放出亮光來。

「給我？」

「對，給妳。我只要妳告訴我這女人的事情。」

「好，那我告訴你，這女人是個婊子，天天到這裏來與我們家老爺來往。」

「妳家老爺叫什麼名字？」

「傅全才。」

「他幹什麼的？」

「八國洋行買辦。」

「你們知不知道這女人是誰？」

「嘿，在他們家做事，得守他們家規矩。男女之事，我們一不能問，二不能管，我們也不知道。況且，我們家老爺是個不得了的人物，跟著他的女人走馬燈兒似的，多了，我們也見慣不怪了。」

再說父親的命運。前方戰爭之慘烈，光我們黃岩一縣，抗日將領就死了十三個，路橋陳安寶中將就是其中之一。父親沒有成爲烈士，可這次傷得實是不輕，他被粟定鈞將軍抬回來後，一直就住在戰地醫院，在委員長親自關照下，傷勢逐漸轉好。

這天，他接到上峰來的急電，要他馬上去成都，委員長要接見他。這可是一件大事，父親不得不掙扎著起來，去了成都。當晚，蔣委員長就接見了他。

對此次接見，父親日記中記載也十分簡單，只是在上面寫了一句話：「委員長接見，授勳章一枚。遭訓斥，軍力消耗太大。」從那幾行簡單的記載中可以看出，當時蔣委員長責怪父親沒有保留七十一師的實力。其實，父親在那時候內心業已發生很大的變化。他對這次授勳平靜如水，更沒有作任何辯解。

我想，是不是父親面對著那麼多人的死亡，對一切開始感到冷漠？這次接見以後，委員長就叫他回武漢去看看，說：「快回去看看吧，人家還以爲你死了，若是上我這裏來要人，我的麻煩可就大了。」

就這樣，父親與五個貼身衛士回武漢了。

他很像一位長途跋涉的苦修者，四肢沈重，疲憊不堪，很想有個溫馨的港灣讓他這艘老鐵皮船好好地泊一泊。父親多麼渴望能在美麗妻子的懷抱裏好好睡一覺，他實在是太累了，世界上，還有什麼比大批與他共生同死的戰士們突然蒸發更加使人難受？前些日子尙在一口鍋上吃飯，同在一張床上睡覺，同在人堆子裏說說笑笑，而現在，他們卻有如山裏飄出來的那縷煙霧，剎那間消失得無影無蹤。一位出生入死的人好說歹說活著回來了，還有什麼事比與心愛的女人見面更重要呢？

他滿以爲只要一進門，李絢麗便會像燕子一般飛到他的身邊，在溫柔的啁啾嬌嗔中，讓他找回昔日的感覺。他想像著，她一見到他之後，會當著那麼多人的面，張開兩臂飛過來，毫不猶豫地撲進他懷裏，伸手摟住脖子，給他一個深深的親吻……

然而他走到家門口時，發現這個臨時的小家完全變了樣，失去了往日的溫馨。門口久無人跡，石階上落滿了米星子樣白灰相間的鳥糞，那四方形的小院子裏長滿一叢叢千斤草。正在發呆間，一隻長尾巴的黃皮子飄忽著在他的面前射過。

最令他心碎的是，女兒天嬰居然和在老家的時候一個樣，又黑又瘦，身上的衣服破爛不堪，頭髮也亂蓬蓬得有如亂草。她手裏拿著個洋娃娃，坐在家裏的臺階上，兩眼呆視著遠方。若是在過去，她一見到父親，就會大叫著「爸爸、爸爸」撲過來，緊緊抱著他的兩條腿。而今天，她的樣子，彷彿來的是與她無關的陌生人。

這是怎麼回事？我這個好好的家到底發生了什麼事？父親腦子裏一片空白：天哪，我多長時間沒回家了？怎麼就變成這種樣子？難道她出什麼不幸的事故了？是不是她聽到我戰死的誤傳就改嫁別人了？

父親一下把天嬰抱起來：「寶貝，寶貝，妳媽媽呢？」

天嬰「哇」的一聲大哭起來：「媽媽不要我了……」

父親急步衝進內室，先打量李絢麗三個弟弟的臥室，原本是乾乾淨淨的臥室，現在有如發情的老母豬拱過一樣，亂七八糟。

父親發瘋似的找開了。這一找，居然把我伯伯關光德找到了。他居然沒走！還待在他家裏。可他再也不是我原來的伯伯了，他喝得臉紅脖子粗，歪在那兒直打呼嚕。父親粗暴地把他推搡醒來。

伯伯搖搖頭揉揉眼：「我不是在做夢吧？」

「做什麼夢？」

「報紙不都說你全軍覆沒了嗎？」

「七十一師又不是豆腐做的，說全軍覆沒就全軍覆沒？」

伯伯這才「哇」的一聲號啕大哭起來。

「你別哭，你別哭，有話慢慢說。」

伯伯涕淚齊流了好大一會兒，這才開口：「阿弟，你養的女人不是好貨，是一條厚顏無恥的母狗！」

他把這大半年時間家裏家外發生的事情全都對父親說了。

「這麼說，你就是因爲這件事才沒有回家？」

「如果我一走，可憐的天嬰由誰來管？我只有在這兒死等，等著你是死是活的準信之後，再把天嬰領回家。」

「你說的全是真的？」

「一點兒也假不了。」

「賤貨！她怎麼會變成這樣子？」

父親心裏一個聲音號叫：天哪，天哪，我這是這麼了？別人討個女人都是好好的，我怎麼每討個女人就讓我做一回王八？

若干年後，父親提起這件事，就如打擺子似的上下不住顫抖，手指尖一陣陣地發涼。他對我說：「兒啊，我一直不明白，天老爺為什麼用這種方式懲罰我！是我在戰場上殺人太多了？是我在人世間作了什麼孽？是我命中注定不該有個我真正喜歡的女人？為什麼我所愛的女人總要這樣欺騙我？是我這個人心眼兒實在太純了呢，還是我根本不會選女人？」

當父親發現自己頭上又戴了一頂綠帽子時，他完全失去理智了。他舞著兩手大叫起來：「我是什麼人哪？我可是國軍名將哪，他媽的，居然敢在我的頭上動土！」

他決定給這對狗男女一點顏色看看。

父親是坐輛吉普車來的。他揮了揮手，以秦三觀為首的五位老兵全都去了。武漢是他們的老駐地，地理地貌還有不熟的？一眨眼，車子便飛到傅全才家門口。

父親這時完全被惡毒的情緒所左右了，連渾身的傷痛都沒感覺了。他一個打虎跳從吉普車上跳下來，直衝大門口。傅家大門口站著的兩位穿白衣服的看門人伸手想攔。父親邁步上去，揚起手便是一個大嘴巴子。那門衛的牙齒全都打搖了，紅紅的鮮血有如小蛇順著他的嘴角潺潺流下來。兩個門衛定睛一看，來的是個面色黑黝的國軍將官，嚇得面如土色。

「那個婊子在哪兒？」

「回長官的話，與我們家主人來來往往的女人很多，不知道您說的是哪一位？」

「就那個姓李的！」

「喏，她正在他的房間裏。」

「這個王八蛋住哪個房間？」

門衛哆哆嗦嗦不敢說，只聽槍機「喀嚓」一聲響，一個冷冰冰的傢伙惡狠狠地頂在他眉心，這人瞬間全垮了。他告訴父親，這女人正和他主人在三樓往東數第十一間的房子裏。父親當即下命令，看住一個門衛，以防報信，自己帶秦三觀等押著一個門衛衝到三樓。很快，他就找到了那個房間。

「是不是這一間？」

「是。」

父親一伸腳，「哐噹」一聲響，踹進門去。

此時，展現在父親面前的是一幅《神曲》裏的縱欲圖景，這對男女正在使出渾身解數酣戰。由於極度的亢奮，李絢麗那張原本十分好看的臉變了形，脖子劇烈地後仰著，眼睛翻白，舌尖在舔著乾裂的嘴唇。而那位大白豬呢，更不用提了，一邊手腳忙不迭地大動，一邊吭哧吭哧地喘著粗氣。

父親的突然現身，讓這一幕狂歡場景定格了。

父親沒有暴跳如雷，臉色陰陰的，聲音冷冷的，只是叫李絢麗穿上衣服。李絢麗哆哆嗦嗦穿上衣服，費了很大的勁，才下得床來。由於過分恐懼，不僅把釦子釦反了，還把鞋子左右腳穿倒了。

父親用一種細聲細語的聲調問：「妳看妳——妳為什麼要這麼做呀？」

「光明，你聽我解釋。」她極力讓自己的聲音顯得平靜一些。

「妳還有臉向我解釋？妳不就是好忘本嗎，我這回就讓妳嘗嘗滋味——從什麼地方來，妳便回到什麼地方去吧。」他轉身對兩位隨從的士兵說：「把她送到汽車站去。」

秦三觀問：「是不是讓她先回家收拾一下？」

父親答道：「你們問問她，她到我這裏來時，都帶了些什麼？」

李絢麗崩潰了，她像母狼一樣撲過來，抱住父親的軍靴又舔又咬，喉間發出長聲——那是一種非人的聲調，無限沈痛，但這種哀哭只能讓旁觀者心驚，而引不起任何同情。

父親十分冷峻地對李絢麗說：「妳三個弟弟全是好樣的，我會繼續拿錢供他們上學的。至於妳，對不起，所有的一切都是妳自己造成的，怨不得我。」

兩個士兵三兩把就把她拖了出去，她呼天搶地大聲號哭起來，那尖厲的喊叫聲漸漸遠去，最後隨著汽車的引擎聲消失了。

父親這才回過頭來對付傅全才，用槍口把這個精赤著身子的男人的衣服挑起來：「你哪，用不著穿衣服了吧。」

傅全才一聲聲嘶吼：「關師長，關師長！這事怨不得我，這可是她先勾引我的啊！」

父親嗓間發出咯咯的笑聲：「看你這點出息！敢玩就該敢擔當是不是？你要不是把全部責任往女人身上推，說不定我會高看你幾分，真的。」他扭頭吩咐：「給他一點好看的瞧瞧吧。」

底下人問：「怎麼個弄法？」

「看他那身子是不是有點太白了？先給他添點彩吧。」

這些兵們把腰裏的皮帶抽出來，手一揚，一道弧光長虹樣地高高掛起來，他們有條不紊地開打了，傅全才孩子一樣哭起來，尖厲的叫聲穿雲裂帛。有幾個傭人想打電話報警，但家裏所有的電話都被控制了；想逃出去喊人，門口有兩位兇神惡煞的士兵把守著。

臥房內進行著一場漫長而殘忍的行刑，傅全才皮開肉綻，鮮血橫流，處在半休克狀態。

「長官，這傢伙實在太可惡，留著有什麼用？宰了他吧。」

父親擺擺手說：「那實在太便宜他了——這傢伙不是個色鬼嗎？有沒有什麼好辦法，叫他一輩子動不得女人？」

「這好辦，就像閹豬一樣給他閹了，我看他還有什麼能耐？」一個外號叫「一刀快」的河南兵笑嘻嘻地挽起了袖子。

「好，好，這招好。」

大兵們歡快地叫一聲「得令」撲上去，死死按住了手足顫動的傅全才，「一刀快」從腰間掣出一把利刀來（**此時，傅全才用一種滑稽的近乎女聲的調子哀叫著**）——白色的光焰一閃，床單上全是血，傅全才當即不省人事。

起初，我不相信這件事會是真的。父親平日裏滿口仁義禮智信，開口閉口關帝爺的恕道與中庸精神，何以能做出如此慘酷之事？但這的確是事實。

那時武漢的一張民間小報首先報導了父親大鬧傅公館那件事。那篇報導有個十分醒目的大標題：《關將軍出生入死，家中妻紅杏出牆》，下面還有個副題：「五士兵怒割陽物，傅家樓血流成河。」很快，全國所有的報紙都爭先恐後刊登這條消息。那些賣報的小孩子伸著脖子到處喊：「好消息！好消息！大將軍關光明怒閹買辦傅全才！」

尤其那張《民國日報》，一印再印，發行量超出往日五倍。

事情鬧大了，輿情鼎沸。開始是一片叫好聲：以惡治惡，對待這些無恥之人就得這樣。但傅全才並不是一塊叫別人吃就能吃的嫩豆腐，他也有一定的勢力。他們家裏人花錢運動，到處託請，輿論不再一邊倒，一些大報的社論對父親進行嚴厲的討伐，慢慢演變成政治問題。

高層對如何處理父親的問題有不同意見。有人說，男女通姦不犯法，關光明用私刑割掉人家的生殖器，這是犯法，一個高級將領怎麼可以用暴力來對付一位手無寸鐵之人？蔣委員長應當將關光明繩之以法。同情父親的高官雖然也有，可是在輿論壓力面前，確實也說不起硬話。

《民國日報》有個大主筆，名叫范一郎，這傢伙是個厲害的痞子。誰也說不清他收了傅全才多少錢，連夜寫了一篇社論，題目叫做《法大還是權大？》。他在這篇社論裏寫道：一個國軍高級將領，如此無視國家制定的法律，居然因其妻與別人通姦而動手割去對方的男性生殖器；推而廣之，中國大凡有權者都可以爲所欲爲了？

又有一位名叫李可大的報人，是《中國民報》的主筆，則發了一篇名叫《前方戰士浴血奮戰，後方買辦胡作非爲，該不該？》的文章。他說，一個英勇的將領回到家後，發現自己妻子與買辦通姦，這是什麼滋味？這不僅僅是個道德範疇的問題，而是一個愛國與賣國的問題。

這起事傳到委員長的耳朵裏，據說他氣壞了，把手中的杯子都甩到地上了：「娘希匹！怎麼就爲一個不值一錢的女人搞成這樣？」

委員長一個電話把父親叫到他的官邸來。

委員長先讓父親一動不動地整整站了兩個多小時。等到他覺得父親站得差不多了，這才走出來，指著父親鼻子大罵：

「你不是關家的傳人嗎？你怎麼就沒老祖宗那點大量？你不是讀過我推薦的《曾文正公文集》嗎，你怎麼就沒一點曾國藩的恕道精神？你好大膽子！你以爲你是軍政大員，誰也治不了你，是不是？你居然把對方的那東西割掉了。土匪！莽夫！我不重重地處分你，怎麼向國人交代？」

三天後，他下了一道命令：撤銷關光明的一切職務，交國民政府軍事委員會嚴加管束。

當年的六月十四日，《中央日報》全文刊登出了委員長的處罰令。

第八章　在印緬屠場

父親從十七歲出門那一天起，這麼多年全是在忙碌中度過，只有夜裏睡覺的時間才真正屬於自己。我一直研究著父親，我有個感覺，彷彿父親天生就是爲戰爭而出生。只要他一離開軍隊，便變得六神無主，他就會生病——終日慵懶而提不起精神。偏偏這樣的一個人，有生以來第一次被解職閒居了。

當天，父親就捲了鋪蓋，與我伯伯一起帶著天嬰回家了。

父親在老家只待了十一天。這十一天，他有三天是在路橋那個榮仁公司裏，又用了兩天時間會了會李少白、周澤人等故友。

最後的六天，父親第一次與我大母親長時間相處。近地醜妻家中寶，現在，他總算明白了：女人如花，花越好看越是有人採摘；像何秀英這樣的女人，一是醜，二是沒文化，又有誰能去勾引她？想來想去，還是討個能過日子的醜女人安心。

就在這時，太平洋戰爭爆發了。蔣介石被同盟國推舉爲中國戰區的最高統帥，隨即應駐緬英軍的要求，要派遠征軍入緬甸支援英美盟軍對日作戰。

選人的目光又一次聚集到了父親的身上。與此同時，林興軍與陳叔桐站出來爲父親打抱不平。他們製造輿論，說不能因噎廢食，無論從哪方面看，關光明都是個不可多得的將領，中國軍隊裏不能沒有七十一師。他們聯絡一百二十三名高級將領，搞了個百名將領簽名書，要求委員長重新起用關光明。

簽名書遞上去了之後，委員長猶疑了好長時間，他內心十分矛盾：一方面，他對父親善於打仗、善打勝仗與他的軍事才能十分賞識；可又有煩惱——這山頭末佬，好是好，愚忠，可老惹事，太不會變通，榆木腦袋三斧子劈不開。

正在這關鍵時刻，戴笠給委員長送來兩份報告。一份是一個潛伏在八路軍總部的特務發來的情報，說是共產黨將領粟定鈞得知父親被解職的消息，準備派得力幹將方永泉去黃岩老家接觸父親。第二份資料，是戴笠手下另一名特工在極其偶然情況下，在傅全才家的夾牆中發現的一本記事本，上面寫著他要拉攏的國民黨高級將領的八個女性親屬，其中有林興軍的妻子馮正蕊、關光明的妻子李絢麗，還有六位也都是蔣公愛將與心腹人士的家屬，他的目的是想盡千方百計把這些好享受並且精神空虛的貴婦人們拉下水，再透過她們取得有關軍政高層的機密。

記事本放在委員長的桌子上，委員長長長地出了一口氣，他自言自語道：「關光明這一刀殺得好！殺得好！我撤他的職同樣是撤得好——這一下全擺平了。」他當即下了數道命令：把這個陰謀透過報紙在全國公布，讓老百姓都知道這傅全才是個什麼東西；逮捕傅全才，審理之後，公開槍斃；立刻派林興軍從寧波起程，搶在方永泉之前趕到我老家，務必把父親「逮」回來。

命令一下，林興軍與軍統方面馬上執行。這一下，輿論又全倒向父親這一邊了，那些曾經公開指責父親的主筆也全都啞了口，落得個老大沒意思。

七天後，林興軍就急煎煎地接回了父親，告訴他，委員長高興得很，還發牢騷說：人嘴不就是兩層皮嘛，置人於死地是他們，說我英明又是他們。這幫王八蛋實在可惡。這一回好了，我有個起用他的理由了。

接下來，父親重新被任命為七十一師師長，恢復少將軍銜。部隊短暫整訓之後，七十一師便奉命開往緬甸了。

就在這一年，我爺爺死了。爺爺究竟死於什麼病？不清楚。在我老家有兩種說法，一說爺爺七月半吃硬擂圓，活活噎死的；另一種說法，說我爺爺是做夢中「魘」死的。是不是真的這樣，也無從查考了。

反正，父親那時正在國外打仗，無法回來盡孝，是我伯伯光德與我叔叔光成，還有我大母親何秀英上下合力，安葬爺爺入土。

也在這一年，我二哥出生了，父親給他起個名字叫天達，希冀上天能助一臂之力，讓關家實現人生通達。

同樣是這年，林興軍在黃岩購了一塊地，造了一座很是像樣的將軍府。他按著老規矩，在大門口豎起一根很高的旗桿，上書黑黑的一個大字：將。黃岩的住民都能遠遠看得見。若是從石墩的王正南算起，在黃岩這是第二家蓋有將軍府的人家。

在緬甸的那段日子，是父親人生中最爲艱苦的日子，也是父親一生最輝煌的日子。更確切一點說，這是父親一生中的最後輝煌，父親在這個時期，把他的軍事指揮藝術發揮到頂峰。他出任新一軍主力師師長後，與盟軍一起，大大小小打過三十一次勝仗，從來沒有失敗過。

英國有位名叫詹仕姆的將軍，在他的回憶錄中，前後二十三次提到了父親的名字，特別提到了父親指揮的兩次非常成功的戰役。一次是流沙尖戰役。當時父親只帶了一個營的兵力，化裝成日本突擊隊的模樣，進行中間縱深穿插，來了個孫悟空鑽鐵扇公主肚子戰術，打得日本三三七師團昏頭昏腦，分不清哪支部隊是自己人，哪支部隊是中國軍隊。最後，父親以迅雷不及掩耳之勢端掉了日軍指揮所，日軍群龍無首，父親下令發動總攻，三三七師團即遭到全殲，無一人漏網。

第二個戰役是查儂府戰役。那時，敵人一個旅團駐守查儂府高地，此高地是中國軍隊通往縱深腹地的咽喉要道，地形險峻，易守難攻，若是不把這一帶敵人統統端掉，將無法進入查儂府平原，就無法打通外援抗日物資的陸地通道。父親只帶了一個教導連，趁著月黑風高潛入山區，把敵人所有的佈防摸了一遍。他靜悄悄地回來後，根據地形、地貌與敵人布署的兵力與火力配置，幾經思考，作出一個毀滅性的作戰計劃。

他的部署總體上是分三步走。第一步是派出一個加強旅形成圍攻溫布城的樣子，借此來迷惑查儂府的守敵，使他們認爲聯軍打的是溫布城，不是查儂府。當日軍認定盟軍目標是溫布城而開始全面調兵遣將時，父親就開始實行第二步計劃。他先派出一個工兵營，趁著夜深人靜，採用滑翔機空降的辦法，秘密潛入門巴山水庫，炸毀敵人唯一的用水源頭。與此同時，父親以多於敵軍兩倍的兵力切斷所有的出口與糧道，實行圍而不打、造成兩翼強攻的態勢。

這兩招一出，等到查儂府的守敵知道中國軍隊搞的是圍魏救趙的戰術時，爲時已晚。死亡的恐懼立刻在敵軍中瀰漫開了。一個糧道，一個水道，被完全切死了，他們何以不慌？他們一慌，勢必組織人馬衝鋒，但他們是在明處，中國軍隊是在暗處。況且那交通咽道，根本無法實施大兵團作戰，只可分小股打，這麼一來，正中父親下懷：來一個，斃一個；來兩個，斃一雙。日本軍隊一看，如此無法解決突圍問題，只有求救於空投，但此地山高地險，空軍根本沒有施展的空間，每一次他們的飛機來，都被高炮部隊打了個灰飛煙滅。

就在日方軍心大亂的時候，父親下令開動火焰噴射器，放火燒山。那時恰逢旱季，三個多月沒下過雨，大火一旦燃燒起來，哪還有救？直把查儂府燒成一座名副其實的火焰山。日本士兵被燒死的慘象，看得父親這個剛強男兒心裏都寒浸浸的。

三天之後，屍體開始腐爛，臭氣熏天，屍骸猙獰，如地獄浮現。人一進這裏，便會吐得什麼東西也吃不下。那山火一直燒了下去，從這一座山燒到那一座山，又從那座山燒到另一座山，最後燒掉了十一座村莊，有七百多名平民百姓葬身火海。

這場戰役，也是父親一生中感到最爲痛苦的戰役。

在印緬戰場，父親除了經受槍林彈雨的洗禮，還曾幾次差點死於非戰爭原因。

有一次，他說不清吃了什麼東西，當時就口吐白沫，全身發黑。幸好在他的師部裏有位來自越南的翻譯，懂得這裏的一山一水。他搞來不少草藥，煎成湯，把住父親的頭，用筷子卡住嘴，硬生生灌將下去，才把父親的命救了回來。

還有一次，父親在戰區偵察時，被潛在樹叢裏的毒蛇咬傷。警衛們慌忙把父親抬到野戰醫院。有一位名叫卡洛西的醫生無計可施，說要鋸掉父親那條腿。秦三觀另找來一位緬人，此緬人是當地赫赫有名的蛇王。他來了後，用嘴把蛇毒從腿上一口接一口吸出來，敷上一種碧綠色的草藥，這才讓父親保住了那條腿。

讓父親不斷產生噩夢般回憶的，則是遍地數之不清的螞蟥。牠們的生存能力極強，在任何地方都能見到牠們蠕爬的影子，有時候，人只要往樹上貼一貼，牠便爬到人身上來。在沿江一帶，父親只在一塊碧綠色的石頭上趴了三分鐘，便有一大群螞蟥貼沿著那處破褲洞爬將上來，一直鑽進內衣深處，貼在腋窩裏，吸得上下一般圓。伸手抓，卻怎麼也抓不下來。父親的三個貼身衛兵不得不拿了一塊炭火來熏，螞蟥被燒得掉下去了，而父親身上也燒起一連串血泡。

噩夢般的回憶並不止毒蟲、瘴氣。父親在最後一天打掃戰場時，在阿定山的一個大山洞裏，發現一百多具剔得一乾二淨的白骨，這是怎麼回事？仔細一看，在這洞的另一處發現了一整袋曬乾了的人肉片！

戰爭是打贏了，但傷亡代價實在太大了。父親所在的那個師損失極其慘重，減員了大半，其中被打死的有三千多人，叫毒蛇咬死的八百多人，中了小日本人施放毒氣而死的有一千八百人。有一個加強團，後來一個人也沒有剩下。父親上去看他們的時候，將士們的身子全變成黑色，蜷在那兒，他們身上的皮膚都如松樹皮兒一樣，只要伸手一觸摸，就會一片片地掉下來。

在戰爭快要結束時，他們來到暹邏城，日本指揮部那座高樓在猛烈的炮火中已變成一堆殘磚破瓦。一個名叫成一功的河南兵，見殘垣上有個日本小男孩坐在那裏哭，就走過去，俯身說：「莫哭，莫哭，叔叔帶你去個有飯吃的地方好不好？」他伸出手，想把這小孩牽下來。萬萬沒想到，這個年齡五六歲模樣的小男孩拉開了一枚手榴彈的導火線，「轟隆」一聲巨響，一大一小兩個身軀被高高地拋起，最後有如一團浮雲慢慢地墜在地上，剎那間四分五裂。一條帶血的腸子高高飛將起來，越過樹冠，最後皮帶一般落在父親的面前。

父親驚呆了，他永遠忘不了那個小男孩留在世界上的最後表情——仇恨，恐懼，超越他年齡的惡毒的笑容。他在心裏哀叫著：天哪，這是孩子嗎？是誰把一個孩子變成這個樣子的？

父親帶著一身數不清的傷痛回到了大後方。

自從印緬戰場上回來後，他變了，變得越來越憂鬱寡歡了。對人呢，也與過去有著很大的不同，開始越來越用一種不信任的眼光去看每個人，他似乎對什麼都冷漠了。過去，他是那樣熱衷於軍人的榮譽，把榮譽看得比生命還重；可現在，他似乎什麼都無所謂，什麼也不在乎了。

這一年，父親晉升爲了中將軍長。對待這一生中最後一次的晉升，他也一反常態，表情麻木，只是十分機械地接過委任狀，什麼話也沒有說，轉過身便悄然無聲走開了。

這一年的三月，蔣委員長爲了對父親的赫赫戰功有所表示，囑軍需部門撥出一定數量的錢來，讓父親在家鄉蓋一所氣派的將軍府，並在大門口豎起一根旗桿，寫上一個「將」字。但此舉遭到父親嚴正的拒絕，他的回答是：「戰場上死了那麼多人，我作爲一師的長官，活著都是一種恥辱。就用這些錢來好好撫恤一下死去的士兵吧。」

蔣委員長並不知父親此時此刻的消極情緒，還以爲關某愛兵如子，於是又一次鄭重其事地嘉獎一番。

我一直不明白，父親爲什麼會變成這樣？若干年後，有一天夜裏，他獨自坐在房間裏，看著《世界知識畫報》上面有一組二戰圖片，看著看著，突然有如孩子般地嚶嚶哭起來。

我問父親：「爸爸，好好的你哭什麼？」

父親說：「可怕哪，戰爭。人類爲什麼要你打我我打你的啊，爲什麼人要變得這樣惡呢？你知道那人被毒氣毒死的樣子、那人被火燒死的樣子多麼可怕，多麼慘不忍睹哪。特別是那個小男孩，只有五六歲，就像方方那麼大啊，居然和那位救他的河南兵同歸於盡……」

尤其到了他晚年的時候，近乎強迫症的現象越發明顯了，他甚至不敢看任何有關戰爭的片子。有一年，我們這裏放電影《高山下的花環》，我搞來兩張票，想帶父親去看。他坐在電影院裏，一看片頭，一轉身扔下我就獨自走了。他變得怕看血。

有一次，我女兒方方流鼻血——這有什麼了不得的，哪個小孩子風濕熱了鼻子不出血的？可他就大喊大叫起來，非要我把方方送到醫院裏不可。後來，過年過節，連小雞、小鴨、河裏的鯽魚他都不准我們殺了。每每妻子購來魚，父親就不高興，他一臉惱怒地吼叫起來：

「肖英，我不是對妳說過了嗎，牠們活著不容易，叫妳別殺生，妳怎麼又殺生了？」

妻子說：「這是魚，是上帝叫我們吃的。」

父親馬上回一句：「上帝還不叫我們互相殘殺呢，可哪個做到了？」

當時一聽，我心裏明白，這是戰爭災難造成的，這股永不消逝的陰影將永遠成爲父親的魂，直到父親死的那一天隨著肉體進入墳墓。

這一年，我二姐出生了。父親給她起名叫天珍。就在她出生的那一天夜裏，父親做了個夢，他夢見了那個不知多少年連想也沒有想過的蘇夢茵。父親只見她臉上沒半點血色，扭著兩條腿輕盈地來到他面前。她碰了碰紅得滴血的嘴唇對父親說：「天下之人，何以能無錯？我是這樣愛你，你卻對我如此殘忍。我想好了，生前不能與你白頭到老，死後我就投生到你家。」隨後，她身子晃了一下，化成一團煙氣在他面前消失了。

父親嚇醒了，當時下意識地伸手摸一下身子，發現全身沾滿冷汗。這場景是那麼真實，彷彿不是夢，而是活生生的現實。蘇夢茵站在他面前的神態、她說的那些話，無不像一把刀扎在父親的心頭，叫他滴血。當日夜，父親心中就犯嘀咕：難道她真的要投生到我家來做我的女兒了？難道真的不是冤家不聚頭，聚了頭又是死對頭？

人無千日好，花無百日紅。自從父親正式升任中將軍長那天起，厄運也開始了。

二戰結束了。美國人的一顆原子彈，把戰爭的進程拉短了。日本天皇正式宣布投降了，成千上萬的日本人跪在街頭，聆聽著天皇宣讀投降書。

接下來，蔣委員長由於不能容忍共產黨的存在，無心組建聯合政府，於是又爆發了內戰。父親指揮的整編一〇九軍接到上峰命令開往東北，要與共產黨軍隊爭奪這塊肥田沃土了。

父親參加了國軍統帥部召開的最高軍事會議，所有參會的高級將領們慷慨激昂地爭表忠誠，要與共產黨決一死戰。獨有父親始終沈默，從頭到尾沒有說上一句話，只是低頭喝茶。

會後，林興軍說：「光明，你怎麼了？這次軍事會議你怎麼連個態度也沒有？」

父親說：「打，打，打，你打得過共產黨嗎？人家是什麼路線？我們是什麼路線？人家有多少百姓支持，我們又有多少百姓支持？」

林興軍說：「你的思想很危險，你何時變得一腦子左傾毒素？」

父親說：「大不了解甲歸田。中國人打中國人，這叫什麼事？」

林興軍嚇壞了：「你這小子，別喊那麼響！當心叫老頭子聽見斃了你！」

父親說：「無所謂。你看好了，失敗是必然的。」

第九章　我徂東山

七天後，蔣介石終於撕毀國共停戰協定，正式調動國軍主力，於這年的六月，向解放區發動了全面進攻。可蔣總統命中注定不是中國這塊土地上的真命天子，三年之後，他徹底被共產黨打敗，逃到台灣去了。

對於國民黨的失敗，共產黨的最終獲勝，我曾問過父親：「你們黃埔軍校有那麼多的人都跑到共產黨那邊去了，現在他們都成了共產黨的高級幹部。你若是早去了共產黨那裏，我也用不著遭那麼多的罪了。」

父親沈著臉說：「你別這樣說好不好？人算不如天算，一切都是命。」

正如父親的預言，從與共產黨正式交鋒起，他的一幫老兄弟的背時之運便接踵而來了。別的人都不說了，就拿傅信道這個軍來說吧，他的裝備是夠美式的了，但河間一戰，照樣被打得丟盔卸甲。他的精良裝備與粟定鈞將軍的小米加步槍來個大調換，一軍之長落荒而逃。雷達均那個機械化師也算得上榜上有名的，可迴龍口一戰，最後打得只剩下雷達均一個人。雷達均絕望至極，自己掏出手槍對準太陽穴開了一槍，最後被兩位解放軍戰士用擔架抬了回來。

而蔣委員長這位總指揮，在此時此刻簡直亂了套，一更一個夢，一夜一個令，當進的他不進，當退的他不退。尤其是北滿那一戰，父親就建議過放棄死守孤城戰略，但蔣介石說什麼也不肯，下死令要一〇九軍不得丟失一寸土地。這一下好了，父親與他手下三萬八千官兵全被共產黨軍隊困在一座小山城裏了。

那一次戰役與他對陣的不是別人，正是老同學粟定鈞。

這位粟定鈞將軍戰術戰略變化莫測。具有諷刺性的是，他照著父親在緬甸的打法來對付一〇九軍，他神出鬼沒地派出一支特別部隊佔領了洛神山水庫，切斷一〇九軍所踞整個城市的所有糧道與水源，隨後便兵臨城下。

父親心裏十分清楚，切斷了全城的水道與糧道，對他的將士們意味著什麼。父親急電最高統帥部派出重兵來解他的圍，而軍心渙散之際，最高統帥的命令早已成爲一紙空文。救援部隊連象徵性的策應動作都沒有，在解放軍合圍之前，援兵只不過是與粟將軍的部隊草草接觸了一下，便逃之夭夭了。大勢已去，如同洪水沖開大壩一樣，父親的防區一片稀哩嘩啦，兵敗如山倒。

父親一直不能明白，好好的這個仗，怎麼就打得這樣慘？打日本人他都沒有這樣沒信心，沒想到國軍的一代名將、關雲長之後，到頭來卻和老祖宗一樣走了麥城。

這一場戰役，父親盡了全力，爲了奪取一道關隘他親自督戰，指揮著八百多人的敢死隊發起了十一次衝鋒，但這些衝鋒全都被那些密集的炮火給逼了回來。多少弟兄們活生生的身軀被炮火炸得四分五裂，那打著綁腿的大腿與黑乎乎的腸子，一段一段地掛在樹枝上。

他喪氣了，退入城內。城裏也是愁雲慘霧，一片沮喪的景象，傷員們亂七八糟地歪在大街小巷上，慘叫，呻吟，咒罵。更讓他感到絕望的是，原先經他一手調教過的忠勇將士已經變得毫無鬥志，只要有一聲槍響，便神經質地大喊：「共軍打進來了，共軍打進來了！」

這是什麼樣的日子呀！城裏頭的糧食全吃光了，饑餓的士兵因爲搶一小塊高粱餅，互相開槍，一夜間，因內部火拼而喪命的便有三十多人。

平心而論，對於山窮水盡的父親，蔣介石並沒有坐視不管，南京方面不斷派來飛機空投食品，但天時地利人和三不占，那是一點辦法也沒有。空投那天的風向不對頭，投下來的食品全落在解放軍的陣地裏，牛肉罐頭維他命餅乾之類倒叫他們好好地開了一頓洋葷。

解放軍爲了瓦解這邊的軍心，又開動宣傳工具與一〇九軍打心理戰，不斷用大廣播呼叫：「兄弟們，請你們到人民的懷抱裏來吧。你們的老家正在實行土改，你們家裏可就有田種了。兄弟們哪，你們趕緊回到我們隊伍裏來吧，蔣介石早已經是兔子的尾巴，長不了啦！」

打仗打的是什麼？打的是後勤，打的是裝備。一個最能打仗的人，一旦力無所支，人似風吹了的草葉子一般，還能拿起槍桿子衝鋒陷陣嗎？父親一次又一次地看到這些士兵們把大街上的樹皮扒下來，艱難地塞進嘴裏慢慢嚼著，那無奈的目光裏充滿著種種怨恨與絕望。他也看到了他手下的那些士兵，爲了一口吃的，不顧生死，一次次越過警戒線，跑到共產黨軍隊的伙房裏。共產黨呢，又偏偏實行豐盛的大招待政策，只要你能過來，沒說的，好吃的管夠。三團一營的一名士兵，由於餓得實在是太狠了，一看到那白生生的大饅頭，魂就丟到九霄雲外去了，搶過饅頭，蹲在坑道裏就大嚼起來，不料因爲太猴急了氣息不勻，竟活活地被噎死了。

沒有糧食，勉強還能對付幾天；沒有水，那日子卻是一天也沒法過。粟定鈞將軍切斷水源之後，父親手下三萬多將士可就遭了大難了，個個嘴唇裂得有如樹皮。人到了渴得發瘋的時候，什麼都做得出來。所有有水的地方，全叫他們喝乾了，最後只剩下喝自己的尿了。到了最後，連尿也沒了，再拉出來的全是紅色的血液了。

那晚，全城民眾代表與父親手下的三千多名士兵來到軍部大樓前，齊刷刷地對父親跪下了。一個白鬍子老紳士開口了：「關軍長啊，你是關大帝的後裔，你是仁義的長者，你可憐可憐我們這些百姓吧。」

士兵們則七嘴八舌亂嚷嚷：「長官，長官！別打了，別打了，我們投降吧。我們都是被抓來的壯丁，我們根本不願意打仗，只要有口飯吃就行了。我們都上有老下有小的，長官，你就可憐可憐我們吧！」

父親已變成了一棵枯萎了的樹木，他一動不動地站在那裏，面對著士兵們絕望無助的目光，雙手哆嗦了起來——數十萬條生命繫在他的手上，何去何從？

也就在這天的夜裏十二點，方永泉神秘地出現在父親面前。

這一次他是以解放軍代表的身分出現的。他說：「你們關家的祖祖輩輩不是都講積德的嗎？你還是爲那麼多當地老百姓想一想吧。」

父親一直坐在那裏，對著桌子上的一盞油燈發呆。方永泉知道父親的內心有個無法解開的疙瘩，什麼都用不著多說，還是讓他好好想一想吧。他給父親留了一個電話號碼，輕輕地退出門去，父親似乎一切都視而不見。

就在此時，秦三觀走了進來，呈上一份全體軍官的請求書，呼籲軍長速作決斷，否則他們將自動放下武器。父親一看這份請求書，萬念俱灰。

作爲軍人，他不與這個城市同歸於盡，是他對蔣總統的不忠；若是拿老百姓與士兵的生命作無謂的犧牲，又是對自己良心的不忠。這場內戰，叫他手下上萬士兵家破人亡、妻離子散、戰死殉國，又有什麼價值？

父親沒有開口說話，只是不住地在那兒來回踱步。一個鐘頭過去了，兩個鐘頭過去了，終於，父親作出了平生以來最重大的決定。他不能夠再叫這些士兵們作無謂的犧牲了，他必須自己了斷自己。他揮揮手，叫他的副官秦三觀馬上行動。

秦三觀是個人精，跟了父親這麼多年，當然明白他這手一揮是什麼意思。他立刻拿起話機，撥通了方永泉的電話。

電話一接通，方永泉便開了口：「關軍長，你想好了沒有？」

父親說：「你讓粟定鈞下令供水與糧食吧。」

「好的。」

方永泉把這句話一傳過去，粟定鈞馬上明白父親下一步要做什麼了。

「馬上向城市供水供糧。」他本人要親自進城與父親面談。

當時，粟將軍手下都有些擔心，說：「首長，你可要好好想一想啊，你面對的是一個詭計多端的傢伙，萬一他反覆，後果不堪設想啊。」

粟將軍一聽，身子一仰，哈哈大笑起來：「你們怎麼可以用這樣的心來度量關光明？若他是關公，我便是張遼。你們放心吧，他的爲人我是非常瞭解的！」

他當真就與歷史上的那位張遼一樣，只帶著一個隨身警衛，騎著一匹高頭大馬，大模大樣地進城了。很快，兩個故交兼對手見面了，面對面地坐了下來。

父親攤著兩隻手，苦笑道：「這裏連一口水也沒有，我不能給你沏茶了。」

粟將軍說：「一切都免了吧，我們只說實事。」

父親開口就問：「粟將軍，你能保證我三萬多弟兄們的生命安全嗎？」

粟定鈞說：「啓星，你這從何說起？只要你們棄暗投明，你的部隊將納入人民解放軍行列，我們還要給予相應的安排。生命安全，那是最基本的。」

「想當初，秦國可是坑降卒四十萬哪。」

粟定鈞爽朗大笑起來：「啓星，你的舊書讀得未免太多了吧？我可不是秦軍，你們也不是俘虜。你們是倒向人民陣營，是光榮的起義。對你，對你部下的官兵，我們不以俘虜對待。況且，共產黨早就有政策，人民軍隊是優待俘虜的。」

「優待？就拿我手下的秦三觀來說，你們會怎樣安置他？」

「他現在的職務是什麼？」

「他是我的副官，軍銜是上校。」

「我們部隊裏沒有副官，也沒有軍銜，可以給他安排一個團職幹部。」

「如果弟兄們不願在貴軍幹呢？」

「來去自由，願意回家的，我們統一發給路費。」

「那，你打算怎麼處置我這個敗軍之將？」

「如果你現在毅然起義，你就是人民的有功之臣，我軍不但不予歧視，還要根據你的才幹予以任用。」

「唉，任用……鄙人倒不敢想。那好吧，粟將軍，我這就下命令。」

就這樣，父親拿起電話，下了一道命令：「全線停止一切戰鬥，各部到司令部門口的廣場上結集，一律放下武器。」

佈滿彈痕的城門終於打開了，解放軍整整齊齊地唱著歌兒開進來了。

接下來的故事情節與《三國演義》卻是大爲不一樣——父親回到了軍部，把腰裏的小手槍拔出來，對準自己「砰」的開了一槍，便一頭栽倒在地上。秦三觀一見立刻狂喊起來：

「關軍長自殺了！快來人哪！」

粟將軍一聽，馬上跑進來，定睛一看，心裏一緊：這一招，我怎麼就沒想到！他下令衛生兵趕緊把父親抬到野戰醫院。

也許父親命不該絕，也許他有點粗心大意，他並沒有好好討問一下醫生，人的心臟準確位置是在哪兒。他滿以爲正對心口窩的便是心臟，哪知他射擊的不過是胃。

爲父親看傷口的醫生是位六十多歲的外國人，名叫希思。希思瞪著小羚羊般的眼睛，仔細地查看了一下父親的傷口。

粟將軍擔心地問：「他有沒有危險？」

洋醫生笑了一下，拿過一雙夾紗布用的筷子，在傷洞中穿了一個來回，說：「你看看，他人還在喘著氣呢，有什麼危險？動一下手術，把胃部傷口縫合起來，就不會有事了。」

幾個月之後，父親康復了，粟定鈞又來看他。這一回，他不是以公事公辦的態度見我父親，而是以老同學老朋友的身分請他吃飯。

「關光明，你這個人是怎麼一回事兒？幹嘛想自殺？」

「老兄，你知不知我們關家的祖訓？我與你各事其主。我不戰死，對不起蔣公；我戰死，對不起跟著我的幾萬弟兄與全城的老百姓。忠信不能顧全，我活著做甚？一死了之，倒也乾淨。」

「我看你是讀多了舊書，中毒太深，你還是留在人民軍隊裏感受一下新思想吧。我們已研究過了，這一〇九軍還得叫你帶。」

父親搖了搖頭：「老兄，你別爲難我，我這軍長不能當，再也不能當了。」

「爲什麼呢？」

「我不能給老祖宗丟臉。一個敗軍之將，沒有戰死已經十分慚愧，況且蔣公對我也不薄啊。你想想，我殺了他的舅舅王允祥，他也沒殺我；我割了傅全才，他頂了這麼大的壓力把我保護了下來。人幹什麼總不能忘情，我已經對手下弟兄們說了，你們誰也不要回家，好好幫共產黨打天下；至於我呢，只欠一死了。若是我再當上你們的軍長，消息一發表，我又有何顏面面對故人？不管怎麼說，我與你是同校學生，又是朋友，你讓我解甲歸田吧。」

粟將軍歎了一口氣：「牛不喝水強按頭的事我不會做。別的我倒是不擔心，我只怕你回去，今後會受不了的。」

父親聲音低沈地說：「生死有命，富貴在天，是老天給我的災難，我想躲也躲不了。一個小小凡人也左右不了自己，聽天由命罷。」

這還有什麼可說的呢？

粟司令是個很有遠見的人。他怕今後政治風雲多變，地方上政府那些大大小小的官員們會爲難父親，在請示了上級領導之後，特意以組織的名義給華東局寫了一封信，稱父親是對人民解放有功之臣，並希望有關部門善待父親。

又過了些日子，形勢稍稍安定了一些，父親踏上了還鄉之路。

我看到過父親回來那一天拍攝的一張照片，和得意時不可同日而語。那件黃狗皮一樣的軍大衣在他肩上斜披著，滿臉全都是黑乎乎的鬍子渣，臉上的皺紋就像挖出來的深溝一樣。他腳上穿著的黑色的高筒皮靴子，也失去了往時的光澤和威風凜凜的氣派，皺皺巴巴的，彷彿是叫老牛嚼過一般。他腰上依然掛有一個槍套，但這槍套裏早已經沒有了手槍。他再也不是過去那位一心想當現代中國五虎上將的關光明了。

看到他那張晦氣重重的臉，我突然有一種奇特的聯想，聯想到埃及的獅身人面像。他此時此地的狀態就如那尊古老的雕像，鏽跡斑斑，曾有過的英氣正在無情地剝落。

可以想見，父親是多麼想念老家桃源村啊，是多麼想回到那個安靜的山鄉裏去啊！無論白天還是黑夜，總能看到那清清的山溪水在山峽裏游動；那層層疊疊的梯田猶如一盤攤在那兒剛剛做好的千層糕。他是多麼懷念山鄉的春天哪，那盛開著的橘花、桃花、馬櫻花、夾竹桃，一陣陣襲人的香氣如清冽的溪水潺潺地滲入人的心底，令人心醉。村落裏那一陣又一陣的雞叫狗吠的聲音，聽上去充滿了野趣。他眼前浮現出春日裏的山嵐，氳氳氤氤，猶如一團團紗，在沈浮的山頭上纏綿。他懷念小時候坐在溪水邊挖岩蟲垂釣的日子。此時他最大的渴望，是什麼事也不要做，什麼人也不要接觸，獨自坐在山頭，看著那蔚藍色的天空與寧靜的山野。

父親累了，厭倦了。曾有過的勃勃雄心統統煙消雲散了。他只有一個想法：活著，比什麼都好，趕緊回到那個小村子裏去吧，和家人好好的團聚，哪怕是吃糠咽菜，也是心甘情願。

父親隻身回到了桃源村。

有道是「近鄉情更怯」，此時的他，甚至對自己有一種陰毒的比喻，覺得自己好比一隻大蒼蠅，哼哼著飛了一圈，最後又回轉到原來的那個地方了。

父親是個死要面子的人。過去，父親可是堂堂皇皇地從村子的前門走進來的，而這一次，父親沒這樣做。他在村口那棵亭亭如蓋的大樟樹底下站了很長很長的時間，他覺得自己沒臉見人，也無法向家人作出像樣的交代。想了又想，他終於咬了一咬牙，從後街沿著那鵝卵石鋪成的小路，悄然回家了。

那天，他一動不動地站在家門口。

他看見白鬍子的老族長關榮春正襟危坐在一塊大青石板上，瞇著兩隻老花眼在那兒曬太陽；他看到一條長毛的老黃狗百無聊賴地低著頭，臥在明媚的陽光下，連眼也不肯抬一下；他看到關天奇和關天達正在院子裏開闊地上玩滾銅板、飛花紙；他也看到天嬰正坐在一條板凳上聚精會神地拿著毛筆寫大字；他也看到自己的髮妻何秀英——這個任勞任怨的山頭女人正挽著褲腿，光著粗大的腳桿，端著一盆豬食喚著兩口豬過來吃食。他看到家門口他出門時種下的那棵白玉蘭，早已高高地躥過屋頂，開出一朵朵白色的花，散發著極其清幽的香氣，一陣陣地飄過來，叫他渾身上下有說不出的舒服。

啊，這一切的一切，對於他來說，實在太陌生又太熟悉了。這微不足道司空見慣的生活細節中傳遞出來的魅力與味道，也只有九死一生的人才能真正體會到了。

也就在這一天，父親第一次感到家的溫馨。尤其是我那大母親何秀英，儘管她長相醜陋，儘管她連半個大字也寫不來，儘管父親是那樣地不愛她，但此時的父親卻感到了她的無比珍貴。正因爲有了她，才使父親這個還鄉的老兵尚且有個家的概念。正因爲有了她這樣死守老家的女人，維繫他這個老宅，才使他有了一處讓靈魂停泊的小港灣。而那些花花世界的女人們，只不過是附著他的吸血鬼與臨時停靠站，以往的一切繁華之景也只不過是海市蜃樓。

正玩耍的大哥關天奇偶爾回首，一下看到了這位一動不動站在家門口的男人。起初他並不知道這人是誰，他小心翼翼地走上兩步，瞪起眼細看。天哪，來人不正是他久久不見面的父親嗎？他立刻大聲喊起來：「阿娘，阿娘，爸爸回來了，爸爸回來了！」

瞬間，院子裏所有的人都定格了：老族長手中的煙袋一動不動高高地橫在那兒；我大母親手中的盆子不知是該放下呢，還是應當舉起；我大姐把她手中的筆一扔，舞著兩隻胳膊便撲了過來，緊緊地抱住父親，「爸爸、爸爸」叫起來沒個完；二哥與二姐瞪著眼睛，瞅著這位只有我大哥大姐認得的男人，一時間不知該叫什麼好。我大哥也撲過去，張開兩臂，緊緊地抱住了父親：「爸爸，你終於回來了！」父親一把把他們兩個緊緊摟住，尖銳的鬍子渣忍不住往他們臉上扎去，兩道混濁的淚水順著父親那深溝樣的皺紋嘩嘩流將下來了。

下部

遙望是君家，松柏冢累累。
兔從狗竇入，雉從樑上飛。
中庭生旅穀，井上生旅葵。
舂穀持作飯，採葵持作羹。
羹飯一時熟，不知貽阿誰。
出門東向望，淚落沾我衣。
——樂府詩《十五從軍征》

第十章　還鄉與還願

村裏的人很快都知道我父親回來的消息了。

他們也都明白，國民黨敗定了，新的真龍天子毛澤東要出來了，因此，大家並不以爲關天明做了共產黨的俘虜有多麼倒楣——在他們的眼裏，父親還是這個村子裏出的唯一的將軍。至於父親終究沒有當上「五虎上將」，這是天命使然，不能責怪他。

有時候，外村的人忍不住話裏含酸：「你們村的那個關光明哪，做了人家的俘虜，將軍望的牌子可是活活倒了，嘿嘿！」

碰上這種挑釁，桃源村的村民會這樣回答：「你別他娘的站著說話不腰痛——你來試試？不管怎樣，我們村子裏出了個中將，你們村只配出蝦醬吧！」

過去什麼樣子，現在又回到什麼樣子了。

父親完全變成山裏的老農民了。

桃源村的確是個幽靜去處，毫不誇張地說，與陶淵明筆下的桃花源並無二致：與世無爭，與人無求，雞犬相聞而老死不相往來；日出而作，日落而息，構成了這裏的基本生態。直至今天，一條柏油馬路通到了村口的大樟樹底下，村子裏有不少後生人走出家門，到外面去打工、去創業，可村裏仍然保留著過去的那種生活方式。任何新的資訊一旦到了這裏，都成爲了古董，任何風雨刮到這裏，都會變成昨日煙雲。悶了，他們就坐在巨大的石塊上逗逗樂子；就算死期將至，他們也並不感到恐懼，而是把衣服穿得好好的，等無常爺把他們帶走。他們用特有的一成不變，打發著上蒼賜予的每一個日子。

回鄉以後，父親一心希望自己能過上陶淵明一樣的隱居生活，但他最終發現，所謂「採菊東籬下，悠然見南山」實際上是一種矯情——要達到這種境界，採菊人必須是個貨真價實的地主階級。投誠後，父親學過《新民主主義論》，懂得一點階級分析的道理。父親只當了一個多月的山民，便發現自己臆想出來的歸農之思、出世之感，只不過是扯淡。

我在老家當領導時，有人就曾這樣問過我：「為什麼山區水好空氣好，卻有幾十萬人出去打工？為什麼山區的生活這樣悠閒，可後生們卻不愛這塊土地，叫這些山村成為空殼村？」

我說：「你要是在這片土地上足足生活上半個月，你就會懂得所謂『悠閒』之苦了。」

在我們老家這地方，要想吃飽肚子，達到「三個一」（一個妻子、一間房子和一個兒子），談何容易！開門七件事，柴米油鹽醬醋茶，缺了哪一樣也不行。

人過三十天過午，那時候的父親已四十五歲，好比是一棵老樹，全身差不多叫蟲子給蛀空了。上山不到兩天，他就發現自己再也回不到過去的那種狀態了。他不可能再去爬山挖藥材，也不可能再下地種蕃薯了。大母親雖然能幹，能把一百多斤的濕松毛柴一口氣吭哧吭哧地從山上挑下來，但她畢竟是個女人，一天裏既要管六口人吃的穿的，還要餵豬餵雞保證全家一年的錢糧運轉，她夠累的了，往往從早晨太陽剛冒花時做起，一直做到天黑。

那時，我的幾個哥哥姐姐在上學。大哥天奇十六歲，大姐天嬰十五歲，二哥天達十歲，二姐天珍只有六歲。父親把他們安排在黃岩讀書——想要子女們有出息，你就得拿出錢來供養。過去，他們能上黃岩去讀書，全靠父親的軍餉，可現在父親所有的財源全斷了，他的全部家底就是當年存放在家中的一百多塊大洋，再加上粟司令員發給的一百多塊大洋的安家費。

向朋友們借？靜下心來一想，也不能。父親的朋友差不多全是軍界上的人，政治形勢一變，他們又能怎麼樣呢？有百分之五十的人死於戰場之上，莫再提了；百分之二十的人被收編進了共產黨的軍隊；剩下的朋友，死心塌地跟著蔣總裁走了。我哥哥姐姐四個人開學那天，光學費一項就要繳四十多塊錢。一下子上哪兒拿出那麼多？父親心裏感到有些發慌了。

吃晚飯的時候，父親隨口說了一句：「家裏沒有錢了，供不起你們四個人讀書了，你們自己想法子尋找一條門路出來吧。」

這一句淡淡的話，引發了全家的一場大地震。二姐「哇」的一聲哭起來，大哥一臉不高興，獨有二哥顯得滿不在乎，他說：「不讀書就不讀書，我去做學徒去。」而大哥大姐呢，打算離家出走，到上海到北京去獨打青龍關。

父親根本沒有想到，風光了大半輩子，到頭來卻落到這樣的結局！怪只怪自己沒有聽粟司令員的勸告留在部隊裏，才有這般的無數苦楚。就拿秦三觀來說吧，儘管他只是一個副團長，可人家現在有固定的薪水，吃飯根本不成問題。

他發現，自己當了這麼多年的兵，一旦離開戰場，什麼也幹不了。

父親曾經在一閃念中有一絲悔意：爲什麼不留在部隊中做一個衣食無憂的首長，偏回老家受這份罪？然而，「忠信」二字噛痛著他的心，他下決心不再吃回頭草。父親後悔的是在自己飛黃騰達的時候沒有伸出手來撈錢。想當初，不知有多少人想從他這裏討個出身，不是送來「黃魚」，就是孝敬錢，而父親一概拒於門外。

三年前，父親手下的一個團長給他送來了二十根金條，想謀個旅長職位，可父親不僅把那些「黃魚」扔出去，還要撤他的職！他只知道遵循祖制「武將不惜命，文臣不愛財」。大將之才，當視錢財如糞土。現在，過去他所信的那些理論教條早被血淋淋的現實生活擊得粉碎。父親確實是後悔了，早知道會是這樣的一個結局，莫不如趁著戰亂撈一把，也不至於目前家徒四壁、倉皇四顧。

在家裏歇了三天之後，父親掙扎著起身，想上山去砍一擔柴。手中的柴刀可沒有手槍那麼好拿，動一動就會發飄，累得個汗流浹背，最後打回來的乾柴只有年糕那麼大的一小捆。

小時候的娃娃朋友們一見他這模樣，就捧著肚子笑：「嘿，關光明哪，你還是想個法子回去做官吧，這幾年，你的身上都養出懶膘來啦。」

就連小弟關光成也看不下去了：「阿哥，你再不是做山裏人的料啦，就想個辦法做點別的吧。桃源村山好，水好，空氣好，可它不是你的天地啦！」

這一夜，父親直挺挺地躺在竹床上，聽著兇狠的山風刮著竹林、樹林，發出海濤般的聲響，聽著那不知名的夜鳥高一聲低一聲地怪叫，一顆本已經死寂的心再也不能平靜了。

父親也曾想過逃回老蔣那裏去，但回頭又一想：老蔣能饒得了我嗎？不戰死沙場，反而向共軍投誠，不把你拉出去槍斃就算是對得起你了！

李少白來了，他早就不幹縣長了。他一邊在榮仁公司裏當副總經理，一邊又把林老太爺那個南北貨公司接手過來，純粹是商人身分了。父親回鄉半個多月，李少白才從周澤人嘴裏得知，關光明打了敗仗解甲歸田了。李少白是個急性子，當天夜裏就甩著他那隻空袖子來到了桃源村，見到了打了一天柴、累得渾身直散架的父親。

「啓星，你這個人真是的！回家半個多月，怎麼口信也不給我一個？」

父親苦笑一聲：「敗軍之將有何臉面見人？」

李少白說：「都是自己的親兄弟，什麼臉面不臉面的？」

老兄弟相會，父親感慨萬千，把前一段時間的遭遇講了一遍。

李少白不動聲色地問：「你怎麼打算？」

「去老蔣那兒，等於去送死。在共產黨部隊工作，我怕兩個：一怕共產黨今後會找我算賬；二怕再打內戰，哪天真的對不起故人……」

「那你總得有個打算哪。」

「打算？要錢沒錢，要手藝沒手藝，只能種山。」

「嘿嘿，你怎麼把自己建起來的榮仁公司給忘了呢？」

父親一怔：是呀，是呀！這一場大敗，敗得自己昏了頭，怎麼把這麼大的榮仁公司給忘了呢？我不是那家公司裏的董事長嗎？

李少白把公司目前的狀況對父親作了介紹，父親這才知道，榮仁公司現在是全黃岩最大的公司，業務範圍涉及木材、紡織等多個領域。米可心死了妻子後，染上了吸白粉的惡習，半年前，把職務辭掉了，一直都是由李少白頂著，現在，公司的「大老闆」回來了，不正好嗎？

「難道真的要這麼一個堂堂中將身分的貴人最終窮死山溝？」

希望又一次在父親心底出現了。父親決定出山了。這次出山，不是做官，而是經商。

父親有三個想不到。第一想不到，原先爲解決老兵生計而開的公司，現在倒成了自己的絕好歸宿，使他這個敗軍之將回到家裏有口飯吃。第二想不到，是他年輕時夢想做五虎上將，到頭來卻成了台州有名的大商人。第三想不到，他的名字在商場中成了個無形資產，出去辦什麼事，只要把名片拿出來，對方馬上就露出十分敬佩的神色：「啊啊，你就是那個打日本鬼子的一代名將？久仰大名，我們佩服得很！」有好些事情，別人根本辦不了的，只要父親去了，進門拱個手，說上一兩句話，對方說辦也就辦了。尤其是在商業運作上，每當公司需要借錢的時候，總會有人說：「關將軍的那個公司，我們信得過，款項的事好說，只怕關將軍不來借。」

父親認爲他之所以大難不死、絕處逢生，得福於他行善積德。

有一天，公司有一批大木頭要運往上海，父親專門來到黃岩楊家埔子去聯繫出運的事情

當時，五洞橋是黃岩唯一的出海港口。楊晨的兒子楊益和太平縣的嚴於濟一塊兒在那裏開了一家外河

運輸公司。當年這一帶是一片茂密的橘林和饅頭一般星星點點的大墳包。父親是坐著船到此地的，到了之後，天已黑了。走著走著，他聽到小木橋上傳來一陣嗚嗚咽咽的哭聲，循著哭聲找過去，但見一個四十多歲的男人一邊淒慘地哭著，一邊在橋上來回走。這男人哭著哭著，準備縱身跳河，父親伸出手，一把把他拽住了。

「嗨，你醒醒！一個大男人有什麼想不開的，何苦至此？」

「先生，我活不下去了。」

「爲什麼呀？」

聽對方把情由一說，父親臉一下子便沈了下來：「你有沒有家？」

「有家。」

「家中都有什麼人？」

「一個老婆，兩個兒子，還有個老娘。」

「你這個人好不講道理噢！」

「我怎麼不講道理？」

「那我問你，你這麼一死，他們怎麼辦？」

「可這一百塊錢是朝人家借的，我拿什麼去還人家？」

「你死了，人家就不要你一百塊了？我當過兵打過仗，凡是打過仗的人都知道，人死十分容易，活著倒是難。你清爽了，乾淨了；可你想沒想過，一個寡婦、兩個沒爹的兒子，一個老娘，今後的日子該怎麼過？做人哪，不能光想著自己，要好好替別人想一想。」

「先生，我們家好不容易借到這一百塊錢，本想用這錢買塊地養家糊口的，可這錢就這麼叫人偷走了，我家不是死路一條是什麼？莫不如一死了之。」

「不就是一百塊錢嗎，有什麼了不起？今後若是你哪個兒子有出息了，怕是能給你掐回來八千一萬的呢。」

父親從自己的口袋裏拿出一張銀票遞給他：「喏，我給你一百塊。」

這事情過去也就過去了。

若干年後，父親剛從農場裏勞改回來，我也剛考上大學，女兒方方剛出世。有一天，全家人正坐在一起吃飯。有人敲門，並在門外喊：「關光明的家是不是在這兒？」

妻馬上出去開門，只見一位老者領著一個女孩子站在門外。老者手裏拿著一管大煙鍋袋子，那女孩梳著一條黑油油的大辮子。

「這裏是不是關光明老先生的家？」

「是啊，請問您老……」

「他有個小兒子名叫關天和的，是不是也住在這兒？」

「對呀。」

「好了，好了！這一下我總算是找到了。爲了找你們，我都跑到桃源村去了，都說關光明剛剛從農場回來，現在與小兒子一起住在路橋——路橋這麼大，我上哪兒找去？我整整找了兩天，總算是把你們找到了。」

我們不知其中的情由，既然是父親的客人，那還有什麼好說的？得知父女兩人還沒有吃飯，我們馬上又是做飯，又上街購菜，重新弄了一桌好飯菜。招待完畢，我這才把父親叫出來與他見面。

也許父親年齡大了，面對著這位老者，怎麼也想不起他是誰來了。

「恩公，你記不記得那年有個人在橋上要跳河的事？」

「跳河？哪年的事？」

「你不記得了？是你把他抱住不讓他跳，還送給他一百塊錢的？」

「啊，啊。」父親那嘴張得大大的，這下子他想起來了。

「大恩人哪，今天我就是來還你的恩了。」

「過去就過去了，有什麼恩可言？」

聽父親和那老者的一番對話，我們才知道多年以前居然有這麼一段往事。那老者說，他娘臨死前有一個囑託：「什麼事都可以忘，就這事萬不可忘了。現在你妻子有孕了，若是個男的，以後再說；若是個女兒，你無論如何要把她嫁給關光明的公子，得好好地報答人家呀。」後來，他果然生了個女兒。起初，他一是不敢來，二是不敢說，他就怕自己的女兒長得不好看，上不得檯面。

「女大十八變，現在看看這個女兒長得還說得過去，我們家鐵了心要把這孩子嫁給天和。從她滿十八的那年起，我就滿世界到處找你們，又聽說你和小兒子惹了政府的什麼事，全進監獄了。我們心不死，一直等著。不知來了多少媒人說合，我們都沒有應承下來。一直等到前些日子，一個從金華勞改農場過來的人告訴我信兒，於是我便帶著女兒找來了。」

老者對父親說：「我不認識你那個小兒子。你叫他出來，看看，相得中就結婚，嫁妝全由我們家出。」

父親大吃一驚，既感動，又沒法子，忙把我的妻子林肖英喊出來，對老者說：「兄弟，這是我的兒媳婦。現在新社會，不興這個。我們還是以兄弟相稱，互相多走動吧。」

老者一看，我妻子全然是一副大家閨秀的派頭，金絲眼鏡架在鼻梁上，氣度非凡，膝下女兒方方也咿咿呀呀會說話了，不由得有些尷尬。看來銜草報恩的佳話也不能像戲文那樣隨時上演的。我們一家人整整忙乎了兩天，老者這才興高采烈地帶著女兒走了。

第十一章　橫峰橋的母親

現在，輪到我的生身母親出場了。

我母親姓米名久蘭。我外公不是別人，就是在榮仁公司裏當了九年總經理的米可心。我母親是外公的獨生女。

母親的老家在太平縣的橫峰鎮。我有生以來只去過母親的老家一次，那時我只有五歲。

母親對父親說：「我這麼多年沒有回老家看一看天和的義外婆了，今天有一點空，我就帶著天和到橫峰橋去一次吧。」

那時候要想到我外婆家去，只有兩種走法：一是走陸路，順著那南官河岸一路走過去；二是坐船沿著水路走。母親帶我是坐著船走的。天還沒亮，母親便把我叫起來，匆匆吃過一兩口飯，她就給我洗臉，又拿出一套嶄新的衣服叫我換了，便領著我出門了。

那時，路橋的船埠就在現在的郟家里，離我們家並不遠。天很黑，水無聲，風很冷。除了船埠上往來的客商熙熙攘攘外，路上沒有人跡。我與母親來到了船埠，那裏停著一艘船。船上亮有汽燈，燈光很白，白得有點嚇人。

母親死死地捏牢我，問：「哪條船是到橫峰橋去的？」

一個黑影回答：「在這裏，在這裏。」

我們到了那條船邊，母親又小心地問：「老大，這條是去橫峰的船嗎？」

黑影又一次大著嗓門說：「是這條，是這條，放心，錯不了。」

母親捏牢我的手，上船了。

那船很大，乘船的人並不多，有十幾個，是那些倒騰海鮮的小販。走進船艙後，見到座位都是由成塊的木板靠著船幫接起來的，共有十幾排。整個船艙充滿了一股魚腥味。我進去後，看到船舷一角默坐著一位上了年歲的瞎子，瞎子身邊有一個年齡不大、兩隻眼卻很大很大的小女孩。

我們在船西頭靠窗的地方停下來，母親從口袋裏掏出一塊布，很是小心地擦擦那凳子，這才拉著我貼著凳沿坐下來。

船剛開，駛不到一里地，坐在角落裏的盲人突然站起來，在女孩的導引下，來到船艙中間坐定，拍動響板，咿咿呀呀開口唱起來。他唱的是《小方青》。我只知道那漁鼓兒「砰砰」地敲將起來，震得我的耳膜嗡嗡作響。他那嘶啞的嗓音在船艙裏迴蕩，顯得十分悲涼。

母親側著耳朵，一字一句細細地聽著。我偶爾回過頭去看，發現她的臉上掛著一串亮晶晶的眼淚。我不敢問具體情由，這種我聽起來多少有點討厭的東西，不知爲什麼讓母親如此傷情？船行駛到離橫峰橋不遠，《小方青》的故事也結束了。那位一直默然無語的女孩子也站了出來。

她手裏拿著一隻盤子，從每一位聽客身邊走過去。她一邊走，一邊用她特有的稚嫩且又悲哀的口吻乞求說：「叔叔，伯伯，阿公們，你們行行好，可憐可憐我們爺倆吧。」

那些小販們紛紛從口袋裏掏出錢來——有多的，有少的，大多是紙幣，有的已搓得不成個樣子——扔進盤子裏。

那女孩子走到母親的身邊，母親似乎有些慌亂，但馬上鎮定下來，她從口袋極深極深的地方掏出包得嚴嚴實實的手巾包來，小心地打開，從裏揀出兩角錢，撮起，很小心地放入女孩的盤子中。

我小時是個十足的野孩子，十分貪玩，周圍方圓三里地，沒一處角落我沒到過。而獨有這河沿邊上的景致，我卻從來沒有看到過。我忘不了那壁立著的南官河河岸。這河岸是我們這帶歷史的見證，河水成年累月沖刷，壁上的泥土已經掉光，只剩下石頭屹立陡崖，有如聳立著的高山峭壁。而那一排排裸露在河面上的植物根鬚，活似老頭子下巴上垂下來的那綹鬍子。我當時就被河沿邊上那一排排白色的鬚根深深地吸引住了。

記憶深刻的，還有橫在南宮河上難以計數的橋。由於歲月太長久，這些橋已蒼老得一塌糊塗，若是不去仔細研究，讀不出它的年齡。有些橋洞上長滿了墨綠色的薜荔藤蘿，顯得十分猙獰，彷彿是一條條在那裏攀伏著的蜈蚣。每過一個洞，那船老大摁一下喇叭，船內就走出一個船工來，叫著「呵牢，呵牢」，撐著船小心翼翼地駛過。

每一次船駛過，總有不少像我這麼大的孩子十分歡快地跑出來——或是從橋邊上的小鎮裏，或從邊上的村落裏，齊嶄嶄地站在橋頂。有的孩子探頭探腦地往船裏看；有的孩子更是乾脆當眾解開褲子，把嫩生生的小牛子掏出來，嘴裏呵呵地叫著，對準船撒尿。

有時，黃黃的尿汁隨風飄到船夫臉上、身上，船夫把長長的篙桿從水裏拔出來，往上一揚，罵道：「小狗崽子，把你那小牛子割下來，給老爺子下酒，我叫你尿尿！」那些孩子們並不害怕，把那小東西一收，一溜煙兒地跑了。河面揚起一片歡快的笑聲。

到了橫峰橋，我與母親從那小小的船埠上岸。我被這立在河岸邊的小鎮深深地迷住了。它與我從小所見到的所有街道一個樣：木結構的房子，連成一片的排門，隨風飄動的招牌，青石板鋪成的地面。但又與十里長街的房子有很大的區別：那房子實是太精緻小巧了，所有沿街的房子和排列在市場上的鳥籠子一樣。所有的廊柱子、石磉，都雕有各種各樣的花。尤其是他們那屋簷，雕有一隻隻神氣活現的蝙蝠。

沿街開的是大大小小的店舖，賣什麼的都有，有三個店面很顯眼。第一個是糧舖，白色的大門上寫了一個很大的「糧」字；第二個是當舖，黑黑的大門正中寫有一個白色的巨型「當」字；第三個是南北貨店，大門正中用正楷寫了一個黑色的「醬」字。這裏的特產有四樣：一是荷花藕。一根根水靈靈的，又白又嫩，大的比父親的手臂還要粗，小的比我的手臂還要小，白得叫人眼亮。二是老菱。兩頭尖尖，十分精巧，紅得叫人兩眼都發暈。三是街面上掛有各色各樣的刺繡，全是十字刺繡，有龍，有鳳，有牡丹，有玫瑰，有花鳥，有蟲魚，式樣繁多，十分美麗。四是碗。橫峰橋的碗實在是太多了。一直到五十多歲之後我這才知道，這個小小的橫峰橋從宋代時便是官瓷的生產地。尤其那種叫什麼青花的，在拍賣行裏的價格一直飆升。那時我就是被這滿街大大小小的碗與缸迷住了，怎麼看也看不夠。母親不斷地催促我、拉扯我，我不斷扭著頭看。

我問：「娘，這裏怎麼有那麼多的碗？」

母親說：「這裏是碗鄉，還能沒有碗——快一點走，你看看，都到什麼時候了。」

母親拉著我沿街往東走，沿著石板鋪成的小田路一直走有三里地，這才到了義外公家的台里。這個台里，與十里長街的台里完全不一樣。十里長街的台里，小，往往有數，不是三進就是四進，而我義外公家裏的台里卻只有一個，呈長方形，中間有一條用石板鋪起來的大道。

路橋十里長街的房子全是木結構，很少有石板，而這裏的房子差不多全是青石板造的，連窗戶上雕著的花也全用石頭做成。正門口長有一棵大得不能再大的大樟樹，粗大的樹根裸露在外面，像翻捲著的大青蛇在那裏鑽洞；靠左邊有一口很圓又很清的河塘，那塘裏的水清得可以當鏡子照。

義外公留著白且長的鬍子，一直順著他的胸脯垂下來。他一天到晚都戴著一副斷了一條腿（另一條腿是用一根白繩子套在耳朵上）的老花眼鏡在那裏做活，連吃飯的時候也不摘下來。義外婆一臉都是麻麻皺皺的皺紋，皺得像一顆大核桃，皺得連她的嘴唇都渾個兒地撮起來。她伸出來的那雙手，套了一隻碩大的白金戒指。

母親一到橫峰橋，便站在農田的小路上，面對著滿目黃金金的油菜花，長長地歎了一口氣，對我說：「兒呀，你要好好地爲娘爭口氣啊。這些地過去可都是你外公家的啊。」

有個疑點一直在悄悄咬著我的心：既然外公家是個有田地又有商號的大富人家，可我眼下的這個外公怎麼會是個首飾匠？

還有個疑點，是我母親姓米，可我這個外公為什麼姓高？就像我與我大哥大姐，雖然不是同一個母親生的，可我們姓的同是一個姓哪——童年的我根本搞不清「外婆」「義外婆」之分，我還不知道，我的親外公外婆早就不在人世間了。一直到了我十九歲那年，我要出遠門，才從母親那裏知道了她的身世。

她的命實在是太苦了。她十七歲那一年，我的親外婆死於一種說不清道不明的瘟疫。我查了一下當時的資料，此病從出現到蔓延，不到三個月，太平一縣死了三千人。當時，沿街的道路排滿了紅色的棺材。有好些人死後來不及葬，活著的人沒有辦法，只好用草蓆捲巴捲巴，再在道邊的農田上隨便挖個坑，稀哩糊塗地便把他們全埋了。

外公也許是太愛外婆了（據說，外婆曾是太平縣赫赫有名的大美人，母親那時候的樣子就是外婆的翻版），外婆一死，他頓時頹廢了下來，這麼大的榮仁公司，那麼多的經濟往來，他都不想管了。更要命的是，他頭腦中不知哪根神經出了岔子，好端端地吸上白粉了。就當時台州全地來說，不知見了什麼鬼，吸毒成風。從現存的資料看，那時台州六縣，有六七萬人染上此等惡習。這等惡習一開了頭，隨之而來的則是上萬個家庭家破人亡、妻離子散。外公就在這飄飄欲仙的感覺中把家裏所有精貴東西全拋出手了。

三年內，外公家所有的土地猶若一塊放在案板上的豬肉一樣，被別人掄起利刀來，一塊接一塊地砍走。他整整吸了一年多白粉，家敗了不說，人也全變了樣，一點點地瘦下去，低燒老是不退。後來，他人不像人，鬼不像鬼，活似一根風乾了的茄子。最後，外公什麼也不能吃，什麼也不能喝，兩腿一蹬，走了。

母親在老家已經沒有了親人，我小時候隨母親的那趟悽惶的橫峰橋之行，只是一次落寞的追念而已。母親是當年太平縣名氣頗大的才女，國高畢業——在重男輕女的年代裏，一個女孩子能讀到國高畢業，實在不是一件易事——不僅有一手好書法，還畫得一手好國畫。過去，我們家書房裏一直存有母親寫的好些文字與畫稿，可惜這些東西全在「文化大革命」時，叫紅衛兵小將們抄將出來拉走了，堆在路橋中學前面的大操場裏。有個女紅衛兵點起了一把火，那些娟秀的書畫眨眼間全作「紙船明燭照天燒」了。

母親不僅有才，她的模樣也實在可人。十幾年前我剛參加工作時，北京某出版社的編輯邢老師來到我家裏，正趕上那天妻子把母親死那年拍的照片與父親的遺像一起掛到中堂上。邢老師只看了我母親那像一眼，嘴就不能自禁地嘖嘖作聲，問我：「你有你母親年輕時拍的照片嗎？」

「有。」

「你拿出來讓我看一看。」

我把我們家的那本相冊從抽屜裏倒騰出來。邢老師拿著那本相冊，注目看了半天，說話了：

「天和，你沒有看過電影明星胡蝶的照片？」

「沒有。」

「你想個法子把胡蝶的照片找到，好好比對一下吧。」

若干年後，我在過去的電影畫報上找到胡蝶的電影劇照。一比對，我呆了，母親的外貌與這位大明星驚人的相似。

儘管母親才貌雙全，但她的命運的確不幸。我外公從他辭去榮仁公司總經理職務到他死的那天，差不多有一半財產在阿芙蓉的青煙中銷盡了，只留下了在橫峰橋的房產、河塘，與十五畝農田。如此一位有才又有貌的年輕女子，擁有價值不菲的田地與房屋，豈有人不想沾沾之理？外公死後的「頭七」還沒有過，就有麻煩來了，周圍那些有地位有勢力的人家紛紛追逐母親。

其中有一個極爲難纏的人物，名叫黃百里，是個頭頂上長瘡、腳底下流膿，爛頭式的人物，他一聽到我外公死去的消息，高興得不得了。當日夜，他便風風火火地跑到附近的一個小店裏，一邊喝酒，一邊哈哈地狂笑說：「哈哈，這女人是我的了，這女人是我的了。我告訴你們吧，只要有我在，你們誰也別想得到她了。」

當時在太平縣，還有兩個男人狂熱地追求著我母親。一個是母親的同班同學，名叫王春代，是太平縣天橋鎮富商的兒子。他父親是專門做棉紗生意的，家裏很有錢，加上祖上三代好畫，在當地很有名。他本人畫得一手好素描，刻得一手好木刻，與上海的一些名家們都有所來往。上學時，他總愛與我母親坐在教室裏研究畫畫的技能。

現在的男人女人開放，那時候可不行，一切都得偷偷摸摸的。母親常與他一塊兒脈脈含情地往來於校園中，彼此之間不乏一些文雅的談論，屬於那種典型的校園愛情。儘管他們倆嘴上都沒有把這層窗戶紙捅破，但彼此間早已心照不宣了。

王春代聽到我外公死去消息的當日，坐著一葉小舟來到橫峰橋探望母親。一上岸，他兩隻腳還不曾在岸邊的泥地上站定，從密集的竹林子裏立刻躥出兩條黑影。

「站住！」

「幹什麼？」

「你是不是太平縣的王春代？」

「正是鄙人。您老貴姓？」

「我叫你貴姓不貴姓！讓你看看馬王爺長的是幾隻眼！」

一拳頭擊在他的鼻梁上，鼻血就像水簾一樣直掛下來；又一木榔頭擊在他後腦勺上，當時他就兩眼發黑，單薄的身子一軟，便歪倒在地上了。這兩個蒙面人一看目的達到了，撒腿便跑。船老大一看，這不是出了人命了？慌忙把他拖上船，一路如飛地送他回家了。

王家的人一看到王春代被打成這樣，心裏納悶：這是怎麼回事？我們王家好好的，也沒得罪誰呀？三天後，有人從他們家的門縫裏塞進來一封信。王家人打開信一看，一下子什麼都明白了。

那信上寫著這樣幾句歪詩：

此種為我懷，
此花是我栽。
若是儂願娶，
納下小命來。

下面並沒有署名，但那信中十足的蠻橫口氣，足以把王家的人嚇得屁滾尿流。

那時候，我們這一帶「綠殼」極多，台州六縣占山爲王的土匪就十一家。有些是生活無著的流氓無產者，有些是山區失土的農民，更多的是那些被打得無路可走的國民黨殘部。他們各自劃分地盤，經營各自的勢力。除了這些亡命徒，哪個人能寫出這樣的詩？哪個人能有這樣狂傲的口氣？不是山中的「綠殼」，又有誰敢開口說這樣的大話？

王家是有錢人家，但一門老少全是水貨。王春代的父親說：「算了，這樣的女人，險得很，我們是本份人家，別和他們爭了，只怕禍多福少。」這個王春代，天生就是個膽小怕事之人，也哼哼唧唧地點頭同意了。什麼愛情不愛情，在鐵的現實面前，全砸得粉身碎骨了。

還有個熱烈追求母親的，是嚴於濟的兒子嚴省身。嚴於濟是太平縣當地名聲在外的鄉紳兼巨賈，一直做航運生意，當時台州的航運業他家手握一半。若干年前，就是我外公帶著他來到武漢，找到我父親與林興軍要購買兵艦的。父親與林興軍看在老鄉的面上，左右說項，好不容易叫他如願以償。

但他不走運，當時戰事正緊，日軍的紅頭飛機猶如蒼蠅樣地在中國人的頭上嗡嗡亂飛，他花了大價錢雇了八條駁船，想把兵艦順著長江拖出海口，再沿著海岸線拖入太平。可剛剛到吳淞口，日本人的一百多架紅頭飛機密密匝匝地飛過來，猶如秋日農田裏轟起來的一大群蚊子。日軍駕駛員俯身往下一瞅：這不是中國軍隊的大兵艦嗎？居然還往上海開！不打了你還留著你了？於是，機頭一拉，呼呼地衝將下來，屁股一撅，就像老母雞咯嗒嗒地下出一連串「雞蛋」來。

這「雞蛋」可與別的雞蛋不同，別的雞蛋可以吃，這「雞蛋」可是張開血盆大嘴吃你。一顆炸彈落在船頭，一顆落在正中，一顆正好落在船尾，把這條好船生生地炸成幾截，一聳一聳地沈入吳淞口了。這可是嚴於濟花盡一生所有得來的，光黃金就花出去兩千六百兩。他當初的打算是，好生拉回去，請一位來自英國的技師好好修一修，將來專走香港新加坡，賺上一筆大錢。沒想到在這一刻鐘內，所有的希望都化爲烏有。

嚴於濟當下哭得死去活來，要跳樓自殺。這時，我外公來到他家裏，開口發話：「你呀你，一是別哭，二是別尋死。天下沒有走不通的路，活人絕不能叫尿憋死。」

外公天性十分慷慨，也好交朋友，當即拿出了兩百五十根金條（**據說這些金條是外公準備作為我母親嫁妝的**）送給了嚴於濟，作爲他重新起業的本錢。也從這天起，外公與嚴於濟成爲一對好得不能再好的朋友，兩人經常在一起吃飯，一起談生意。

那一年，春暖桃花開的時候，他們兩人也學著《三國演義》的劉關張，在太平縣的一家關帝廟裏，殺牛宰羊，點香起誓，結拜爲兄弟。嚴於濟的兒子名叫嚴省身。此人雖然書讀得並不多，但天性工於計算，一直想學陶朱，從細民業。他對父親的航運並不感興趣，而樂與榮仁實業公司合作搞銷售。榮仁公司專產洋布，並開辦了印花廠，所產之布全由嚴省身負責推銷。

嚴省身的確是有點本事，爲人八面玲瓏，從接手那年起，生意越做越大，一直把公司的布銷售到南洋。連新四軍的被服軍裝也是由榮仁公司做好之後，由他運往根據地。生意這東西也怪，就好比滾雪球，有的越有，大的越大，鈔票就像潮水一般地湧進來。外公那時一直在榮仁公司當總經理，天天與他接觸，見他人生得雖然有點兒單薄，細皮嫩肉的像個書生，但忠厚老實，有一說一，有二說二，是個牢靠的後生，於是心裏盤算，女兒若是把終身交給他似乎可以依靠。

這一年，外公自覺身體沈重。他心如明鏡，知道活著的日子不多了。對於他來說，生生死死只是一層紙的事情，什麼都放得下了，唯有我母親，他怎麼也放不下。他總不能就這樣扔下自己的寶貝女兒，說撒手就撒手。一天下午，他特意叫手下的一位傭人去了一趟太平鎮，把嚴於濟叫來。

嚴於濟來到我外公面前，流著眼淚說：「你的事情就是我的事情，你有什麼沒了的事要我辦的，你就對我說吧。」

外公伸出他那雙乾巴得沒有一點血色的手，握了一握嚴於濟，說：「人生一死萬事空。該走的時候，想留也留不了。我呢，什麼東西都丟得下了，唯有一事，我怎麼也丟不下……」

嚴於濟說：「你吩咐我辦就是，我還能有什麼事不管嗎？」

外公點點頭：「那好，我這個女兒米久蘭，是個畫癡，平生只知讀書和畫畫。雖是有些才學，但終歸是女身，上不得大檯面。至今終身未定，不知她日後東床如何。若是相當，你就叫你的兒子娶了我家的久蘭吧。」

接著，外公把我母親從她的書房裏叫了出來，與嚴於濟見面，作了一番交代。當我外公死的消息報到嚴於濟家裏，嚴於濟當日夜便動身前來料理後事。

這消息又很快傳到黃百里的耳朵裏了。這個爛頭一聽，馬上把全橫峰鎮好吃懶做的地痞流氓們召集起來，在飯店裏請了三桌。三杯酒喝過後，他噴著唾沫星子吼起來：

「養兵千日，用兵一時。平日裏，你們這些王八蛋都是吃我的、用我的。如今，我用得著你們了，你們必須給我好好地盡力！」

那天，嚴家的人來得也不少，共有十四個人，其中有兩個還是保鏢，會些拳術。他們交遇的地點是在離橫峰橋約三里地的一個河邊轉彎的農田，離鎮子裏較遠，只有一條九曲十八彎的小道，正對面是一片齊人高的糖梗林。黃百里邀約的地痞流氓們手裏拿著全套家生（刀、劍、鐵勾子、三節鞭、鐵木棍、流星錘之類），埋伏在沙沙作響的糖梗林子裏。

嚴於濟一行人剛剛走到這兒，黃百里打了一個呼哨，二十多個地痞流氓稀哩嘩啦從糖梗叢中鑽了出來。這群人兩手抆在腰間，排成一排，攔住了嚴於濟他們的去路。嚴於濟仄眼一瞧，以爲自己遇著「綠殼」了，忙從口袋裏掏出一根金條來，用手捧了，恭敬地走將上去，一拱手，說：「本人因朋友病故，前去料理喪事，身邊也不曾多帶財物，請笑納。」

別看我們台州此地多「綠殼」，但「綠殼」也有他們自行於世的規矩和風尚。他們通常是「三不吃」：窩邊草不吃，死人錢不吃，窮人糧不吃。同樣也有「三準吃」：富人錢準吃，官家財準吃，不義之糧準吃，況且，嚴省身瘦長的脖子上十分顯眼地掛著孝，按一般道理說，「綠殼」收了他的金條之後必定會往路旁一閃，放行。

黃百里伸出手來一把抓了金條。令嚴於濟愕然的是，對方並不放行。

「對不住！你的好禮，我收了，但我不能放你過去。」

「大相公，你們收了我的金條，又不放行，這是什麼意思啊？」

「你是不是去橫峰橋米家？」

「對呀。」

「爲什麼去米家？」

「我與米家是朋友，如今他死了，我去替他料理後事。」

「那我再問你一句，爲什麼你兒子嚴省身脖子上戴著孝？」

嚴家的那兩個保鏢一聽這話根本不是個話，急道：「你們到底是哪一路的，怎麼盡壞別人的規矩？」

黃百里退了一步說：「怎麼，你們想動手？」

「你們也太不講理了！」

「嘿！大魚吃小魚，小魚吃蝦米，這世界還有什麼理可講嗎？」

黃百里揮了一下手，那二十多個打手全閃出來了。久經世面的嚴於濟當然知道這樣僵持下去會是個什麼結果，他忙說：「別，有話好說，有話好說。我這個兒子從小就和米久蘭訂過婚，算是望門女婿，所以他要戴孝。」

黃百里說：「今天跟你打開天窗說亮話，我就爲這件事攔你。這個米家的女兒是我的未婚妻。」

「你的未婚妻？」

「對呀，否則攔你做什麼？」

「我與死者相交這麼多年，怎麼從不曾聽他說起過？」

「這你就有所不知了。她父親是沒有把她許配給我，可米久蘭她本人想嫁給我。這是沒有辦法的，有錢難買她一個願意嘛。」

嚴省身吼了起來：「這不可能！她一個堂堂國高畢業的學生，怎麼能嫁給你這種人？」

「這麼說來，這位大公子是想討打嘍？那好，我想問一問你們，你們是想撂下手臂呢，還是撂下大腿？你想要我讓你粉身碎骨呢，還是想收全屍？」

話音未落，那幫人一窩蜂全撲了上來。嚴家的這些人哪裡是他們的對手？三個回合下來，個個頭破血流，人仰馬翻。

那時的社會就這樣子，文的怕横的，横的怕不要命的。尤其他們嚴家，自從成爲大富戶後，命也變得格外珍貴起來。在這種場面下，爲了保命，只有退的份了。

當日夜，他們狼狽不堪地回到家裏。到家後，嚴於濟口氣變得不好聽了：「天下女人有的是，何必偏要在這個米久蘭身上吊死？」

嚴省身說：「爸，他們米家對我們可是有大恩的，嚴家若不是有他，絕不會有今天。我只怕我們蝦米了，會被別人看不起，說我們嚴家人沒良心。」

嚴於濟搖頭：「這個黃百里是個地頭爛，惹不起。我們不是一般人戶，何必與他這個連死都不怕的人交惡。至於感恩不感恩，時過境遷，人走茶涼，只有對不起他了。」

世上什麼最難料？人心最難料。什麼最寒？人情世故最寒。樹倒猢猻散，凡過去與母親家有聯繫的人，一個個都在這節骨眼上倒戈了。正因如此，黃百里更加囂張了，他開始多方面向母親進攻了。在外公「頭七」的當天，黃百里帶著十幾個人威風凜凜來到母親家裏，站在門外高叫：「姓米的，我要娶妳！」

「我不想嫁給你。」母親平靜地答道。

「那好。我今天把話挑明了：要麼妳一世別想安生，要麼妳就老老實實聽我的。」

母親也是橫下一條心：「你等著吧，就是死，我也不會嫁給你。」

黃百里黑眉毛挑將起來，開口叫手下人動手——別看他嘴上說得又狠又惡，實際上真怕雞飛蛋打——砸的儘是些無關緊要的東西，想借此嚇一嚇母親。爛頭們打個呼哨，蜂擁而上，什麼傢伙操起來容易便操什麼傢伙，好一頓劈哩啪啦、乒乒乓乓，凡是放在外屋能砸的粗夯貨，全都叫他們砸個稀巴爛。

母親知道在這關鍵的日子，別人誰也幫不了自己，只有自己救自己。尤其在這種節骨眼上絕不能服軟，一旦服軟，那你瞧好了吧，順提橫捏全由著他，只有死路一條了。於是她黑著臉對黃百里說：

「你真想娶我？」

「對，我想娶妳。」

「就你這種娶法，想得到我？萬想不能。」

「在我黃百里這裏，沒有什麼『萬想不能』的事！」

「嗖」的一聲，她從桌子下拽出一把刀來：「那我就死給你看！」

母親的舉動大大出乎黃百里的意料。黃百里原打算只是嚇一嚇她，萬沒有想到這弱女子如此剛烈，當時便傻了眼。

母親的天生麗質在這種關鍵時刻多少起點作用。黃百里見母親動了真格了，心裏當然不捨。一個國色天香的女人，一下子屍體橫陳在他眼前，前面做的一切不是白搭了嗎？當下，他的口氣多少也有些放寬，邊退邊說：「那好，我等著妳，我等著妳，妳別這樣。」揮了一下手，叫那些地痞流氓們撤了。

惡徒們走是走了，可四周鄰居心有餘悸。原本他們是左右忙碌著幫母親辦理喪事，現在個個都變成縮頭烏龜了。人不爲己，天誅地滅。這些微不足道的小人物，要權沒權，要錢沒錢，面對這個生死不怕的爛頭，得罪他做甚？人到關鍵口，該縮手時且縮手。米家宅院靜悄悄一片。

母親央求村子的人把外公抬出去下葬，可連這件事都沒有人敢應承。那些人對母親說：「大小姐呀，我們得罪不起黃百里，妳還是另請高明罷。」氣得母親滿臉通紅。

此時正當大六月，天燒得有如一堆炭火，地烤得有如一塊燒紅了的鐵，狗都躲在角落裏不斷吐舌頭，好好的一盤菜放不上兩個鐘頭便餿了，人的屍首又能放上多久？母親那時候才叫難哪，她趴在外公的棺材頂上哭得死去活來。

這時候，有一個老女人挺起腰來了，此人就是我後來的義外婆。那天早上，她站在道的正中，紅著眼睛叫了起來：

「米老先生活著的時候待我們不薄，家裏缺什麼，他就伸手幫什麼，如今不就是有個爛頭從中作梗嗎，我們怎麼就這樣怕死？難道我們這些人瞪著兩眼叫姓黃的王八蛋給鎮住了？有種的，跟我來！他娘的，我就不相信天能翻呢！」

她拿起一根槓子，第一個走向母親家裏。四鄰五舍們一看，不禁有些羞愧，覺得自己的心眼的確有點不對頭。當天下午，十幾個人就把棺材抬將起來，到橫峰橋米家的墳圈裏埋了。好心的高家老婆婆乾脆一不做二不休，認母親做了義女，叫母親搬到她家裏去住。

義外婆說：「妳一個人住這麼空的地方，萬一這王八蛋偷著摸進來，把妳強了，怎麼辦？」

「阿婆，我是想來，但只怕黃百里這個鬼會尋到妳頭上。」

「我們高家什麼都缺，就人不缺。有種的，叫他試試！」

還別說，母親搬到義外婆家以後，黃百里真還沒敢去搗亂，看起來這黃百里多少有一點明白事理，深知眾怒不可犯。但他還是放出話來了：除非米久蘭是個貞潔女，一生一世不嫁，要不然，她就別想從橫峰橋跨出去一步。

在我的抽屜裏有一張母親與父親的結婚照。這張照片在我父母親所遺存的所有照片中，是極有手采的一張。那時候，父親頭戴禮帽，身穿長袍，樣子既威嚴又精神，看上去活似高山頂上筆直的一棵老柏樹；而母親呢，穿著一件旗袍——照片是黑白的，看不出那旗袍到底是什麼顏色——穿著高跟鞋的白腿半露半掩。從照片上看，母親似乎十分幸福，甜蜜的神情從她臉上流溢出來。

母親與父親結婚時正好二十一，父親大母親整整二十五歲，母親只比我大哥大四歲。用平常人的眼光看，這是一樁不太匹配的婚姻。這樁婚事之所以能成功，與母親另一位嫁在路橋的我表姨有關。

我這位表姨名叫米彩荷，是母親的同族叔伯姐妹。她嫁給路橋一位開當舖、開銀票行的大亨陳樹銘做小。之所以做小，就當時來說，有她迫不得已的原因：她們家女兒太多——她父母特別能生，前後一共生了八個；家裏只有一畝薄田，春種麥子夏種稻，何以能養得起？

上蒼總是如此，叫你有的越有，沒有的越沒有。那陳樹銘什麼都不缺，就缺人丁。他連討了三位妻妾，均沒給他生下個一男半女。有一次，他偶然間來到橫峰討賬，見大街上擺滿了看相算命攤，也想算一算。正好那攤子前有三個女孩子圍著算命攤子，嘰嘰嘎嘎說起來沒完，笑聲不絕。她們剛一走，陳樹銘便也走過去。

「先生，算命還是測字？」

陳樹銘把一塊白花花的銀元放在他面前：「你給我算一算看，我命中有沒有子？」

算命先生伸出尖長的手指掐算了一回：「就你生辰八字來論，當是有子。」

陳樹銘說：「可我連討三房女人，瞪著兩眼就沒有哇。」

算命人說：「問題不是出在你身上，而出在女人身上。」

陳樹銘說：「那你天天在這兒擺牌算命，看的女人多了，能不能給我相中一個來？」

算命人說：「就方才那位在我這兒算命的女子，準能給你生個好兒子。」

就這一句話，叫陳樹銘的心立馬活動起來：「是哪個？煩先生指一下。」

算命先生朝一個女子背後一指：「喏，就那個。」

那個女子就是我表姨。

陳樹銘認準人了，便在後面跟蹤；認準了門，當晚就來到媒婆家，放下一筆錢，說：「妳去這女子家說說，我什麼也不想，只想討她做小。」

媒人這就去了，又是送錢，又是送禮，巧舌如簧，使出了渾身解數，來來往往折騰有兩個多月。我表姨家本就生活困難，那麼多白花花的銀元堆在她面前，只有開口同意了。

陳樹銘娶是娶到手了，可過門的那晚，表姨坐在椅子上，哭哭啼啼地不肯與他同房。她說：「就你這條老牛還想吃我這口嫩草，你吃得了嗎？」人們聽了都笑。

那陳樹銘不吭聲，一入洞房，把紅蓋頭一掀開，便說：「妳不是嫌我老牛吃不了妳這個嫩草嗎，今天夜裏妳就讓我吃一口吧，若是我吃不好，我明天就用八抬大轎送妳回家。」

表姨一看他一頭花白，心想：就他還能有多大的力道，是橫是直做了他的妾了，讓了也就讓了吧。沒想到一上床，整整折騰了一夜，把她折騰得服服貼貼，上下都如熨了一般。第二天一早起來，一臉喜氣，這回打她也不走了。一年後，她給他生了個白白胖胖的大小子。女人也真怪，一有了子女，也便老實了。

這年的三月，她抱著臉上抹著黑的胖兒子回家來探親（我們這裏有個習慣，凡是頭生子回到娘家來，必須臉上抹上黑，叫作「塌塌烏，望外婆」），聽到母親這樁事，她即刻來到高家見我母親。母親未及開口，便嗚嗚地哭將起來。

表姨勸慰道：「我和妳不一樣。我一不識字，二沒才。妳不是上海有好多同學嗎，妳爲什麼不到上海去發展？」

母親說：「我無法走出去。那個姓黃的說了，只要我離開高家一步，他就要我的命，我連船都上不了。」

表姨說：「不是有好多男同學愛妳嗎？妳何不去捎個口信，叫他們幫一下妳的忙？」

母親咬牙恨道：「他們一個個都保自身，誰還敢出這個頭？」

別看我這個表姨斗大的字不識一籮，但極有見識，她說：「我認識一個人，他就是妳父親過去做過總經理的那個公司的後臺老闆，名叫關光明。他十七歲出去讀軍校，二十一歲就做了大官，不到三十便當上少將，四十出頭就是中將軍長，是個非常了不得的人物。現在，他不幹軍長了，當上榮仁公司的大老闆了。妳父親過去在他的公司裏當總經理，現在你們家有難，我想，只要我回去和他說一說，他準會幫妳的忙。」

母親一口應承了。

我這個表姨是個說幹就幹的人物，她這次回老家，本準備好好住上一陣子，現在有了這件事，她改計劃了，即刻雇條小船，悄悄回轉到路橋了。

若干年後，就這件事情，我問起父親：「我表姨當時到底和你怎麼說的？」

父親笑道：「她第一句話便問我，你這個人還有沒有良心？我說，何出此問，我怎麼啦？她說，你既然是有良心的，你爲什麼不救一救米總經理的家？我說，他不是在家養病的嗎，薪水一個子也不少給，我怎麼沒良心了？她說，他人都死了，你知道不知道？我說，天哪，這麼大的事兒，我怎麼一點也不知道！」

表姨這才把米家的災難，一五一十地對父親說了。她說：「你這個當過大官又當大老闆的人，若不去解救我妹妹一下，她只有死路一條了。」

父親是個有情有義的人物。米可心家有難，他怎能袖手旁觀？他天生疾惡如仇，尤其痛恨那些地痞爛頭爲惡一方。此時，他恢復了戰場上的豪氣：「居然還有這樣的雜種！若是不除，百姓的日子豈能安生？」隨後叫他手下的十八名老兵放下手中的工作，把過去的行頭拿出來，來個全披掛，三分鐘內在公司大堂裏集合。

別看父親早已解甲歸田，可他畢竟是將軍出身，公司裏那些從軍隊來的員工們對重操舊業多多少少有些興奮。十八羅漢的氣勢與在軍隊時毫無區別，他們跳上快艇直奔橫峰橋——那時，路橋一帶只有小火輪，這樣精巧快速的高馬力快艇，也唯有榮仁公司裏才有，是父親當時爲送商業情報，專門從林興軍寧波海上部隊購置的。那快艇馬力極大，一跑起來，河中的排浪齊刷刷地沖擊陡峭的河岸，河兩岸泥土嘩嘩地往下掉。

父親帶隊，我表姨引路。半個小時後，他們便到了橫峰橋。

我表姨還是有點怕黃百里，伸出手朝大致方位指了一指，便躲在艙裏不出來了。父親大搖大擺地上岸了（百足之蟲死而不僵，革命樣板戲盛行時，我曾與父親一起看京劇樣板戲《沙家濱》，我半開玩笑地問父親，過去你是不是就和這個胡傳魁一個樣？父親笑而不答）。這樣一整排武裝到牙齒的「兵」，出現在橫峰橋這麼一個小鎮上，閒在家裏的人聞訊全都跑出來看熱鬧了。

父親到我義外婆的家，請我母親出來。早有人對母親通風報信，她已做好準備，手裏挎著個小包裹，低著頭走出門來。父親手下那些人立刻把母親四面圍住，一路前呼後擁，來到船埠邊。

船要開動了。就在這時，黃百里聳著個肩膀出現了，他上前伸出手來攔住一個大兵，畢恭畢敬地作個揖：「老總，你爲什麼要把這個女人帶走？」

那個大兵十分傲慢，連眼角的餘光都不瞟他一下：「怎麼的，這是軍事行動，你想打探？」

「不，不，我只是隨便問一問。」黃百里沒了平常的霸戾之氣。

「隨便問？這是你小白人能問的嗎？」

黃百里還有什麼話可說的？他只能眼睜睜地看著這些人帶著我母親坐上小汽艇一溜煙地走了。

兩個月後，父親就與母親結婚了。這個過程頗有一些周折。

父親的確是對母親動過心，但真正到了節骨眼兒上，他多少有點猶豫了。首先，在雙方中間橫著個無法逾越的障礙，兩人的年齡相差實在太大；再說，母親是榮仁公司老經理的遺孤兼股東，父親是現任的公司總經理，他怕社會上那些人說他是趁火打劫。加之個人婚姻上的挫折太多，父親不自覺中有了一種一見好女人心裏怯的下意識。況且，那時他內心還有一種難言的憂懼：自己是國共兩黨共同的罪人。過去他是共產黨的死對頭，說不上什麼時候人民政府就會找他算總賬，一個清算便能叫他粉身碎骨；而國民黨特務說不上哪天接到上峰的制裁令，一旦執行，他不會有好下場。他的那顆腦袋全拴在褲腰帶上，什麼時候送命是個未知數。

母親有兩個本事在台州一帶十分有名。她會一手好刺繡。別人所刺的十字刺繡全是花鳥蟲魚之類的東西，而她的十字刺繡卻是大幅的山水人物畫，而且從畫稿到全面製作，一手包辦。一旦做成，高高懸掛起來，遠遠一看，仙姿玉容，不同凡響。

母親還畫得一手好工筆畫，畫風很有點像宋徽宗趙佶，她寫的字也與趙佶的瘦金體差不多。那時台州的美術界，有名氣的畫家共有三十多人，他們畫的十有八九全是文人畫，不是太寫意，就是粗頭亂服、橫劈直皺；或是米元章派，滿眼一片煙雲。而母親的工筆畫，花鳥蟲魚，飛禽走獸，筆筆不苟，纖毫畢現。我曾看過母親畫的一隻貓，掛在那兒就和活的一樣，貓身上的每根鬚毛都用那種小蟹爪一筆一筆勾勒出來，讓人有一種想去摩娑憐愛的衝動。

母親的吃住全在我表姨家裏，裏裏外外都用不著操心。母親是十分講究且又心高氣傲之人，她追求的是獨立自主、自由自在，沒有打算在表姨家長住，她打算託人把家裏的田產處理一下，然後隻身到上海去。她想在繪畫界出人頭地，憑著自己的才能，她不相信自己混不到飯吃。她的內心還縈繞著一種情愫，還惦著在中學時代好過的王春代。

夢是甜的，日子是苦的；思想是靈動的，現實是刻板的。母親想快刀斬亂麻地把這兩件事處理好，但無論她如何去抓摳就是抓摳不到。母親想來想去，只有一個人可以幫忙，那就是我父親。

有一天晚上，她突然要父親去見她。母親是公司的大股東，她的父親是公司的元勳，她擁有這樣的身分，父親不能不去。吃過夜飯後，在表姨的陪同下，父親來到了母親的住處。

這是一處相對獨立的院子，過去是陳樹銘用來議事的場地，四周築有高高的院牆，地面全是用細細的鵝卵石舖成，正中間種有一叢茂密的梗竹，軟軟的竹梢花蕊樣樣四面開花。小風兒嗖嗖一吹，整個竹叢全都搖將起來。母親那時十分矜持，兩腳並攏，中規中矩地坐在一隻花鼓桶上，那儀態完全是一位古典仕女。她和我父親說話時，眼睛始終沒有往他身上瞧一下。

母親把準備處理老家財產的想法說了出來。

「這麼一處理，妳是永世不想回橫峰橋了？」父親感到納悶。

「不想回來了，這個地方實在不是我這個弱女子可以生存的。」

「那妳準備上哪兒去？」

「我想去上海。」

「那可是十里洋場，妳一個女孩子家……行嗎？」

「有王春代與我爲伴，我想不會有什麼問題。」

「萬一妳手中那些錢都用光了怎麼辦？」

「我有父親在榮仁公司裏的分紅，還是可維持一段時間的。至於以後的命運如何，也只能是走一步看一步了。」母親的口氣很堅決。

父親不再多說一句話。第二天，他就派了老實厚道又懂經營的黃昌球去橫峰橋。黃昌球一去就是整整三天。但這份產業尋不到買主，人們都怕地頭爛黃百里來報復，居然無人問津。那黃百里也放出風來：「走的了和尙跑不了廟，我看哪個人敢買米久蘭的東西！妳不就是能跑嗎？我叫妳所有的東西全爛在這裏！」黃昌球一看，沒有法子，灰溜溜地回來了。他來到了母親住處，把情況與她一說。

母親的眼睛望著窗外的竹子，一言不發，黃昌球清楚地看到一顆晶瑩剔透的東西從她眼角上滾了下來。

母親的傷心倒不是因爲產業無人敢買，而是那個王春代，母親連寫了三封信，對方連個回信都沒有。父親派了關光成去找，好不容易找到了他的家，可王家那個老娘說，王春代在四個月前就與一個有了家室的女人跑了，現在那個女人的男家正發了瘋似的找他，要把這個拐騙良家婦女的王春代做了……就這樣，所有的路都叫無情的現實堵死了，再也無法走出去了，你不想待也只能待在這裏了。

半個月過去了，母親有些心慌。雖然表姨對她相當不錯，可總不是她的家啊。況且，陳樹銘那長得又白又胖的大老婆袁金娥不是一盞省油的燈，每天總要變著法兒地指桑罵槐：「自己做了人家的小老婆不說，還要帶一個小的來，是不是我們陳家的家產沒有敗光，妳這個小妖精心裏不好過？」這更令母親心裏堵得慌。

陳樹銘即將迎來他的六十大壽。我這個表姨丈在當地不是個等閒之輩，過去他做過軍閥，現在依舊是樹倒架子不倒。他開有一家銀行、一家當店、一個南北貨商場（這個商場規模很大，在我們黃岩算是第一家了），兼有三百畝良田。到了那一天，來他家祝壽的人差不多都是黃岩當地的頭面人物。

陳樹銘這個家什麼都有，就缺一樣東西，按照今天的說法就是缺文化。左看右看，中堂裏沒有一幅像模像樣的字畫——在這之前，爲了使他這個家多少有一點書香味，他花了不少錢請人來畫畫、寫字，但他們拿出來的東西總不能使他眼前一亮。陳樹銘知道我母親會一手好丹青，同樣，他也知道這個小姨子脾氣有一點怪，不大好開口相求。於是，當晚睡覺前，他便央求我表姨：「她是妳的妹妹，妳能不能叫她給我畫上一張好一點的中堂畫來？」

表姨說：「這有什麼不好辦的，我和她說就是了。」

母親是不隨便答應給人畫畫的，但這一次大爲不同。自己一直住在姐姐家，人家對她沒有當外人待，別人有什麼她也有什麼。人都是以心換心的，總不能不知好歹吧。如今他要一張中堂畫，顯一顯眼，這也在情理之中，如果拒絕，無論從哪一方面都說不過去。再加上她本人也想把自己的手藝在大庭廣眾面前顯一下，圖的是將來。既然今天在這裏能叫她在眾賓客面前顯山露水，她何樂而不爲？

當天夜裏，她先是貓在小房間裏，打好了畫稿；第二天，她把畫稿拿出來在兩棵竹子間吊起細細端詳了一番，便開始落墨。

母親這個人也怪，對於那些生活瑣事，她向來都是漫不經心、馬馬虎虎，獨有在畫畫上她全神貫注，生死不問。她大門不出，二門不邁，伏在那兒足足花了十一天。這期間連她吃的飯，都是叫我表姨的貼身保姆四妗婆送進來的。有時候，飯冷了，她也不知道吃，折騰得四妗婆一遍又一遍地熱。終於，一幅松鶴圖完成了。

這幅畫高兩百公分，寬七十八公分，整個構圖佈局極佳。一隻白鶴蜷起一隻腿，站在嶙峋的山岩上；另一側則是一棵虬枝橫逸的蒼松，捧著一叢叢針樣的松葉。看過這幅畫的台州畫家郭子人說，這幅松鶴圖全是用工筆描寫，每一個細部都纖毫畢現。尤其是那鶴眼顧盼有神，那松葉彷彿帶有蘊含的露珠，有著難以言盡的滋潤。這是母親二十二歲至二十八歲間最優秀的作品。

後來全面實行土地改革、分了陳樹銘家的財產，這幅《松鶴圖》就不知被哪位高手撈走了，郭子人苦苦地尋找這幅畫多少年都沒得到。他不禁歎道：「那幅畫如果在今天拍賣，起碼值一棟豪華別墅。」

這幅畫在陳樹銘六十歲大壽的那天一亮相，就引起一場騷動，來陳家拜壽的賓客無不交口稱讚。眾人目光焦點都聚集在畫上，反而冷落了壽星。陳樹銘並不爲此懊惱，有人當面稱讚：「陳老太爺，沒想到你這個小姨子，會有這麼一個本事！」陳樹銘笑得合不攏嘴。

更熱鬧的事接踵而來，許多達官顯貴們成了陳老太爺家的常客，幾乎要把陳家的門檻都踩斷了。有的人是借著求畫的名義，來看這位才女長得什麼樣；有的人單刀直入，帶著厚禮上門向我母親求婚。這些都算正常，令人料想不到的是，我那個貪心不足的姨丈陳樹銘居然也動了心思。從那一天起，他腿腳變得特別勤，幾乎是一天三趟往母親的房間裏跑。

母親開始對這個姐夫的過度關心感到很局促，後來從他的形容舉動猜度到他的用意，不禁又羞又憤。早已心旌蕩漾的陳樹銘哪裡顧得上這些，他乾脆對我表姨挑明了，要討我母親做他的第三房妾。這可把表姨肺都氣炸了——這不是自己挖下了一個陷阱自己往裏跳嗎？這不是瞪著兩眼自己給自己上眼藥嗎？

表姨當天便一陣風似的來到榮仁公司，把這宗醜事一五一十地告訴了父親。

「這個老頭子是不是個畜生？我好命苦喲……」

「這是你們家自己的事兒，我怎麼好插嘴……」

「關光明！你還是不是個男人？」表姨跺著腳大喊了起來。

表姨幾乎是用下命令的口氣要父親馬上娶她妹妹爲妻。

父親一呆，這可是他根本沒有想到的，我表姨的這一句話倒是提醒了他，也點到了父親的心坎了。回想他半生來的婚姻經歷，真是可歎！天老爺在男女情緣上始終跟父親過不去似的，父親前三次婚姻中的兩次，都以他戴綠帽子的悲劇而告終。但他仍然不服輸，立志要娶一個美貌女子。從第一次去橫峰橋把我母親接出來那一刻起，父親便喜歡上了她，可是父親的障礙也是明擺著的。

現在，既然我表姨把這一層窗戶紙捅開了，父親也攤了牌，他說：「妳要知道，我是個國民黨軍人，共產黨沒有關我殺我，已是大幸。我也明白自己的處境，生死全在人家手裏，都是個未定數，也許有今天就沒明天，做一日和尚撞一日鐘，哪還有什麼膽量做長期打算？」

這一席話說得我表姨一愣，末了，她拍了拍桌子：「說句痛快話，到嘴的肉，你吃還是不吃？」

父親也一愣，不再作聲。

父親連夜坐著小汽艇去黃岩找鄭天啓。他到了黃岩五洞橋鄭天啓那兒的時候已是夜裏了，父親才不管鄭天啓睡沒睡著，一頓猛敲門，終於把他敲了起來。

鄭天啓揉著眼睛，惶恐地問：「軍長，出了什麼事，你如此火急？」

父親便把一切告訴了他。

「你有她的生辰八字嗎？」

父親把母親的生辰八字一報，鄭天啓便搖頭晃腦嘴裏念念有詞地開始掐算。一個時辰後，鄭天啓斬釘截鐵地對父親開口說：

「你想辦法娶了這個女人吧。」

「真的如此？」父親眼睛一亮。

「她能給你生個好兒子，雙天乙貴人在子位。」

父親又想到什麼，小聲地問：「她會不會和我的那兩個前妻一樣紅杏出牆？」

「絕不會。這個女子本性貞潔著呢。」

鄭天啓見父親臉上閃過悲戚之色，忙給他吃定心丸：「人與人不可比。就她這個生辰八字，命中注定是給人家當偏房，而且唯有偏房中才有將星高耀。不是應在你的身上，又應在誰的身上？只是她那命運實是太苦了一點。世間萬物有一利必有一弊，有一得必有一失，有一榮必有一敗，這是沒有法子的，你想躲也躲不了，聽天由命吧。」

「還說甚將星？我如今是敗軍之將、戴罪之身，萬一哪天新政權算我的舊賬……」

「胡思亂想什麼？關軍長，這話我就和你說死吧。你一時三刻死不了——至於我死之後，那就很難說了。」

「米久蘭會不會同意？」

「水到渠成，瓜熟蒂落。」

父親得了昭示，連夜坐著汽艇回來了。後來他與我說：「兒子啊，我之所以後來決定與你母親成親，完全是爲了你。我不知算了多少次命，都說我的第三子是個頂天立地的人物，我實在不願失去一位能叫關家光宗耀祖的兒子。」

我一直在冥想：是不是有個上帝，把現世所有的人全輸入電腦，讓他們一步步按著他精心設計的程式走？這個問題聽上去很蠢，但每次想起父親等人的命運，又不得不歎服上帝安排的神妙。

在這件婚事上，最著急的是我表姨，她心裏比誰都清楚，不趕緊把妹妹打發了，日子簡直沒法過了。

儘管父親嘴上說的都是些謙讓猶疑之詞，但她多少能感觸到父親內心的萌動，她便拼命鼓動我母親隨了我父親，說了大堆關於父親的好話：

「這樣有豪氣的男子，一百年也碰不著一個！妳若是錯過了，再也別想找回來了。」

母親除了羞怯，更多的是內心迷亂，全無主張。

母親說：「他快五十歲了，家裏肯定還有女人，我嫁給他，不就是做了人家的小老婆了嗎？」

表姨說：「這又有什麼關係！只要妳與他的原配老婆分開來住，互不干預，有什麼不可以？他好歹也是做過軍長的人，又是路橋大公司老闆，有錢有勢，有了他替妳撐腰，妳這輩子就有托了。」

儘管表姨把一切都說得天花亂墜，母親畢竟是個知識女性，她絕不甘心就這樣去做別人的小老婆。母親沒有放棄到上海去做個專業畫家的想法，如果她實現了這一願望，就不會有我關天和的存在了，當然，也不會有相關的煩惱了。

若干年後，我已經是路橋中心小學六年級學生。考初中時，我的成績是全校的第一名，可我沒有被路橋中學錄取。問有關老師，那老師冷笑著說：「你不好好看一看，你爹是個歷史反革命、反動軍官，你媽是他的小老婆，這樣的家庭出身，誰敢收你？」

我回到了家中，就與母親吵了起來，我邊哭邊責問母親，母親也號啕大哭。她第一次開口說了她與父親的這場婚姻。母親那一番話，我一直到了差不多三十歲那年才真正理解。母親的生存環境實在太難了，在她的生活中，遍佈著種種陷阱。

陳樹銘沒有死心，他聽到了一些風聲後頗爲忿忿：他媽的，到了我嘴裏的肉，怎麼能讓給關光明呢？當日夜，他借著酒興，偷偷摸摸來到母親所住的小房裏。

母親正伏桌畫一幅山水畫，聽到門響，慌忙站起來：

「姐夫，有什麼事情嗎？」

陳樹銘滿身酒氣地走近她：「久蘭吶，沒事我就不能來看看妳嗎？」

母親感覺到有些不對頭，故意大聲說：「姐夫，天色不早了，我想休息了。你有什麼事，明天再來吧……」

話沒說完，陳樹銘就像山裏的狗頭虎一般撲過來了。

一個弱不禁風的女人如何能敵得過做過軍人的男人？她想喊，但有條被子蒙住了她的頭，她的整個臉被裹在被子裏面，口鼻被捂得死死的。也許這一切都是上帝那架電腦早已編排好的程式，好在這個程式並沒有服從於邪惡的意志——就在這關鍵之時，母親的救星出現了，她就是我表姨的傭人四妗婆。

那天夜裏，四妗婆在自己的房間裏正打算睡覺，突然間心裏跳得厲害，耳朵裏老是有個聲音嗡嗡地叫：四妗婆，妳快來救救我吧。四妗婆懷疑自己出現了幻聽，但又不像。她披上衣服，站在那黑漆漆的陳家大院落裏，聽那冷冷的夜風吹著連片的竹林沙啦啦地響。她再側耳一聽，一陣斷斷續續的嗚咽聲從小客房裏傳出來。四妗婆感覺不妙，大步衝到母親的臥房。她伸頭一瞧，立即潑命大喊起來：「有強盜，有強盜！救命哪，救命哪！」

呼救的聲音淒厲，從院子裏傳到了街上。陳樹銘在十里長街也算得上一個體面鄉紳了，他絕對丟不起這個人，慌慌張張地跑了。四妗婆趕忙進房扶起母親，母親已經是衣不遮體、咽喉青紫——她已經被扼得只剩一口游氣了。

這件事給母親極大的刺激。當時，母親也曾想告官，好好整治陳樹銘一下，可左考慮右考慮，難，怕傷著我表姨；若是不告官，她又怕他還來第二次——一個男人若是色心上身，還有什麼高山大海能擋著他呢？當天夜裏她便搬出陳家，就住在郟家所開的小飯店裏。

我表姨也來看她，姐妹倆抱頭痛哭一陣後，表姨說：「我早就和妳說過了，這世界是拳頭硬的世界。我的好妹妹，妳就嫁給關光明吧，別再叫當姐姐的日夜不得安寧啦。」

母親低著頭，聲音顫抖地說：「我必須和他當面談好條件。」

父親在路橋臨水閣茶館裏，見了母親與我表姨，還有那個同一天被趕出家門的四妗婆。

父親說：「我是軍人出身，知識分子的拐彎抹角我不會。我只一句話，妳嫁還是不嫁？」

母親說：「我想過了，你若是能答應我五個條件，我就嫁；若是你答應不了，我就走人。做人是橫是直，只是欠老天爺一條命，我什麼也不在乎了。」

父親眉頭一揚：「那妳說說吧。」

這五條是母親想了一整夜想出來的：

「一、我不想叫你與那老妻離婚。我想我做人這麼難，人家比我還難。若是你把人家棄了，我心也不穩。只是有一條我必須堅持，我絕不與你老妻同住。她家是她家，我家是我家。只要她在你老家一日，我不會到那裏長住。一年只許你在大節期間走上一兩次，多了，我不答應。二、必須明媒正娶，得讓你老家人全知道，正式結婚那天，必須有老家人作證，若是叫我偷偷摸摸就與你一塊生活，名不正言不順的，我不幹。三、四妗婆救了我一命，她是我的大恩人，我若是與你結婚，必須帶她一塊來家，我打好主意和四妗婆一塊相依爲命。四、你家的幾個子女，與我無關，我不想管。至於生活上的費用，我只要你讓我有吃有喝，其他我不管。但我父親的股份歸我，你無權支配。五、我不善家務。今後，你走到哪裡我必須跟到哪裡，我沒有勇氣獨自過這種不安定的生活——只要你能讓我安心畫畫，其他事情也就無所謂了。」

父親吃驚之餘，又被母親的通情達理所深深感動。他原本以爲這女子開列出的五個條件一定十分苛刻，沒想到就這些。

父親眼睛透出了暖意：「妳能不能馬上就與我結婚？」

「嫁雞隨雞嫁狗隨狗，嫁個猴子滿山走。你說什麼時候就什麼時候。」

父親說：「那好，一切照辦，橫峰橋的財產妳如何處理？」

母親說：「那裏的東西，我寫了一個方案，既然嫁給你了，你來辦好了。」

她把寫在紙上的方案交給父親。父親接過那張紙，低頭看了一下，什麼都明白了，當時心中暗暗稱奇：沒想到她居然有這樣的胸懷，她難道不是上天給自己最好的禮物嗎？

當日夜，父親立刻把母親帶回到榮仁公司，專門騰出一間房子，安排母親與四妗婆住在一起。

第二天，父親再一次帶了那十八個老兵，陪母親去橫峰橋老家處理母親所有的財產。這一次，好辦多了：所有的田地全部給親友，給不給錢都沒關係，由著他們的心；把她所有的房子全贈送給我的義外公，作爲養老之本；三口河塘留給金家氏族；除細軟部分由母親當天帶走外，其他物資全部交給義外婆處理。

義外婆對母親說：「土地、房產什麼的我要了，婚姻是人生的大事，一世只有一次。既然我把妳當成親生女兒，我要拿出一部分錢來辦三船嫁妝張燈結綵，像模像樣地送往路橋。」

八月十六那天，父親與母親正式結婚了。

我義外婆家裏的人來了，父親的叔伯兄弟光德、光成、光興（**此時他已經是共產黨三五支隊的營長**）也來了。關榮春老族長主持了婚禮。

也就在這天發生了一件事：母親整整三船的嫁妝被人搶了。當時押船的是我的叔叔關光成。

父親一看關光成全身水淋淋的樣子，嚇了一大跳：「你怎麼變成這樣？」

關光成說：「哥哥，嫁妝……全叫人搶了！」

黃昌球發怒了：「哪個人有這麼大的膽子，敢搶關軍長的東西？」

關光成抖抖索索地拿出一張紙遞給父親：「他、他說他明人不做暗事，還給你留下一封信。」

父親拿過來一看，那上面寫著：

關軍長閣下：

你拳頭大，我打不過你；你大腿粗，我擰不過你。現在你把我中意的女人搶去了，你遂願了，我落難了，上山落草了。這些嫁妝就算對我的補償吧。你是個大丈夫男子漢，額頭寬得可以跑馬。我們這些兄弟們之所以這樣做，也是為了生存。我想你絕不會橫草不過，派你手下的兵來剿我吧。

太平山大王黃百里

父親問：「有沒有死人？」

關光成說：「沒有。」

父親又問：「有沒有人受傷？」

「也沒有。」

父親哈哈一笑：「罷了罷了，這小子多少還有點人味。」

他隨手把那張紙往空中一扔：「由他去吧。」

第十二章　海山島之戰

解放軍進入了浙江境內，黃岩三個著名的民主黨派人士正在著手做和平解放的工作。

就在當晚，方永泉接到臨時省委轉來的一封電報，是中共中央統戰部打來的。電報說，關光明雖然是國民黨軍隊的高級將領，但他本人是抗日名將，對國家對民族有功，在解放戰爭時期曾帶部下投誠，救活一個城，對中國人民解放事業有過特殊貢獻，是人民的功臣。解放後，地方黨組織不可對他有所不恭。關光明投誠後不願爲我軍所用，對他這一選擇，我軍首長是充分尊重並能夠理解的。關光明的榮仁公司，本是爲抗戰中的負傷士兵所辦，應被當作民族資本對待，地方政府不得充爲國有。

方永泉原是個道地的軍人，他受命來浙江一帶開展工作，是浙江省地方黨組織的主要負責人之一。他早知道父親從戰場回來了，並任榮仁公司董事長兼總經理，只是因爲他工作太忙，一直沒騰出工夫來與父親見面。如今他看到這一份電報，立即派人把我叔叔關光興找來。

「是不是你大哥？」方永泉指著電報問。

「是。」

「是親的嗎？」

「不是，七房親叔伯。」

「你在共產黨，他在國民黨，你們見面時打沒打過架？」

「家是家，國是國，我們各事其主，見面只談親情，不論政治。」

「我想打聽一下，現盤踞在浙東地區的陳叔桐，是不是你大哥的結義兄弟？」

「具體情況我不十分清楚，我只聽鄉親們說，他們是結義兄弟。」

「光興啊，現階段我有一個擔心：蔣介石在撤出浙江時，曾把陳叔桐叫到奉化，給他交代了三個任務：保證他安全撤出海山島；撤出後，要把黃岩所有的發電廠、工廠和三座水庫摧毀；然後與共產黨軍隊決一死戰。此人與你哥哥一個樣，是蔣介石一手提起來的，對蔣介石有愚忠。假如他果真執行蔣介石的命令，有四萬多兵力在黃岩利用山地易守難攻的特點抵抗我軍，黃岩、樂清、溫州、永嘉六縣一城形勢可就危險了。」

「首長，你是不是想叫我陪你去做我哥的工作，叫他出頭勸說一下陳叔桐？」

「我就是這樣想的，我把所有的人全想了個遍，只有你哥能擔當這個重任。現在，陳叔桐是浙江國民黨殘軍的總司令，下轄三個混成旅。你能不能和我一起去找找你哥，動員他出面做做陳叔桐的工作？」

「首長，我服從命令！」關光興大聲說。

當天夜裏，我叔叔與方永泉一起來到榮仁公司。那時，父親與母親就住在公司的大樓裏。

父親剛剛睡下，一聽是關光興的聲音，很驚訝，開門迎出來。看到後進來的方永泉，父親一下就愣了，半天說不出話來。

「怎麼了，關將軍？你貴人多忘事，想不起我來了？」

「你……你不是粟將軍手下的副官方永泉嗎？」

「你說的不對。共產黨軍隊只有參謀，沒有副官。」

「你怎麼會到這裏來？」

「你走的那天，我就接到命令，要我上這裏來。」

「來做什麼？」

「來探望我的老友唄。」

兩雙手緊緊地握在一起了，兩個人都是淚花閃閃。

方永泉拿出那份中央專門給地方組織發來的電報給父親看，父親一看，當即感動得涕淚齊流。如今，蔣介石兵敗如山倒，共產黨要統治全中國。一個這麼大的政府，要籌劃百廢待興、百業待旺的龐大工程，有多少事情等著他們去處理，居然能想到自己這個躲在黃岩這種小地方的敗軍之將，怕他回到地方之後受委屈，預先發了這封電報，這何以不叫他深爲感動？父親在他當天的日記裏就這樣寫道：

「上峰的電報，令關某心暖；這樣仁義的政府，關某不去報效，天理難容！」

當方永泉把所託之事一說出，父親沒什麼猶豫，馬上答應了。

第二天一大早，父親、我叔叔關光興和兩個警衛員坐著小汽艇出發了。爲了以防不測，方永泉還送給父親一支白朗寧小手槍，並對父親說：「這支槍就永遠歸你使用。」

父親推辭：「這怎麼可以呢？我是個國民黨軍人，是共產黨的罪人，有個謀生的差事就很高興了，還給我槍，不妥，不妥，不妥。」

方永泉一聽，頭一仰，哈哈大笑起來：「連中央對你都如此相信，我若是對你不相信，還是不是這個地區的特委書記啦？」話說到這份上了，父親也不再說什麼，就把槍收下了。

父親一行人翻山越嶺，一直走到樂清雁蕩山玉柱峰的「挺進軍」司令部。父親在陳叔桐的司令部整整待了一天，陳叔桐知道父親的來意，開始十分猶豫，父親就把那份電報給陳叔桐看。

父親說：「國民黨氣數已經盡了，你想逃也逃不出去了，校長也早就上台灣了。何必逆風行舟，繼續造惡呢？爲子孫後代考慮，也要積點德吧。你把水庫炸掉，水一下來要淹死多少人？你叫你手下那麼多人白白死掉，要叫多少家庭的女人做單邊人？叫多少個孩子沒有父親？」

「積德」二字，把陳叔桐的心打動了。他知道，眼前這個關光明說的是肺腑之言，他姓關的當年率部投誠，豈不是也爲了這兩個字？當下陳叔桐便聽從了父親的勸告，率全軍投降。

可是事情沒有那麼順利，一場內部火拼差點要了父親和陳叔桐的命。

陳叔桐手下有個名叫尤大防的副官，把八個一直潛伏在司令部的軍統特務召集起來，說：效法文天祥史可法精忠報國的時候到了。這八個人當即滿懷悲憤地喊起來：「殺，殺賊殺賊！絕不允許有叛變行爲！」夜裏三更，他們開始行動了。

幸好父親有經驗，有預感，沒睡死，一聽響動不對頭，過去的雄風刹那間便啓動起來了，閃身躲過射來的那梭子彈，順地翻身，出溜到桌下，隨手拿起架在陳叔桐辦公桌上的那挺輕機槍，端定，勾板機。一陣突突直響，密集的子彈扇子樣地橫掃過去，打得四周岩石火花直濺。洞口黑影狂亂地舞動一陣，便沒有了動靜。那紅色的血液在門口漚成了一口黏稠的淺水塘。

父親走到尤大防的屍體前，俯下身子去，把他的口袋上下全搜了一遍，從他上衣小口袋裏摸出一張紙。打開看，只見上面寫有一道由老蔣發布的密令——

若陳有不軌之心，立地密裁。由弟任挺進先遣軍軍長。此令。

蔣中正

陳叔桐光著膀子衝了出來，看到洞口橫陳著八具屍體，一時間竟呆住了。父親鐵青著臉，一聲不響地把那封密令給他看。陳叔桐半張著嘴，說不出一句話。

浙東一帶和平解放了，黃岩縣人民政府成立了。方永泉成爲溫台寧地委第一書記。

父親與陳叔桐同時成爲新政府參事室的參事。父親比陳叔桐還多了一個頭銜：地區工商聯的主席。省裏的李英書記來主持表彰浙東解放功臣陳叔桐的大會。大會的地點就設在現在的路橋中學大操場，全縣各界代表差不多有三千多人參加。

上午九點，一個叫羅幫春的暗藏的國民黨特務，在暗處朝陳叔桐開了一槍，陳叔桐一閃身，沒打著，那子彈打在父親的手臂上。羅幫春當場被打死。負責保衛的解放軍戰士又從他口袋裏翻出一個處決陳叔桐的「制裁令」。

有了地方黨政首長的信任，父親又從人生的最低潮走出來了，他的社會職務是工商聯主席、榮仁實業公司的董事長，實際成了縣裏的「影子閣僚」，縣政府有什麼大事要事，都找他坐下來一起商量。

父親從骨子裏擁護社會主義。他不止一次地在日記裏寫道：「我是個有罪的人，沒想到人民政府會待我這樣好。士爲知己者死，我沒有理由不爲新中國做些好事。」

正當此時，一場大的糧荒席捲了全縣。

全縣共有一百五十五家糧店，大多數糧店店主都把這次饑荒看成發財的機會，那些不法商販們拼命抬高糧價。米商們輪番力勸父親，不要把手頭囤積著的糧食輕易抛出去，務必與他們在價格上保持一致。他們說：我們是同行，同行關鍵的一條，就是不能麻袋裏戳出洞，是死是活都得綁在一掛戰車上。

榮仁糧品公司總共儲備有三千多石糧食，我父親怎麼想，怎麼覺得他們這樣的做法就是趁火打劫，爲他所不齒。民以食爲天，什麼不好抬價，怎麼可以在糧食上做此文章？長年戰亂，民不聊生，老百姓幾十年得不到真正的養息，我們這些做生意人，何以能站在老百姓的屍骨上趁機發國難財呢？

父親打算開倉平價賣糧，但這個想法遭到董事會成員的反對。客氣一些的，苦口婆心勸父親莫一意孤行；不客氣的，在背地裏罵：「這他媽的什麼董事長，這賬往哪兒算都不知道！我們跟著他還有什麼想頭？」

這個公司不是父親獨資。若是獨資的話，刀子劈毛竹一裂到底，倒也好辦了，父親想怎麼做就可以怎麼做，也就用不著如此程序繁瑣地開會、礙手礙腳了。父親不是傻子，他知道做這事會得罪一大批人。

李少白大著喉嚨嚷嚷：「我們在這個時候不賺它一筆，還等什麼？做生意人講什麼？講的就是利潤哪！連利都不要了，我們乾脆做慈善機構算了！」

就在這個時候，作爲大股東之一的母親第一次當眾開口講話，不異於石破天驚：「各位前輩，現在別無選擇，趕緊把所有的糧食低於收購價格賣掉。」

「什麼？低於收購價格？爲什麼？」眾人眼珠子都快跳出眼窩子了。

母親心平氣和地說：「做生意要有些政治頭腦。現在誰當家？是共產黨。共產黨可不比國民黨，一心向著有錢人。我們的政府是人民政府，不是過去的衙門，在這個關鍵時候，咱們不顧饑民死活，其後果你們考慮過沒有？說句高調話：我們做生意人，不光要想著掙錢，而且要掙民心。有了民心就有利益，失了民心，你什麼都得不到！再說了，在強大的專政機器面前，在座的諸位又算什麼？螞蟻窩子而已。政府呢，是個大錘子、重錘子。得罪了人民政府，這錘子一落下來，在座的哪一位不得粉身碎骨？再退一萬步想一想，當初我們這公司爲什麼人辦的？不就是爲那些家中過不去的老兵們辦的嗎？現在公司壯大了，你們口袋裏有錢了，怎麼可以放下棍子就打討飯人呢？」

母親痛心疾首地說了一大通，尤其是她提到公司的前史觸動了許多人的心，全場的氣氛一片死寂。

過了一會兒，有人小聲說：「放就放吧。」

父親一看，母親的話起作用了，會一散，他就下令開倉平價放糧，三千石糧食眨眨眼全賣光了。

七天後，政府的大錘果然落了下來：那些囤積居奇的不法商販，有的被判了刑，有的不義之財被罰沒，有的被強制送往他地勞動教養。而榮仁公司再次受到政府嘉獎。台州的主要領導笑逐顏開地來到公司，敲鑼打鼓地送來了一塊大匾，匾上面有李英親筆題詞：爲民所急。

那個時候，我家的生活還是相當平穩的。金錢消費，公司裏的分紅足以維持；瑣碎家事，自有那個老實且又肯幹的四妗婆代爲料理。這位四妗婆把母親當親生女兒對待，事事細心且又周到。

這一段時間，也是母親藝術創作的高峰期。但這個時期，她的畫作差不多全是一些小品，多的是扇面。只有一個例外，她受父親之託爲方永泉畫了一幅《寒江獨釣圖》，特意在那畫上蓋了一個「閨閣素心」的閒章。

方永泉對這幅畫十分鍾愛，一直掛在他的客廳裏。「文化大革命」期間，他從省委領導的位置上被打倒，一家子被發配到新疆去了，家被紅衛兵小將抄了個精光，那幅畫不知被哪位識貨的造反派看中，不知所蹤了。若干年後，我在上海開會，偶然間在一家書畫拍賣會的名冊上，發現拍賣品中有母親畫的那幅畫，那上面蓋有一個名章就是「閨閣素心」。萬分失望的是，那幅畫作已被一位香港老闆購走了。

這一年，我出生了。在我滿月的那一天，父親突然接到了黃岩看相人鄭天啓的信。信中說，他在世之日無多，有話要與父親說；來信中提出了一個要求，要父親把小兒子帶回來讓他看一下，這是他一生中的最後一次看相了，從此，他要把他的相術藏之於深山，不再露存於世了。

在父親剛從軍隊退下來的那幾年，舉步維艱，鄭天啓成了他的精神支柱。父親在一段時間裏，事無鉅細都要與他商量。這個孤老頭子一輩子沒有結過婚，年歲越來越大，行動也越來越不便。父親每一年都拿出一定的費用，雇了保姆，專門照顧他的起居。

正好，我二姐也到了路橋取她與我大哥二哥大姐的生活費用，住在我家裏。那時候，我二姐姐十歲，正是長得繡花繡朵的時候。她那皮膚又白又軟，怎麼看怎麼像一個玻璃人；她那身子輕輕嫋嫋，軟得有如沒有骨頭的水潺魚；她那兩隻眼睛，怎麼看怎麼像剛剛成熟的皂莢豆；她那小嘴唇紅通通的，怎麼看怎麼像熟透了的大櫻桃。她長得越是美，父親就越擔心；越是擔心，心裏越發毛。他擔心女孩子長得太漂亮了，會像蘇夢茵一樣出現許多麻煩。如今天下初定，魚龍混雜，又恰逢她情竇初開，只怕有人在她身上打歪主意。

那天，父親就對她說：「走，我們一起坐船去黃岩吧。」就這樣，父親抱著我，帶著我二姐一塊兒來到五洞橋。

那時的鄭天啓老了，再也不是過去那種仙風道骨的模樣了，滿頭都是銀髮，走起路來腰彎得有如一枚蝦米，出現老人們特有的疊步了。父親一出現在他的面前，鄭天啓咧開他那光光的牙床，無聲地笑了起來：

「我聽說，你新添了個公子？」

「是個小子──我這裏煩心事太多，還沒有來得及告訴你。你的氣色怎麼那麼差呀？」父親看到鄭天啓的氣色實在是擔心。

「我想最後一次看相，什麼人也不看，就看一下你那個小公子。我快要走了……我的老家是在四川涪陵鄭家村，有件要緊事要託付於你。」

「你放寬心養病，其他的事，交給我辦就是。」

「這幾年，我在這裏積了一點錢，我死之後，就拜託你把我的棺木和這些錢財一併送回我的老家。」

「家裏還有什麼人嗎？」

「我有個侄兒，名叫鄭正鐸，是個小學教員。信我已經寫好了，地址全在信裏頭了。」

「那好。你放心吧。我保證做到。」

鄭天啓又把一個沈甸甸的匣子拿出來，交給父親。父親打開來一看，嚇一跳，裏面是一百多根光閃閃的金條。

「你就這樣交給我？放心？」

「光明，我看遍了多少人，唯有你生能託孤、死能託身——我不交給你，交給誰？」

父親怎麼能拒絕一個老人死前的託付呢？鄭天啓看了我的相後，寫了一首詩，那詩一直保存在父親那個寶貴的抽屜裏，與父親極爲寶貝的五枚勳章、三份委員長的委任狀，還有方永泉給父親的那支白朗寧手槍放在一起。若干年後，父親所珍愛的那些東西全被抄走了，獨有這首詩一直留在牆洞裏。

再後來，我們家的房子被國家徵用了，母親又把這首詩取了出來，放在她的抽屜裏。一直到了「文化大革命」結束，父親也知自己快離人世了，這才把它拿出來，交給我。這首詩是這樣寫的：

天生五德清為首，
八十一難鑄神猴。
命生文章高魁星，
頭戴素冠佛心求。

當時父親看到這幾句詩，心就抖了一下。他想再探問點什麼，鄭天啓卻不肯再說什麼，只是說：「人哪，什麼都不要太清楚了。待到你到了我這個境地，再把這首詩交給你那個兒子，他什麼都會明白的。」

父親口裏答應著，打算離開。走到了門口的時候，鄭天啓又喊住了父親，幾乎是咬著他的耳朵問：「這位長得如此漂亮的女孩子，誰家的？」

「我二女兒。」

「她叫什麼名字？」

「天珍。」

鄭天啓眉頭一皺，搖搖頭：「你們關家多多少少要有些麻煩了。」

「怎麼個麻煩法？」父親有些緊張。

「我也說不上，我只覺得她眼裏有兩股氣：一是妖冶之氣，二是剋父之氣。」

父親把他從前做過的那個夢告訴了鄭天啓，惴惴不安地問：「大師，我也覺得不吉利，可是我該怎麼辦呢？」

「什麼也用不著辦。聽我的話，一切隨緣就好了。什麼花頭、噁心都用不著生。唐朝的李淳風有言，此乃天命所繫，殺了此人，別人最終還要冒出來。以我之想，死在別人手裏，莫不如死在自己親人手裏好。螳螂捕蟬，黃雀在後；命中注定的東西，誰也改變不了。」

就這樣，父親抱著我牽著二姐，又坐著船回來了。

接到鄭天啓的死訊，父親馬上扔下手裏的事，去操辦喪事。父親花了一大筆錢，購了最好的棺木，做成一口紅辣辣的大棺材，一直抬到五洞橋。淨身的那天，父親親自動手，先用山水把鄭天啓全身滌淨，然後拿出最好的衣服，認真仔細地給鄭天啓穿上，再鄭重其事地把死者小心翼翼地抱起來，放進棺材，蓋上被子，把死者殮了。又請了一班和尙與道士爲鄭天啓做了三天三夜的法事。最後，父親請嚴於濟的兒子嚴省身出面，雇了一條大船，選了個黃道吉日，把鄭天啓的棺材裝上船，押著那口大紅棺材起程了。

父親押著船，從黃岩起身，順著南官河，運至海門；再從海門，沿海運至吳淞口；再溯長江而上，經過了險惡的三峽，一直到涪陵；又從涪陵入河口，順內河至鄭家村，一切順利。

父親進村之後，找到鄭天啓的侄兒，把他叫到一邊。先是給他一封信，然後暗中把鄭天啓所有的金條一一交割清楚，最後按著當地的風俗把鄭天啓厚葬了。一切打點停當後，父親這才坐船回來。此時已經是這一年的十二月隆冬了。

我出事了，好端端地被飯桌上的豬油燙傷了，燙得全身都是晶晶發亮的小水泡。這一燙，痛了整整一個多月，又是叫醫生看，又是用偏方治，費盡周折終於好了，身上長出鮮紅色的嫩皮。

接著，我再次遭逢凶險，比上一次更可怕，得了一種說不明道不白的病，突然間全身起了一排串的大膿皰，流著又黃又臭的膿水，其癢難忍。我一夜哭到天亮，家裏人根本無法把我平放在床上——一旦把我放了下去，我身上的膿水就和被子黏在一起，扯不開；若是使力一扯，有可能把一整張皮都扯下來。

我又一次把父母親折騰慘了。

中國人民解放軍開始了佔領海山島戰役，中國近現代戰爭史上第一次海陸空三軍協同作戰的輝煌大戲拉開了序幕。

榮仁公司辦公大樓被定爲總指揮部的指揮所。

後來，在一個十分偶然的情況下，我見到了方永泉，問他：「叔叔，你們當時怎麼會選中我父親的公司當司令部的呢？」

方永泉拂著他的花白頭髮哈哈大笑了起來：「在那時，選中你父親的公司作司令部是有一定道理的。榮仁公司位於當地的水陸交通要衝，房子又特別寬敞。你父親是個軍人出身，來的最高指揮官又是你父親的老朋友，有什麼軍事上的問題，他們兩個人也好坐在一起磋商磋商。更主要的，省委領導李英不知考察了多少地點，哪兒也沒相中，就相中了榮仁公司。」

方永泉坦率地說，他當時多多少少有些顧慮。他曾在會議上說：「榮仁公司的地方好是好，可這關光明過去是國民黨的高級將領，怕有些招嫌疑吧。」

他那話剛一落，李英就開了口：「關光明是起義將領、人民的功臣，你們別用有色眼鏡看人好不好？就他本人的素質來講，絕不會做出危害國家、妨礙革命的事情。」

既然他都開口這樣說了，那還有什麼可說的呢。

「哪能知道這個非同尋常的決定，竟成爲我們在『文革』中遭難的主要原因！」方永泉感歎道。

當晚八點鐘，方永泉就代表政府來找父親談話了。老朋友相見很是快活，父親忙著給方永泉倒茶，他們坐下來商量大事時，說話的聲調也如同洪鐘大呂，震得廂房嗡嗡直響。

父親很清楚軍隊裏的司令部該如何安排，下令把樓上所有的房子重新打造結構：哪裡是機要室，哪裡是作戰室，哪裡是司令辦公的地方，哪裡是安放地圖與沙盤的地方，哪裡是參謀部，哪裡是警衛室，哪裡是會議室，在很短的時間裏一一標明清楚，使首長們一到地方就能工作。

此外，他下令所有的工作人員遷出公司大樓，另擇平房辦公。又在一樓緊靠著廚房那一側，隔出一個通道，作爲公司全體人員吃飯與我母親住宿的地方。爲了防止特務破壞和外人侵擾，他特意下了一道禁令：五百米之內，不准任何人出入。他在大門口掛了一幅很大很大的牌子，上書「軍事重地，閒人免進」。

大樓收拾停當三天後，海山島戰役的指揮部搬進來了。

公司裏真是熱鬧極了。軍用吉普車進進出出，電報聲嘀嘀嗒嗒地傳得很遠很遠。開闊的木頭場成了軍隊士兵們操練的場地。天剛一亮，就看到眾多穿著黃綠色軍服的軍人聲音整齊地喊操。他們或是整隊，或是臥倒演練射擊。有不少士兵們利用父親停在南宮河裏大大小小的木排進行渡海演習。

下午兩點鐘，陽光燦爛，士兵們便把自己脫得赤條條一絲不掛，跳入河裏游泳了（這可是在大冬天呢）。這些兵大多都是北方人，會騎馬，水性卻一般。一開練時，滿河都是沈浮不定的肉身，那景象實是壯觀極了。黃岩自古至今，經歷過真正戰爭的時間很少，這麼多的兵在十里長街還是第一次見。好奇的老百姓們常常聚在岸邊看，一看就是大半天。

粟定鈞將軍抵達了司令部，剛走進門，他就愕然了。

「這房子是你們安排的？」

「不是。我們來的那天，房東就給安排好了的。」

「房東叫什麼名字？」

「還不太清楚——司令員，有什麼不妥嗎？」

「不是不妥，這他娘的太妥貼了。房主人若不是指揮過重大戰役、搞過大兵團作戰，怎麼會如此熟絡？」

那時，父親根本不知指揮海山島戰鬥的就是他的同學兼老對手粟定鈞。粟將軍也很想問一下指揮部是誰佈置的，但那天實在太忙了，這件事也就拋到腦後了。

說起來也十分有趣，讓這兩個人見面的，竟然是我。

雖然我們家所住的地方與司令部被一道木板隔開了，但被怪病折磨著的我始終哭個不停，整個司令部都能聽到。夜裏十二點，粟定鈞剛剛從地方上開協調會回來，回到司令部正想睡，被我的哭聲擾了。這可不是一般的小兒啼哭，這是一種慘痛得幾乎是非人的哭聲。

粟司令不安地問：「這孩子怎這麼哭？」

「說不清。」

「是不是房東家的孩子？」

「是。」

「走，我們看看去。」

他立刻從衣架上把軍大衣摘下來披在身上，走出大樓，穿過場院來到了我家門口。父親聽得外面有人敲門，搓了搓發澀的雙眼，起身把門開了。兩個人一相見，全都愣了。

「怎麼，老關，是你？」

「哎呀，是粟司令！」

兩個人的粗喉嚨讓全家都慌了神，家裏人紛紛起來張羅給粟司令騰座上茶。

「對不起了，對不起了，孩子鬧得厲害，驚動了你大駕了。」

「老關，老哭的孩子是不是你的？」

「唉，可不……這個病……」

「孩子到底生什麼病？」

「我也說不清楚。不知花了多少錢，就沒把他治好。」

粟將軍非要看一看我不可。父親從疲憊不堪的母親手中把我接了過來，遞給粟將軍。他伸出兩手指來，揭開了包袱的一角，只往我小身子上一看，看清了我身上的膿皰。他回頭對警衛員說：「小張，快去把王軍醫叫來。」

不多一會兒，一位白鬍子戴著老花眼鏡的老軍醫佝著腰來了。他小心地把我托起來，瞇著兩隻眼上下審視了個遍，「嘿」的一聲笑了。

「先生，你花了多少錢也沒治好？」

「整整有三十包洋紗了。」

王軍醫一迭聲地歎：「可惜——真是瞎眼人打槍，白花了那些錢了。治這個病呀，根本用不著那麼多錢，只要三分錢就足夠了。」

粟司令插了一句：「老王，你可別瞎吹。」

王軍醫擺擺手：「司令，論指揮打仗，我不如你；論看病醫病哪，你不如我。」

這王軍醫跟粟司令說話如此隨便，屋內的人不禁暗歎共產黨軍隊確實作風民主。粟司令連聲說：「是是是，看你的吧。」便同父親出去了。

王軍醫打開醫藥箱，從裏面拿出了個不大一點的黑紫小瓶子，掏出藥棉，蘸了，從上到下把我的身子抹了個遍，抹得我像個黑人兒似的，隨後交代我家裏人：一天抹三遍，什麼時候這瓶藥水抹完了，孩子的病也好了。

果不其然，三天之後，我身上不癢不痛了。又三天後，那瓶紫藥水抹光了，我全身也開始結痂了。結的痂子個個足有銅板那麼大。又過了三天，痂子全脫落下來了。後來，有人算了我的命，他對我說：「你總是大難不死，因爲你命中老是遇見貴人。」

就在王軍醫張羅著給我擦藥的時候，粟司令和父親在外屋進行了一番對談。

「這是你家的房子？」

「不是。我老家房子全在寧溪山區，這是公司的產業。」

「你做生意了？」

「早就開始做了。」

「這指揮部的佈置是不是你安排的？」

「你看出來了?嘿……」

「我一看就知道是個軍事高手安排的，要不然，地方上哪一個人會懂得這個?嗨，你這個人吶，什麼都好，就一點不好，死腦瓜骨子。若是你當初聽我的話，留在部隊，今天我不就和你一起指揮這場戰鬥了？」

「嗨，你可別提了，戴罪之身，豈敢言他？」

「老關，你別說這些話好不好，你是對我黨我軍有功之人，你戴哪門子罪?你只不過是政治上失敗了，並不是在人生上失敗了，這可是兩回事啊——我問一下，現在的地方政府對你怎麼樣？」

「自從上次你給地方政府來封信後，他們對我好著呢。尤其小方，他對我格外照顧。」

「這可不是我個人的安排，這是中央的意思。你既然不願在共產黨的軍隊裏工作，中央還是充分尊重你個人選擇的嘛。」

「我已非常感謝了。你想想，他們早就死了，而我卻還活著。你說，我還不知足嗎？」

兩個老友徹夜長談，直到東方微明。

我的病雖然好了，但我接二連三地生怪病惡病，卻把母親一次次拖入人生的苦海，以至於她的性情也發生了變化。母親愛孩子，但她做夢也沒有想到，有了孩子會給她帶來那麼大的麻煩。就爲我這兩次病災，她幾乎什麼事都不曾做，被折騰得骨瘦如柴了。

父親與母親是兩種完全不同類型的人。打一個不恰當的比方，若父親是山裏的狗頭虎，母親則是嬌貴的金絲雀；若父親是大山裏的一棵溪蘿樹，只要有一點可供他生命的水與土，無論什麼樣的環境他都能生存，而母親則是庭院裏的一盆蘭花，對生存環境的要求非常高，土壤要是腐殖土，處於的位置一定要有蔭涼，陽光不可以太強，又不可以太弱。這兩個人的天性相差得實在太遠了。

在極其偶然的情況下，我發現一本相冊，看到了母親在那時候拍攝的一張照片。這是一張小得不能再小的照片，是作爲供銷社的會員證而保存下來的。我獨自一人坐在書房裏定目良久，驚異地發現，生育之後的母親變化太大了：她那張好看的臉開始瘦削，現出幾道很深的皺紋；那嘴也像鳥喙樣的尖將出來；原本她的雙眼是非常嫵媚非常有神采的，此時竟微微地露出了三角眼，顯出幾分戾氣。

母親料理了我的兩場病之後，自己也病了一場，連路都走不動了。她經常喃喃自語：「怎麼帶個小孩這麼難？怎麼帶個小孩這麼難？」

終於，海山島戰役結束了。海山島正式解放了。

粟定鈞將軍奉命帶著大部隊要回去了。臨走前，他又前來看父親。他只是緊緊地握著父親的手，說了一句話：「老關，我走了，你可要好自爲之啊！」

父親那一天動了感情。若干年後，他對我說：他與四個朋友結成生死之交，可他從來沒有爲與他們分別而流過淚，獨有這位共產黨的將軍，又是他在戰場上的死對頭，卻與他有著兄弟般難分難捨的情感。是命運在作祟，還是英雄惜英雄？他總結道：「他在真正意義上打敗了我。」

第十三章　劫與亂

戰事之後，黃岩地區開始重建家園。

而那些潛伏在黃岩的土匪們，也隨著大軍的離去開始蠢蠢欲動。

對於黃岩的百姓來說，這是一場極其可怕的災難。這些盤踞在大大小小險要之地的土匪們，如困獅般進行最後的掙扎，台州全地竟有一百五十五股大小土匪同時作亂，特別是黃沙部與天安部尤爲猖狂，曾前後十四次向台州各地的村鎮進襲。

第一次進襲是在這一年的三月八日。閻錫山殘部馮金龍與黃百里部結成聯盟，馮、黃二人帶著一百五十名全副武裝的土匪衝到百丈村，與駐村的土改工作隊交手。戰鬥進行了三個多小時，八名土改工作隊員寡不敵眾，全部陣亡。

第二次進襲是在四月六日。黃沙部三十四名土匪在三大金剛的帶領下，趁著月黑風高之際，衝入路橋十里長街，搶了十幾家店舖，強姦了多名少女，其中有三名是黃岩中學的女學生。有一位名叫于秀娟的女生，下場最爲悲慘，一群土匪把她拖到一處倉房進行輪姦，導致她窒息而死；人都死了土匪們還不放過，又來個令人髮指的屍姦。

第三次進襲是在五月十一日。玉環溫嶺又有三股土匪聯合起來，從樂清的雁蕩山上衝將下來，襲擊太平一鎮，一夜間火燒了一百三十多間房子。

第四次進襲是在六月十八日。盤踞在麻狸嶺的仙居部聲言要血洗桃源村，理由是共產黨團長關光興曾經帶兵剿過他們，打死打傷若干弟兄，匪徒們決計報復。

這一天，老族長關榮春背著兩隻手在溪邊轉悠，一個小土匪躲在一暗處朝他的心口窩開了一槍，九十七歲的關榮春一個跟斗栽倒在地上，連一句話也沒說就死了。待到村子裏人發現他的時候，老族長的屍身上有一張條子，上面寫有一行字：

「關家姓的人，這是你們的下場，你們敢幫共產黨，我要叫你們血流成河。」

消息一傳開，在桃源村住的關家人全都慌了神，全村陷入一種恐怖的氣氛中。

桃源村裏有三百多口人，個個赤手空拳，雖然有的男丁會武功，但與槍子兒相比，那武功又算得上什麼？除了逃難，還有什麼別的辦法？在那時，能奔親的就奔親，能靠友的就靠友；親也不能靠，友也不能投的，只有帶著自己的家人躲進深山老林。

桃源村裏的人還有另外一種選擇，就是投身榮仁公司。多年以來，四妗婆經常跟我念叨這件事：那些日子，公司裏到處是人，到處打地舖。吃飯變成了大問題，人來得太多，公司的食堂忙不過來，不得不再聘師傅開流水席。這一撥吃了走人，下一撥接著吃。

李少白小氣，心裏十分不高興，對父親說：「這麼多的人來吃，榮仁公司怎麼受得了？坐吃山空，會把公司吃垮了。」

父親一擺手，不讓李少白再說下去，他吩咐黃昌球：「公司的客人是公司的客人，我的客人是我的客人。所有的花費全記下來，由我本人支付。」

大母親是個一直在山區生活的人，平凡得就和山裏的一棵小草一樣，默默無聞，塵土滿面。她與父親結婚這麼多年，替父親生了兩個兒子一個女兒，無論父親是當上中將軍長，還是在路橋當大公司的總經理，她從不曾去過，對父親在路橋的生活不管不問，彷彿那裏的一切與她毫不相干。說起來可歎，她最遠的旅行是上寧溪，購買些鄉下沒有的肥皂燈油之類。

桃源村不知有多少女人都勸她去一下路橋，她們對她說：「路橋不是妳的家嗎？那個地方難道就沒有妳的份兒了嗎？妳爲什麼不去？」還有的說：「妳讓一寸，別人就占妳一丈。妳可別讓老關的小老婆太得意了。」

但大母親自有她的主意，不管眾人怎麼勸，不去就是不去。人家問她：「妳這是為什麼？」她頭也不抬地回答人家：「人家有人家的命，我有我的命。我幹嘛有穩不得穩，彈塗鑽竹棍，攪人家的日子做什麼？」

可現在不同了，匪禍連天，村裏人紛紛外逃，她也不知道自己該往哪裡走好了——此時，我的兩個哥哥與兩個姐姐全在黃岩讀書，家中只留下她一個人。去麻狸嶺老家？不行，她叔叔的一家子差點全叫土匪們殺掉了（聽說只逃出來一個人），她老家也成了土匪窩了，連她小時候住過的那幢石頭壘起來的老房子，也叫土匪們開成「山花樓」，搶了一大幫子女人供他們享樂了。

就在這時，我大伯關光德來老家接家屬去路橋，見到大母親，站在臺階上開口說道：

「弟妹，妳還是去路橋躲一躲吧。」

「聽說路橋的那個女人很厲害，她能讓我去那兒嗎？」

「嗨！什麼時候了還論這個？妳去吧，去吧，我保著妳。她絕不會對你怎麼樣。我和妳嫂子也去路橋，正好一起走。」

無奈之中，大母親也決計到路橋來避難了。她也沒有什麼瓶瓶罐罐可帶的，只是把隨身換洗的衣服帶上，把家中的大門一關，就上了黃岩。

到了黃岩之後，她怕有什麼意外，特地把讀書的二姐天珍喊了出來，叫她與老師告個假，一起到路橋。他們這一行共有十一人，結伴出黃岩南門，沿著南官河的石板小路，走了整整一天，一直到上燈的時分才到路橋的榮仁總公司。

一大幫親戚上門，母親只有支著病體接待。開初她只當是我們老家裏來人了，態度非常熱情，當她發現在我大伯身後跟著個老女人，用一種奇怪的眼光死死盯著她時，渾身上下便有些不自在了。

母親天生十分敏感，她總覺得這位老女人的眼光有些非同尋常。於是，她把我大伯叫過來問：「她是誰？」

我大伯呢，也沒說什麼別的，知道這件事躲得了初一，也躲不過十五，就笑著把我大母親介紹給了我母親。

兩個女人在堂屋裏面對面，不知道說什麼好。

半晌，還是母親先開了口：

「喲，原是妳來了？」

「哎，我……來了。」

「好，好。」

也不知道這「好」的含義究竟是什麼。

大母親從來沒有這樣難受過，她覺得自己渾身都長滿刺，十分忸怩局促，兩隻粗糙的大手不住地在衣襟上捏來捏去。路橋家女主人的目光灼灼地烤了她幾分鐘，一言不發。只要一小會兒，她就彷彿聞到身上的焦糊味了，汗水汨汨直流。

總的來說，母親對大母親還是以禮相待，一直沒失格。當天雖然出現一些尷尬，但場面上總算說得過去。她先張羅著讓廚房趕緊做飯，嘴裏說走了那麼多的路，已經餓得不行了，有什麼好吃的都趕緊拿出來之類的暖心話；一方面，她又叫四妗婆把樓上所有的房間都騰出來，供他們住宿。

初一看，兩個女人第一次見面彼此倒還相安。等到父親十一點從工商聯開會回來時，就有些不對勁了。從一進門那時起，父親就知道大母親逃難來了。他從黃昌球嘴裏得知母親落落大方做了全面安排時，先是有點出乎意外，接著有一些欣慰。他先回到母親的房間，柔聲問道：

「妳都安排好了？」

「安排好了。」

父親邊把帽子外套脫下來掛在衣架上邊點點頭：「我去她那兒看看。」

「你想幹什麼？」

「不幹什麼，我總得看看她們娘兒倆。妳想想，她畢竟是我的結髮妻子呀。唉！好久不見了。」

「早些回來，我可是要等你睡覺的。」

「妳放心好了，我去看一看就回來了。」

父親一走出房門，醋意重重的母親就忍耐不住了，她做了一個誰都意想不到的舉動：悄悄跟在父親身後，看看他們老夫婦相逢究竟要做些什麼。

公司大樓上下共有三層，計三十多個房間。母親與父親住的是二樓，我大伯及天珍他們住的是三樓。當時，黃昌球似乎考慮到父親可能會與大母親有所津澤，瞞著女主人在三樓專爲大母親準備了一間房子，還有意地把我二姐與我大母親分開來住。

父親走進了大母親的房間後，大母親自然情動，撲進了父親的懷裏。父親摟著我大母親，著實有些犯難——樓下的女主人是容不得他再跟別的女人發生肉體關係的，即使是髮妻也不行。他也知道我母親是個帶有一點神經質的女人，很可能爲這事發瘋發狂。他起初打算是簡單親熱一下就走的，可是當父親的唇吻落在大母親臉上唇上時，就再也走不出來了。

大母親並不是木頭，她何嘗沒那方面的要求？三十如狼，四十如虎，父親在這方面給她的實在太少了，一塊渴得冒了煙的土地何以不盼著雨露的滋潤？父親動了一點惻隱之心，想抓緊點時間，與大母親做那種事了。但父親做夢也沒有想到，我母親會一直跟在他後邊盯梢。多少年來，我都想不透母親爲什麼有這樣可怕的執著心——她就是要親眼看到父親與大母親寬衣解帶兩情相悅，她要親眼看這一齣不該她看到的戲。

她原本十分脆弱的神經崩裂了，潛在內心最底層的惡念一瞬間爆發了。母親不顧一切地闖進門去，臉擰得變形，聲音變得嘶啞：

「關光明，你幹的好事！」

父親先是一驚，接著惱羞成怒了：「這是我名正言順的妻子，又不是偷人，什麼好事壞事？」

「我可是與你有協定在先！我們不是有約在先的嗎？爲什麼你要出爾反爾？」

「妳冷靜一點！妳這樣吵鬧，成何體統！」

「你是個騙子！畜牲！」母親開始歇斯底里。

我大母親一聽，也火了：這成了什麼事兒了？妳嫁了他，我已經守了活寡了，來到這裏了，就這一回也不行？別看我大母親是道地的山頭人，凡是能讓的她全讓了，可真的要欺負到她頭上，她也會反擊的。剎那間，舊怨積恨全冒上來了，這麼多年，她壓抑的情感如雪崩般爆發了。她不管天地地跳起來：

「妳這個小婊子，活妖精！憑著妳的年輕占了男人便宜不說，還想欺侮我到什麼時候？一年三百六十五天，全叫妳一人占光了，妳還想叫我守活寡不是？」

「什麼？妳叫我婊子？妳是個什麼東西，老母豬，老母豬！」

大母親天不怕地不怕，就忌諱別人說她「老母豬」——又黑又胖的她深知自己相貌醜陋，乍一出場，一般人真無法認定她是個女人——她咆哮了起來：「是的，我醜，可我是正妻；妳呢，說到底也只不過是小老婆！妳有本事，妳把我活活毒死，做他的大老婆！」

這就是女人的本性嗎？在丈夫的問題上，連最善良的女人也會變得像黃蜂樣的毒。父親很想叫這兩個女人都安靜下來，可他第一次發現自己如此無奈，如此力不從心。一個年老色衰的女人，長期被剝奪了愛的權利，今天終於找到發洩的機會了，她順理成章地大打出手了。

兩個女人要死要活地打在一起了，都死死扭住對方的頭髮。一個掄圓了手，劈哩啪啦地打嘴巴子，一個把對方的黑頭髮一縷一縷地揪了下來；一個被打得鼻孔流血，一個殺豬一般地嘶聲大叫。

當時，住在公司裏的員工約有一百三十人，他們不知發生什麼事，只聽到有兩個女人的怒罵與哭叫，連忙跑出來看。這些不合時宜的看客在三樓的左下角聚合，把樓道裏的打鬥看得清清楚楚。

恰在這時，兩個女人不知是怎麼搞的，居然互相揪起褲帶來，只聽得「滋啦」一聲響，兩人的褲帶同時扯斷了。褲子一掉，兩個從不見陽光的圓滾滾的大白屁股裸露了出來。剎那間，底下一片譁然。

四妗婆一看大事不好，趕緊攆鴨子一樣把看熱鬧的人全攆掉，又忙不迭拿過兩條大被子把這兩個女人裹住，並把她倆分開了。

這一夜多麼不平常，大母親心酸極了，有生以來第一次到路橋，竟會鬧成如此局面。當日夜，她不得不夾著被子，到關光成家去住了。而我母親，也因爲被罵做「小老婆」，又當眾失格，刺傷了她那顆高傲的自尊，傷心淒慘地伏在床上大哭起來。

過去，兩個女人互不謀面，什麼爭鬥也沒有；現在這個他所愛的女人，什麼都好，可偏偏情感上比誰都瘋狂！煩惱和苦痛幾乎要把父親燒成一堆灰了。

父親是一個牙齒打落和血吞的人，有不同一般人的自尊心。兩個女人所作所爲，卻超出了父親的心理承受能力。父親有兩個想不到：第一個想不到，大母親從來是老老實實逆來順受的，但一到路橋卻變成了一個悍婦；第二個想不到是我母親，她不是溫文爾雅的才女嗎？她不是一舉一動都是那般的儀態優雅嗎？怎麼在他的髮妻面前變成了一員武將，天哪，居然扯掉了褲子！還是在那麼多員工面前！

第二天一大早，父親幾乎不敢正視別人，公司的人聚在一起說個笑話，或是偶然朝他看一眼，都會令他感到難受，會疑心他們是在底下嘲笑他。

這是一場因爲嫉妒和醋意引發的鬥爭，然而還不算凶險；真正的凶險，由於另一種妒嫉而引發的不測，還在前頭等著父親。

從母親在婚禮上出現的那一刻起，她的美貌和優雅就令關家的一個人垂涎三尺。這個人在洞房之夜就欲圖對母親不軌，這個人對父親和母親的姻緣有莫名其妙的憎恨、嫉妒。

此人是我的小叔叔關光成。

我百思不得其解的是，嫉妒這種情緒，一般只可能發生在同重量級的人之間。關光成他有什麼資格嫉妒父親？父親還有恩於他們全家，何故喪心病狂至此？

關光成是父親的叔伯兄弟。他生下來的第三天，他父親就死了，他娘一點法子也沒有，就守著獨子過。父親從軍的時候，年年往家寄錢，每次寄錢總是把養他們家的那份另行安排出來。父親升了中將的第二年，家裏順著黃岩溪蓋房子。房子蓋好後，大伯關光德全家都高高興興地住進來了。父親見小嬸母子倆住的還是那間破破爛爛的小草房，便騰出兩間新房來，讓他們搬進去。

大伯對這個小叔伯兄弟沒有好感，曾勸告過父親：「你不要對光成太好了，你看這傢伙長的那個鷹勾鼻子，黃眼睛一睁，活像隻狼，怕是個忘恩負義的傢伙，不是個省事的料頭。」

父親說：「我只是想幫他一把，也不想圖他什麼回報，今後他對我怎麼樣，那就由他去了。」

父親第一次丟官狼狽不堪回來時，還給了他三塊大洋。後來，父親解甲從商，關光成也已二十二歲，別看他房子有了，可他的婚姻問題一直懸而未決。

在桃源村，誰不知道我小叔叔那生性與品格？有一年的正月，他到石墩村看戲。石墩有個大戶人家名叫王克全，他有個剛剛過門的新媳婦，也因好看戲正坐在他旁邊。人家坐人家的，你看你的，井水不犯河水，不也就完了？可他不行，女人身上的那股氣息一往他的鼻子裏鑽，他就心猿意馬、魂不守舍了，戲臺子上那些咿咿呀呀唱著的戲文全聽不進去了，只是目不轉睛地盯著這位新媳婦的胸脯看。

這個女人看著看著，便起身去茅廁裏方便。他看到她扭動著的身姿，神魂顛倒起來，竟然悄悄地尾隨人家去了。新媳婦從茅廁出來正繫著褲帶，關光成便衝將上去，伸出兩手合著腰，把她死死地抱住了。

起初，王家女子以爲是有人和她開玩笑，可急促的呼吸和偷襲者急吼吼的動作，讓她馬上知道這是怎麼回事兒了。若是在人跡罕至的山林裏，那女子定是要吃悶虧的。可這是在村子裏，此地離戲臺子並不遠。你這小子就敢橫著心這麼做，狗膽子也太大了。

這個女人相當不簡單，她並不喊叫，而是扭動著腰肢，擺出一副嫵媚的樣子，大大方方地說：「你這小哥哥想這事，好辦，只是這裏不是玩的地方。」

關光成一聽，早就酥了半邊身了。

「來吧，我帶你到個好地方去。」她嫣然一笑，嫋嫋婷婷地向前走去。

她在前面走，關光成就在她的後面跟，走到了一座大院前面，驀地，女人石破天驚地喊將起來，這一聲喊，既清遠又嘹亮，整個王家大院子應聲而動。

這石墩王家並不是平常人家，在當地也算是個祝家莊般的豪強集團，別看領軍人物王正南死了，可百足之蟲死而不僵，宗族勢力還在。色膽包天的關光成居然老虎嘴裏拔牙，豈不是找死？王家七個男人如狼似虎地撲過來，將關光成立馬擒下。

等綁好了人後，有人拿過火篾一照：「咦？這不是關光明的叔伯兄弟嗎？」

也算關光成命大，這句話使他避免了被亂棍打死的厄運。

父親在當地很有威信，在父親當勢之時，前前後後提拔了不少當地人，石墩就有八個王家人在國民黨軍政部門任職。還有一點甚爲僥倖的，他們不知道是父親處決了王正南，只知道王正南犯了國法，被委員長勒令自裁了（若是他們知道內幕，關光成也許早就叫他們活活打死了）；而且王家所有的財產又是父親押送來的，由此他們認爲父親有恩於王家，手下自然留情了。

爲首的王家人說：別打了，算這小子走運，讓他們自己家人來處理吧。於是，王家派人通知父親。父親那時正累得全身酸痛，歪在床上沈睡，一聽此信，慌慌忙忙地爬起來，趕來一看，果然是這個不爭氣的叔伯兄弟！他當時揚起手狠狠打了關光成三個耳光，又忙不迭地向王家人賠罪，也就把他領回去了。

自那以後，他開始爲這個叔伯兄弟張羅婚事了，終於從下坑口給他找來個女人。這女人雖然其貌不揚，個子也沒三塊豆腐高，人黑得有如一塊炭，但她畢竟是女人。這女人一進門，就像大山裏爬蔓的南瓜一樣，一寸一個果。三年不到，她就給我叔叔家生了三個女兒。

我們桃源村，山水景致好得不能再好了，要空氣有好空氣，要好水有好水，要閒散有閒散，對於那些富人來說，的確是塊好地方。但對於窮人家來說，活在這片青山綠水之中，簡直就是遭罪。關光成一家五口子人要吃要穿，一年到頭，他們家除了稀薄得可以當鏡子照的粥與鹹菜外，怕是沒有什麼別的好東西吃了。

有一天，父親偶然間來到他家看一看，只見三個女兒餓得面黃肌瘦，乳燕兒一般乾張著大嘴巴子，連哭的力氣都沒有了，大爲吃驚。父親很想幫他一把，再給他們家一些錢，可這是個無底洞啊，塡到哪年哪月是個頭？俗話說救急不救窮，這樣下去怎樣才是個了局？父親出任總經理後，首先想到的就是關光成這一家子。

路橋可是個繁華富貴地，元寶滿地跑，看你找不找。在這種商業性的大集鎭裏，只要你能吃苦，絕不會餓死。父親乾脆就把關光成全家人帶到路橋去了，一邊給他在公司裏安排一點事，一邊爲他在新路一帶購了三畝地，讓關光成利用休閒時節種糖梗，種白菜，種水稻，換些錢鈔補貼家用，也過幾天人過的日子。

不可思議的事情就發生在母親與父親結婚的當夜。我們這裏有「蠻」新婦的舊習，在眾多賓客圍著母親打趣戲鬧時，有一雙粗大的手偷偷伸過來，在她的兩腿間惡狠狠地掏了一把。母親是新女性，讀過高中，思想並不保守，但絕不容忍這種下作伎倆。她一下子把頭揚起來，尋找這個敢往她私處伸手的人。

周圍的那些人都是父親的好友，他們雖然個性各異，品行參差不齊，但母親相信在她眼目所及的那些臉龐中，沒有一個人齷齪下作的（母親有畫家的敏感，她相信自己的判斷）。她的兩眼噴火，在賓客之間迅疾掃瞄，終於發現有一個影子鬼頭鬼腦地往外溜，她記住這位男子的三個特徵：剃個大光頭，鷹勾鼻子十分引人注目，上身穿著一件士林藍的本裝。這種服裝在當時是鄉下人典型的著裝，在父親的朋友圈中，很少有人穿這種服裝。

尤其讓母親羞憤的是，她斷定這個在婚禮上的作惡之徒決非外人，起碼他應該與我父親有很密切的關係，若不是這樣，他何以能靠得近她？婚禮一結束，母親就把這件事告訴了父親。

「你一定幫我找出這個畜牲！他一定跟你很熟的。」母親哭訴道。

但父親不以為然，根本不相信會有這種事，覺得她是由於緊張害羞過度而出現幻覺。

第二天一大早，關光成有件要緊事找父親，此時父親與母親剛起來。母親出去開門，一下子認出了他。當她那兩隻眼死死盯著他那大禿頭時，關光成臉色慘白，眼光躲閃，母親倒抽一口冷氣，轉過身就來找父親。

「光明，沒錯的，就是他！昨夜就是他朝我下手的。」

「這好像不可能，他可是我一手帶起來的兄弟，他怎麼會對妳心存邪念啊？」

「兄弟？這可是你們家的一隻狼！」

父親只是擺擺手，他即便有幾分相信，也不願意把這事鬧開。況且他的胸襟一向寬廣，當年的楚莊王尚且優待戲弄愛妃的將領，他關光明一個生意人，對於這種拎不上檯面的事寬容一下又何妨？

結婚三個月之後，母親又發現了關光成的幽影。

那是一個大夏天，老天彷彿是下了火。十里街的石板路上，光著腳走路一黏準起泡。母親正在洗澡，突然間發現門板上有個明晃晃的小洞。什麼時候有的？她有一些疑惑。再看，有一縷十分明媚的光柱從洞裏透進來，無數金色的小顆粒在光柱裏移動。接下來，這個板壁上的小空洞，被一個黑糊糊的東西堵死了。母親馬上警覺起來。她穿上衣服，迅速開門，突出門去，並沒看見人，只見家門前的那片糖梗林一陣沙沙響。

母親下決心要搞個明白，到底是什麼人在那兒利用小洞偷看她洗澡。於是，她裝作若無其事，一動不動坐在堂屋前看書；背地裏，她卻目不轉睛地注視著，大約過了三分鐘，我小叔兩隻手插在口袋裏回來了，母親一眼便看到了他頭上有從糖梗林裏鑽過的痕跡。也就從這天起，母親看透了我這個小叔。從此以後，若是父親不在家的話，關光成再要想進我家家門就非常不易了。

仇恨的鏈子就這樣一環一環接起來了。誰也沒料到，這種仇恨的暗流會波瀾再起，到後來，把我大母親也扯進來了。

關光成聽說了大母親和我母親打架的事後，當晚對大母親說了很多同情和鼓勵的話，諸如「做人不能太老實」、「妳的虧吃得太大了」、「妳再忍下去，我們這些親戚也看不下去」之類的話，他還勸大母親說：「妳兩個兒子都大了，我大哥也不能對妳怎麼樣了。妳若是不把這小婊子壓住，恐怕妳今後再也不會有出頭之日了。她有什麼可狂的，無非不是有個兒子嗎？若是這兒子長大成人，比妳那倆兒子更好，那妳瞧著吧，這個臭婊子還不踩在妳的頭上拉屎拉尿那才怪呢！」

大母親本是位仁厚之人，但也經不起多次挑唆。她整整一夜沒睡覺，越想越懊惱，越想越與自己過不去，就這樣氣血攻心，一個原本善良的村婦完全被惡念支配了。

第二天一大早，大母親居然揣了一把刀，悄悄來到母親的住處。那時，父親因爲有事剛剛走，母親還躺在床上睡覺，我就躺在離母親只有一牆之隔的育兒房裏。

大母親的母性是排他性的，她全部的念頭，就是把我一刀宰了。她躡手躡腳來到育兒房，那時我正甜睡。她目不轉睛地看著我，我那紅潤的臉有如一隻熟透了的蘋果，正不住地吮動著嘴唇。她看我那可愛又有趣的樣子，一陣心悸，那把高高舉起來的刀子說什麼也下不來了。也就在這時，母親想看一看我睡得踏不踏實，輕輕地走到我的房間。她進門第一眼便看見那把刀……她撲了過去。

大母親手中的刀順著劃了過去，正劃在母親的手上，立時劃出一道三寸來長的傷口來，母親一見到血就崩潰了，一頭栽倒在地上。此時，父親也回來了。他剛走到樓下，一聽樓上發出來的聲音不對頭，就衝上樓來。

他真的被激怒了。父親從來是不打家裏人的，儘管父親對大母親根本沒好感，更談不上愛，但冷淡歸冷淡，卻從不曾動她一個手指頭。這一回，父親可是氣得發了狂。我大母親也真嚇壞了，面對著那一地的鮮血，站在那裏呆成一根木樁。直到父親那大巴掌掄了過去，鮮豔的血順著她的嘴角流下來時，她才如同大夢初醒，兩手死捧住臉，長嘯一聲，跑了。

當天下午，大母親帶著天珍回了桃源村。從這一天起，她再也不登路橋的家門了。夜裏，她點上香，擺上了供品，跪在我們家廟裏，對著關家老祖宗的牌位立下了一個重誓：

「生不與米久蘭相見，死不與米久蘭同塋。將來若違背此誓，天打五雷轟！」

父親得到結義兄弟李少白出事的消息，是下午三點鐘。來找父親的是李少白的一個管家。他對父親說，務必要馬上去，若是不趕緊去，怕是連話也說不上了。當時，父親正在工商聯裏開會，他連忙抱起拳頭向眾人作個揖，起身就走。

從路橋通往黃岩沒什麼公路，唯一可行的則是水道。過去，父親爲了節省時間，都是坐著小艇一路風馳電掣到黃岩。現在不行了，這小艇在解放軍打海山島時被徵用了，在海上第一天就被國民黨空軍炸沈了，他只有坐著手搖的小船去了。但這種小船吱呀喔的實在太慢了，父親一看，坐船不行，來不及，於是他便邁開兩條腿，順著河沿往黃岩走了。

那時順著水道鋪有青石板路，這石板路，一是可供船老大拉縴，二可供步行的人行走。父親一鼓作氣走了四個多小時，一直到晚上七點半，才到了李少白家。

李家過去是黃岩街最顯赫的人家，可就在一夜間遭了一場大劫，門庭間現出一片頹敗之氣。父親得知李少白三年前娶進來的小老婆樊如心攜著家資跑了。樊如心是上海教會大學畢業的學生，比李少白整整小二十五歲。為了能與她結婚，李少白費盡了九牛二虎之力。他愛她愛得靈魂出竅，要什麼就給她什麼。與李少白正式結婚之後的第十八天，她要求出任李氏實業公司副總裁。李少白還曾就這事與父親商量，父親當時就竭力反對。

父親說：「你這個女人和我家裏的那女人可完全不一樣。我家的女人沒有社會交往，只知道琴棋書畫，只要我不與大老婆過分親近，她幾乎天天坐在家裏讀書畫畫，什麼也不管。可你這個夫人，怎麼想起來要當你的公司副總裁呢？」

李少白歎了口氣：「她年紀太輕了，正是幹事的時候，在家待不住。」

父親的話變得很不好聽：「《水滸傳》上講：黃蜂刺竹葉青，世上最毒婦人心。這個女人活動能力這麼強，我總有點擔心。這話我說了，你可別不高興。我看過面相，她長有三白眼。據我所知，這類女人不惹事則也罷了，一惹事，非要把人置於死地不可。」

李少白一臉地不高興，半晌，他擠了幾個字出來：「她說，她沒有我就活不了。」

父親說：「越是這樣說的人越不可靠。」

李少白不再說什麼，只是哭喪著臉。他那副表情分明是：好老哥，你太冤枉她了。

父親見他這副模樣，連忙自己撤兵：「那是你們家的事兒，你自己定吧。我畢竟是外人，不好多干預。」

這個樊如心的確是人精，一登上李氏實業公司的副總裁寶座，便神出鬼沒地開始安排自己的人了。李少白是個「無用伯爵」，只知沈溺在溫柔鄉裡，對她的種種可疑之處根本沒察覺。眨眨眼又一年過去了，她又向李少白提出讓她擔任常務副總裁——男人一旦在女人身上昏了頭，是橫是直，也由著她了——常務副總裁可不是一般的職務，直接管理全公司的財務運行及資金上的運作。

李少白的正妻名叫池以馥，是黃岩赫赫有名的大戶池安春的長女，天生性情溫和，爲人厚道，素來不過問丈夫的在外經營。李少白討了這麼個如花似玉的女人，池以馥也沒往心裏去。但她是明眼人，一看這份產業全叫這女人掌握了，不由有點擔心。池以馥想：我們李家這麼大的家，老輩人創下這麼大的公司，怎麼能叫一個不知根底的女人來掌握呢？萬一她變了心，把所有的資金神不知鬼不覺地抽走，李家往後的日子怎麼過？況且，她手下有個女傭也曾三次看到這位樊如心與一位來自上海的男人（**從表面上看，他也是李家海運公司的客商**）過從甚密。

有一次，女傭出去買菜，看到她與那位上海男人一起進了百樂門飯店，整整三個小時沒有出來；還有一次，女傭看到她與這男人在天天樂咖啡館裏坐著喝咖啡。池以馥越想越覺得其中情況有點不妙。她三番五次地勸說李少白要當心，這女人怕不是一塊好餅，是個迷人惑人的白骨精。但那時的李少白已經什麼都聽不進去了，還用一種陌生的眼光看著她：

「妳跟蹤她了？妳調查她跟客戶的往來？不然妳怎麼知道她在外頭不清白？妳呀，跟外頭人家的大老婆沒什麼兩樣！」

池以馥一聽這話不是話，趕緊坐著一條小船，跑到路橋來找我父親。父親一聽，情況是有點兒不對頭，當日來到黃岩。

見到老朋友，父親沒什麼客套，單刀直入向李少白提出：「現在時局動盪，不少富人都開始往香港轉移資金，當心這女人會把你所有的財產捲走。這女人和你結婚這麼多年，爲什麼不要孩子？聽說她曾私自到上海去流過兩次產，她爲什麼這樣做，你爲什麼不多想一想？」

父親所說的這一切都是經驗之談。但也許是他們李家命裏注定會有這場災難，這時的李少白已經癡了，哪怕是父親說得再言辭懇切，他不但聽不進去，反倒把父親與他妻子池以馥歸爲一類人。池以馥是吃醋，而父親完全是對他的能力和個人魅力的嫉妒。他站在那裏只是搖頭冷笑，根本不看父親一眼。

父親心都涼得徹骨了，儘管他本人也曾經被女人搞得顛三倒四，但像李少白這種陷得如此之深的情況，他也是聞所未聞。

在回來的船上，父親忍不住啐了一口：「呸！昏君！」從此不再插手這件事。

如今，走進李少白的家，父親被眼前看到的大廈將傾的慘象驚呆了。好端端的李家，一片淒風黑雨：全家上下五十多口人哭成一團，上百名債主黑壓壓站在他家的大門外，整整三個月沒有拿到工薪的八百多名員工，全都黑著個臉，坐在他們家的院子裏，如一排排牙齒。

父親是個在生意場上經風歷雨的人，什麼樣的場面沒見過？他徑直來到李少白內室。可憐的李少白，過去猴精虎躍的一個能人，而現在有如放了血的一口豬，早就不見活氣了，吐得一地是血，臉像一隻切開來的大瓠瓜。一見父親進去，李少白就哆哆嗦嗦地伸出殘存的右手來，一把握住了父親，淚水從他的臉頰上一條條地掛了下來。

「救救我吧，啓星，救救我吧，啓星。」

「你是不是叫這個女人給誆了？」

李少白號哭起來：「怨我也！怨我也！我恨自己過去爲什麼不聽你的話呀……」

三天前，李少白的管家發現花旗銀行裏的存款全無，立刻向東家稟報。李少白當頭挨了一悶棍，立刻去公司辦公室看看，常務副總裁辦公室的門已關死了。問她手下的文秘人員：樊總哪裡去了？文秘說：樊總三天前對他們說要上武漢去一趟，一直到現在也沒見回來。

李少白全身發涼了，他感到情況不妙，令人打開她的辦公室，在她辦公室的桌上發現一張條子——

少白：

對不起，我要不辭而別了。你公司所有的錢，全借我一用了。從今天起，我要到境外去開創我的事業。希望你不要恨我，我一輩子沒有錢，所以我抬不起頭來；我需要錢，所以，我只能與你這樣一個可以給我當父親的人做妻子。我是付出了青春的代價才達到目的的。也許我做得有一點過分，那就請你寬恕我。如果我能在境外發達起來，我會報你的恩德的。

又及：瘦死的駱駝比馬大，你的房產地產也夠你支撐一陣子的了。不像我，上無片瓦下無立錐之地。請你好自為之吧。

這個女人的信寫得非常絕情，那口氣就像跟不小心踩了人一腳似的，這歉道得輕描淡寫。

「我怎麼辦哪？光明。」李少白兀自嚎哭。

父親一臉陰沈，咬牙切齒道：「挺起來，沒有過不去的坎。有我，一切有我呢。」

父親毅然決定：從即日起，榮仁公司兼併榮昌南北貨公司，榮昌南北貨公司所有的員工工資及一切債務由榮仁公司負責。

李少白死了。用父親的話說，家敗到了如此地步，像他那樣事事放不開的人，非死不可。當日夜，父親又一次接到了他的來信。信中說，他知道自己活不長了。自己做了那麼多年的生意、討了那麼多的女人，也沒有給他生下一個能繼承他家業的兒子。

李少白悲切地寫道：「現在膝下只有一個女兒，名叫李希娟，比天和小三個月。我與你一世朋友，沒有什麼別的要求了，只希望小女能與你的兒子結成秦晉之好，我則死無遺憾了。」

讀罷此信，父親喉嚨裏如鯁有一塊骨頭，有一種不祥的預感湧上心頭。

第十四章　入獄

父親的好運終於走到頭了。鄭天啓的話一一應驗了。

一場災難降臨到父親身上了。這場災難，使我們家從高高的雲端上掉下來，一下子墜入深淵。

這一夜很黑，開闊的南官河靜悄悄地流淌，間或傳來一兩聲夜鳥的鳴叫與船老大憂鬱的歌聲。十里長街所有的店舖彷彿全沈入海底，在暗夜中隱去了本來面目。母親和我早早睡了，父親還在一盞美孚燈下看賬。就在這時，有人在我們家的後門輕輕敲門。

父親聽到敲門聲，問：「誰？」連問了三聲，沒有人應。他感到有些不對，便提了盞遍身油漬的美孚燈走下來。一打開門，從後門口撲進來一陣刺骨的冷風，一條黑影鬼魅樣地在夜氣中浮將上來。

「你是誰？」

「你不認識我了？」

「我怎麼想不起你是誰了呢？」

「我可是認識你的呀。」

父親當時以爲是公司裏的客戶，因爲大客戶們常常半夜三更來公司裏，連忙說：「快進來，進來再說。」

那人走了進來，在昏黃的燈光下，那張可怖的臉顯露在父親面前，父親嚇了一跳。此人不是別人，正是本地赫赫有名的江洋大盜馮金龍。他一副落難模樣，全身的衣服破破爛爛，腳上穿的鞋早已壞了，兩隻大腳指頭直楞楞露在外面，頭髮和鬍子瘋長，上下差不多連成一片了，整張臉看上去除了一堆毛之外還是一堆毛。

父親忙問：「他們不是說你被打死了嗎，原來你還活著？」

「啓星兄，我那五百多弟兄全都打光了。」

「那你不想辦法逃命，怎麼跑到我這裏來了？」

「網中之魚，你叫我往哪裡逃？」

「那你爲什麼不自首？」

「那……我還不是死路一條。」

「那我這裏也不是你待的地方，你打算怎麼辦？」

「我只想在你這裏歇一歇腳。萬望啓星兄看在過去我救過你的面子上，給我們兩人行個方便。」

「你們兩人……還有誰？」

「還有黃百里。」

「怎麼？你和他攪在一起？」父親抬高了嗓門。

「有什麼辦法呢？誰叫我與他是同一條船上的人呢。」

若干年後，我曾問父親：這馮金龍救過你一命，你也應當救他；可那個黃百里是你的宿敵，是他搶走了母親的嫁妝，如今他走投無路了，你爲什麼要救他？父親幽幽地說：

「兒子啊，我做不來落井下石之事。是的，這黃百里是搶了你母親的嫁妝，但他畢竟對我留了一手，沒有搶走你母親。若是他當時真的聽了別人的話，搶走了你母親，還有你今天嗎？」

父親還告訴我，有一年冬天，黃百里率全部人馬到了路橋，手下的八大金剛都想把榮仁公司搶了，是黃百里說了幾句話：

「別看關光明搶了我的女人，但我服他，他是個漢子。把他的公司搞垮了，那些老兵和靠他吃飯的鄉親們該怎麼辦？我們不能這樣做。要搶就搶那些趁人之危發昧心財的老闆。」

最後，他們選中了十里長街余有世的大當鋪。

十里長街什麼人最可惡？余家當鋪最可惡，只會趁火打劫，這種人不滅了他留著幹什麼？他們三下五除二，把余有世的當鋪搶了個一乾二淨。

儘管黃百里後來與馮金龍這一幫子和在一起，搖身一變，成了自救革命團的副團長，但父親總覺得這兩位「綠殼」大王的骨子裏，和那些無惡不作的土匪還是有區別的。這支隊伍全是流離失所的窮人組成，他們一不燒房子，二不強姦婦女，他們沒有什麼真正的政治立場，玩的還是替天行道、劫富濟貧那一套。

面對著山窮水盡的二匪，父親確實有過猶豫：只要報告了政府，把這兩人送上斷頭臺，自己完全可以立功，但父親做不出這種事，仁義禮智信在他心目中的分量很重。雖然他半生的作為遠不能同關公相比，但「華容放曹」的惻隱之心，他一點不比祖宗差。他看著失魂落魄的老相識（**這時候，一身農民打扮的黃百里也從角落裏冒了出來**），有些心酸，連忙把他們引進內室。

「你們倆是從哪裡逃回來的？」

「從括蒼山上下來的。」

「那麼多的解放軍打你們，你們怎麼逃得出？」

「不容易呀，共軍真是厲害，民兵、青壯年都被調動出來搜山，交通要道也被卡得死死的。我們仗著熟悉地形，跑出來了，可我手下的弟兄……」

「你們到這裏來，沒有人看見？」

「我們一路上山道，鑽密林，不敢讓人發現我們的行蹤。」

「你們倆打算怎麼辦？」

「我們只想在你家宿一夜。我們好些天沒有吃東西了，又餓又累，明天天一亮我們就走。」

「離了我這裏，你們打算去哪兒？」

「去台灣。」

父親苦笑了一下，不置可否。爲了安全起見，父親不打算驚動任何人，萬一有點風聲傳出去，那後果不堪設想。於是，父親悄悄地把這兩人領到公司食堂的大廚房裏，打開盛飯菜的立櫥，把飯菜拿出來。

這馮金龍與黃百里確是好些天沒吃上飯了，兩人手腳並用，狼吞虎咽地大吃特吃。每人整整吃了三碗冷飯，一碗湯，兩隻很大的冷豬腳，吃得兩人不斷打著飽嗝放著響屁。父親又叫他們洗了個澡，並拿出自己常穿的兩套衣服叫他們換了，然後叫他們躲進公司裏的大糧倉。

父親還把一隻便桶放進糧倉裏，對他們說：「你們要放水拉尿的，就拉在這裏。現在不是過去，你兩位只可將就一點。吃的東西，我會給你們送來。你們必須在這裏藏上一天，等到明天下半夜，我再打發你們上路。」

馮金龍與黃百里進了糧倉以後，父親拿出一把比拳頭小不了多少的大鐵鎖，把門鎖了。

父親表面上裝出若無其事的樣子，實際上，無時不在觀察著周圍。這一天的二十四個小時終於平安地過去了。

夜裏十一點，寺廟的鐘聲響了。寢食不安的父親一抖身子站起來，看了一下錶：是到了該叫他們上路的時候了。

他悄悄來到樓下，謹慎地開後門，先伸出頭來，張望一下：周邊沒人，除了黑就是黑，唯有那農田裏不知名的小蟲子和瓜棚裏的紡織娘鳴叫著，嗖嗖吹過來的夜風夾帶著一陣稻花香。在遠處的水面上有兩盞燈，星星般地在那裏游動，這是漁火。然而父親無心欣賞，他躡手躡腳到了後院糧倉，打開倉門。馮金龍、黃百里二人一聽門響，便鑽了出來。

兩人一前一後走到公司的後門，正要拱手道別，突然，暗夜中傳出一聲令人心顫的大喝：「站住！」

馮金龍一激靈，一轉身便要拔槍，就在此時，一顆子彈擊中了他的胸部，一注血流剎那間紅蛇般從他胸上的洞中躥出來，整個身子就像螺絲釘一樣擰著往下倒。

馮金龍一邊掙扎，一邊狂叫：「關光明啊關光明，萬萬沒想到你會如此卑鄙地出賣我！」隨後，他便直挺挺地歪倒在地上，血水不斷滲出來，流到父親的腳下。

那黃百里一看不好，轉身就跑，沒有跑多遠，密集如雨的子彈便嗖嗖呼嘯著追上了他。他來不及說上一句話，就有如一隻裝滿糧食的米口袋一樣栽倒在地上。

還不等父親完全清醒過來，十幾名公安部隊的官兵衝了出來，父親本能地想躲進公司後門內，但兩名公安人員已經將他扭住，他被押送到了一個軍人面前。這個人就是石長青，一位山東籍的大個子軍人。

石長青喝問：「你是關光明？」

「正是。」

「你知道你犯的哪條罪嗎？」

父親頓時啞然，他能說什麼？什麼也不用說了。

石長青揮了一下手：「搜！」

接近一個排的士兵衝進了公司，四下散開，訓練有素地迅速行動起來。

對於我們家來說，這是一場前所未有的浩劫。住在公司裏的人全被搜查者叫了起來，並依從命令排成一排。

母親只是動了一下，一名小戰士「嘩啦」拉開槍栓，將槍口對準了她：「老實點！」母親緊緊地摟著半醒的我，嘴裏呢喃著：「兒啊，莫怕，莫怕。」其實在那時候，我還渾然不覺，根本不知什麼叫做怕。

他們打開了家裏所有的箱子、花鼓桶、梳粧檯、大衣櫥、五斗櫥，打開所有的賬冊櫥子，打開了糧倉，凡是有一點可疑的地方全叫他們給翻遍了。一直翻到雞叫頭遍時有了重要收穫：一名戰士發現北牆有一塊磚與平常的磚不一樣。他用刺刀小心翼翼地撬了一下，整塊磚一下脫落了。他伸手掏了一下，觸到幾張硬硬的紙與一塊冷冰冰的鐵傢伙，再一掏，東西出來了。他瞪著眼一看，大喊起來：「找到了！」

藏匿的物品被翻了出來：硬硬的紙是兩張蔣介石簽發的委任狀，冷冰冰的鐵傢伙是一支德國造的銀白色白朗寧小手槍，「喀嚓」一聲打開槍機，裏面還有八發晶晶閃亮的小子彈。還有一把蔣介石贈給我父親的中正劍。

石長青的手下把所有的地板全撬開來，一直折騰到下午，再也沒有新的收穫，於是押著父親撤離了公司。從這時起，父親再也不是什麼開明紳士、受保護的愛國將領，再也不是人民政府的參事，而是一個人人唾棄的大壞蛋了。

儘管那時候我還很小，但父親被群眾鬥爭的樣子像一塊燒紅了的烙鐵一樣，至今想起，還在我的心裏烙起一連串的血泡。

父親五花大綁地跪在高高的臺上，頭頸幾乎彎到地面，那白亮亮的口水有如一根銀色的鏈條兒，順著口角淌下來，一直流到地上。那些懷著樸素階級感情的戰士們，舉著手臂高呼：「打倒國民黨反動派的死硬走狗關光明！」

一個大高個子的軍人嫌犯人的頭低得不夠，直挺挺地走過來，抓起父親後背上的那根小繩子，用力一勒，可憐的父親殺豬樣地尖嚎起來。

更可怕的還是五花八門的侮辱，憤怒的人們用石塊、髒鞋底、臭雞蛋朝父親身上扔。那位曾被父親幫救過的林星雨，剛剛當上居委會主任，便以一個積極分子的姿態拼命折磨父親。每次鬥爭，他總要支使一個小孩站在臺上解開褲子，把小雞子掏出來，朝父親頭上撒尿。那股黃亮亮的東西，至今在我的頭腦裏盤旋，叫我永遠難以忘懷。

一人受難，百人遭殃。當時參加父親批鬥會的，不僅有下里橋的居民，還有公司裏的上千名職工。他們無法相信，一個好好的開明紳士、縣人民政府的參事，怎麼說變就變，一夜間便成了反革命？個個全木了嘴，只有張口結舌地看著。

黃昌球實是看不下去了，他站起來向林星雨開了一炮：

「星雨，關董事長犯了事，誰也不敢包庇他。你鬥一鬥也就算了，怎麼可以下這般的狠手？」

「這是政治任務，你懂什麼！」

「我是不懂。可做人多少總得講一點良心吧。」

「良心？你的立場到哪裡去了？對待這種死硬的反革命分子還講什麼良心！」

「星雨啊，就算關董事長是反革命，也要依據政府的律條來辦他。該殺就殺，該關就關，幹嘛這麼下毒手折騰人？共產黨的政策裏也沒有這一條，我不指望你林星雨報恩，可是你總不至於把你的恩人當畜牲一樣整治吧？」

一席話，嗆了林星雨的喉管子。他指著黃昌球大喊：「好啊，又出來了個反革命！來人！把他拉上來，好好抖一抖他的老骨頭！他是活得不耐煩了！」

兩個壯漢從臺上衝下去像提小雞一樣把黃昌球拎上來，與父親跪在一起，整整跪了四個小時，跪得他膝蓋上鮮血淋漓。

士可殺而不可辱。父親是從大山裏走出來的軍人，有著大山樣的性格。從十八歲那年起，活到五十來歲，從不曾有人如此摧毀他的人格、踐踏他的尊嚴。他做夢也想不到，他救過並且一手提起來的林星雨，居然會如此兇殘！

批鬥會一直開了三次。每一次結束之後，父親就被三個武裝人員帶回到了監獄。父親求看管他的那位小軍人——名字叫楊佛海，江西人——給我母親帶個信，叫她來看一看他。

這位楊佛海個子還沒馬槍高，心地十分善良，他立馬去請示所長邵澤青。邵澤青說：「叫家屬來看一看應當的。」他立刻去通知我母親。

那時，母親被這突如其來的打擊搞懵了，真是天塌地陷！她不知道父親犯有多大的罪，也不知道這次災禍到底嚴重到什麼程度。她到處託人，到處點香拜佛，到處打聽上級對我父親的態度。

解放初期，正處於大變化、大調整、大組合的關鍵時刻，一聽父親出了事，公司的三十多位股東，除了三位沒走，其餘的都帶著值錢的東西逃走了。黃昌球懇求母親主政：

「夫人，妳若是不主政，所有的人閒下來，一天的費用就得上萬，況且，那些外散資金收不上來，公司不就得眼睜睜地要倒閉嗎？關董事長的事，妳多想也沒有用，一切都是命中注定的；老天要他活下去，就算全天下人想殺他，他也沒事；不能生的，妳哭，也活不成，還是一家人的生活要緊吶！」

黃昌球一番話，多少把我母親說醒了。第二天一大早，她就開始坐在父親的位置上分派工作。開始時，一切都十分順利，誰知工作一分派到關光成這裏就不順遂了。母親準備派專人去討橫山頭王姓人家的那筆洋紗賬，若不趕緊討回來，全公司人員的工資都成大問題。正相傳這傢伙打算把紗廠停辦，把工廠搬到香港去。母親急了，說這款項若是不要回來，我們公司必然要死在他手裏。她問黃昌球，討賬這塊原本誰負責？黃昌球說，是關光成負責的。母親橫了我叔叔一眼說：

「這事你必須馬上辦。」

「我不去。」關光成看都不看母親一眼，硬梆梆地扔還給她三個字。

「爲什麼？」

「妳不是這個公司的董事長，沒權來派我。」

母親勃然大怒：「關光成，你還算是人嗎？」

關光成一愣：「妳、妳怎麼罵人呢？」

母親新仇舊恨全湧上來了，她乾脆站起來指著他的鼻子罵道：「我罵你，還是輕了的！你也不想想，是誰把你從山溝裏帶出來？是誰起好了房子給你住的？是誰購了幾畝地叫你安安生生過日子？是誰幫著你娶了老婆、叫你生子育女？現在你哥哥出了事，你倒好，一甩手，不聞不問？你是吃飯長大的，還是吃屎長大的？我今天就把話挑明了，你的那些見不得光上不了檯面的髒事臭事，我今天且不理論；我告訴你，這一次你不努力把這賬款討回來，等待你的結果只有一個：你和你的全家都給我滾！」

關光成呆了。他從來沒把我母親放在眼裏，也從來沒拿母親當盤菜。他第一次遇到我母親說出這樣的狠話，他知道這話不是嚇唬人的，就再也沒說二話，掉頭就走了。

這時，邵澤青派了楊佛海來到公司裏找我母親。母親正在與會計算計公司的財務支出情況，一聽說父親要見她和我，她立刻放下手頭工作，叫四姈婆準備了一罐子雞湯，抱了我就去了。我那時只有三歲，可我比同年的孩子懂事得早，至今忘不了探監的情景。

門打開了。這所臨時監獄過去關押共產黨人及其他政治犯，現在掉過頭來，關國民黨軍政人員和各種罪犯。父親正蜷縮在一間發出腐爛氣息的牢房裏，那牢房只有牛欄那麼大，地上鋪著很厚的稻草，左角放有一隻便桶，一股刺鼻臭氣冒出來。

鐵柵欄也許是年代太久遠、環境太骯髒，全變成油亮的黑色。父親整張臉是黑色的，那伸出來撫摸我的手形狀猙獰，有如鷹爪。他撫摸我的小腦袋瓜，渾濁的老淚不斷地墜了下來。他哭，母親也哭，四姈婆也哭，我也跟著咧著個大嘴哭，哭有三四分鐘，才好不容易止住了眼淚。父親就向母親使了一個眼色，母親是個精明人，稍作暗示，四姈婆立刻把我抱了出去。

「生死有命，富貴在天。你也別老想著死，天不叫你死，你想死也死不了。」母親聽了黃昌球的開導以後，心也稍微放寬了，輕言細語地開導父親。

「我西鄉的那兩個兒子與她我並不擔心，她的子女都大了，今後生活不會成問題。我現在只擔心妳和天和，若是我死了，妳就好好再嫁個人吧。我別無他求，只求妳不要把我的這個兒子更姓改名。」

「你別說這些斷頭話好不好？我已經拿定主意了，你若是有個三長兩短，我也決不嫁人了。」母親抓住了父親的雙手，頭埋得低低的，忍不住又哭出聲來。

此時，父親整整沈默了兩分鐘，只是盯著母親。眼看著快到了分手的時間了，父親這才開口悄悄地說了三句話：做人肚子裏要長牙，在落難的時候千萬不要求人；關光成是只吃人不吐骨頭的狼，他的家妳千萬不要去，西鄉桃源的那個家妳也不要去；第三句話最爲要緊——三個月前，父親在我們家後院的茅廁左下角那一塊大石頭下掘了個坑，埋有一百多塊銀元與三根金條，大難來臨時作爲救家之用。

「妳不到萬不得已的時候千萬不要動它。」父親說，「我活了這麼一大把年紀了，上過天堂，也落過地獄；做過別人的奴才，也做過主子。妳看那家中有萬貫家財之人，說死一場病就死了；妳看那隨地倒臥的瘋子，把狗啃剩的骨頭撈過來送到嘴裏，說不生病他就不生病。人生是上帝早就安排好了來受活罪的，是好是壞，是死是活，你都得好好受著。」

這是什麼話呀，這分明是一位將死之人的斷頭話！母親哭得像個淚人兒似的，她的心涼到了極點：人和野地裏爬來爬去的螞蟻有什麼區別？

當天夜裏，父親把自己那條褲子撕成一條條的，偷偷打了個活結，套在鐵柵齒上，再站在馬桶上，把頭伸進去，一蹬腳，馬桶倒了，人也一下子就懸了起來。

那馬桶倒時發出巨響，把所有的犯人都驚動了。其中有個單間關押的犯人，正是父親的故交傅信道。他戰敗之後，掉頭回到蔣中正那兒。老蔣並沒有因爲他吃敗仗而怪罪他，重新任命他爲浙東游擊司令。他是在解放軍進山剿匪時，與陳叔桐一樣率部投誠的，本來也可以弄個起義人員待遇安度後半生。可跟父親一樣，他也收留了被追捕的老部下，被人檢舉，結果進了監獄。

他比父親早半個多月入監。他親眼看到兩名解放軍士兵把父親押進來，也親眼看著那個林星雨天天押著他出去批鬥。他一直躲在暗黑的角落裏，有如一隻夜貓子，靜靜地觀察著父親的一舉一動。他知道父親是個烈性的漢子、不過夜的小麻雀，早就料到父親會有怎樣的舉動。從父親扯褲子那一刻起，傅信道就知道他打算做什麼了。

父親剛一吊起來，他就立刻狂喊起來：「有人上吊嘍，有人上吊嘍！」那晚輪值的恰巧是楊佛海，他一看不好，連忙打開鐵鎖，連抱帶搡地把父親救了下來。

父親上吊不成，就來別的。他想，一個人活著不容易，死還能不容易嗎？他吃飯的時候，偷偷留下了一口碗，拿回來後，打碎，往嘴裏吞碗渣子，直吞得一嘴是血。沒想到，父親的行爲又被傅信道發覺了，他再一次狂喊起來。

那一天輪值的是憨厚的獄長邵澤青，他聞聲趕了過來，劈頭蓋臉地痛罵了父親一通，下令看守把他身邊有可能用於自殺的東西收繳得一乾二淨。

兩次自殺未遂，父親真的傷心了：老天哪，這是怎麼回事兒？難道我在世上的活罪還沒有受夠嗎，想死天老爺都不批准喲！此時此刻，他聽到了旁邊監舍傳出的低聲呼喚：

「關光明，關光明，你睡著了沒有？」

「誰在喊我？」父親驚慌失措地四顧。

「是我，傅信道。」

「什麼？老長官！怎麼你也關在這兒？」

「我與你一樣，打了敗仗，也投降啦。」

「既然你是投過來的人，他們爲什麼還要關你？」

「我與你一樣，也犯了窩藏罪。」

「天哪，我與你怎麼犯了相同的禁令？你在這裏關多長時間啦？」

「我比你早十幾天進來。」

「我的老長官呀，我們倆的命怎麼這樣苦？這兩天是不是你在又喊又叫？唉，你何苦救我？」

「啓星，你曾經是我手下的兵。有一句話，我要你聽著。我一直十分敬重你，覺得你是個頂天立地的男子漢。你投共後，老頭子在作戰會議上說你是黨國的叛逆，我們這些老人還為你說了話，都說關啓星降共固屬大錯，但是他也有苦衷，他是不想讓他手下的官兵和家眷還有同城幾十萬百姓白白送死，他決非朝秦暮楚、見利忘義之人。老頭子問：何以見得？有人就說：人家共產黨給了他一個副軍長，他不是沒幹，自己回桃源村了嗎？老頭子半晌不說話，後來小聲念叨了兩句。有人告訴我，老頭子念叨的是你的名字。可見，老頭子也認為你是條漢子。你回到浙江之後，老頭子也沒有派人追殺你，還是念了舊情的。但現在，我看你三番五次尋死，不太像條漢子……」

「我不是軟弱膽小之徒！可是我受不了那些阿貓阿狗之輩如此凌辱我，一槍斃了我還好受些。」

「我聽說了。這能怨誰？你只不過是前期太順了吧？做人哪能沒災難？你看山上的那些樹，沒災沒難的，哪有能長成大樹的？真正的男子漢要忍所不能忍，受所不能受。你想過沒有，你今年才四十九歲，你老婆還那麼年輕，你的兒子還只有兩三歲，你一閉眼就走了，她們怎麼辦？想想這些，你無論如何也要活下來才是啊！」

「想不想活，我說了不算，政府早晚還不得把我槍斃了？」

「現在不是還沒有槍斃你嗎？關鍵在於忍，有些時候你再忍耐一下，興許就有轉機。再退一萬步說，就是殺頭，那是老天給你的安排，你自作主張送掉自己的命算怎麼回事？政治上的事情誰又能說得清？回想過去，國民黨殺共產黨的人還少了？這叫一報還一報嘛。他們若是非要殺你，你也不必有怨氣——況且我分析他們不一定非要你的命。你沒有血債，沒有強姦婦女，也沒霸佔人家的財產，在本地沒有苦主，殺了你對他們有什麼好處？你好好想一想。」

這番話入情入理，把父親說醒了。也就從這一夜起，他咬緊牙關，再也不一心尋死了。

但從其他一些跡象來看，父親似乎註定死路一條了。

我在老家當領導的時候，在一個偶然的情況下，曾看到那時關於父親受審時的一份檔案。那是一份當地政府打給上一級軍管會的請示報告，報告摘錄如下——

> 關光明，字啓星，男，浙江黃岩寧溪桃源村人。現年四十九歲，十五歲私塾六年畢業。十七歲與好友林興軍、陳叔桐等赴廣州，以優異成績考入黃埔軍校。初任十三團排長，因成績優秀為蔣介石本人所賞識，任命為侍從室主任。後因作戰勇敢被蔣介石提拔為七十一師少將師長……率部向我軍投誠後，拒絕為我軍服務，自願回鄉務農。後出任榮仁公司董事長。後因動員陳叔桐投誠有功，任黃岩總商會會長、縣參議室參事。然關光明反動階級本性未真正改變，極端仇視新生的人民政權，與反動分子沆瀣一氣，竟在本年九月間私自窩藏路橋大土匪馮金龍、黃百里等。據案犯供辯：馮匪曾是他救命恩人，因出於江湖義氣才窩藏馮匪。此語完全是狡辯。被案犯同時窩藏的另一悍匪黃百里，係與案犯有舊仇之人，而案犯竟一併給予包庇，可見該犯何等仇視新生人民政權。經審理，關光明對所犯罪行供認不諱。該犯罪大惡極，社會關係網錯綜複雜，危害極大。為堅決鎮壓反革命，我們決定採取嚴厲鎮壓手段，公審槍決。

下面的落款是黃岩臨時軍管會主任石長青。

母親也認定父親絕無生還的可能了，甚至都請人把棺材做好了，萬一哪天把父親拉出去開刀問斬，也不至於被胡亂拉到亂墳崗裏埋掉。

但父親沒有死。三天後，父親與傅信道同時接到了判決書。

傅信道被判五年徒刑，管制三年；父親判三年徒刑，管制五年。

去金華服刑前，傅信道只是對父親笑了一笑，就走到犯人的隊伍裏去了。而父親卻擠出了犯人的隊伍，來到石長青面前，以標準的軍人姿態打了一個立正：

「報告長官，罪人有一事不明請教。本人犯下彌天大罪，而政府爲何沒有殺我？」

石長青笑而不答，只是說了一句：「你有貴人相幫，這是你的造化。」

本地的百姓紛紛議論：關光明做善事，心腸好，所以死裏逃生，這是天老爺的還報。到底一夕之間發生了什麼？直到舊檔案全部解密之後，我這才從中發現方永泉的一個報告，還有粟定鈞將軍的一個批示：

此人我熟，係對革命有功之人，雖犯新罪，但應慎重處置。關某窩藏手槍之事，方永泉同志的報告說明是實，此手槍係方永泉同志所贈，當時有我軍司令部簽發的使用槍證一份。此人頭腦中充滿舊軍官思想，窩藏委任狀一事不足為奇，更不可據此定罪。至於窩藏土匪馮金龍罪行，事出有因。此事我過去就曾聽說，馮某曾是閻錫山部團長，蔣閻戰爭期間曾救過關一命。包庇黃百里，也有他情。我在他們家時便有所知，只是因為黃沒有搶他的老婆上山做夫人，心存感激，也是人情所致，純屬於個人報恩動機，做一般教育懲治即可。關光明與傅信道同屬於投誠我軍的國民黨高級將領，絕不能貿然處決。

就這樣，父親到金華服刑去了。

土改工作開始了，黃岩縣也開始公私合營了。

榮仁公司是全路橋最大的公司，員工共有三千五百多人，中高級雇員就有一百多人。父親的入獄使公司面臨危機，而榮仁公司的危機不解除，黃岩乃至整個台州地區的國計民生都要受到重大影響，路橋黃岩兩地將有三千多個家庭陷入困境。這種情況不能不引起台州地委第一書記方永泉的高度重視。他親自蹲點抓榮仁公司的公私合營工作，化解了危機，企業恢復了生產。

公私合營後，國家爲大股，占百分之四十，父親只占百分之十，范國雄占百分之十，我外公米可心占百分之十（此股由我母親繼承），李少白占百分之十（此股由李少白唯一的女兒李希娟繼承），陳叔桐占百分之十，林興軍占百分之十（由於林興軍本人去了台灣，由他妻子與女兒繼承）。由於父親服刑，總經理一職公方代表由任倍明出任，母親暫頂父親的職位任副總經理。

當時，中華人民共和國的第一部婚姻法又剛剛公佈，人心一片湧動。嫁給大地主資本家做小老婆的女子與青樓女子，全被工作隊集中起來學習改造。我表姨米彩荷第一個站出來，與陳樹銘正式離婚，帶著她的那個與我同年的女兒陳素心，嫁給了一個道地的無產階級分子——路橋通用機械廠的翻砂工人于理德，同一天，她把女兒正式更名爲于素心。

母親做夢也沒有想到，移風易俗的新潮會影響到她的安寧。

這裏不能不提到一個角色，本地段的居民委員會主任林星雨。說來讓人感歎，榮仁公司的開辦得益最多的是兩個人：一個是黃昌球，一個就是林星雨。

黃昌球倒是沒什麼可說的，是個本本分分的人，每天在公司裏忙上忙下。而林星雨可就沒那麼安分守己了，在父親與母親正式結婚時，他已經有了兩個女人：一個是明的，是他的大老婆（這個大老婆我小時候見到過，生有一雙扭歪了的蕃薯腳，走起路來彷彿是一隻鴨子一樣搖來搖去）；第二個女人，就是他的姘頭，這個女人原先是路橋嚴蕊樓的妓女，長得有幾分姿色。不曾想除了那個關光成，已經有了兩個女人的林星雨也在打我母親的主意，而他正是父親被抓的罪魁禍首。

那天夜裏，天很黑，下著濛濛的小雨，林星雨（當時在公司兼職做財務工作）正好從公司的染坊裏與人打麻將回來。走著走著，有些內急，就蹲在公司的茅棚裡拉屎。就在這時，他看到兩個黑影一前一後地來到我們家的後門口，其中一個伸手來敲門，聽到我父親答應了一聲，手裏提著那盞燈，從賬房間走下來，開門迎客。

借著那美孚燈發出來黃絲絲的光，從茅棚的夾縫中，林星雨看清了這兩個匪首的面目，嚇得差點從茅坑上掉下來。穩下神來後，他小心翼翼地觀察，看董事長如何對待他們。他耐著性子看清了一切，一種狂喜湧上了心頭：好哇，你關光明可要死在我的手裏了！

當夜他冒著雨趕赴軍管會告發。開始，石長青根本不相信：關光明是個明白人，他怎麼能幹得出這種糊塗事？林星雨信誓旦旦地說：「我是一個要求進步的人，怎麼會拿這種事跟組織上開玩笑呢？如果我說有半點假話，你們唯我是問，反坐都可以。」話說到這個份上了，石長青也不能不相信了。於是，第二天他帶著一排人馬偷偷地潛伏在公司附近。

父親被政府判刑後，在我母親哭得幾近昏迷的一天夜裏，林星雨就來「探望」了。還未上樓，四妗婆來了。四妗婆素來對這林星雨沒有好感，看到他鬼鬼祟祟的樣子，心裏就起疑，忙上前去攔住了他：

「林先生，你這是幹什麼呀？」

「沒……沒什麼，不是關董事長出事了嗎？唉，我擔心米經理她……」

四妗婆六十多歲了，她什麼事沒有見過？她從他那亢奮的神情中看出名堂來了。她扯大嗓門說：「林先生大半夜的如此關心，真是難得喲！」

林星雨又臊又惱，又不好怎麼的，訕訕地走了。

在父親被押往金華服刑的同時，全路橋大戶人家小妾們的離婚熱潮洶湧，林星雨派人去榮仁公司把母親喊到居民委員會。

林星雨就在他的辦公室裏威風凜凜地坐著，用他那口不知從哪裡學來的半生不熟的官腔，對母親發話：

「米久蘭同志，妳知道我今天找妳來做什麼嗎？」

「不知道。」

「妳想不想與妳丈夫劃清界線？」

「我與他是夫妻，還要劃什麼線？」

「別人當小老婆的，有一個算一個都離婚離掉了，妳還和關光明這個反革命分子保持婚姻關係，對妳有什麼好處？」

「離與不離，是個人自願，我總不能在他落難的時候考慮這個問題吧。」

「我這可是代表組織跟妳談話！我再問妳一句，妳打算什麼時候和他離婚？」

「等他回來之後再說。」

母親說完了這話，轉過身來想走。林星雨忙衝著她的背影喊：「回來？妳以爲他還能回來嗎？」

母親一愣，回身問：「林主任，你什麼意思？」

林星雨張了張口，想了想，又說：「當然，如果妳聽組織上的話，我倒可以幫幫妳，把老關提早放回來。」

母親臉上浮出一線光采：「提早放回來？」

這個神情更加讓林星雨欲火中燒。母親一不留神，這個趁火打劫的林星雨猛地撲了過來，死死地把母親往辦公室內間拖，滿嘴酒氣地胡言亂語：

「米久蘭啊，我的好米久蘭，妳還是讓了我一回吧，妳還是讓了我一回吧……」

母親到底是讀過書的人，在這種時候，她顯得十分冷靜。

「林主任，既然你想著這件事，可以啊，總得找個隱蔽的地方吧，在你辦公室拉拉扯扯，也不太好吧？」

林星雨一聽，這個女人嘴鬆了，有門！於是手一鬆，母親一閃身便跑了出來。她一出門就大聲地喊了：「樓下還有人嗎？」

居民委員會樓下有個姓洪名德才的工作人員，馬上應了一聲：「樓上有什麼事嗎？」

母親轉過身來悄聲說：「林星雨，我告訴你，你別落井下石。三尺頭上有神明，當心天老爺報應你。看在你曾經在我手下工作過的情分上，我且饒你一回。若是你下一次再敢對我無禮，當心我上方永泉那兒去告你！」

林星雨想不到，處在強勢位置上的他被一個弱不禁風的女人耍了。他還想再動手，這時候洪德才大模大樣地上樓來了，他只好忍住，瞪眼看著母親甩手離去。

母親這下可算是大大地得罪了林星雨，林星雨恨得牙根咬得格格直響，發誓非要報復母親不可。

爲了實施報復，林星雨用盡了手段。他一會兒向政府報告，米久蘭任總經理期間偷漏印花稅，害得稅務所的工作人員天天往榮仁公司裏跑；一會兒又向公安局檢舉，公司裏有個暗藏的反革命集團，還有不少特務——他寫了一個名單，把公司裏一些與母親關係不錯的中層人員全都列了進去，公安人員來到榮仁公司一個個地甄別。那些曾在國民黨政府部門當過差、跑過腿的都遭到嚴格審查，在公安局一坐就是兩日兩夜。

那個周澤人更慘，他一直是我父親的衛兵，負傷後回來，父親安排他在公司當門衛。而林星雨一口咬定他是潛伏下來的中統特務，家裏至今還藏匿著美國電臺，他曾親耳聽到過周家夜裏發電報的嘀嗒聲。公安人員把周澤人整整關了五日五夜，細細一審，全都是假的。這位周澤人腦子有點病，連本人的名字也寫不全，更不用提發報了。

整肅行動讓公司非常被動，業務幾乎全停頓了下來。這榮仁公司是全黃岩最大的企業，一曠一停，還受得了？好幾千人張著嘴等著吃飯哪。總經理任倍明拍著桌子吼了起來：

「到底是哪個王八蛋在搞鬼？這個企業，米久蘭只不過是個副總經理，業務上的事是她抓，可整個經濟來往是我把著舵呢，說我們偷稅，這他媽的不是硬往我臉上抹屎嗎？說我們包庇反革命，不是等於說我也是窩藏犯嗎？」

任總經理一發火，公安部門也覺得有道理，開始追查匿名信的來源。一追，全是林星雨在背後搞的鬼。任倍明有些奇怪了：怎麼回事？米久蘭什麼地方得罪了這個小爛頭？於是任倍明找母親單獨談話：

「米經理，這個林星雨是不是與妳有什麼過節？」

母親沈著臉不吭聲。

任倍明是個一桿子扎到底的人，認定其中一定有隱情，便向黃昌球打聽。黃昌球是公司裏的老人了，還有什麼事不知的？便把他所知道的事兒全說了。

任倍明一聽就炸了：「這還了得！這不是一個攪屎棍子嗎？這不是破壞共產黨的好名聲嗎？這樣的人怎麼可以當居委主任？」

在全縣的幹部聯席會上，任總經理把這個事兒捅了出來。恰逢石長青因為娶資本家的女兒柯衡蕪的事挨了組織上批評，正在火頭上，當晚他就把林星雨喊了來，對他好一頓批，罵道：

「你這個混蛋，你敢在女人面前骨頭沒有三兩重，我他媽的現在撤你的職！」

林星雨一聽要撤職，哭喪著臉求饒，就差沒跪下了。

石長青這一批，好了，林星雨唯唯而退，想下蛆也找不著縫了。

第十五章　四妗婆

抗美援朝戰爭爆發了。

我老家的兩個哥哥和大姐天嬰全都報名參了軍，都走了。在桃源村只留下了大母親與二姐天珍。

家裏的生活業已十分困難。父親入獄，我們家就少了一根頂樑柱。榮仁公司名義上是股份制公司，但內部早已經實行了社會主義改造，上至主管下至普通員工，工資標準全是由國家規定的，家裏收入一落千丈。母親是大小姐出身，嫁給了父親後更是養尊處優。一個人上去容易，下來難；富貴容易，貧窮難。平素大手大腳慣了，家裏的那些用度怎麼也下不來。她隨身帶來的一些首飾，爲了度日只好變賣掉。可即便如此也維持不了多久。

更有一樁樁煩心事：陳叔桐與李少白兩戶人家的生活，平時也是靠父親照應的，父親坐牢，母親成了沒腳蟹，陳、李二家日漸山窮水盡，只有一趟又一趟地尋我母親討主意。母親看他們家中的窘況，心中不忍，無奈之中，只有把父親藏匿的錢與金條起出來給他們，叫他們拿到銀行裏換些錢。人人都以爲母親肯定藏有不少私房，可只有母親知道內心的苦楚——這個時候，她積攢的錢差不多全花光了。

此時，社會各界正在轟轟烈烈地支持抗美援朝。全國有名的常香玉出錢捐贈了一架飛機，路橋的老百姓們熱情一路飆升，到處是喜氣洋洋的場景。

「解放區的天是晴朗的天，解放區的人民好喜歡……」嘹亮的歌聲在路橋迴蕩。

普通百姓面對著這個嶄新的時代，的確是打心眼裏歡喜，許多人把家中的金銀銅鐵都搗騰了出來獻給國家。世情就是這樣，有幸福的必然有受難的。當年有一句話：人民群眾高興之日就是反革命分子難受之時——在全國上下都沈浸在勝利的歡欣和愛國熱情之中，確實有那麼一些人感到難受。

平心而論，他們並不是反對抗美援朝，他們只是感到自己的財產受到了威脅。幹部們當然是十分希望富戶們能把藏在家裏的浮錢倒出來，而這些老財們呢，偏偏全是敬酒不吃吃罰酒的傢伙，一個個把錢財看得比命還要重。做動員工作的幹部們對這些慳吝的有產階層早就不滿了，貧苦的下層人民的熱情慷慨，更襯映出了那些富戶們的麻木不仁。幹部們自然感到憤恨——這些人怎麼就一點也不想想國家、想想別人呢？於是，一個新的決定出爐了，土改工作與捐獻結合在一起：你們這些狗東西，不就是視錢如命嗎？這一回我偏要叫你傾家蕩產，來個一刀切。

這下，新的問題又來了，天下草木哪有一般高的？有的人是真有，有的人是假有；有的人是秋日裏的田蟹，表面上一片黑黝黝不像有油水的樣子，內底裏卻滿腹黃膏；有的人則是泥塑的佛像，外表看起來是金碧輝煌，打開來只不過是一肚子泥。

不管肚子裏有的還是肚子裏沒有的，攤派任務一下來，大戶人家家家叫苦。別的不說，李少白家、陳叔桐家和林興軍家，每家就攤了一百塊銀元加十兩黃金。

那李少白家，二奶奶早把所有的錢捲走了，李少白一死，他的妻子與女兒李希娟全憑著那些房子和公司的紅利來過活，沒別的什麼收入。最後實在沒辦法，只好把宅院變賣了，母女二人另找了一間小屋棲身。經此變故，身體本就不好的池以馥更是每況愈下，沒多久就去世了。

陳叔桐家更是沒有法子，他們一家全在農村。陳叔桐雖然當過國民黨的軍需官，可那些錢哪個子兒是屬於他自己的？他上哪兒去搞這些錢？別看陳叔桐這人平時細言細語的，骨子裏卻硬氣得很，一氣之下選擇了自殺。

林興軍家裏更是不用提了。戶主逃到了台灣，據說是那邊的空軍副總司令，可這對一家老小來說，除了增添政治上的恐怖，沒有其他用處。林家府上，除了高高立著的那根旗桿，所有的房子是空蕩蕩的。林家何以能拿得出來那麼多的錢？性急的工作隊隊員把他們的家翻騰了個底朝天，結果也挖不出什麼東西來。

我們家的家庭成分終於定了下來。

工作隊對我們家也實在是夠「客氣」的。經過討論，定下來的成分是地主和官僚資本家。爲什麼定這樣的成分？自有一套理由：我們老家寧溪桃源村有土地，是地主；我父母親擁有榮仁公司，兩人都在這個公司裏持有股份，當然是資本家。原來有首長把父親的公司稱爲民族資本的，現在看來也不作數了。理由是父親在國民黨軍隊當過中將軍長，公司有官僚背景，那就是官僚資本家。

這可是最「高級」的一個成分了。母親愛看報，她比什麼人都清楚，這個成分評下來之後，將會給子孫後代們帶來什麼。她不能保持沈默，當即來到了工作隊辦公室，同在路橋蹲點的石長青進行交涉。

「石書記，你們定我們家成分爲地主官僚資本家，我認爲是錯誤的。」

「錯在哪裡？妳說說看。」

「這個公司是爲那些退伍老兵們辦的，所有的錢差不多全用在他們身上了，怎麼能說是我們個人所有？」

「那你們夫妻兩人持有的股份是怎麼一回事兒？」

「這是名義上的，實質上……」

「我們不看這個，就看妳的實名擁有。」

「這麼說，我們做好事倒是做錯了？」

「那是你們之間的事情，我們不講這個。」

「那爲什麼又評我們是地主，我們家哪來的土地？」

「妳老家寧溪不是有地嗎？」

「這裏是我的家，西鄉桃源村是那個女人的家，這是兩回事兒，怎麼可以混爲一談？」

「這怎麼能是兩回事兒？如果妳和關光明現在離婚了，我就給妳定職員成分；若是妳與他不離婚，那對不起，難道妳不是關光明的事實妻子？難道妳不是關光明家的一員？難道妳生下來的那個兒子不姓關？」

母親在絕望之中，從口袋裏拿出了粟定鈞將軍的親筆信說：「我的丈夫可是對共產黨有功的。」

石長青說：「正因爲如此，政策要講，成分也要定，聽說毛主席家裏評成分還定了個富農呢，你們家爲什麼要特殊呢？所以妳還能在公司裏工作，也沒對你們家的財物進行全面沒收。功是功，過是過，我們組織上講的是黑白分明。」

母親再也說不出話來了。

刮歪了的捐贈風讓母親陷入窘境。

林星雨通過一個什麼委員會下了一道命令，要母親出三兩黃金。母親感到異常悲憤，她知道這一切與政府的政策沒關係，而是別有用心的執行者在那裏起作用。

林星雨指派的幹部到我家裏，給母親下了三天期限。別說三天了，就是三十天，母親也拿不出來三兩黃金。時間一到，林星雨帶著八個人闖進了我家。

「米久蘭！規定的期限已經到了，妳爲什麼還不把黃金送來？」

「我們家根本沒有金子，你要我拿什麼送？」

「我問妳，妳平時手上戴著的那個金戒指呢？」

「三天前，我去黃岩辦事，不知道丢到哪裡去了。」

母親與父親的愛情就剩下這一點點信物了，她就是死也不想把這只戒指交出去。

「妳知道抗拒不交是什麼性質的問題？」

「不知道。」

「妳和妳男人的反動階級本性，決定了你們注定是仇視偉大的抗美援朝戰爭的！妳盼著美帝國主義打過鴨綠江是不是？妳盼著蔣匪幫再打回來，讓你們這些地主資本家重新上臺，再來剝削我們是不是？往重裏說，妳這種行爲就是徹頭徹尾的反革命！」

林星雨是咆哮著說出這番話的。

「既然我是反革命，那你們就抓我進監獄好了。」

林星雨下令搜家，母親淡然道：「你們搜吧。」

他們把箱子裏的畫一張張打開來看，七八個箱子被翻遍了，還是一無所獲。

林星雨發狠了，說出了一句在場人誰也想不到的話：

「前幾天我還看見她手上戴著那只戒指，怎麼說丟就丟了？八成是這女人藏在她的月經帶裏了。」林星雨咬牙切齒。

有一種男人，要是得不到他想要得到的東西，他就會變成一條狗，喪心病狂地要踩躪他所恨的一切。

頃刻，母親腦中嗡地一響，湧起的第一個念頭就是不想活了，可一看到我無助的目光，聽到我的嬌聲喃語，那一聲又一聲的「媽媽」，心就軟了。她眼前浮現出我被別人抱到育幼院裏的樣子、我在老家寧溪受苦的模樣，我伸著一雙黑乎乎的小手沿街向別人討飯的樣子。

她心裏一次次地發出尖叫：不能死，不能死，我的孩子還小，我不能死！

林星雨和那些殺氣騰騰的男人眼裏充滿著一種幽幽的光，正想利用這個機會把母親上下剝個一乾二淨，飽覽一下這個路橋有名的才女的胴體。

四妗婆一看到林星雨闖入家門，知道事情不妙。她知道林星雨是個寸草不過、報復心很強的傢伙，立即把我交給一個鄰居，自己跑去了公司，把正在發生的事情告訴了總經理任倍明。
當時在現場，也並非所有人都贊成搜母親的身，洪德才說話了：「林主任，這樣做不好吧，這可是違反政策的呀。」
「對待她這種死硬的反革命家屬、資本家臭婆娘，有什麼政策好講的？搜！」
他見手下的那幾個男人都有一點難爲情，火了，撲上去親自動手扯母親的褲子。
就在這時，任倍明上氣不接下氣地衝進來了，指著林星雨大吼：
「林星雨，你想幹什麼？」
「她……她抵制捐獻運動，把金戒指放在她褲襠裏！」
「支持抗美援朝個人捐獻，上級有明確規定，要自願，誰給你的權力可以這麼胡來？什麼樣的上級指示，到了你們手裏全變了味，你是存心敗壞人民政府的形象！」
任倍明是從營長職務轉業回來的，說起話來洪鐘大呂，他瞪眼一喊，把林星雨震得氣焰下去了一半。
「任總經理，你不要亂扣帽子好不好？我這也是爲了工作……」林星雨縮著脖子強辯道。
任倍明擼起袖子衝到他面前，拎起他的衣領低沈地問：「你他媽的是不是想調戲女人？是不是想公報私仇？」
「任……任總經理，你放手，有話好說……」
「林星雨，你給我好好聽著：別看這關光明坐了牢，可他是對國家有功之人，這有粟司令的信放在軍管會爲證呢。我問你，從關光明出事起，你們已經對他們家抄過三四遍了，你還想幹什麼？他們家的財產全在公司裏，除了平常的吃喝用度之外，你們看看他們一家還有什麼？姓林的我告訴你，米經理她是個女人，若是要檢查，也得女人來，輪不著你來動手——你是不是想耍流氓？我今天可是把話和你挑明了說，當心我向上級控告你，讓你吃不了兜著走！」

任倍明喉嚨震天響，把公司裏的人都引到這邊來了。眾人按捺不住激憤的情緒，七嘴八舌地指責林星雨。

「林星雨，你可別好了傷疤忘了瘡，想當初你是個什麼東西？關先生是怎麼對待你的？」

「就是，你這個人怎麼就放下了棍子打花子了呢？」

「這個人還有沒有一點良心了？簡直就是恩將仇報嘛！」

「是狗也知道對誰該咬對誰不該咬，你怎麼連條狗也不如！」

「千錯萬錯，老關不該把你從廟裏救出來。這一下好了，做好事做出罪由來了！」

眾怒難犯，這一頓猛嗆讓林星雨臉紅脖子粗，也只可收兵作罷了。

房屋登記全面正式開始。關光成向政府提出申請，要把他借住的那兩間半房子登記在他的名下。他是兩手空空來到路橋的，所有的東西都是父親給他的。原本母親對這兩間半房子的所有權歸屬清清楚楚，而他不知給林星雨送了些什麼禮，林星雨親自跑到了鎮裏，幫著關光成把房子登記到他的名下了。

母親對錢財的態度本來十分超然，生不帶來死不帶去，沒必要過多計較，可是憑什麼讓一個沒有良心的人白白占了這個便宜？人活著不就是圖一口氣嗎？當日夜，她立刻來到關光成家，對他說：「這房子是你哥哥借給你住的，你怎麼可以登記在你自己的名下呢？」

母親說這話的時候口氣是很平靜的，但這話一出口，就像熱油鍋裏進了冷水兒似的，一下子就炸鍋了。我那嬸嬸、我那小叔婆全都叫蠍子咬了一口似的，跳起來大吵大鬧：

「這是我兄弟給了我的！別看妳現在在這個公司裏當家，在我們關家妳做不了主！」

母親不示弱：「不管我當得了家還是當不了家，若是說你哥哥給了你的，那好，你拿出依據來。」

「妳想要依據？嘿，我和妳明說了吧，妳這個女人本事是有，只可惜妳是個小的，別忘記自己的斤兩有多重！」我那嬸嬸陰陽怪氣地說。

關光成亮起嗓子喊：「大嫂，大嫂，妳出來一下，這個小婊子正在找我麻煩呢。」母親做夢也沒有想到關光成這麼會鑽營，他早料想到會有這麼一天，專程翻山越嶺找到了老家的大母親，對她說：「關光明偏愛他的小老婆米久蘭，現在他在坐牢，路橋的一大堆財產早晚全部落到米久蘭、關天和母子手裏，大嫂，妳可不能不管哪……」

關光成請大母親出面，以關家主母的名義把房子登記到了自己名下。

大母親與我二姐走了出來，兩個人面對面地對視了有好幾分鐘。令母親感到不寒而慄的是，大母親兩道射出來的目光，不僅是惡毒，還帶著一種快活的神氣。

母親幾乎是用哀求的口氣說：「這房子可是光明一人苦苦撐起來的，他還有他的打算和用處的，現在他還在服刑，妳怎麼可以不同他商量一下就送了人？」

「妳是不是怕妳兒子得不到這房子啊？」

天哪，原來如此！母親當時從嘴裏嘔出一口鮮血來，一頭栽倒在地上。

母親的第二次生病，是我們家真正的大災難，我第一次體會到什麼叫世態炎涼。母親是個心高氣傲之人，這一氣一病，三兩下身體就垮了。她開始大出血，上下都出血，怎麼也止不住，整個便桶都染紅了。來看病的是路橋有名的醫生管新海，一看這種情況，立刻把我叫了來，問我有沒小便，我說有。管先生拿起一口碗接了小便，給母親灌了下去。

爲了醫病，爲了吃飯，母親把家中能賣的東西幾乎全賣了。

在艱難的日子裏，父親過去相交的那些人，要麼自身難保，要麼離我們家遠遠的。這也在常理之中，可是我表姨米彩荷的所作所爲卻讓人驚異。

想當初，她從陳樹銘家裏走出來改嫁的時候，到我家告幫，哭道：「好妹子，妳姐姐命中沒這八分地，妳就菩薩開眼救救我吧。」母親二話沒說給了她一間房子住，還叫賬房先生從她本人的薪水裏預支了三個月的現錢送給她，讓表姨把生活安頓了下來。如今母親實是招架不住了，連買米的錢都沒有了，天天又要上大藥店裏去抓藥——那藥偏偏用的是人參，價錢極貴，吃第一副可以，到了第二副還湊合，到第三副時可做了難。她自然而然地想起了我表姨。

自從表姨成爲無產階級之後，又分田又分地，還分得了好多浮財，小日子過得非常紅火。爲了顯一下自己的富有，表姨回老家探父母的時候，一次就給自己買了三件新旗袍，一家子還上飯館子裏吃了一頓大菜。母親撐著她那軟軟的身子，來到了我表姨家。

表姨家院子離我們家約半里地，緊挨著南官河。院落裏有竹子，有大樟樹，有一處挺講究的小花園，名義上是公司的財產，暫借給他們夫妻住，實際上是長借不還了。表姨正在水階上洗衣服，一見是我母親，馬上臉上堆著笑，把她迎了進來。

母親在堂屋裏坐了下來。她這個人天性剛強，長這麼大，不曾求過人。那舌頭彷彿被割掉了一樣，終於從牙齒縫裏擠出告幫的話。

表姨立馬換了一副憂愁的神色：「好妹妹，我要真有的話，送給妳都是情願的，可是我真的沒有啊。」

「真的沒有？妳不是才購了三套旗袍嗎？」

「嘿，這錢是我丈夫那個姐姐從上海帶來送給我的，我自己哪有這個閒錢來購衣裳啊！」

她回得比水都清。世上還有什麼比求人更難？想當初，幫別人的時候母親連眼都沒眨一下，而現在，當她求到了別人的時候碰上的都是這種臉色……

回家之後，她躲在屋裏大哭了一場。

在這關鍵時候，又是四妗婆救了駕。四妗婆擰著一雙蕃薯腳，走到母親面前，說：「小蘭子，妳不要急，車到山前必有路。這兩天天和妳自己帶一帶，我出去一下。」

她坐著小火輪走了，到底是去哪裡了，誰也不知道。

三天後，她回來了。她不是一個人回來的，跟來的還有三個人：一個是我義外婆，一個是我舅舅高順達，還有四妗婆在老家的一個義子朱恩林。

義外婆和四妗婆一上岸，便直奔母親的房間裏去了。兩個男人一前一後地從小火輪上搬下了十幾袋子的糧食，放在我們家門口的水階上。

義外婆大聲責怪道：「妳這個孩子，怎麼嫁出了門就和我們分心了呢？這麼大的事兒也不和我們說一聲？」

母親哭著說：「我是落難之人，還能說什麼？」

義外婆說：「天下哪個人能說自己平平安安？三十年河東，三十年河西，風水輪流轉，哪家人能永遠沒災沒難？」

兩個老女人從口袋裏拿出錢來，義外婆是一百五十元，四妗婆也拿出了一百塊——這可是過去的人民幣，當時大黃魚也只有八分錢一斤。母親收下了義外婆的錢，四妗婆的那份，她說什麼也不要。

四妗婆不高興了，說：「小蘭子，我不說別的。我在你們家這麼多年，妳不僅將我當老人孝敬，還月月給我工資，這些錢就是妳過去給我的工資。我在這裏根本用不著花錢，妳就拿去應急吧。天下沒有餓死的鳥！小蘭子，沒人養我們，我們自己養自己。」

義外婆也說：「妳就拿著吧。將來有那麼一天，天和出人頭地了，到那時妳再報答四妗婆也不晚嘛。」

母親含著眼淚把這兩筆錢收了。

第二天的一大早，義外婆和舅舅因爲家有事坐著船走了。四妗婆把她的義子朱恩林催起來，嚷道：「起來，起來，太陽老高老高了。」隨後，她把我從床上搖醒，麻利地把我穿戴起來，往手裏一抱，到了大門口，往臺階上一放，對我說：「和和，你可要好好坐著，別亂動。」說完，兩隻手往腰間一插，指點著朱恩林開墾門口的那一塊空地，她說：「種三壟糖梗，一壟白菜，一壟芋頭，一壟茄子。」然後又來到了後院，對朱恩林說：「把這裏的土翻過來，種上茨菇、茭白、辣椒、小蔥。」邊說還邊用兩隻手劃了一個很大的圈，彷彿要把所有的東西全抱過來似的。

在她指揮下，又種上了白扁豆、天路絲、南瓜、冬瓜與金花銀花。

母親緩緩走出來，四妗婆拉了她的手，自豪地說：「小蘭子，我們熬過這三個月吧。過了這三個月看看，我們若是沒有吃的用的，妳來找我。」

若干年後，母親一談起那天的情景就感歎不已，她覺得自己就是《紅樓夢》裏的鳳姐，四妗婆就是急人所難的劉姥姥。真正希望能來幫一把的人說得個天花亂墜也不來，而平常根本沒有想到的人卻真正救了她一駕。母親流著淚對我說：「兒啊，你記住我的話，有錢有權之人莫相交。」

在父親入獄的那些年裏，四妗婆當起了這個家。她帶來的那個義子朱恩林每天牛一樣地勞作，把所有荒地全開墾起來。該燒灰堆的時候他就燒灰堆，院子裏飄揚著好聞的草木灰的香氣；該捉蟲的時候他就去捉蟲，用他那粗大、滿是老繭的雙手，把那些躲在菜裏的青蟲全捉了出來，放在太陽底下曬，讓小雞啄食。

秋天眨眼就到了，院子裏生機盎然：南瓜藤一直爬到了屋頂；胖乎乎的黃蜂嗡嗡地叫著在花叢裏鑽來鑽去；白扁豆的花兒滿棚滿架地開著，乍一看彷彿是下了一場白花花的雪；那金花與銀花一連串一連串地開，五彩繽紛。

種下去的莊稼開始收成了，朱恩林忙了起來。這個純樸的男子，心就和我們腳下的土地一樣，堅實，芬芳。白天，他把園子裏出產的菜用腳籮或是大的菜籃子裝了，拿到菜市場去賣；夜裏，他就用一輛手拉車，推了三兩捆糖梗，去三水涇口（那時我們十里長街最熱鬧的地帶）叫賣。

我永遠忘不了朱恩林帶我出門的情景。他一邊推著車子，一邊叫了我：「小弟弟，我們去玩兒去！」便牽著我的手，說些積古的老話，來到了街心。首先買上一隻小風車，或是一隻小哨子，又或是樣子很是好看的泥人之類的東西，放到我的手裏叫我玩；這才鋪開了攤子，亮開了嗓子喊：「糖梗要嗎，溫嶺的糖梗喲！」一會兒工夫，就會有人前來買，或是一節，或是一整棵。

他把買主選中的糖梗拿了過來，一頭用手巾握住，用刀削開了。他很會用刀子，那糖梗的皮子一連條刷刷地削了下來，長長的，在夜色中彈跳，煞是好看。每一次買賣完結了之後，朱恩林會把所有的錢全掏出來，放在母親面前，說今天多少多少，請妳收好。

母親說：「我們母子倆只要有口飯吃就行了，你別這樣。」

他憨厚地一笑：「姐姐，我是粗人，沒別的本事，力氣有，不值錢。沒有過不去的難關，我們鄉下人就是這樣過來的，什麼事都會過去的。」

父親回來了。

那天夜裏十二點鐘，母親正打算睡覺，有人篤篤地敲門。她披衣去開門，一陣夜風順著河面吹了進來。在昏暗的燈光下，一個高大的黑影站在那兒。母親把燈高高地舉起，一圈昏黃的燈光慢慢地潤開去，父親那張消瘦且又蒼老的臉龐浮了出來。母親驚叫了一聲，軟倒在父親的身上。

這是不眠的一夜。我還不懂事，不知道父親與母親直挺挺躺在床上絮絮叨叨地說些什麼，但有一點我十分清楚，他們整整說了一夜話。

父親是和傅信道一起被放回來的。他們只勞教了一年半，至於爲什麼提前回家，據說是李英說了話。四妗婆和她的義子要回老家了。

母親捨不得四妗婆走，可是沒有辦法，我們家再也不是過去顯赫的大戶人家了，除了兩間屋子之外一無所有。再說，人民政府也不允許雇保姆了，有幹部提醒母親：「雇傭人是一種資產階級的生活方式，共產黨從來主張自食其力。」其實，就算政府開恩允許他們雇保姆，父母也沒有錢給保姆發工資了。父親是個勞改釋放人員，母親臥床不起，除了那些少得可憐的紅利之外再無別的收入。更重要的原因是，歲月不饒人，四妗婆已經老了，我也有五歲半了，能走動了，四妗婆在橫峰橋的老家分了土地，她和義子要回鄉務農。

這晚，父親親自動手燒了幾個好菜，燙了一壺老酒，請四妗婆母子上座。敬過三杯酒，誰也想不到，他對著四妗婆直挺挺地跪了下去，含淚說：

「四妗婆，我這一世算是走到頭了，妳老人家的大恩，我關光明是報不了了，日後倘若我這個兒子有了出息，我就讓他給您老人家送終！」

驚得四妗婆趕緊離座把他扶了起來：「關先生，你不可以這樣！男兒膝下有黃金，我老婆子可不是你下跪的人哪。人活一輩子，逢災遭難那是免不了的，你千萬不能喪氣，咱們積德安生就是了。」

次日早上九點鐘，我與父母親一起出來，到船埠頭送他們母子倆。河面的風冷颼颼地吹著，拂亂了母親的頭髮，也拂亂了她的心。母親把我遞給四妗婆，說：

「兒呀，你好好親一親我們家的恩人吧。」

我很聽話，似乎也知道一點什麼，用濕潤的小嘴唇親了一親四妗婆。四妗婆哭了，母親也哭了。父親猶如一尊石像一樣一動不動地站著。

四妗婆母子倆上了船。汽笛拉響了，船開動了，水浪一波一波地泛著。

船兒漸漸地遠了，最後我們什麼也看不見了。

父親打算回寧溪桃源村去種地。

從他進監獄的那一天起，他的身心已經疲憊了。一個新時代的誕生給他造成的心理落差實在是太大了。想當初他在這個小小的路橋可以呼風喚雨，而現在，他似乎變成了一隻過街老鼠，再也不會有人用尊敬的目光來看他了。他比任何時候都眷念老家的山水——老家的山野是一片與世無爭的天地，他太需要這一片故園為他的心靈療傷了。

可母親死活都不同意。

父親急眼了：「我們倆都這麼大的年紀了，兒子也大了，生死關也都闖過來了，不管老家的那個人怎麼樣，也是我兩個兒子的母親。你們還有什麼過不去的呢？久蘭，妳就聽我一句吧，跟我一道回去。葉落歸根的道理妳總該懂得吧？」

母親哭了，把父親入獄時，大母親如何待她的事一五一十地說了。

父親聽了，半晌不語，最後還是聲音枯澀地說：「妳若是不去，就在這兒待著吧。我一個人爬也要爬回老家去。」

母親無法，惶恐地低著頭，聲音發顫地說：「你要去我跟著。我要把醜話說在前頭，我是死也不進她的門的。」

母親整整一夜沒有睡好，她也明白無法在路橋待下去了。這個家已經不是一個正常的家了，父親反動軍官加官僚資本家的身分，是明擺著的煩心事。一般人歧視且不理論了，關光成和林星雨這兩個仇人的整治就夠受的。

這關光成對我有一種莫名其妙的厭惡感，他的恨由何而來，不是幼小的我能夠理解的。我只記得，有一次我在他家門口玩，他假裝不經意地把門關上，結果我的手被夾在門裏，疼得我銳聲號叫。還有一次，他家做七月半，做的粉圓子香味撲鼻，不懂事的我走上去抓了一個就送進自己嘴裏，小叔婆不由分說，掄起了一把雞毛撣子，打得我臉上口中冒血。

更現實的是，在桃源村，有山有田有地，日常用度絕不會高。母親左想右想，最後向父親提出：去西鄉可以，但必須單獨住；若是家裏沒有房子，她可以去租。她絕不會與我大母親見面，她現在惹不起這些麻煩了。還有，一旦父親的工作重新落實下來了，全家必須馬上離開西鄉。

父親長長地歎一口氣，全都同意了。

誰不說自己的家鄉好呢？但從我記事那天起，在我老家躲難的經歷簡直就是一場噩夢。所謂風水輪流轉，在我母親與大母親之間體現得特別明顯。過去，母親年輕貌美，兼有才學資產，又爲父親生下了聰明伶俐的我，深得父親的恩寵和眾人的敬服。相形之下，我的大母親既不識字，又長得醜陋，是個道道地地的山裏女人，她到公司裏來的時候，哪個人正眼瞧她一瞧？大伯初把她帶到路橋的時候，公司裏的上上下下幾乎沒有人相信她會是父親的正妻，而把她當成個老媽子。而現在，時代變了，一切都跟著變了。天奇與天達、天嬰全參了軍，大母親成了全鄉第一號軍屬了。大哥與大姐在朝鮮戰場雙雙立功後，鄉里的幹部做了一塊很漂亮的匾額，上書「光榮人家」四個字，精心地裝裱起來，敲鑼打鼓送到大母親家裏。村子裏的人，十家裏有九家得到過父親的恩惠，儘管父親已經不比從前，但老家的山野草民並不因此而對父親有什麼嫌棄，大母親自然是他們尊重的主母。

這桃源的家是大母親一手創建起來的，地方雖小，卻是她擁有絕對權力的領地。老話說，八尺高的漢子在人家的屋簷底下，不矮也矮半截。這回母親一下子成了她屋簷下的人，她還能讓母親過這個坎嗎？此後發生的事，證實了這種擔心。

還鄉的日子到了，我們一行三人，先是坐船，後又沿著那九曲十八彎的小路，走走停停一整天，終於在夜幕下垂的時候到達了桃源村。

母親和父親結婚之後從來沒有來過老家。村子裏的人四下傳說米久蘭是一個大美人，又是台州著名的大才女，越傳越神，他們早就合計好了，到時候非要好好地看一看「小嫂」和小公子不可。母親與父親剛剛到達村口，就有人喊了起來：「快來呀，光明小嫂與天和來了！」

這一叫嚷，幾十戶人家的柴門紛紛開啓，把來人圍了個水泄不通。

鄉親們就是純樸的天性，不會作假，心裏想什麼嘴上就說什麼。在昏黃的燈光下，母親雖然是久病在身，但嬌媚仍是不減當年。這些鄉親們便七嘴八舌地評論開了：嘿，光明哥真是好樣的，這個女人真是天上的天仙，家裏那個大的怎麼能與她比？這一位是道道地地的西施，那一位算是什麼？簡直是……嘿嘿！

此時，大母親正與我二姐站在離我們不遠的大樹後面，眾人那些話全都聽在耳朵裏，頓時氣得大母親渾身發抖：好哇，妳這個臭女人，上了我的地盤，還如此張狂！她沒有當場發作，而是跑到了麻狸嶺老家的村子裏，對她的叔伯兄弟哭訴米久蘭欺人太甚、竟然要把她從老家趕走云云。

山裏的漢子與城裏的漢子們不一樣：城裏的漢子們多鬼頭風，什麼話他們都能好好想一想，可這山裏的漢子，十個人中有九個，都是一根腸子穿到底。他們一聽就火了：媽媽的，這個臭女人，妳待在妳的路橋得了，跑到這裏來幹什麼？這關光明也真他媽的不是個東西，兩個兒子都這麼大了，自己也這麼大的歲數了，還那樣的輕賤沒斤兩！不過，他們最爲痛恨的還是那個狐媚子氣的女人，真是膽大包天，到這裏來作妖來了，不給妳一點厲害看看怕是不成了！

當下叔伯大舅一喊一叫，就糾集了十多個壯漢，趕到了桃源村。是時，母親正和我大伯關光德的妻子（**我叫她大姆**）一塊兒坐在屋裏說話。這十幾個人一衝進來，就把母親放在地上的行李往外扔。

那個叔伯大舅指著母親，老虎樣地大吼了起來：「妳給我滾，從什麼地方來滾回到什麼地方去！這裏不是妳待的地方！」

關光德一看不好，忙叫我大姆護著我，與母親到另一個地方去躲一躲，他自己去找父親。父親正在外面與幾個朋友說事兒，一聽，風風火火地趕了回來。

他問麻狸嶺來的一個遠親：這到底是怎麼回事兒？那人便將大母親回麻狸嶺哭說委屈的事說了一遍。父親氣得手腳冰涼，他好說歹說，把找上門來的那些人勸走了，掉過頭就來找大母親。

那時，大母親正坐在廚房裏發呆，灶坑裏紅紅的炭火映得她臉上一片忽閃。父親看著她，又是恨，又是歎，陰著一張臉問她：

「麻狸嶺的人是妳叫來的？」

「是又怎麼樣？」

父親壓低了火氣問：「妳這是什麼意思？」

「她不是想趕我走嗎，我等著她來攆呢！」

「妳這個人過去都是好好的，怎麼變得越來越橫了？」

「我今天和你明說，有她就沒我，有我就沒她！」

父親伸出手指來在大母親的額上「點」了一下。他是會拳的，本身力氣又大，儘管已經五十多歲了，可那勇力並不減當年。只是這一「點」，「點」去了額上一塊皮不說，大母親還一個踉蹌，栽倒在地上。恰巧她身後有一塊很大很光滑的鵝卵石，頭重重地撞在了石頭上，一下子見了紅，當時大母親就暈了過去。

見此情形，我二姐像瘋貓般撲了上來。我這個二姐是個天生的美人坯子，卻既毒又狠，我們家五個兄弟姐妹之中，她是非常邪性的一個。父親曾多次與我說過，他一看到天珍的那樣子心頭就犯黑，恨不得叫她死。但鄭天啓有話在先：你必須接受天命。父親只有咬著牙忍了：算了吧，一切都順其自然吧。是禍躲不過，就讓她胡造去吧。

二姐一看自己的母親吃了大虧，便把目標瞄準了我。此時我正坐在一張小竹椅子上，她歇斯底里用力把我從椅子上掀了下來，我年歲小骨頭又嫩，四仰八叉地倒在地上，一陣鑽心的疼痛如一把刀子攪般戳將上來，我嚎哭起來。母親發瘋似的撲上來抱起了我，怎麼哄我也沒用。

老家有一個叔伯名叫關光地的，一聽我哭聲不對，放下了手中的家生，舞著兩臂跑了過來，看到我疼得直抽搐，趕緊跑出去找醫生。不一會兒工夫，小杏仙急急忙忙地跑來了，他一聽我那哭聲有異常，便回首對父親說：「阿哥，天和恐怕是手骨斷了。」

父親一震，馬上把我托上來：「看看，你給我好好看看。」

一看，我整個左臂軟答答地垂下來了。

父親沒想到還鄉第一天就鬧成這樣的局面，內心的怨毒一下子爆發了，拿了一把砍柴刀，到處搜尋天珍姐姐，嚇得她連夜逃走。

父親獨自一人坐在那兒，傷心淒慘地默然流淚。

父親開始上書，向政府要求恢復工作。父親連續給已是大軍區司令員的粟定鈞寫信，又給李英、方永泉分別寫信，那信全是用毛筆一字字工工整整寫出來的。信一封封地寄了出去，令人欣慰的消息也一個跟著一個來了。粟將軍前後三次來信，要求地方政府善待父親；方永泉直接給石長青寫了一封信，要求縣委認真解決父親的吃飯問題。石長青拍板作出決定，讓父親回到公司上班了。不過，這時的父親不再是總經理，而是一位普通職工了。

第二次捧上鐵飯碗，這對於父親母親來說已經相當知足了。一個餓得太久了的人，只要讓他能吃上一碗好飯，就是他人生的最大幸福了，還講什麼地位不地位的呢？

終於，我們一家又一次回到路橋了。就在這一天夜裏，父親總結道：要麼先好後難，要麼先難後好，要麼時好時難，一切都是對等的啊！人算不如天算。

第十六章　艱難世事

我那三個兄姐也因父親的問題，多多少少受了些磨難。

大哥關天奇原本在部隊裏幹得不錯，但到了入黨的時候，組織上瞭解到父親的歷史，領導發話了：這樣出身的人怎麼能入黨？怎麼能提幹？革命隊伍還想不想保持純潔性了？儘管部隊的首長們瞭解天奇，知道他爲人厚道，是一塊好料子，但在政治決定一切的環境裏，敵對人物的子女注定是得不到信任的。就這樣，一紙令下，大哥不明不白地轉業了，在老家差不多整整待了大半年。

與父親很有一點相似的是，大哥也是個肚子裏長牙的人，他不甘老老實實在老家當山民，趕上那時新中國的大學剛開始招生，各個大學生源奇缺，全社會大考，大哥一看是個好機會，就去報名參考了。由於他是老高中畢業的底子，竟然考上了清華大學的土木工程系。通知書一下，他揹著行李就去上學了。

大姐的命運比大哥還好些。女人可以憑著上帝給她的優勢打開人生通途。大姐長得與她親生母親極其相像，貌美又淑靜。她又有知識，是實打實的高中畢業生，到了部隊裏不到半個月，就被來自江西的名叫張全勝的團長看中了，嫁給了這個道地的解放軍幹部，她的命運也就隨之改變了。

她是個心機非常深的人，比我兩個哥哥都早解事。從一參加工作起，她就把政治的玄妙分解得明明白白了。她深知家族的歷史是一顆定時炸彈，她要設法拆除。在填寫履歷表時，她的方式跟兩個哥哥完全不一樣。兩個哥哥全是死心眼的人，一是一，二是二，照實情填。她則來了一個李代桃僵、偷樑換柱，把自己的關姓改掉，姓上母姓。除此之外，她把所有能隱瞞的東西全隱瞞了，並按著自己的構思編了個滴水不漏的故事——在這個故事裏，親生母親蘇夢茵變成了父親的一個朋友，至於她的親生父親是什麼人，她什麼也不知道，只知道自己從小就在現在這位義父家裏長大。

大姐要求進步，要與張團長結婚，這可是件大事，部隊裏政審十分嚴格。政治部爲了搞清情況，派了兩個人來到我老家調查。他們先找到鄉政府。鄉政府裏的那些幹部對我大姐到底怎麼來的也不清楚，只是向他們提供了一個線索，說這女孩前後兩次都是我大伯帶回來的。而我的父親嘴特別緊，能不說的從來不說，鄉里的人也不明就裡。

政治部的來人說，一定要搞個水落石出，不然不好交代。他們商量了又商量，只有出面找我父親了。那時，父親剛從山上砍了一捆柴回來，一臉是泥。鄉里的幹部已經在家裏等著了，他叫父親到鄉里一趟（**鄉政府就設在桃源村，離我們家很近**）。到了辦公室後，一位軍人拿出了大姐的一幀照片遞給父親。

「你認識這個人嗎？」

「我怎麼不認識？」

「她是你什麼人？」

「是我女兒啊。」

「你女兒？是不是有些不對頭啊？爲什麼她不姓關而姓蘇？你必須和組織上說老實話，因爲她要跟張團長結婚。如果不把她的身世全部搞清楚，組織上有可能就不批這樁婚事。」

父親當時一聽，全身的毛髮一根根地豎將起來。他做夢也沒有想到自己的親生女兒會改姓。但父親畢竟是老謀深算之人，立時明白女兒爲什麼要這樣做了。

「這是她母親的姓。」

「她爲什麼要姓母親的姓？」

「她的生父早就死了。」

「不對吧？我們查了一下她在學校裏登記的父名，全是你的名。」

「是我叫她這樣做的。」

「爲什麼？」

「我不想她被別人看成孤兒。」

「她生父叫什麼名字？」

「我不知道。」

「那你與她母親蘇夢茵是什麼關係？」

「朋友。」

「什麼時候的朋友？」

「我在廣州讀書時候的朋友。」

「她也是黃埔的學生？」

「不是。她是武漢一個大學的教員。」

「你們怎麼成爲朋友？」

「她是軍隊裏掃盲組的老師。」

談話就這樣結束了。部隊來的政工人員工作十分認真仔細，又馬上去武漢查老檔案，但武漢的老檔案早在戰亂的時候被炸彈炸毀了，上哪兒去找東西？於是，他們返回西鄉，寫了一份資料，要父親摁個手印。儘管父親十分討厭摁手印，但還是摁了。三天後，部隊來人走了。那摁過紅印的手指，父親留了好幾天都沒有擦去。

大姐非常順利地與張全勝團長結了婚，半年後又入了黨。她是我們家唯一一位在政審中的漏網分子，父親也裝聾作啞，把心頭的痛與那個秘密永遠埋葬在心底了。

二哥關天達也因家庭出身問題從部隊復員回鄉了，在老家幹了一年多的農活。正當他苦不堪言的時候，一個名叫范春新的同學來到我的家裏報信，黃岩成立了第一個專科學校——黃岩農校，不管什麼樣的家庭出身都可以報考，勸他去試一試。

二哥垂頭喪氣地說：「過去，我父親是個將軍，吃香得不能再吃香了；現在天變地變了，名聲變得比茅坑裏的屎還要臭，政府還能讓我考嗎？」

范春新捅了他一拳：「成不成試一試，怕什麼呢？」

二哥聽了他的勸，關起門來自習了一個星期，就去黃岩考試了。

由於二哥是初中畢業（那個時候，初中畢業生已經是個大人才了），又是革命軍人，地方終歸是地方，對於政審的要求沒有部隊那樣嚴格，錄取了二哥。通知書一來，二哥帶著從部隊裏帶回的那些行頭，興高采烈地去黃岩農校報到了。

二姐天珍沒書讀了。這件事同樣給父親打擊很大。二姐的確是個美人坯子，十六歲的她出落得更加楚楚動人，眼神靈動，美目流盼。那個小小的身子無處不軟，彷彿是一根水潺兒。有一天，父親仔細地把她端詳了一遍，不由得倒抽了一口冷氣，父親真的從她身上看到了死去多年的蘇夢茵的影子！這是怎麼回事兒？難道世上真有靈魂轉世之事？那個不祥之夢，再加上鄭天啓那個預言的陰影，導致父親對她沒什麼好感，一直既不冷也不熱。

天珍姐姐特別恨我母親與我，尤其是對我恨得如仇敵一般。七歲那一年，我隨父親來到了老家。她一見父親走開，瞅準只有我一個留在堂屋的時候，就伸手來戳我的腦袋：「婊子兒，這裏不是你的家，你的家在路橋，你跑到我們家找死啊！」

若是換一個別的孩子，早就氣哭了；可我天生是個與父親一樣的倔強，我轉過身去，從房間裏拿出一把蔚刀來，對準她就砍過去。二姐姐眼疾手快，身子一閃，那刀從她的耳朵邊閃過，只擦破她一點皮。她想不到七歲的我竟會這樣兇惡，嚇壞了。

我第二次掄起刀來砍她時，她拔腿就跑，我血紅了小臉在後面追。我那發了瘋的樣子把全村人都看得呆了。一追追到了隔水垌，把她堵得無路可走了，鄉親們也出來解圍了。我大伯趕緊跑過來把我死死地抱住，當時我還惡狠狠地咬了我大伯一口。

從這次起，我們姐弟倆再不說一句話。鄉親們都說：「好了，好了，這一下他們關家好了，又出來了一個薛剛。」

我大伯後來對我說：「你那個姐姐呀，是個有名的雌老虎，誰也治不了她。可你在七歲的時候就把她給治死了，看來是滷水點豆腐，一物降一物。」

的確是如此，我在老家來來往往這麼多次，她總是躲著我。一直到了三十年後，我當上領導了，也算衣錦還鄉了，妻子很熱心地幫她解決了一些實際困難，我們姐弟二人的關係才稍正常了一點。

有一年春節，我回家探親，偶然間與她談起打鬥的事，我還是有些憤憤不平：「妳爲什麼要罵我『婊子兒』？」

她白了我一眼說：「我氣。」

我說：「妳有氣就往我頭上撒？」

她說：「那你也不是好東西，爲什麼這麼狠，還拿刀砍我？」

我笑了一下：「當年我只有七歲，妳幹嘛怕我怕成那樣？」

二姐說：「那時候，你那個樣子就像狗頭虎似的，嚇不嚇人？別人都說我下得了死手，其實你比我還狠！」

在我們兄弟姐妹五人中，真正在父親得勢時候享過福的只有三人，那就是我大哥、大姐和二哥，我與二姐基本上沒有沾過光。儘管二姐一身的毛病和滿心的戾氣，但她是家中唯一一位與我大母親相依爲命的孩子。她承擔了家裏的一半勞作，餵豬、種菜、上山砍柴、挑腳水肥田，全落在她身上。

二姐也是個能人，學習成績非常好，年年在黃岩小學得第一。尤其她寫的那毛筆字神采奕奕，按今天的話說，滿有個性。但在小學考初中的時候，她因爲成分不好，最後被擋在學校門外，那天二姐獨自躲在樓上，嗚嗚地哭了一場。

大哥關天奇與一個上海的女子相愛了。這個女子名叫楊如玉，是上海赫赫有名的鋼鐵大王楊昌金第七房姨太太的女兒。她的容貌與她的名字一致，長得如花似玉。大哥與她是同班同學。就在這一年的三月，他們雙雙被分配到鞍山鋼鐵廠工作。

大姐關天嬰也有了她的第一個女兒。儘管她改了姓，但父親能夠諒解她，總以爲女兒爲了避禍不敢相認，但在內心還是愛這個家的。然而大姐的絕情出乎意料。她給女兒拍了很大的照片，到處寄給親朋好友，連一些並不相干的人家也都寄了去，可就沒有給父親寄來一幀。

這時的父親正特別喜歡孩子，一次的偶然，他從大伯關光德家裏看到了大姐寄的照片，大吃一驚：這是怎麼一回事兒？這可是我的外孫女啊，天嬰爲什麼這樣做？妳可以不來探家，妳也可以不叫妳的丈夫與我見面，可女兒的相片妳爲什麼就不能寄一張到家裏來？想到這裏，彷彿有人拿刀子在他心上狠狠地砍了一下似的，他的心頭流血了。

大伯關光德也不解：這是怎麼回事兒？自己的親生父親沒給寄，倒是想起寄給我了？

當天夜裏，父親就給大姐寫了一封信，把當時部隊上來政審時的經過說了一遍，最後他寫道：「女兒，我希望妳不要假戲真做。是真的，妳不可能把它往假裏做；是假的，注定也真不了。我不想再給妳講什麼做人之道，唯一能求的就是妳能心安。如果妳覺得這樣做能對得起自己的良心，那就隨便妳吧。」

過了半個多月，大姐回信了，信中寄來了一張她女兒的小照片。她幾乎用一種乞求的口氣寫道：「這張照片只允許你自己看，不要在外頭顯，更不要說我在外面當什麼官。」她在信中一再哀求，千萬不要給她去信，她怕節外生枝，實在是「心有餘悸」，有什麼事情她會寫信回來。

就這「心有餘悸」四個字，彷彿又往父親的心頭狠狠地砍了一刀，叫他整顆心都抖了起來。原先挺懂事挺孝順的女兒怎麼會變成這樣？這一夜他拿著大姐的那封信，一個人臨窗獨坐，悄然流淚。

二哥天達從農校畢業了。留在城裏工作，那是萬想不能的。他被一紙紅頭文件分配到了一處偏僻的小山鄉裏去當農科員了。

二姐發癲了，她愛上了我叔叔關光興的大兒子關天華。關天華一直在部隊裏工作，家裏的生活條件自然比我們家好。關天華是與我大哥大姐一塊兒參的軍，和他們不同的是，他不僅在部隊裏入了黨，還提了幹。先是排長，後是連長，那官兒順當地做上去，五年一過，當上營長了。

但這小子有個最大的毛病，就是好色。自己在老家有老婆，還和當地的一個高中生攪得不清不渾，最後把那女孩的肚子搞大了。女方找到部隊裏要求與他結婚，他的醜行全都暴露了。首長們一聽，火了：怎麼可以讓這種敗類敗壞人民軍隊的名聲？嚴辦，必須嚴辦！結果他灰溜溜脫了軍裝，下到地方上來了。

其實，領導對他的處理還算是輕的，只給了他一個黨內警告處分，按轉業對待。雖然他有這段不光彩的歷史，但在部隊大熔爐裏冶煉過的人，素質畢竟是不一樣的，地方政府對他的回鄉表示歡迎，讓他擔任西鄉的武裝部幹事。

按說一個小小的武裝幹事，只能算是個芝麻小官兒。但這對走投無路的二姐來說，卻彷彿溺水的人突然看到河面上漂來了一根稻草。她想當民辦教師，於是上門去求這個堂哥。正趕上村裏要建桃源小學，缺教師，他出頭和鄉里領導們一說，領導同意了。就這樣，二姐當上民辦教師了，二姐因此對關天華充滿感激之情，與他的來往也就一天天密切起來。

二姐明知這個哥哥的口碑不佳，可她不知哪根神經出了毛病，一來二去竟然不可救藥地愛上了他。關天華當然樂於跟這個貌美如花的小妹廝混在一處。但兩個無法逾越的大障礙卻是明擺著的：他與她是沒出五服的堂兄妹；更要緊的是，關天華已經有了家室，他的兒子早已會滿地跑、脆聲叫爸爸了。

我二姐在夜校裏教書，關天華識字不多，便也去上課。兩個人在課堂上眉來眼去，心早就合到一塊兒去了。夜校散了以後，他們結伴而行，山裏出奇地靜，叫不出名兒的夜鳥高一聲低一聲地叫著，強有力的山溪水不斷地撞擊著石壁，發出雷鳴般的轟響。夜太靜了，靜得叫人聽得到心跳，靜得讓人焦灼。兩人四目相接，感情就如同洶湧的溪流羈不住了。

一天傍晚，天珍到溪邊散步，正好碰見關天華從溪裏洗澡回來，赤著上身，穿著一件短褲衩子，兩條腿中間的那根生命之柱高高挺將出來。二姐長這麼大，從不曾看到過青年男子的這種體徵，一下子暈眩了，渾身的血變成了一股噴泉直湧頭頂，頂得她那媚人的雙眼都發直了……

當夜，關天華就闖進了二姐的守山棚子裏，正在棚子裏打算脫了衣服睡覺的二姐慌成了一團。

「你、你來做什麼？」

「妳不是想看一看我這東西嗎，我今天就讓妳好好看看個夠。」

「呀，你說什麼呀？」

「嗨，妳就別裝了，我還看不出來妳想的是什麼？」

關天華也真是個雜種，一點也沒猶豫，便把自己下身裏著的那點東西褪了下來，笑吟吟地看著驚呆了的天珍。天珍眼睛一翻，似要暈厥過去。關天華張開兩臂撲了上來，一把把她抱了起來。山頭人身上獨有的那種野性，有如火山樣地爆發出來了。於是，有了第一次，就有第二次。這就好比打開了閘門的洪水，只顧往下沖，哪怕明知前邊有一塊巨石擋著，明知粉身碎骨也在所不惜了。一而再，再而三，越吃越想吃，越吃越愛吃，越吃越沒夠。接下來，兩人幽會的次數更密了。

桃源村四周全是山，山是帳子，林是屏風，男人與女人之間的幽會有的是風水寶地，隨便找上一個地方便可以興風作浪。二姐身上的野性一旦被調動起來，比關天華還要瘋狂一百倍。每一次幽會，她幾乎把自己變成一條螞蟥，恨不得把關天華吸乾。他們就這樣瘋狂了三個月，終於出事了。

第一個發現情況異常的是大母親何秀英。她首先發現女兒身上有了一些莫名其妙的變化，胸口的那兩隻奶子越來越堅挺，若不是經過異性的撫摸，何以會變成這樣？還有一次，叔伯大哥關天群從山裏弄回來好多酸刺梨兒（也叫彌猴桃），極酸，若不放在龔糠裏好好地窩熟，只要咬上一口便會酸倒牙。可天珍一見，兩隻眼就發了綠，拿過來大口大口啃起來，吃得極是香甜，吃了一個又一個。

大母親站在一邊看呆了：自己懷第一個兒子的時候不也是這種樣子嗎？大母親越想越心慌，她又去注意觀察便桶，令她心悸的是，女兒多月不見來紅。這是怎麼回事兒呢？難道……她倒吸了一口冷氣，再也不敢往下想了。每晚天珍總是把自己打扮一番再出門。大母親忍不住問她：「妳這是去哪兒啊？」

天珍聲音清脆地回答：「我上夜校啊。」

大母親說：「既然上夜校，妳就老老實實地上吧，幹嘛把自己打扮得妖裏妖精的？」

天珍馬上理直氣壯地回答：「我是老師嘛，邋裏邋遢的，總不成個樣子吧。」

大母親一聽，似乎有些理，也不好說什麼了。但每次天珍回來，她發現女兒身上總是濕漉漉的，後背還有明顯的綠草汁。這些細小的變化，無論如何也逃不過大母親的那雙老母豬眼。她心裏嘀咕：女兒到底怎麼回事兒？是不是背地裏有男人了？既然有了男人，男大當婚，女大當嫁，也在情理之中，用不著如此偷偷摸摸啊。別看大母親一個大字都不識，但在男女問題上卻心細如絲，她下決心把一切搞個水落石出。

恰好有一天，二哥關天達從山裏回家取衣服。大母親把這件事和二哥一說，二哥什麼都明白了。二哥雖是個農技員，但當時他正在利用業餘時間跟著一個老中醫學醫，讀了不少醫書，生理衛生知識懂得不少。頓時，他兩隻眼如夜裏的狗頭虎露出了兇光：什麼？她竟敢這樣？這不是敗壞我們關家的門風嗎？原本他打算回到家之後拿一點東西就走的，這一弄，他住了下來。

夜色降臨，二姐照舊把自己打扮得漂漂亮亮的出門了。她一邊走，一邊輕輕地唱著《敖包相會》，二哥就如靈貓一般在後面跟著。順著山路，順著嘩嘩作響的小溪，走過一片竹林子，終於到了一處叫做小平頭的地方。

那小平頭山頂上有一座人們不常去的灰寮。二姐剛剛走近，一個腰裏別著手槍的男人從暗處閃出，一把把她抱住。借著朦朧的月色，二哥看清了那人的相貌，兩眼頓時冒出火來。

他本想衝上去把那個混賬的叔伯兄弟一頓拳腳打死，但他見的事兒多，頭腦比較冷靜，他知道若是這樣莽莽撞撞衝上去，未必有好結果。這事若是傳出去，後果更是不堪設想：這兩個人，一個是自己的親妹妹，一個是自己的叔伯兄弟，兩個人通姦，這不是成了桃源村天大的醜事？他咬牙一想，從荊棘叢中悄悄退了回來，上氣不接下氣地回到了家。

正趕巧，那天父親也從路橋回來，剛到家不久，吃過了飯，正打算睡覺。二哥進來之後，一言不發，父親一見他臉沈如黑土，知道有事，問：

「出了什麼事？」

「……」

「怎麼不說話？快講，到底出了什麼事？」

父親再三逼問，二哥就把他所見到的一切與大母親和父親說了。頓時，父親全身的血一下子湧上了頭頂。

「當真？」

「這種事我能亂編嗎？」

父親瞪著眼，雙手微微發抖。

「好吧，如此不要臉的賤人，不好好收拾她一頓，我不是人！」

父親一直在屋裏等著，一直等到了十點半。此時，村子裏靜悄悄的，唯有湍急的山溪水在轟隆隆作響，田壟間的蛐蛐在沒完沒了地唱歌。終於，二姐帶著一身青草味兒滿身快活哼著歌兒回來了。

二姐剛一進屋，要回自己房間，父親的聲音炸雷般響了起來：「妳給我站住！」

二姐呆呆地站住了。

「妳到哪裡去了？」

「我上夜校了。」

「胡說，我到夜校找妳去了，見個鬼！」

二姐一時語塞，不知說什麼好。

父親突然跳了起來，隨手拿起了一根木柴，沒頭沒腦地向二姐身上打去，他一邊打一邊罵：「妳這個不要臉的東西，妳這個不要臉的東西，我們關家作了什麼孽，養出妳這種畜牲都不如的東西！」

二姐趴在地上，在父親的暴打之下只是軀體抖動。父親又打又踹了半天，直到累得不能動了才停手，二姐低聲哭著回自己的房間去了。父親在堂屋裏低喘，大母親在哀哭。父親的沮喪、絕望可以想見，他不知道該如何處理這件醜事了——嫁給關天華吧，那是萬萬行不通的，他是她沒有出五服的叔伯兄弟，怎麼可以結婚？再說，這關天華是有妻之人。這事若是傳出去，還不叫村子裏的人笑掉大牙？

父親越想越窩囊，越想這套子越難解。戰場時血肉橫飛、生死一線時，父親沒有哭過；受到別人這樣那樣的暗算時，他沒有哭過；這一夜，他哭了。他哭的樣子非常可怕，有如一頭山林裏的狼在嚎叫。他嘶啞著嗓子說：「報應哪，報應哪，這一切全是報應！」

怎麼辦？打胎？有難處：當時政府有明文規定，婦女是不准私自打胎的，若是打胎，必須有丈夫陪同。就算能打胎，萬一傳出去，我們家豈不是顏面丟盡？可要是不打胎，這個孩子誰來養？與關天華去論理？怎麼論？家醜不可外揚啊，傳出去只會越揚越臭，越描越黑。

正在這個關鍵時候，有一個人幫了我們家一個大忙，此人就是傅信道的兒子傅春水。他是與我二哥從小一塊兒長大的同學，與我二哥同歲。當時，他是供銷社的駐村辦事員，是傅家唯一吃皇糧的人。由於同病相憐的緣故，我們兩家的感情一直很好。他到我們家串門，見家中一片愁雲苦雨，便問我二哥發生了什麼事。二哥與他很貼心，就把這事和他說了。

傅春水歪著頭一想，想出了一個餿主意。他說，讓秦三觀的兒子秦明清出面娶了我二姐，倒是個遮羞的好辦法。傅春水說，他與秦明清是同學，秦明清因爲成分和長相問題，一直找不到對象，二姐若是與他結對，倒是蠻適宜的。

這個秦明清到我們家來過，父親也見過他。他那樣子與他父親完全不同——秦三觀長得結結實實，身上無一處不是硬如鐵墩；而秦明清呢，高，瘦，長，大，糠。這些都還好說，尤其讓父親顧慮重重的有兩點：秦三觀過去是他的副官，現在倒要和他結親家，這叫人怎麼說？

好吧，就算這無所謂，有道是「三十年河東，三十年河西」，世事原本難料。可是令父親十分堵心的是秦明清的長相，他第一次到我家時，父親一瞧他那個樣兒心裏就有些發蒙：秦三觀的這個兒子怎麼長成這副德性？喉結出奇地大，吃東西時，喉結就像水車骨一樣上下滑動；兩隻眼又大又圓，一眼看上去，活似一隻怪鳥。用相書上的話說，這種長相是道道地地的苦相。

按理說，父親處在這種萬難境地，不該再嫌棄別人的長相的，再說，也沒有這個資格了。其實，父親這麼想，完全是爲了秦家考慮：二姐是個水性楊花的人，這兩人一個這麼美，一個這麼醜，天懸地殊，讓人心裏不能不打鼓，萬一二姐來一個紅杏出牆……但眼下不這樣做，又有什麼辦法能把這件見不得人的醜事遮掩過去呢？

父親搖了搖頭，啞著嗓門說：「家敗出賊子，國衰出妖氛。罷了，我們關家到了這一步田地，沒別的法子，一切都由她去吧。」

傅春水是個說幹就幹的人。當天夜裏，他就借了一個事由，把秦明清喊到了我家。

那場面十分尷尬。父親嘴裏嘟噥著誰也聽不清的話，獨自走到一邊去了。二姐兩眼無神地看著屋頂，她已經麻木得無心對這個醜男人評頭論足了，心裏只是惦記著那個年輕英俊、腰裏挎著小手槍在大街上耀武揚威的武裝幹事——她若是能嫁給這個男人多好，又有多威風，但人家是有婦之夫，她怎樣才能把他從另一個女人手裏奪過來？就算能夠如願以償嫁給他，桃源村的男男女女還不把她活活罵死？到這時候，二姐一切心氣都消失了，徹底灰心了——這麼多年苦苦追求的一切，全毀在把持不住的情欲上了。但做過的事，潑出去的水，再也收不回來了，一切也只好聽天由命了。

秦明清一切全都蒙在鼓裏。從他上學讀書的那天起，他從未得到過任何異性的青睞，如今居然有一個如此美貌的女子看中他，又是桃源村望族的女兒，怎能不喜出望外？只見了一面，他便忙不迭地答應了。

二姐只是飲泣，整整三天，她紅著眼圈在家裏走來走去，不說一句話。到了第四天，大母親實在是忍不住了，決定作個了斷。父親把全家人都叫到了一起。

父親說：「是死是活，一切都由妳自己定吧。反正我們閤家到了這個時候，面子也丟盡了。」

大母親用怨毒的目光逼視著女兒：「也不看看妳自己，成了破爛貨了，妳還想挑人？妳不想想，妳挑別人，別人還挑妳呢！我只怕妳一旦顯了懷，想嫁也嫁不出去了。妳想想，哪個年輕後生不吃頭道菜卻要吃妳這二道貨？」

二哥陰陰地說了一句：「要擱在過去，就這個王八蛋，還不叫我一刀宰了他！」

大母親邊流淚邊說：「不能說過去，若是說過去，一個女子沒了貞節，還不得用石磨綁起來沈潭？」

二姐低著頭，揉著手，半晌才說：「都是這個家庭出身害了我，我要是考上了高中，哪會在這裏受罪？」

大母親厲聲打斷了她：「妳還想那個鬼是不是？妳就好生想想怎麼活下去吧！」

二姐把自己關在房間裏想了幾天，邊想邊哭，又去找了關天華三次——她到底找那個混蛋做了些什麼、說了些什麼，無從得知。

一天早晨，二姐終於鬆口了，她彷彿一夜之間長大了，長長地吐了一口氣說：「我誰也不怨了。這是命。我自己作了孽，我自己來承受吧。」

二姐一同意，秦明清自然十分高興。

婚禮在我的老家舉行。別看父親滿腔痛苦，但他還是咬著牙辦了十一桌酒，把凡是能請到的人全都請到了。二姐結婚的那天晚上，關天華穿了一套新嶄嶄的軍裝，斜挎著手槍，手裏拿著禮物，沒事人一樣地也來參加婚禮。但他剛剛走近門口就被二哥堵住了。二哥兩隻手搭在腰間，叉開兩條腿，冷冷地看著他。

關天華本來以爲，以關家目前的處境絕不敢惹事，可是他那目光與二哥的目光一接觸，彷彿有一條毒蛇游進他的心底似的，上下冷了半截，頓時委靡下來。

二哥冷冷地問：「你來幹什麼？」

「我、我來參加天珍的婚禮。」

二哥獰笑著湊近他，拍著他的槍套輕聲問：「你不怕你一走進這門，就再難全腳全手地出來嗎？」

關天華身子一震，臉色變了。

二哥咬著他耳朵說：「小子，趕緊從我們家大門口滾開，要退回去十年八年，我早把你這個龜孫子給活活宰了！」

二哥說這話的時候，臉上仍是一副親熱的表情。

關天華知道我們家男人的脾氣，趕緊提著東西悄然無聲地走了。婚禮照常舉行，眾人看不出任何異樣，但也有人覺得有幾分蹊蹺。他們感覺到，二姐這一次如此匆忙的結婚多少和關天華有關係，他們背地裏議論過一陣子，但有道是「眼見為實，耳聽為虛」，嘰嘰喳喳一陣子之後，過往的所有也全如順著山刮過來的一陣風，飄得再也沒影了。

秦三觀從部隊裏轉業回到了家鄉。

上我家門的時候，他已經成了關家的親家了。

秦三觀是金清人，那裏多水產，他給父親帶來了一條很大的鰳魚。這條魚遍身都發著銀色的光亮，鱗片又圓又大，彷彿是連環畫冊《三國演義》上將軍們身上披著的鎧甲似的。我是第一次見到他。他長得又矮又胖，滿面紅光，一臉的福相。

最叫我看不慣的是他那個酒糟鼻子，紅紅的，怎麼看怎麼像外國馬戲團裏的小丑，怎麼也不能把他與當年那位指揮眾人割傳全才生殖器的秦三觀聯繫起來。

父親與他見面時氣氛很冷清，也有些尷尬。二姐在外的名聲非常不好，社會上總有二姐與這個男人或那個男人有不正當關係的說法。秦明清名義上是她的丈夫，實際上形同虛設。他在家時，二姐與他關係還算不錯；他一出門，二姐就與別人鬼混。父親想不到，關家的家風竟在她身上被敗壞得落花流水。可嫁出去的女兒潑出去的水，有什麼辦法？

有一次，父親想去二姐家當面勸她收斂一些，可他剛一到二姐家門口，就看到三四個女人堵在門口吵罵。父親一走近，她們就戳著他的鼻子嚷道：「你們關家不是老講要積德的嗎，怎麼生出來這樣一個風騷狐狸精？八成是你這個當老子的過去情孽太多了，現在天老爺送給你們家一個公共廁所、一個萬夫搗的臭坑！真是報應啊！」

女人們說著罵著，惡言惡語有如一根針，深深地扎進了父親的心。他什麼話也沒有說，閃進了一處小街，羞恥的老淚無聲無息地從他乾涸的眼中淌了出來，再也說不出來什麼，悄悄地回家了。若是在過去，也許父親一刀就把二姐宰了，但現在他老了，沒力氣了，而新社會的法律也不允許他這麼做了。

二姐與秦明清結婚之後不到六個月，就生下一個兒子。雖然我們家早早就造出輿論來，說這個孩子是個早產兒，聽的人也點頭稱是，可人家背後說什麼，就不得而知了。這個孩子滿一歲的時候，秦明清把他抱出來叫別人看，別人怎麼看也看不出有絲毫像秦明清的地方。雖然當面嘻嘻一笑，什麼話也不說，背後那閒話就多了。秦明清再蠢再笨，也難保不犯疑心，幾次表示要查個究竟，嚇得傅春水又是勸又是哄，作了百種解釋。最後，夫妻兩個終於鬧到了父親那裏。

從來不撒謊的父親不得不說了一句非常難聽的話：「明清啊，你別鬧了。你自己也長得跟你父親完全兩樣呢，難道這就說明你娘生活作風不好？小孩要麼像娘，要麼像爹，要麼爹娘都不像，卻像某位老祖宗。你說這些話，不怕別人聽了笑了去？」

秦明清一聽，這話多少有一點道理，這才啞口無言了。啞口是啞口了，但仍是心有不甘。

父親深知自己對秦三觀有陰虧，見到老友，目光有些閃避，心裏有幾分刺痛。秦三觀身穿一身幹部服，看上去有些扎眼——秦三觀過去只是他的部下，而現在掉了一個個兒，成爲了他的上級，想起來總有些不是滋味。

「你回來了？」

「回來了。」

「叫你上哪個單位？」

「造船廠。」

「做什麼？」

「聽說是做副廠長。」

「你不是個副師級幹部嗎，怎麼只讓你當個副廠長？」

「革命工作，哪能論什麼高低貴賤？」

此語一出，父親心一抖，張了張嘴，再沒說出什麼。

悶坐半晌，父親又轉了一個話題說：「我女兒與你家老大老是吵架，你知不知道？」

「知道，嗨……」

「我這個女兒，小時候沒調教好，沒有法子，只望你們家多多包涵了。」

「不啞不聾不能做阿翁。我呢也想過多遍了，眼不見爲淨，我管他們做什麼？」

「……」

他們之間本當有許多話，可是彷彿有一座看不見的大壩把兩人隔開，最終什麼也沒有說出來。事實上，一切都是心知肚明，他們還能說什麼呢？

父親又一次被公安局喚去了。

這一次去，父親在局子裏只待上小半天就回來了。回來之後，父親一臉沈默，母親怎麼問他話他也不說。

母親帶著哭音說：「到底發生了什麼事啊？我一聽到公安兩個字，渾身都打顫。」

父親淡淡地說：「沒什麼，只是核實了一點過去的事兒。」

改革開放後，忙碌之餘，我下決心要把那一次父親不肯說的「過去的事」查個水落石出。正好我有個同學在公安系統管理檔案，我問她：「你們公安系統過去傳喚人會不會有記錄？」

她回答說：「有記錄。」

我便把那次傳喚的大致時間告訴了她，請她幫忙查一下。她很細心地查閱了舊檔案，終於查出了結果，把當年的卷宗交給了我。這是那位被休掉的第三個女人李絢麗給父親的一封信，想尋找父親的下落。

斷了線的故事從這裏又續上了。

當年父親捉姦在床，眼中容不得半顆沙子，一怒之下，叫他手下的護兵把李絢麗架到了車站，逼著她滾蛋。從這一刻起，李絢麗所有的美麗幻境破滅了。她那顆心也從高巍的山頂跌入了萬丈深淵。她想跪求父親饒恕她，但自己做出如此下賤之事，盛怒中的父親不一槍斃了她就算好的了，還能指望別的好事？她很想去學校裏與她那三個讀書的弟弟見一面，又覺得自己無臉面對他們。駭人聽聞的醜聞已經是滿街走，三個弟弟不被連累就算是好的了，見有何益？想來想去，她決定到一位她在舞場上認識的女朋友家裏先暫住幾天再說。

她這位女友姓趙名雲琴，與她同年，臨江下橋人。趙雲琴原先是名大學生，後來認識了一個資本家，做了人家的外室。過不了三年，不知他們之間出了什麼問題，二人分道揚鑣了。爲了生存，她幾乎什麼職業都幹過。當過歌女，演過電影，當過拆白黨，搞過仙人跳，凡是能搞到錢的事，她無所不做。後來她搖身一變，成了一個有名的交際花。那些知根知底的人，都稱她爲聰明善變的「百面狐狸」。

這女子從表面上看是社會名媛，無論打扮還是舉止，都是一副大明星派頭，經常出席達官顯貴的社交活動。但她有眾人所不知的另一面，有一份卑劣的秘密職業：她是上海十三家青樓的總獵頭，主要任務是在那些有姿色又好享樂的女人中，物色能給青樓老闆賺大錢的高級妓女，她從中拿取高額佣金。

人是很怪的，一旦過慣了糜爛的生活，再叫他回轉到平常的生活，則是萬想不能。李絢麗就是如此。此時她身無分文，若是不找這位女朋友，恐怕半步也走不了，於是，她硬著頭皮來到了趙雲琴的公寓。趙雲琴打開門一看是她，再看到她一臉沮喪的樣子，什麼都明白了，她笑逐顏開地把李絢麗迎了進來。

「出事了？」

李絢麗點了點頭。

「是不是無路可走了?」

李絢麗幾乎要哭出聲來。

「怕什麼?有我在,有妳的姿色與才華在,妳還怕沒飯吃?跟著姐姐我,妳放心好了,我叫妳一世都吃香的喝辣的。」

她收留了李絢麗,供她吃供她穿,供她花銷,成天與她親親熱熱地進進出出。半個月之後,各大報紙把李絢麗和傅全才的醜聞炒得沸沸揚揚了,關光明想回心轉意也不可能了,老辣深謀的趙雲琴開始下手了。

一天,趙雲琴對李絢麗說:

「好妹妹,我們一起到上海的百樂門去吧。」

「到那裏去做什麼?那裏可是一個銷金窟啊!」

「別看是銷金窟,只要妳放得下架子來,要什麼就會有什麼。」

「我可以放下架子來,可我能做什麼?」

「做個女招待,唱個歌,有什麼不可?況且,我有好些朋友在那兒當電影導演,就憑妳的模樣,憑妳的聰明,過一段時間,我興許還能推薦妳去拍拍電影呢。」

對於當電影演員,李絢麗連想也沒想過,她耗在趙雲琴家裏,吃人家的,用人家的,她也明白長此以往總不是個事兒。與其在這兒浮萍無根,莫不如到上海的百樂門去一趟。人們都說大上海好,找個職業十分容易,去試一試吧。就這樣,她老老實實跟著趙雲琴坐了兩天兩夜的火車,來到了煌煌上海灘,兩人在百樂門住了下來。

當天,趙雲琴請李絢麗吃夜宵,姐妹倆親親密密地說話調笑。過一會兒,趙雲琴說要化一下妝,離開了。李絢麗喝著紅豆湯,看著街道上的夜景,心裏一片迷亂。想到在這茫茫人海,竟只剩下趙雲琴這唯一的知己，有些溫暖又有些憂傷。她萬萬沒有想到，此時百樂門的老闆張開源和趙雲琴正在從布幕後面打量議論著她。

「你說的就是她？」

「對，就是她。姿色不錯吧？」

「嗯，蠻好蠻好。她什麼出身？」

「關師長的外室。」

「哪位關師長？」

趙雲琴把小報遞給他看，張開源的嘴一下合不攏了：「天哪，真是想不到！這麼說，她真的走投無路了？」

「你想不到吧？」

「那個姓關的師長會不會後悔了再來找她？若是他來找，那可就麻煩了，我可沒有實力和他鬥。」

「姓關的沒宰了她就算好的了，你就放寬心吧。」

「ＯＫ，成交。」

就這樣，趙雲琴當場就從張開源手中收了三百塊大洋。

李絢麗走到這一步，父親完全沒有料到，若知道會是這樣，他也不至於處理得這樣草率。父親曾問過負責把李絢麗「押解出境」的衛兵：「你把她送到哪裡去了？」衛兵說：「我們把她送到了武漢火車站就回來了。」父親一分析，她還能沒有錢回家？富可敵國的傅全才還能不給她東西？別的不說，就她身上戴的那些金銀首飾也價值不菲呀。但父親做夢也沒有想到，李絢麗戴的那些首飾沒有一件是真貨，全是贗品。

第二天，趙雲琴對李絢麗說：「好妹子，妳在這兒先待一待，我今天與一個電影導演約好了，要談拍電影的事，妳就等好消息吧。」李絢麗哪裡知道，這只不過是她的金蟬脫殼之計。

趙雲琴走了，李絢麗在屋裏枯坐著，不知過了多久，終於聽見了敲門聲，她連忙站起來去開門。站在門口對她微笑的是百樂門的老闆張開源，開口便要她接客。李絢麗漲紅了臉大罵起來——她可以與別人通姦，但叫她做個貨真價實的婊子，她還是於心不甘的。

張老闆湊近她的耳朵低低說了一句：「妮子，妳要識相一點，我可是花了五百塊大洋把妳買來的，有妳姐姐的手印爲準。妳若是從我，一切都好說好商量；妳若是不從，那可就怨不得我了！」

李絢麗這才明白壞了，她上了「好姐姐」的大當了。不過，她還是強作鎭定，想脫身之計。她對張開源說：「這事我一點心理準備都沒有，張先生，您容我好好地想一想好不好？」

張開源咧嘴一笑：「這有什麼不可以呢。」說罷轉身離去。

李絢麗想要回老家黃岩，可她身上除了傅全才給她的那串據說價值連城的珍珠項鍊之外，再沒有別的東西。她決計當了那串項鍊，籌些錢回家。

她偷偷地溜了出來，來到了一家當舖。當她把那串項鍊從高高的櫃檯遞進去之後，櫃檯裏的人說了一句叫她心驚膽戰的話：「小姐，妳不要拿小店尋開心好不好？這珍珠項鍊是假的，連三個毫子都不值。」

當時，她一下子就慌了，無水不行船，若是身邊沒有錢她就完了。她左思右想，終於想到了一個辦法。她想起父親提到上海有個輪船公司，公司的兩個經理一個名叫楊益，一個名叫嚴於濟，都是黃岩人。只要她能找到他們兩個，告訴他們她的身世，他們看在同鄉的情分上，一定會幫忙的。

她身無分文，坐不了黃包車，又辨不出去黃浦江的方向，只有一路打聽一路走，直走了三個多小時，終於看到了楊益輪船公司那個黑黑的大招牌。還不等她進門，從邊上閃出五個戴墨鏡的男子，很是客氣地把她攔住了。

「夫人，請問妳是李絢麗嗎？」

「是的，你們是什麼人？」

「我是七十一師的，妳丈夫讓我們接妳回家。」

「我丈夫？」

「對呀，關師長不是您丈夫嗎？」

李絢麗當即大喜，乖乖地跟著他們走了。她哪裡知道這五個人全是張開源的打手。張開源早就布下了天羅地網，就她這隻小雀，還想張開翅膀跑？他們把她押到了老地方，門一打開，便把她搡進一個房間，其中有個人怪腔怪調地說：「妳就在這裏等著妳的丈夫吧。」隨後「砰」的一聲把門關死了。沒過多久，門再一次打開了，幾個滿嘴酒氣的漢子衝了進來。

「就是她？」

「對，就她。」

「我看長得挺嫩的。」

「這當然，我們這裏沒有孬貨。」

「弟兄們，來吧，今天算是把命撿回來了，說不上哪天我們還得死，好好痛快一回吧。」爲首的那人揮了一下手，所有的人如狼似虎地撲上來，先用一塊破布堵住她的嘴，接著把她的衣服剝得一乾二淨。這幾個人興奮得臉都扭曲了，氣也不順暢了，急不可待地輪番上去對她施暴，彷彿幾具大碾子從她身上碾過，叫她活活死過去五次。

這幫打手發洩了一通，這才心滿意足地提著褲子走了，而她已經幾乎被禽獸們活活碾成一張薄紙了，躺在床上整整三天下不來地。後來，一個鴇母給她搞來了一些黑乎乎又黏稠稠的藥，給她調理了一番，她這才慢慢恢復過來。

鴇母對她說：「妳呀妳，就識相一點吧。妳怎麼就不想一想，張開源這個人好惹嗎？他若是平常人，百樂門怎麼開得起來？妳知不知道有多少不聽話的女人不明不白地死在他手裏？他這樣對妳還算是客氣的了。妳若是要活命，就老老實實地在這兒待著吧。老天爺生下女人就是給男人們用的，誰用又不是用呢？」

李絢麗哭了大半夜，也就完全死心了，絕望了，她索性放開手幹了起來，一直幹到了解放。

解放大軍進入上海，妓院被取締，張開源也被人民法院判了重刑，押送到新疆去勞改。李絢麗則進了新中國開辦的第一個妓女改造學習班，一學就是三個多月。學習結束，上級又有指示，把她們送到新疆和黑龍江的生產建設兵團去。那裏有許許多多的戰士征戰多年，個人大事全耽誤了，根本沒有家。她被分到了黑龍江的建三江。

七天之後，她們到達了目的地，她們和軍隊裏的士兵們一樣，排成一排，站在開闊的操場上。長官來訓話了，之後，把她們帶進一個大房間裏，與那些光棍軍人們相見。

在這群女人當中，李絢麗容貌出眾，雖然在青樓裏染上了抽煙惡習，但她畢竟是見過世面、讀過幾天學堂的女人，顯得落落大方，與眾不同。三十三團的團長程嘉誠一眼就看中了她，他說：「我就選這個女人做我老婆吧。」就這樣把她領走了。

程嘉誠是個粗人，出生入死打了那麼多年仗，從不曾碰過女人。李絢麗可是風月場上的高手，用對付嫖客的手段對付一個大老粗，還不是輕而易舉的事？只需把在青樓裏學來的手段拿出一小半來，就足夠叫程團長銷魂了。程嘉誠果然被她搞得神魂顛倒，她的人生從此徹底改變了。現在，她可是一位名副其實的團長夫人了。程團長視她爲掌上明珠，百般應承，對她抽煙、喝酒、好打扮、忸怩作態等習氣並不爲怪。

北大荒那個地方，天寒地凍，滴水成冰，吃的是玉米、土豆、大蔥蘸大醬，睡的是大火炕，一年到頭連幾顆大米也見不到，純粹是苦寒之地，但李絢麗卻覺得非常幸福，對這樣的日子很滿足。爲了能給程團長生一個孩子，她不知費了多少力氣，找了不知多少醫生，吃了多少藥，也不見效。

就這樣，她與他生活了差不多八年。那一年的四月初春，大地剛開化，地上結著的冰渣子剛剛解凍，一排排的楊樹兒也剛剛吐花。程嘉誠帶了一個連的官兵修路——若是不趁著春暖花開之際把路修好，等到土地一返漿，什麼機械化的工具都進不去了。要修路就得開山，要開山就得放炮。工程一直都十分順利，直到到了八臘子山口的時候，遇到了一個啞炮。

有個戰士想上前探看，被程嘉誠喝止了。他擔心手下人手腳不穩，就自己走過去親自查看。哪知道這炮根本不是啞炮，而是新兵蛋子不按規矩操作，把導火線拴得太長了。那時候正是中午時分，直射下來的陽光非常強烈，肉眼一下子無法看清火花，等到直覺告訴他要出事時根本來不及了。那炮「轟隆」一聲巨響，一瞬間把他那瘦小的身子米袋子樣地拋起，飛到了半空，等到墜落下來時，全身早就被撕得七零八落，左腿都不知炸到哪裡去了。就這樣，她的第二個丈夫沒了。

兵團爲程團長舉行了十分隆重的葬禮，上級也授予他革命烈士稱號，家屬待遇一切從優。但現實畢竟是殘酷的，一個單身女人在這種地方怎麼過？別的姑且都不說，就連過冬的準備工作也不是李絢麗這個弱女子所能勝任的。扒炕、抹牆，挖窖貯藏白菜，過去這些重活全是丈夫一手包攬，她在家裏做做飯就可以了。而現在，她完全沒有辦法，陷入喊天不靈叫地不應的境地。

她也曾經想到再找個人嫁了，但她再也不是過去的李絢麗了，總不能說嫁就嫁吧？且不說她早已人老珠黃，更主要的是，烈士家屬不是那麼好當的，重新嫁人，被人議論不說，還會喪失一些實際利益，如屬於她的烈屬津貼就拿不到了。

長夜寂寞，當她一個人靜靜地躺在炕上的時候，窗外的西北風呼呼地叫著，大片大片的雪花樹葉樣地飄著，大草甸裏的狼淒厲地嗥叫著。她心如亂麻，根本無法睡著。她不得不把自己過去經歷過的悲歡細細地咀嚼一遍，只覺得一種叫她無法忘卻的怨恨如一條大毒蛇般死死地纏著她。多少年後，在彌留之際，她哭著對我說：

「天和，我感謝你啊，我這一生無兒無女，我做夢也不會想到你能給我送終。這麼多年你對我的照顧，我今生報答不盡，只等來世了。我這一生只有兩個恨：一是恨我自己，當初我要是好好聽周澤人的話，聽關光德的話，老老實實做個規矩女人，何以能生出這麼多災難啊！二是恨你父親，我與他好歹做了三年夫妻，就算我做錯了事，他也不該一個錢也不給我就把我打發了。如果他當時心稍微軟一下，給我五十塊錢做路費，我也不可能走到那個女人家了。」

是的，她恨我父親。但隨著時光推移，她的內心又變得矛盾重重。她特別想兩個人，一個是我的父親，一個就是天嬰。一個念頭反覆地折磨著她：天嬰現在在哪裡？她想要找到她，找到這個曾經屬在她名下的女兒。要想找到天嬰，首先得找到我的父親，但她與父親久無來往，不知道他是死是活，於是她開始給我家鄉的人民政府寫信。起初沒有回信，她就堅持每隔一段時間寫一封。

她前後一共寫有八封信。從舊檔案中找到的信，大致寫了這些內容：她原本是黃岩十字街坊人，父親名叫李金斗。鬧日本亂時，逃難到武漢，家裏還有三四間房子，這房子不知還在不在？她的第一任丈夫名叫關光明，不知是死是活：他是到了台灣呢？還是待在老家？是被槍斃了呢？還是坐了大獄？如果他還活著的話，當地政府部門能不能幫她找到他的下落。還有，關天嬰雖然不是她親生女兒，可自己畢竟養育了她一段時間，她與她一起睡覺，一起吃飯，直到被趕出家門才把這段情感割斷了，她渴望著與這個女兒見一面。

這些信引起了有關部門的重視。她是烈士的遺孀，信中還蓋有建設兵團政治部的公章，誰也不敢怠慢。黃岩縣人民政府在給她的回信中寫道：

「現查清，妳父李金斗抗日戰爭期間在日本的空襲中不幸遇難，在東禪巷留有四間老屋。妳的三個兄弟均在大學裏教書。土改時，他們業已由政府每人分給一間房屋，剩餘三十八號一間已劃入妳的名下。我們得知妳曾在上海，曾派員到上海尋訪未果，又知妳已去東北，故未能發還房產。此老屋一直由政府徵用，暫爲保存。俟妳回到故鄉後，政府部門將爲妳辦理發還手續。妳所探問的關光明現尚在人世，他本人承認曾與妳存在事實婚姻關係，現係縣供銷社普通工作人員。妳的三個兄弟，關光明與他們均有來往，現從其處得到地址，隨信附上，妳可以與他們直接聯繫。關天嬰現改姓爲蘇，係中國人民解放軍某部幹部，詳細地址一併附上。」

收到回信的李絢麗，可以說是在極度的絕望之中見到了希望。接到回信之後的第三天，她就向兵團政治部提出要求，要回家去看一看。組織上也支持她回鄉探親的行動。團政委對她說：

「南方是妳的老家，妳想回就去看一看吧。只要妳告訴我們地址，妳的生活費用，我們會定期給妳匯去的。」

團裏派了一輛馬車把她送到了鶴崗，她從鶴崗坐火車來到哈爾濱，再從哈爾濱轉車天津到達上海，終於在八天之後回到了老家。

她下了車之後，一聽到茶館裏傳出的越劇唱腔，當時就哭了。她邊哭邊走進一家小飯館，要了家鄉產的小唐菜與大米飯飽餐一頓。她在旅店裏住了三天，地方政府對她非常熱情，手續辦得十分順利。很快，那間老屋就發還給她，還請來泥水匠進行修繕。安頓好之後，她要去了結第二樁心願了，她要找到天嬰。她並不想馬上與我父親見面，只怕又一次往雙方的傷痛處撒鹽。她拿著組織上提供給她的地址，便起身去濟南軍區找我大姐與大姐夫了。

到了濟南，她輾轉打聽到我大姐與大姐夫的住處，滿懷希望地叩響了大門。門一打開，大姐站在門口，一臉驚異地看著這個陌生的老婆子。

「妳找什麼人？」

「我找關天嬰。」

「我這裏只有蘇天嬰，哪有什麼關天嬰？」

「我這裏有信。」

李絢麗把政府給她的那封信掏了出來，遞給了大姐。

「妳是誰？」

「我是關天嬰的母親。」

李絢麗沒有察覺到對方極其難看的臉色，仍然熱切地順著自己的思路說下去，說到武漢，說到那些往事。她說的越多，大姐的臉色就越難看。大姐當然知道，這個站在她面前的女人就是父親給她指定的養母李絢麗，她當然知道這個老女人的可憐之處，但她告訴自己：不能心軟，親生父親她尚不敢相認，何況是這樣一個女人呢？

於是，她冷若冰霜地對李絢麗說：「這裏沒有什麼關天嬰，我們這裏的蘇天嬰與那個關天嬰是兩回事，妳還是到別處去找一找吧。」

不過，她也沒有把事情做得太絕。說完這番話之後，大姐不動聲色地留李絢麗在家裏住了一夜，第二天，她拿出錢給這個養母購了一張回去的火車票，送她上了回程的火車。

李絢麗做夢也想不到，她帶過養過的關天嬰會這樣對待她。她怎麼也想不明白，天嬰怎麼可以六親不認？回家之後，她整整哭了一夜。

除了她之外，另外一個人也在為大姐傷心。大姐送走了李絢麗後，給父親寫了一封措詞嚴厲的信：

「你叫到她這裏來是什麼目的？是不是看我現在過得稍微安寧一點，你就心裏難受？今天我與你把一切話都挑明了，我是不承認你這個家的。你們若是還有良心的話，就不要再糾纏我，讓我與張全勝過幾天舒心日子吧。」

收到這封信後，父親對家裏所有人下了一道命令：「從今天起，你們誰也不准上她那兒去！」

得知李絢麗還活著，父親開始到處打聽她的住址。

終於有一天，他在郟家巷碰見了傅信道——傅信道出獄之後，鎮裏安排他在路橋的一個民辦中學裏當語文老師——兩個人便在石板街沿坐了下來，談了很多很多。父親得知他老伴一直沒有工作，在家裏做家庭婦女，兩個女兒與兒子傅春水都有工作了。說著說著，父親就把他找李絢麗的事說了。

「李絢麗？就你那第三個女人？」

「對。」

「你不是說她不知上哪兒去了嗎？」

「是啊，當初我還以爲她死了呢，可萬萬沒有想到她還活著。」

「你想去看她？」

「是啊。那一次我做得太過了。」

「唉，那時有兵有權，年輕氣盛，做什麼事都不留個後手……」

傅信道是有名的活地圖，他答應幫父親打探一下李絢麗的住址。經過一番周折，終於把她住的地方找到了。

一天早晨，父親把我喊了起來，叫我與他一起到黃岩去。

不知爲什麼，我扭扭捏捏不肯出門。母親在這件事上表現出不同於以前的豁達，她對我說了一句當時我並不大懂的話：

「兒子，你跟著你爸爸去吧，去了就知道了。這是你爸爸到死也消不了的心病。」

於是，我跟著父親出發了。

父親先領著我來到了郟家里的南北貨商行，購了四大包東西，有桂圓，有荔枝，有核桃肉，還有一盒包裝得很是講究的方糖。接下來便是坐船，順著彎彎的南官河到了黃岩縣城，來到了黃岩城關的東十字街坊。那是一條鋪著一塊塊鵝卵石的小巷幽徑，它是那麼窄小，那麼悠長，那麼彎曲，濕漉漉而又滑塌塌，彷彿上面塗有茶油似的。

父親帶著我到了一座宅院前。那是四間歪七倒八的小屋，全用成塊的鵝卵石砌成，牆上爬滿了薜荔藤蘿，一扇小門半開半閉地虛掩著。父親叫我拿著禮品從這半開的門進去。

「小兒，你記住了，見了那個女的，你要叫三阿母。」

「爸爸，我不是有阿母的嗎，爲什麼要叫她三阿母呢？」

父親帶著無奈而又愧疚的神情說：「小兒啊，你什麼都不要問了，我叫你叫你就叫吧。」

我只好吃力地拖著那些東西，推開門走了進去。

屋子十分窄小，堆滿了亂七八糟的東西。左偏角放著一隻敞開著的便桶，一股臭哄哄的尿臊味兒從中散發出來；便桶的邊上放著一張破舊不堪的八仙桌，由於歲月長久，桌上的縫兒全都張開了，黏了一些黑糊糊且發黏的東西；右邊正靠門邊放有一口黃色的爐灶，灶上放著一口鍋，鍋上蓋著一隻黑色的鍋蓋，一股熱氣從鍋裏冒了出來。一個老女人正坐在灶前燒火，她看上去比我母親要老得多，臉上爬滿了一道道記錄著苦難與災難的皺紋，黃色的火光一閃一閃地映著她的臉。儘管這樣，我仍能依稀看出她往日的美貌。

我站在她面前，叫了一聲「三阿母」。

她馬上跳了起來，雙目炯炯地盯著我。

「你爲什麼叫我三阿母？」

「是我爸爸叫我叫的。」

「你叫什麼名字？」

「我叫天和。」

「你姓什麼？」

「我姓關。」

「你爸爸在哪兒？」

「他就在外面。」

她馬上伸出頭去看，一眼就看到了父親，他正狼狽不堪地站在一棵結滿了果實的橘子樹下不斷地搓著手。

她突然間發瘋似的往小凳子上一坐，號啕起來，淚水如瀑布一樣嘩嘩地淌下來。

我嚇壞了，連忙衝了出去：「爸爸，你快來，你快來！」

父親不再膽怯，闖進了屋子，哭聲戛然而止。

李絢麗一見父親，呆立半晌後，發瘋似的撲了上來，掄起巴掌劈劈啪啪地開打了。父親對著她撲通一聲跪了下去，任憑她那巴掌在臉上亂扇。李絢麗一直打到手也軟了，身子也軟了。父親猛地站將起來，一把將她抱了起來向樓上走去。

我一人獨自犯了傻一般在小房間裏站著，只聽到這個女人在不斷哭泣不斷呼叫，父親似乎在小聲說些什麼。兩個人的聲音糾纏了很長很長時間，越來越小，幾乎聽不見了，只聽到一種很是奇怪的哼唧聲與床笫搖動的嘎吱聲。我就這樣傻乎乎地在樓下等了好久好久，直到那破敗的樓梯再一次嘎吱嘎吱響了起來。我抬頭看到父親的那雙鞋子，接著看到了三阿母的那雙鞋子，兩個人緩緩地走了下來，父親臉紅得猶如一盆豬血，三母親臉上全是淚痕，頭髮有如一叢亂草。

一切都平靜了下來。

兩人誰也沒有再說話，父親只是領著我悄然無聲地走了。

我與父親一直走到了門外，這才發現他在流淚。我不知道他們之間發生了什麼事。我偶然間一回頭，發現三阿母還站在門口一動不動地看著父親，那順著堂間刮過來的風正緩緩地吹著她的頭髮。

我與父親一直走到了汽車站，一路無語。將要上車的時候，父親輕輕地說了一聲：「小兒，今天這件事，你可千萬不能與任何人說。」

「對媽媽也不能說？」

「對媽媽也不能說。」

「她到底是誰呀，爲什麼你一定要我叫她三阿母呀？」

「等你再長大一點，我會告訴你的。」

自從這個女人出現之後，父親起了很大的變化。他常常一人坐在那裏長吁短歎，此外，他隔三岔五便找個事由往黃岩城裏跑。

天白了，又黑了；地綠了，又黃了。若干年眨眨眼過去了。一切就像是大潮漲過之後一樣平靜。一生都在追求成功的父親在那些年裏，說了四句只有看透生死的人才能說出來的話。第一句是：家也大，業也大，財也大，名也大，色也大，到頭來災難樣樣都不差。第二句是：天地之下，好壞參半，禍福相間，你好了，也壞了，你壞了，也好了。第三句是：自古都說人性善，其實人性是世上最惡的玩意兒。第四句是：人與人只可共患難，不可共富貴。平安是福。隨後，他長長地歎了一口氣，再也不說什麼了。

我小學畢業了，中學會考考了第一名，但還是因爲家庭出身問題沒有被路橋中學錄取。

我已經十五歲了，中學上不了，又該幹什麼呢？這可是個大問題。當時擺在我面前有兩條路，要麼待在家裏吃閒飯，要麼跟著別人去學木匠。父親總是自言自語地說：「我連累了這個孩子了，這麼好的天賦，學業荒了下來，將來怎麼辦哪？」他真的怕我去做一個小木匠，如果是這樣的話，那他最後的光宗耀祖的希望也要破滅了。

正在這個時候，我接到一份入學通知書。通知書是路橋民辦中學寄來的。這是一所鎮辦的半工半讀的學校，鎮裏只是提供場所與老師工資，所有學生的費用全由學生勞動所得來獲得。這所學校的學生全是中學落榜生或者「可以教育好的子女」，老師呢，不是出身於地主資本家，就是從大城市遣返回鄉的人員。開辦這個學校的目的，只是給城鎮子弟進行就業培訓，畢業後考取高中的可能性幾乎是不存在的。

高中是通向大學的必經之路，這條路給堵死了，上學還有什麼意義？我又鬧又嚷，死活不肯再上學。我說：「做木匠又有什麼？史達林大元帥還是鞋匠出身呢。」

就在這時，父親的老長官傅信道來到家裏，他是這所學校的老師，老人家苦口婆心地動員我父母送我上學。他對父親說：「趁著家中勉強維持得下，你就應該讓兒子去好好讀書。誰的背後誰也不長眼。清晨起日頭，夜間刮大風，誰知道明天會是什麼樣？若是你現在不讓天和去讀書，只怕今後天地一變，你可就真要後悔了。」

他告訴父親，這個學校除了不能參加考高中外，所有的功課都和路橋中學一樣。別看這學校裏的老師（除了校長外）全是右派分子，但他們的學問卻是全路橋第一流的。父親動了心：是呀，天變地變，誰能知道身後會發生什麼事？看事的眼光總得遠一點好。

第二天，父親就叫我去那所民辦中學報名了。

第十七章　旗望寂滅

一切來得都是這樣突然，一切來得都是這樣莫名其妙。中央人民廣播電臺播出了一篇毛主席寫的《炮打司令部——我的一張大字報》，隨後，所有的學校一夜間有如中了邪般地躁動不安起來了。

路橋中學有一個名叫洪立軍的學生貼出第一張大字報，揭露路橋中學的教育路線有大問題，專門培養白專（**編者按：指悖離馬列思想與中國共產黨路線，只知盲目追求自己專業者**）式的人物。又有人貼出大字報，說某某女老師與胡校長有曖昧關係；又有某某部隊高級軍官的兒子公開揭發路橋中學一直執行資產階級路線，是個大黑窩；還有一張大字報指控說，路橋中學有三十個老師是美國的老牌特務……一個又一個毛澤東思想宣傳隊上街演出了，紅五類出身的子弟們成立了紅衛兵組織，開始有組織有計劃有步驟地罷課鬧革命了，他們打出來的旗號也是多種多樣：「硬骨頭」、「戰天鬥地」、「紅色風暴」、「紅色聯軍」等等。

令十里長街那些老實巴交的市民們無法相信的是，這世道彷彿又要四分五裂了：學校裏朗朗有致的讀書聲煙消雲散了，取而代之的是高音喇叭一天天沒完沒了地嚎叫；早操時的音樂沒有了，取而代之的則是《大海航行靠舵手》的歌聲，沒完沒了地從早唱到晚。接下來發生的事情，更叫居民們匪夷所思了：那位大名鼎鼎的胡校長，怎麼可以說打倒就被打倒呢？師道尊嚴哪裡去了？小小的居民主任林星雨，他算是個什麼東西呢，怎麼什麼手續也沒有，說把原先的幹部攆跑就攆跑了？地方上的事叫林星雨這樣的人說了算，規矩方圓還要不要了？那石長青不就是娶了個家庭出身不好的女人當老婆嗎？他犯的是哪一門子法？難道資本家的女兒就不是女人？怎麼就爲這個，就把這位縣委第一書記戴上高帽子遊街了呢？《婚姻法》裏不是說男女結婚自由嗎？還有那個任倍明，一個堂堂商業局局長，怎麼就能叫一個小小的林星雨打得口吐鮮血？還有那個秦三觀，他不是起義了嗎？他原先不是共產黨的團長嗎？就因為曾經當過國民黨軍官，就被林星雨手下的「武工隊」把兩條腿全打斷了？

亂套了，一切全都亂套了。

十里長街的居民們百分之九十是順民，是良民，他們過慣了那種有規律有秩序的生活，如今這亂風夾著暴雨把他們砸懵了。每當吃飯的時候，他們個個從自家捧著一口飯碗走到街邊，一邊吃一邊交換意見，路線、政策、修正主義這些名詞對他們來說太陌生了，只要不影響他們碗裏的糧食與菜的分量和質量，他們對那些所謂的國家大事根本不關心。

有不少人還帶著一種看熱鬧的態度去看待每天發生的事情，甚至還有些人抱有幸災樂禍的心理：好，這次也讓那些作威作福的官老爺們知道一下，欺侮老百姓，沒你的好。更多的人猜測中央上層肯定是出了什麼大事情了，要不然，何以毛主席他老人家要第一個站出來貼上第一張大字報，號召這些嘴上沒毛的學生們起來造反呢？

最初時，我也多少有一點惡毒的語言：「哈哈，胡校長，你不是不讓我上路橋中學嗎？這一回你可倒了大楣了。倒吧，倒吧，把你們這些王八蛋全搞倒才好呢！」

後來聽到從現在起，所有的學校都停課鬧革命了，高中也不辦了，大學也不考了，我更是高興異常：這下子，我與其他人他媽的扯平了。但我這種快活的心緒並沒有維持多久，革命的烽火終於燒到我頭頂上了。想想也是，覆巢之下無完卵，像我這樣出身的人豈能有什麼好日子過？

我的家被抄了，這一次上門的全是我們學校的紅衛兵小將。

他們來的目的主要是要抄兩個人的家。頭一天的半夜，他們抄了傅信道的家，把他們家的上萬冊藏書全部收繳；接著，他們就闖入了我的家。

母親哪經得了這種恐嚇？幾乎沒有什麼阻攔，便讓他們衝進來了。我實在搞不懂，那些原本與我同桌讀書而且關係不錯的同學，怎麼會說翻臉就翻臉？來我家抄家的小將中，有三個同學本來與我處得相當不錯，還在我家吃過飯呢。誰知他們來了之後，把母親往邊上一推，便如狼似虎地動起手來。

母親正想說點什麼，便遭到一番呵斥：「國民黨反動派的小老婆！妳聽著！這天下不再是妳的天下，妳要老實一點。今天，我們是代表人民，對妳全面實行無產階級專政！」

他們動起手來既乾淨又俐落，把我們家的地板劈哩啪啦全撬開了，想翻出隱藏著的秘密電臺，還要翻出父親隱藏的小手槍——他們總認爲像父親這樣中將銜的國民黨反動軍官，何以家中能沒有手槍呢。

他們把一切能翻的地方全翻遍了，連母親那只專門用來裝錢的花鼓桶也不放過，忙乎了整整一天也沒搜出什麼東西來。最後，他們把目光全落在我的那些藏書上。

那頭兒俯下身來細看了一下，那些書中有《鋼鐵是怎樣煉成的》，有《牛虻》，有《三劍客》，有《悲慘世界》、《母親》，還有《魯迅全集》，當然還有《紅樓夢》、《三國演義》、《七俠五義》之類。於是他開了口：

「除了魯迅與高爾基的書外，這哪一本書不是資產階級的書？全部沒收！」

母親哭著求他們：「你們別動這些書好不好，它可是我兒子的命根子啊！」

小將們笑嘻嘻地說：「我們沒把他抓起來，就算是他福星高照了，妳還說這個？」

他們一哄而上，把我積攢這麼多年的上百冊書全都拿走了。

原先跟我們家界限劃得最分明的大姐也回到路橋了——她這回返鄉不是探親，而是被紅衛兵組織從北方揪回來的，與她一起回來的，還有那個我不曾謀面的大姐夫。

大姐與大姐夫被剃了光頭，雙雙綁在一起遊街。紅衛兵組織真是神通廣大，把大姐的身世全都抖落了出來，一個階級異己分子還想冒充解放軍？狠狠地鬥！大姐夫「嚴重喪失立場」，係解放軍的敗類，一塊兒鬥！他們敲碎了好多碗，把大姐夫的褲管高高地擼起來，勒令他光著膝蓋跪在碗渣子上，還在他的後腿肚子上加了一塊沈重的石板。

可憐的大姐夫出生入死這麼多年，不曾遭過這樣的大罪，跪上去不到半個小時就血流如注，很快就昏了過去。大姐那張原本很好看的臉被墨塗成黑色，一塊半個人高的木牌子上書「階級異己分子、地主小姐、反動派的孝子賢孫」，被一根細細的鐵絲套在大姐的頸上，就像線鋸年糕一樣，越勒越痛。大姐哪裡受得了這種酷刑？鬥了沒有多久，大姐同樣暈死過去，一頭從高高的臺上栽了下來，把一條腿跌斷了。

大哥也出事了。大學裏的那些紅衛兵小將們更是蠍虎，說大哥是反動學術權威，還有什麼資格待在這個無產階級的大學校裏？他們把大哥兩口子從學院裏趕出來，下放到農場勞動。

那時，大嫂正得了關節炎，全身的關節腫得有如紅蕃薯一樣，無法下地幹活。她很想休息一下，但那些兇神惡煞的專政者說什麼也不肯：「不行，我們沒有這個權力放妳的假，妳就是爬也要給我爬去。」大哥沒有辦法，只有揹著她去。

有一次，大哥累得失去了知覺，昏倒在地上，大嫂整整爬了三里地才把一個看鐵道的老工人喊了起來。又費了好大勁，把大哥揹起來送到附近的一家醫院，這才把他的那條命救了下來。

二姐也出事了。她那時在鄉衛生院裏工作，不知使了什麼神通，和縣醫院裏的副院長兼主任醫師翁成立好上了，一次，兩個人正在辦公室裏幽會時，被醫院裏的紅衛兵小將們當場捉姦：好哇，一個是臭地主小姐，有名的爛貨，一個是專門搞破鞋的醫生敗類，這回叫你們風流個夠！於是，紅衛兵把他們兩個像拴螞蚱一樣拴在一起遊街。二姐被剃成了陰陽頭，他們又不知從哪裡找了一雙破鞋子，用一根細繩子拴了，掛在她的脖子上，從這條街遊到那條街。他們還要翁成立一邊敲鑼，一邊喊話。

翁成立是法國一家著名醫學院畢業的學生，曾在北京協和醫院工作過。五年前，他因為政治問題離開了協和醫院，下到我們這個小地方當一名普通的醫生。因爲他是外科一把好手，這才當了個副院長。此人是一個少見的倔種，造反派們打他罵他，逼著他喊「關天珍是破鞋，我翁成立是流氓」，他就是不喊。

醫院裏一個造反派罵：「你這個美國特務張狂什麼？看我的拳頭硬還是你的嘴巴硬！」他對準翁成立的臉一拳打過去，一下子就把他的鼻梁骨打斷了，鼻血泉水樣地湧將出來，整個人也像一隻米口袋一樣一頭栽倒在地上。

父親又一次被抓了起來。這一次來抓他的是林星雨和他的造反戰友。

此時的林星雨，身分已經是什麼革命軍團的司令了。父親兩隻眼被布帶蒙住，帶到司令部裏的特別審訊室。房間的四周擺著老虎凳、長長的鐵鏈、燒成暗紅色的炭火盆子等各種各樣的刑具。那個時候，父親是下定了決心準備死的，因而顯得十分鎮定。他要好好看一看，這個他一手幫扶出來的林星雨會用什麼樣的手段對待他。

林星雨似笑非笑地問：「關光明，你知道我今天爲什麼要找你嗎？」

「不知道。」

「你可知道你是什麼身分？」

「我姓關名叫光明，國民黨黨員，國民黨整編一〇九軍中將軍長。」

「你還挺臭美！你知道，在無產階級的鐵拳之下等著你這類人的命運會是什麼嗎？」

「知道，知道。不夾著尾巴做人，唯一的下場就是粉身碎骨。」

「你明白就好，你必須老老實實地回答我們的問題。我今天可以十分明白地告訴你，這並不是我林星雨要審問你，而是上級要求我們審問你。」

「哪個上級？」

「住嘴！你沒資格問這個問題！」

「我關某現在是隻死老虎，打了一百遍了，還想怎麼整治隨便你吧。」

「關光明，你別死豬不怕開水燙！這是政治，你懂不懂？」

「我懂，我活了那麼大歲數了，怎麼不懂？你想問什麼儘管問吧。」

「我問你，粟定鈞是不是國民黨的特務？」

「不是，他是忠誠的共產黨人，人民解放軍的優秀指揮員。」

「方永泉是不是潛伏在黨內的內奸？」

「內奸？哈哈，如果他是，那你們都是！」

父親知道，有人想對兩位老革命下手了，想借他的手把他們徹底塗黑。他怎麼也想不通，怎麼能這樣縱容小人陷害忠良？父親當時就狠下決心：大丈夫死則死矣，叫我昧著良心作僞證，絕不幹！

林星雨拿出一疊揭發資料，逼著父親供認粟定均和方永泉的「罪行」。父親回答：

「你們硬要往他們頭上扣屎盆子，這是你們的事情，但你不要借我的口來害人。」

就這一句話，把林星雨惹惱了。

「姓關的，你是不是想帶著花崗岩腦袋進棺材？」

「唉，我一條老命捏在林司令手裏，有什麼辦法呢？殺剮都隨你了。可我還是想勸你一句，做人要講良心。」

「你不是有良心嗎？你不是骨頭硬嗎？今天我就讓你知道知道，我們的熔爐是如何把你的骨頭化成水的！」

他一轉身走出去了。門關上又開了，三位大高個漢子閃了進來，開始折磨父親。他們先叫父親金雞獨立，不准動一下。父親這麼大的年紀了，如何能站得住？只堅持了一會兒，就身子一抖歪倒在地上了。他一倒地，他們就掄起鞭子打，打得父親身上衣服都碎了，一身皮肉拱起一道又一道的血印子。他們打夠了，打累了，一天的課目也算結束了，父親被蒙上眼睛帶了下去。

第二天，他們吃飽喝足了，又把父親拉起來，帶到一處特別審訓室裏，他們讓父親站在當中，周圍有十幾盆熊熊烈火熾烤，不許他喝水。父親的嗓子冒了煙，身上的皮膚都發紅了；接著，他們把父親按倒在板凳上，用一塊乾布用力地抹，一抹就有一層油皮抹下來，痛得父親殺豬樣地慘叫。

這一夜，父親疼得渾身打哆嗦，人身上的那層油皮脫去之後，渾身上下都是熱辣辣的，想躺下來睡上一覺都不能夠。

第三天，他們又把父親帶到了特別審訊室。這一回，他們先把父親按倒在一條凳子上，用皮鞭把他渾身上下打個稀爛，再用橡皮膠布把每一道傷口黏住，用力扯下。這種刑法有個非常好聽的名字，叫「仙人化羽」。這種慘酷的刑法讓父親接連昏過去三次。

當他們第三次用水把他潑醒的時候，父親開口說話了：「你們別折騰我了，你們要我做什麼儘管說吧。」

幾個大漢聞言出去報信，一會兒，林星雨便幽靈樣的浮將上來了。他笑著說：「你看看你，這不是自討苦吃嗎？若是早與我們配合，不就什麼都好說好商量了？」

「你要我做什麼？」

「只要你在這份揭發資料上簽一個字。」

「什麼東西？你拿來我看看。」

林星雨把一張早就寫好的資料遞了過來。父親抹了一下眼毛上凝結的血珠，定睛細看，那白紙黑字看得父親毛骨悚然：

「粟定鈞與方永泉早在黃埔軍校時期，就在關光明介紹下加入了特務組織，一個任中將特派員，一個任少將特派員，一直潛伏在共產黨內部。」

父親點點頭，很認真地問道：「林司令，我想問一下，這是誰叫你這麼做的？」

「我可以坦白與你講，這任務是北京的中央『文革』首長交派的。」

父親慘笑了一下：「想當初我把你從小廟裏拉扯出來，沒想到你出息成這個樣兒！居然和中央首長掛上鉤了。」

「風水輪流轉嘛。你呀，還是識相點好。」

「你看，這裏有一個字寫錯了。」

「這是我寫的，怎麼會錯？」

「正因爲是你寫的，所以寫錯了。上面的人哪，水準比你高多了，一看就能認出此件不是我的筆跡，會懷疑你搞逼供信的。」

林星雨一愣，眨著對三角眼走了過來。他一走近，父親猛地一下抱住了他的身子。父親的力氣實在是太大了，林星雨怎麼也掙扎不出來了。父親咬牙切齒地說：

「如此兇惡又沒良心的人，怎麼還配活在這世上？今天我就與你同歸於盡！」

父親抱著林星雨猛地衝了出來。紅色軍團司令部的人被這瘋狂場面驚呆了。這間屋原本是陳樹銘的迎賓樓，樓上樓下全都是木結構。父親和林星雨兩人裹在一團衝向樓梯，只聽得「嘩啦」一聲響，欄杆折了，兩個人一齊從三樓墜了下來。眾人眼睜睜地看著地板上騰起一股灰色的煙塵。等到塵埃慢慢落定時，這才看清兩個死抱在一起的人倒在地上。

眾人原以爲這一下兩個人必死無疑了，可結局並非如此：落地時父親在上位，只跌斷左腿；林星雨在下位，一個屁股墩跌下去，齊齊嶄嶄地把整個盆骨壓碎了。

整個司令部裏的人炸了。林星雨糾集的那些人，全是社會上的地痞流氓爛頭，豈能輕饒了「反攻倒算」的父親？他們潮水樣地湧上來，拿了一條破麻袋套住了父親的頭，準備活活打死他。此時，支左部隊的軍人闖了進來。爲首的那位軍代表姓夏名季春，原是粟將軍手下的一位團長，現在是這裏的軍分區司令。

他大吼一聲：「誰也不准動！哪個敢動他們一下，我就要你的命！」夏司令一發狠，嚇得那些人全待在那兒不敢動了。

「這是怎麼回事兒？」

造反派彙報了一下事情的來龍去脈。

夏司令低沈著嗓門問：「叫他寫什麼東西？」

「我們不知道。」

夏司令小心地把父親手裏捏著的那張紙摳了出來，從頭到尾看了一遍，什麼都明白了。他當即下了一道命令：「趕緊把林星雨送到醫院裏去；這個關光明進行反革命報復，性質很嚴重，由我們軍管會來處理。」說罷不由分說，立刻把父親帶走了。

後來，林星雨癱了。兩條腿齊著臀部都被截肢，只剩下一堆毛茸茸的東西用來排泄，連拐杖都不能用，只能在地上用手扒拉著走路了。而父親第二次被送到勞改農場裏去勞動。這一次，他被押送到軍隊的一個農場。這麼一來，父親的境遇就大爲不一樣了。

小小年紀的我，成爲了家裏的頂樑柱。

在那些日子裏，我幾乎什麼活都做過。上山伐過樹，下灘趕過小海，在工程隊裏做過小工，拾過荒，打過漁，摸過蝦，還當過搬運工，還去給那些養奶牛戶割草，五分錢一籃。只要是錢，有一分我就撿一分，有一角我就要一角。我與母親就靠著這麼幾個小錢過日子。

上山下鄉運動開始了。林興軍的女兒林肖英走了，她去了黑龍江。李少白唯一的女兒李希娟也走了，去的是新疆。

我也下定決心要下鄉了。別人下鄉是爲了回應領袖號召，「廣闊天地，大有作爲」，而我純粹是爲了活命，爲了找一個吃飯的地方。如果那個地方能讓我活出個人樣，我再回家來把母親接走。

再見了，路橋，這塊可恨的土地！再見了，這倒楣的地方！如果能讓我一生一世不見到這塊土地上的人，我會感謝上帝的！

這時候的母親，再也不是我過去的母親了。殘酷的現實生活壓得她無論是軀體還是靈魂都開始扭曲變形。她彷彿患上了恐懼症，覺得整個社會的人都張開血盆大嘴，隨時要把她一口吃了。

因爲恐懼，她越來越依賴我，一分鐘都不想離開我。只要我離開一小會兒，不在她的視線範圍內，她心就發慌，就開始四處尋找。一旦有人大聲在家門口叫我的名字，她就會出現奇怪的反射動作：恐懼、空虛、嗔怒……一天傍晚，她不知從什麼人那裏聽說我報名去黑龍江支邊，整個人都不對勁了：煎菜的時候把醋倒進鍋裏，弄得一盆子菜酸得沒法入口；做飯的時候下了米忘記放水，整得一鍋飯全變成了黑色的焦炭。我剛剛從外面走進家門，她扔下手裏的東西就把我堵在門口。

「你報名去邊疆了？」

「是的。」

「你、你、你爲什麼要報名？」

「媽，你好好想一想，繼續待在這裏還能有活路嗎？」

她渾身一顫，人幾乎癱軟了下去，隨後便把她的臉扭了過去，淚水無聲地淌了下來。

這一夜，是我極爲痛苦的一夜，也是母親極爲痛苦的一夜。她什麼話也沒說，只是對著美孚燈發呆，看著那長長的黑黑的影子在牆上移動。我怎麼喚她她也不應我。她一動不動地坐在那裏，直到天微微發明。

其實想想，母親的境地也實在是可憐：丈夫被押解勞改，唯一可以作爲靠山的兒子也被逼得走投無路了。母親哆嗦著走到我的面前，對我說：

「兒啊，兒啊，我知道你的心苦啊，誰叫你生在這樣一個家庭呢？你走吧，走吧，我讓你走！」

傅信道被判了無期徒刑。

他的入獄與「八一三反革命案」有關。他寫了一封批判「文化大革命」、咒罵「當代武則天」的匿名信，印了上千份，貼上郵票到處發，一直發到了北京。

公安部作了限期破案的批示，公安局的人一下子全緊張了，成立了「八一三反革命案」專案組。偵破人員從發信的郵局查起，一個個查，沒查到什麼結果；他們就開始查紙張，一個廠一個廠地查，範圍越查越小，最後把目標鎖定在十里長街一帶了。於是，他們調了全鎮所有識文斷字的人的筆跡，一點點比對，終於把民辦中學教師傅信道的筆跡比對出來了。

公安局找到了傅信道，傅信道承認得很爽快。

於是，他被革命委員會下令逮捕了。

我和十里長街的另外一百六十多名學生即將出發了。下鄉知青中，年齡最大的二十一歲，最小的只有十六歲；學歷最高的是一個高中生，學歷低的連小學都沒有畢業。

十里長街所有的家庭開始忙活了起來。家家都在殺雞剖魚——家長們希望子女再好好吃一頓，彷彿孩子們再也吃不到好東西了。但豐盛的飯席上卻瀰漫著悽惶的氣氛。家家戶戶哭聲動地，長輩們悲切的情緒讓孩子們感到不滿：我們馬上要去迎接火紅的青春，你們沒來由哭什麼？真是一群思想落後的小市民。

離家遠行的日子越來越近了。沒有同學來與我告別，沒有人來給我送紀念品，沒有人來請我吃飯，沒有人找我在老家拍一張照，更沒有人上我家來走一走看一看。

公家配備的軍裝和行李一件跟著一件地發下來了，我開始默默地收拾東西：把母親所有的被子與衣服洗了，一件件地晾乾，一件件地疊起來放入箱子；把公家發給我所有的補助費都存入銀行，以備母親生活用度；把家裏所有的房間上下左右細細地打掃一遍；把我們家所用的柴頭一堆堆地全劈了出來，一排排地碼在房間裏；把母親倖存的那些素描與小品，還有她寫的那些字畫，與我的那些沒有被抄走的東西，全都用小木箱子一一裝好，省得散失了。有朝一日，或是我接母親出去，或是我回來，還有一個好念想。與此同時，我還給母親買了差不多夠三個月吃的糧食與生活上的必備品。總之，該我這個當兒子做的一切全都做了。

終於，出發的時間到了。這是個什麼樣的早晨吶！天是黑的，我的心也是陰鬱的。走出家門的一剎那間，酸酸的淚水瞬間湧入了我的眼眶裏。回望我們家那臨河的老屋，說不出有一種什麼味道，是痛苦？是留戀？還是憎恨？

我對母親說：「媽，妳不用去了。」可母親一言不發，非要送我不可。我沒有辦法，只有讓她去了。十里長街空蕩蕩的不見一個人，只有那一盞盞路燈有如老人的昏眼，在那裏朦朧著。街面是黑黲黲的，看上去彷佛剛經歷過一番大難。我在前面走著，母親在我後面跟著。我揹得重，走得也快，把母親甩開很遠，不得不幾次停下來等母親走上來。我回望著母親那瘦小的身影，眼淚終於一顆跟著一顆地掉了下來。

我們走到了汽車站。去邊疆插隊落戶的一百五十多名知識青年一身軍人打扮，全都聚集到這裏了。鎮革命委員會的幹部們組織了一個歡送隊伍，鑼鼓喧天，鞭炮齊鳴，震得整個十里長街不住地顫抖。

初時，母親只是遠遠地站著，看上去沒有半點異常。她看著我放行李，看著我排隊，看著我上車，看著車門閉了。我特地找了一個臨近車窗的地方坐了下來，好讓母親能看得見我。

車子發動了，母親突然撲了過來，她做了一個誰都想不到的動作，一頭倒在車子的輪胎底下，悲慘地大哭起來。這一下，可把鎮裏那些大大小小的幹部們嚇壞了，慌忙叫了幾個婦女把母親從車子底下拉了出來。

我不孝嗎？我不心痛我的母親嗎？可我又能做什麼呢？我捂住自己的口鼻低聲哀哭起來。

父親沒有一點兒音信，是死是活也不知道。

大姐與大姐夫兩個被發配到某個農場裏勞動，也是音信杳無。

二哥受不了造反派的欺侮，乾脆待在家裏種山了。

二姐跟秦明清離婚了，毅然決然跟著那位主任醫師翁成立走了。走到哪裡去了？我們家裏沒有人知道，也不想知道，只是不解她爲什麼那麼狠心，竟然拋下她的兒子說走就走了？

桃源村慢慢安靜了下來，老家只剩我大母親一個人，大哥沒有法子，來了一趟，把大母親接走了。

老家沒人了，那扇破敗的大門死死地關上了。臺階上的荒草兒一綹跟著一綹地長了出來。黃鼠狼拖著牠那火紅的尾巴在院子裏跳來跳去。從父親蓋了這房子起，這裏從沒有這樣荒涼過。老態龍鍾的大伯關光德嘴裏噙著個煙袋鍋子，站在我家門口長長地歎息：想當初，這府院豎的是將軍旗，唱的是將軍戲，排的是流水席，人來人往，地都快踩平了。可這一切都是三月桃花一時鮮，唉，什麼叫「門前冷落鞍馬稀」，這就是了。

第十八章　瘋娘啊，我娘

別了，我的家鄉
我再也看不到你的綠柳與鮮花
別了，我的親娘
我再也看不到妳的淚水在眼圈中蕩漾
我的青春是一粒隨風的種子
不知它會落到哪處海角天涯

我至今都忘不了我寫這首歌的經過。在北大荒的寒夜裏，我獨自一人坐在泥土小屋裏，聽著呼呼號叫著的西北風刮著小屋的棚頂，彷彿有什麼小獸在那兒奔跑，一片嘩啦啦地作響。

我聽著風聲，想起母親那雙微微顫動的手，想起母親的眼淚，想起靜靜流淌的南官河水，想起一家家臨河的房子晾出來的一排排衣服，想起那悠長的石板路與那捲起來的石頭橋，一曲旋律似乎是從心頭跳出來的，我馬上拿起筆把它一一記下來。

幾天後，勞動之餘，我坐在田壟上休息，一邊毫無目的地把雜草一根根薅出來，一邊自娛自樂地低低吟唱起來。

這時，與我分到一起插隊的林肖英好奇地湊了過來。我對她家的情況並不瞭解，只是後來陸陸續續聽別人說：她母親是林興軍的第三房姨太太，名叫馮正蕊，懷上她之後，正趕上內戰，林興軍因要帶兵打仗，無法再照顧她；林興軍老家的原配妻子一直沒有孩子，這回三太太好不容易懷了一次孕，要是再出什麼岔子，那林家可就斷了香煙了。於是林興軍就叫挺著大肚子的三姨太回到相對寧靜的老家來生。沒想到剛剛把這個女兒生下來，老蔣便兵敗如山倒了，林興軍跟著潰逃去了台灣，她們母女倆被拋在老家了。

別人家妻妾之間常不和，而林家卻不然，妻與妾這兩個女人同心協力，把林肖英一點點地拉拔大。我比她年長八個月，以前來往不多。這林肖英天生一副好歌喉，模樣也十分俏麗，一心夢想著能在文藝界有所發展。她曾經幾次報考部隊文工團，但政審沒有過關——她父親是國民黨的空軍副總司令，不抓起來審查就算寬宏大量了，還容妳往部隊裏鑽？她不得不死了這條心，灰溜溜下鄉當了一名農民。當時，我們知青點共有七十多名女知青，她是所有女生中長相最出色、氣質最高雅的一個。

林肖英好奇地問：「關天和，你唱的什麼歌？怪好聽的。」

「歌名叫《我想我的好家鄉》。」我懶懶地說。

「咦，這歌以前我怎麼沒聽過呢？」

「妳當然不可能聽過，是我自己瞎寫的。」

她兩隻眼睜得很大：「你學過簡譜？」

「對，我自學過。」

「能不能把你寫的給我看一下？」

這有什麼不可以呢？我沒多想，便把稿子給她看了。她拿過來，只一瞧，馬上從嘴裏哼唱出來了。

美麗多才的林肖英成了我命裏的「災星」，她這麼開口一唱，我的麻煩來了——也許這歌太悲愴了，深深地觸動了每位支邊青年的思鄉情，引起了強烈的共鳴，短短幾個月內，這首歌就成爲了流行歌曲，一傳十，十傳百，傳遍了黑龍江的十三萬知青隊伍。

後來的結果更加匪夷所思了——不知怎麼的，這首歌居然出了國，傳到蘇聯的首都莫斯科去了（後來聽說是來自杭州的插隊青年中有一對兄妹跑到了莫斯科，把這首歌也帶到那兒去了）。蘇聯人不知出於什麼需要，把那首歌重新配樂，請了個女聲合唱團翻唱了一遍，並在對華廣播中播放。在播放前，主持人介紹說，這首歌在中國被流放的青年中廣爲傳唱，反映了他們的痛苦心情。

這下還了得？專政機關聞訊後，立即緊鑼密鼓地調查開了，終於查到了林肖英身上。天真的林肖英哪裡知道其中的凶險，還以爲是好事上門呢。她不但老老實實把全部經過說了，最後還幼稚地說：

「這可是一支很優秀的歌喲，你們文化主管部門應當把它推廣出去才是呢。寫歌的人，你們也應該作爲人才培養呀。」

調查者不動聲色地回去了。緊接著，有關部門調閱了我本人及我父親母親的全部檔案，終於知道我是什麼樣出身的人了。

那一天，我與農民們鏟地，剛剛坐下來準備休息，村支部書記帶著兩個軍人來了。村支書斜披著一件黃衣服，以一種故作隨便的態度對我說：「關天和，你來一下。」我不知發生了什麼事，怯生生地走了過去。我一走近，這兩位軍人迅速來到了我身邊。

「你就叫關天和？」

「是的。」

「你跟我來一下吧。」

就這樣，他們把我帶走了。他們先是把我帶到一個地方關了起來。經過審訊之後，法官向我宣布：「關天和犯有反革命煽動罪，判處有期徒刑八年。」當天我就被押往勞改農場。

入監之後的第七年，我終於等到了國內政治格局全新變化的一天。我的案子得到了平反，有關部門給了我一大筆安家費，讓我回老家重新就業，我終於又能回到家鄉了。

什麼叫「近鄉情更怯」，我今天總算有些明白了。我急切地想看到母親，卻不敢探問她的消息。

我獨自站在家門口。門前的那條南官河，彷彿對人世間所發生的一切無動於衷，一如既往靜靜地流淌著。那橋，那樹，那上了百年的一幢幢老屋，那一條條光滑滑的青石板路，一切對於我來說，都是那樣的熟悉，又是那樣的陌生。陸陸續續有人從我身邊走過去，有些人隨意地看了我一眼，又茫然地走開；有些人彷彿根本沒看見我，連眼角的餘光也沒往我身上掃一下；有些人似乎認出我來了，但也許是心有餘悸，想開口與我說些什麼，一轉念還是默然無語地走了。

最後，終於有幾個人走上來，壓低嗓門悄悄問我：「你是不是關天和？」我點了一下頭。詢問者什麼話也不說，只是略有所思地頓一頓頭，走了。

過了幾天，我被平反的消息在十里長街傳開了，人們這才打消顧慮，陸陸續續來到了我家裏。第一個來的就是林肖英。我從她的嘴裏知道了母親還健在，但母親的現狀讓我沈痛不已。

我走之後第一年，母親生活無著，想把樓下的那排房子租出去，但那些鄰居們聯合起來不准母親出租。母親剛剛與一個房客談好價錢，就立刻闖進來一個女人，嘴裏噙著一支煙，當著房客的面呵斥母親：「妳這個資產階級出身的人，還想租房子繼續過妳的寄生生活？」

母親知道來者不善，這女人是街道上有名的造反派，但她仍然鼓足勇氣爭辯道：「那我的生活無著怎麼辦？」

「這怨誰？怨你們關家過去喝老百姓的血太多了，現在遭報應了，就是餓死了妳也是罪有應得。妳還不老實，還想搞資本主義？信不信我馬上拉妳出去遊街！」

房子不能租，母親就沒有一分錢收入，吃飯一下子成了大問題。正趕上大伯關光德到我家來看母親，走進我的家門，只一看便嚇了一跳：母親把我家能賣的東西差不多全都賣了，過去我用來學習的那張寫字檯也賣了，就連隔在兩間屋子間的板壁也被母親一點點地拆下來賣了。好好的兩間房子變得前穿後亮，一進門，家中一覽無餘。母親就憑著這一樣樣家具賣來的錢勉強度日。

母親那時候吃的菜，是從小菜場撿來的剝剩下的黃菜葉子，大伯打開碗櫥，發現裏面連一兩菜油都沒有。由於嚴重的營養不良，母親整個人瘦得如一棵枯草，走起路來一搖三晃。大伯伯見到母親的這副慘相，禁不住落眼淚。他馬上回到自己家，拿來了一些糧食與菜，還有一點錢，來救濟母親。此後，大伯一有空就來，幾乎沒有斷過。

我逮捕判刑，消息也傳到了家鄉，成了十里長街居民的談資。有人說，有其父必有其子，父親是老反動，兒子定是個小反動。有人說，關光明過去作惡太多了，所以後代遭報應了。有的人發揮想像力，把我描繪成一個叛國分子：「寫一首歌就能成反革命？說死我也不相信。他是逃到蘇聯去當克格勃（**編者按：蘇聯解體前的情報機關，也稱國家安全委員會，簡稱克格勃；意指當間諜**），被抓回來了，他犯的可是叛國大罪，跟林禿子一樣壞！」

母親一聽到我的凶信，當時就暈死過去了。一些好心人又是按摩，又是掐人中，終於把她救活。也就從這一天起，她的精神出現了異常：或天天跑到車站，直勾勾地看著遠方；或日日站在家門口，瞅著大街自說自話。

母親的這種樣子，終於觸動了我那位表姨米彩荷。整整半個月，她每次做飯時特意多做一點，用一個碗單獨盛出來，叫她女兒于素心一日三餐送到我家裏來給母親吃。可是這種照顧的背後，卻有另一宗令人齒寒之事——我們家最後一點東西，如那副杉木做的好床板，我放在小箱子裏的書籍，裝在箱子裏最後一批畫，在她們「照顧」母親之餘，統統不翼而飛。

林肖英在母親精神垮掉的第二個月，也就是我被政府正式逮捕之後的當年，請了病假回家來探親。

從我被捕的那天起，她的心裏十分內疚，不曾安寧過。她總認爲是她害了我——若不是她愛上我寫的那首歌，因爲喜歡而天天吟唱，並一傳十、十傳百地傳出去，蘇聯人怎麼會上廣播？上級何以能知道？我怎麼會被逮捕判刑？又何以能遭如此之大罪？她就懷著這樣一種負罪心理，從黃岩坐車來到了我的家，找到了我的母親。

那時的母親純粹是一副叫花子形象了，遍身泥垢，頭髮亂得有如一蓬草，臉上一片黑汙，除了兩隻眼還有點光亮外，整個人兒活像是廟裏金身剝落的泥胎子。當時母親正坐在門檻上，逢人便問：「你們看見我的兒子天和沒有？你們看見我的兒子天和沒有？」有些人出於同情漫應一句，有些人則厭煩地一甩手說：「去，去，癲老婆子，誰他娘的見妳兒子了？妳把妳那個兒子當成香珠瓜，別人當成臭狗屎！」

林肖英走上前去，母親眨著眼問：「妳是什麼人？」

林肖英聲音發顫地說：「娘，我是您的兒媳婦。」

母親驚叫一聲，緊緊地抱住林肖英，尖聲大哭起來：「我狠心的兒子呀，你為什麼不來看一看我哪！好狠心的兒子哪，你不是說到了那個地方就把我帶走的嗎，怎麼就把我孤苦零丁的一個人扔在這裏呀？」

林肖英抱著老人家淚如雨下。也就在這一天，她擔當起我妻子的職責，把母親接到她家去住了。

這就是我與林肖英見面時，她所講的有關母親的一切。林肖英把我家的鑰匙遞給我，我接過鑰匙打開房門——其實，我家那時上不上鎖也沒有多大意義了——一進家門，一股發了黴的氣味差一點把我熏倒。家中的兩間房子前穿後亮全然貫通，屋子上下沒有一處地方是乾淨的；那地板由於多次抄家，早已七拱八翹，腳一踩上去，就發出銳聲的哀叫；灶台上面長滿黑色的黴毛，可疑的斑跡如水墨畫的墨色潤開去，俯下身細細一看，那上面全是密密麻麻的老鼠糞；鍋上面垢滿了說不清的東西，黑乎乎一片；那個碗櫥子一打開，空蕩蕩的，櫥內的船板由於多年沒有擦洗，已經長出一排一寸多長的白毛；母親用過的那口碗，乾乾的飯粒兒還在碗沿上黏著。

我來到樓梯口，一腳踩上去，破敗的樓梯立即發出危險警告。我住過的那個房間早已變成另一種樣子，空蕩，死寂，過去留在家裏的那些書早已橫掃三軍如捲席了；牆壁被抄家的人挖得百孔千瘡，那些窟窿從我進來的一剎那起，便不斷地與我「擠眉弄眼」，說不清是在調笑我，還是在奚落我。

我睡過的那張床上面落滿了亂七八糟的東西，伸手輕輕地揮了一下，塵土飛揚。我又進入母親的房間，這裏簡直是灰寮與豬窩：蚊帳不知多少年沒洗過了，焦黃一片。我伸手輕輕地動了一下，蚊帳上的灰便嘩嘩掉下來，嗆得我無法喘氣。我拿起來那被子輕輕聞了一下，一股惡臭衝進腦門，我差點吐出來。

這就是我的家？心裏酸溜溜的，有股東西湧上來，堵住我的喉嚨。我只想好好地哭一場，可我的眼淚已經在災難中耗盡了，再流出來的絕不會是眼淚，而是血了。

「我母親在妳那兒？」

「她住在我那兒。」

「那我去妳家把她接回來。」

「……我正在找她。」

「怎麼啦？」

「三天前，她又從我家逃出去了。」

林肖英對我說，她回來之後，地方政府把她分到一個供銷社裏賣魚蝦。她每一次上班前，都叫她媽好好看住我母親。可就在昨天，她上了一趟醫院，回來一看，家裏所有的門都開了，我母親又不知跑到哪裡去了。

我向四周的鄰居們打聽母親的行蹤。

一個老人告訴我：「她有時候在車站，來一趟車就看一趟車，逢人就說今天你能回來。有時候，她就跑到東嶽廟，跪在那兒念念有詞地求佛保佑你早點回家。」

我們倆馬上去了東嶽廟。那是一座老廟，「文革」期間被毀過一陣子，大門口那對油光發亮的石獅子也被造反派們吊起來扔到河裏去了。「文革」結束後，東嶽廟的香火第一個興旺起來。我與林肖英在這裏找到一位看大門的老者。

「老人家，你有沒有看到過我母親？」

「你母親什麼樣？」

林肖英把我母親的模樣大致說了一遍。

「哦，你是不是她那個坐了班房的兒子？」還未及我回答，他感慨萬千地說，「你呀你，你這一坐班房，可把你娘害苦了，也把那個姓林的姑娘害苦了（此時林肖英就在我身邊，他沒認出來）。你娘方才就在這大門口坐著哪，這陣子大概又上汽車站去了。」

終於看到母親了。這哪裡是過去的母親啊？她那張臉哪有過去半點影子，乾皺得簡直就像一顆大核桃了！我撲過去，抱著母親嚎啕大哭起來。我把母親像抱小孩一樣抱回了家。

我和林肖英一起著手收拾這個家。

林肖英是個過日子的好手。她把我家殘存的每件家具都用刷子細細刷過，叫它現出本來面目，連那一連排我釘好的地板，她也要用鐵絲線團兒一點點擦淨，讓一切變得清清爽爽。她一幹就是三天，雙手在水裏泡得通紅。凡是能拆的，她全都拆下來洗了；凡是能湊合用的，她全都湊合用上了；凡是不能用了的，她毫不猶豫地全處理了。一個家，有人與沒人大不一樣。尤其那房子，有了人之後，彷彿荒漠有了水，一下子便變得有了活氣。十里長街的人們又開始以一種羨慕的眼光瞅我們了。

終於有一天，我那位叔叔關光成上門了。

「你回來了？」

「噯，回來了。」

「你爸爸有沒有消息？」

「剛剛回來，不知道。」

「這個女人是你老婆？」

我有意驕傲地一揚頭：「是的。」

我說完，不再作聲。關光成多少從我的眼裏讀出另一種味道來，十分尷尬地一咧嘴，走了。

我有一種強烈的感受：我們家要新生了，這好比是蟬在地底下歷盡了種種黑暗與災難，而今終於到了牠破土羽化而出、縱聲歌唱的時候了。

林星雨死了。

他是活活爛死的。他得了褥瘡，他的妻子恨他作惡多端，在最後一刻棄他而去，帶著女兒走了。他唯一的兒子因為在「文化大革命」時殘殺過兩個「保皇派」，血債累累，被人民政府槍斃了。家裏只剩下他一個人，他叫天天不應，叫地地不靈。

死前的最後兩年，誰也說不清楚他得了什麼病，身上的皮有如魚鱗片兒似的一片片往下落，又痛又癢，折磨得他天天從夜裏叫到天亮。在他死的前三天，他看見他死去的哥哥林星河站在他面前，用一根軍用皮帶揍他，一邊揍一邊罵：「你這個狼心狗肺的傢伙！你這個畜牲！你死了我都嫌噁心，你配做什麼人？」他終於疼痛不過，死了。

死後三十多天，屍體差不多全爛了，蟲子滿地跑了，才被居民發現。他們一看，這個人成了這種樣子，還有什麼可說的呢？鄰居們叫了幾個人把他收巴收巴，燒了。

大哥與大嫂重新回到了大學裏教書。

大姐與大姐夫也復出了，只是職務有了變動：大姐夫擔任一個市的市委組織部長，大姐擔任市裡的建設局局長。

二姐一直在北京。成爲我二姐夫的翁成立終於獲得平反，回到協和醫院上班了，二姐本人也進學院去進修了。對於她的情況我知道得不多，只知道兩口子又生了一大堆孩子，其中兩個孩子在三四歲的時候便夭折了，一家子醫生全白當了。

我和林肖英的結婚儀式十分簡單，只花了十塊錢，購了些糖果，把下鄉插隊時的那些好友叫了來，說一陣子話，喝一陣子水，一陣說笑打趣，就算完成了。

婚姻的確是一部讀不完的羊皮書，小時候與我訂了娃娃親的李希娟沒能成爲我的妻子，而林興軍的女兒林肖英，害了我一把，又拖了我一把，不是冤家不聚頭，我們終於走到一起了。

林肖英把她那位瞎了眼的母親從家裏接了過來，住在了我們家的樓上（當時林興軍的原配妻子已經去世），我們這兩個破碎的家庭終於變得完整起來了。

第十九章 征夫淚

「將軍百戰聲明裂」，父親生平大小數十戰，只打過一次敗戰。大陸易手後，他因曾爲黃埔名將而一再受罪。

父親釋放那天，是我去金華軍隊農場接的。

父親老了，頭髮花白了，原本挺直的腰桿現在佝僂了，尤其是他那雙手的變化令人驚心——過去，那雙手既綿軟又有力，而現在，上面佈滿了黃黃的老繭，舊樹皮一般令人不忍觸摸。父親的那雙眼睛過去是那樣炯炯有神、精光四射，而現在卻彷彿蒙上一層白翳，空洞無物。而父親最大的變化，是他已沒有了往昔的那種激情，對我所流露出的感情顯得無動於衷。見到久別的兒子，他只是悲涼地笑了笑，兩隻昏花的老眼湧出一串混濁的淚水。

他喃喃地問：「你什麼時候放出來的？」

「比你早一年。」

「你娘情況如何？」

我簡單把母親的情況說了一下。

父親把頭搖得像撥浪鼓一樣：「我對不起你娘，對不起你啊！」

「爸，你別這麼說。」

「你娘可憐啊。要是不嫁給我，她早是個大畫家了。」

他抖動著佝僂的脊背無聲地抽泣著。

我把父親領到附近的一家旅館開了個房間，伺候他老人家洗了澡，替他換下衣服，又帶他到飯館吃了一頓飯。

第二天，父子倆乘車回路橋。

傅信道也從新疆回來了。他的兒子傅春水把他接回家去了。

父親回家之後，一天到晚默默地坐在那裏，或是閉目養神，或是把兩隻手合在胸前，嘴裏喃喃地念著佛。面對著他一生中最愛的女人——我母親，他幾番湊上前來，試圖和她說上幾句話。可那時母親已完全認不得他，只自己拿著一枝筆在一張白紙上亂畫。

父親問兒媳婦：「肖英，她怎麼連我也認不得了？」

妻子說：「爸，別說你了，天和到車站把她找回家的那天，她同樣不認識他。」

父親的頭垂得更低了，反覆叨念著：「我作的孽啊，我作的孽啊……」於是，他那香點得更勤了，佛也念得更虔心了。

父親平反的消息在路橋傳開了。那些日子裏，門庭若市，許多過去的人都來了：我表姨的女兒于素心來了。秦三觀也帶著孫子來看老外公了，雖然我二姐與秦明清離了婚，但這個孩子畢竟還是我們關家的骨血。那個做事刻毒的叔叔關光成也來了，儘管他知道自己在父親面前舌頭活活短了三寸，畢竟他還是來了。父親只是轉過頭來看他一眼，馬上有如老和尚入定一樣再也不回頭了。關光成不知如何是好，坐了一小會兒便無滋無味地走了。

更多的人湧入了我那個小小的蝸居。肖英又是迎客，又是讓坐，又是倒水，忙得不亦樂乎。可父親所有的表情彷彿都凝固了，你問他好，他也不回答，你問他哪兒不好，他也不吭聲，只是一動不動地坐在那裏。客人們似乎感覺到有一座長滿了苔蘚的高牆在面前聳立著，只好隨便搭訕上一兩句，給自己下個臺階，走了。

我的女兒出生了。我想了又想，給她起名爲關方正。用意很簡單，我什麼也不求，只希望她長大了之後能方方正正地做個人就夠了。父親非常愛這個孫女兒，抱著她，憐愛地叫她「方方」。別人都認爲「爺爺愛孫，老貓貪葷」，只有我心裏明白他爲什麼如此愛我女兒。

這時，國家恢復了高考，我考上了北大中文系，圓了我的大學夢，一去就是四年時間。在這四年裏，父親一直住在我家裏，我妻子把這個家調理得好好的，讓歷盡人生磨難的父親能在他人生最後的歲月裏，過上一段安安生生的好日子。

大學畢業後，我的人生歷程可以用「生逢其時」來形容。我是恢復高考後的第一代大學畢業生，再加上生活閱歷豐富，分配到黨政機關工作後，處理起各方面工作來都得心應手，經過幾次任用提拔後，我順利地進入主要領導班子。先擔任市委宣傳部長，後是組織部長，又當選地委常委，任宣傳部長。在三年的時間裏，我連跳了三級，升遷之快，連我本人都有些不安。

不知爲什麼，我有一種不好的聯想，從我的春風得意時時聯想到父親的沈浮。而父親似乎很淡然。直到有一天晚上，妻子帶著母親出去洗澡去了，家裏只有我們父子倆，父親這才揮揮手叫我過去。父親耳朵重聽，我們倆的交談非常不方便，我便把我想要說的話寫在紙上遞給父親，父親拿起那張條子看了幾秒鐘（**我發現他是用眼角的餘光看的**），隨後，他把字條放在桌子上。

「小兒，你別雜念太多，有福就有禍，有得就有失。」

「我怕禍，有沒有什麼避的方法？」

「順其自然。有禍你避不了，有福你躲不過去。」

「是不是辭職更好些？」

「用不著如此迂腐！你從政我不反對。從你做官那天起，我想了小半年，有幾句話可以送你：一是諸惡莫作。無論做什麼事，要替底層的老百姓想想，他們是最容易被忽略的。一個幹部的最高政德，就是讓他治下的黎民百姓安居樂業，切記切記！二是無論做什麼事，別踩著他人的肩膀往上爬。你給別人痛苦，也就埋下了自己痛苦的孽種。三是任何情況下，不可得意忘形，爲官從政要隨時隨地如履薄冰，才會終身平安。」

父親說完這番話後，再不作聲，只是呆著兩隻眼一動不動地坐在那裏念念有詞。一陣陣香煙輕輕地飄了過來，我的心也隨著那煙嫋了起來。

我擔任領導之後，家中幾乎天天賓客盈門，就連過去那些三桿子打不著的人也找上門來了。這種熱鬧繁盛的場面在我升任市委副書記後達到了頂峰。有好些我根本不認識的人，對外都說是我的親屬；過去那些恨不得置我於死地的人，現在都在外頭表功，自稱在困難的時候如何如何幫助過我。我對此只有一笑了之。

每至年節關，爲了躲避那些送禮的人，我總是帶著父親、母親、妻子、孩子到軍分區招待所借宿。我心裏十分清楚這些蜂擁而來的人們奔的是什麼，別看他們現在一個個嘴裏說得非常好聽，可若是我沒有現在這個職務、這個地位，他們能來嗎？父親說得對：「他們並不是敬重你這個人，而是敬重你手中的權力。」

我又官升了一級，當上這個市的市委書記了。

對於這種異常順利的升遷，最感到憂心忡忡的是林肖英——她成爲這個地方的「第一夫人」，卻有些消受不起。她是從來不相信佛的，可是現在每到初一十五，她總要和父親一起去點香拜佛。

有一個星期天，她與我一起出門給家裏三位老人買衣服，路上碰見了兩個農民打扮的人。那兩人見到妻子便高聲央求：「這位好心的大姐，我們是從河南來的民工，找工作找了七八天了就是沒找到，已經一整天沒吃飯了，妳能不能給我點飯吃？」妻子一聽，說了一聲「好」，隨即從口袋裏掏出一百元錢來給那兩人。

我不以爲然：「萬一這兩人是個騙子呢？」

妻子很認真地說：「萬一他們是真的呢？我寧可被騙十回，也不能放棄一次行善積德的機會。」

見我仍是笑著搖頭，妻子正色告訴我：「我知道你在笑我婆婆媽媽，可我就是要爲你、爲全家的平安祈福。你做不做官並不重要，只要我們家平安，這比什麼都好。」

儘管我本人對做官並不十分看重，卻很快遇到了一件做官給我帶來的天大好事。

一位原國民黨將軍從台灣來台州尋親，身爲市委書記的我自然出面接待。沒想到經過幾番交談，發現這位老人竟然就是我的岳父林興軍！他要尋的親正是我的妻子和我的父親！他沒想到他和我父親竟然成了親家！一家人經過幾十年的分離，終於團聚了。

此番奇遇讓全家人都感慨老天爺的安排實非凡人所能預測。

岳父決定在故鄉安度晚年。他問我：「我那座老宅是不是還在？有沒有被沒收？」

「沒收過，後來落實政策還了我們。」

他點點頭道：「天和，你出面把老宅收拾一下，這本是我升任將軍那年在城裏購置的院子，本想衣錦還鄉後在那裏享幾年福，現在……也算是找個安靜之地讓我這把老骨頭歇息一下吧。」

第二十章　關羽的後人們

三天後，我來到了岳父的老房子面前。

這是一所什麼樣的房子啊，無聲，凋敗，悠遠，似乎隱藏著無數個故事。四面是高高的圍牆，幾棵石榴樹從牆裏探出頭來。正門口的那對石獅子已經變得污濁不堪。對著大門有一處插旗桿的臺子。過去在主人地位十分榮耀的時候，那旗桿上飄揚著的鮮豔的旗子，成爲了黃岩的一大景致；後來房主敗落，旗桿也不知哪兒去了，只剩下了一個四四方方的石墩子。那門楣上掛有一塊大匾，上有「功高德昭」四個正楷大字，如今這匾有些剝落了，但那四個大字尚可依稀辨認出來。

大門上的獸頭生滿了黃鏽。推開門跨過石門檻，眼前是一個長方形的大院子，正對面有八間正屋，兩邊各四間廂房。面對著這破爛不堪的房子，面對著這長滿了荒草的大院子，完全可以想像得出來，當初林老太爺兒子當上將軍的時候，在城裏建成這富麗堂皇的大院子，會是一個什麼樣的鼎盛場面。如今曾有的繁華全都過去了，一切都如傍晚時分的彩霞一樣，說消失就消失了。

我站在這個破敗的將軍大院裏很久，只覺得喉嚨裏塞了什麼東西，卻說不出半句話來。

妻子帶著裝修公司的人來了，我對他們簡單地交代了修繕原則，照著舊模樣修就是了，儘量把這個荒蕪不堪的大院按照原來的風格修復。

一個多月過去了，房子裝修好了。我再一次來到這裏，走到院子前，眼睛便一亮。金錢果真萬能，若不是岳父帶來那麼多錢，我是無論如何也修不成這樣的。

我讓妻子陪著她的老父親到這裏看看，老岳父一個勁兒地說：「唔，過去就是這個樣子的，比過去要好。」院裏所有的房間全鋪上了新地板，窗櫺也重新油漆，變得優雅而生動起來。抽水馬桶與浴室則是按照現代標準裝修，還特意購置了一套仿紅木的家具。在會客廳上，我還掛上了一幅百花爭豔圖。因爲岳父曾經說，過去這裏掛有一幅台州著名畫家蒲華的巨幅畫作，可惜的是，這幅畫再也找不到了。於是我專門請了一個名叫陳野林的國畫家給他畫了一幅，重新裝裱好，高高地掛了起來。

長方形的院子裏種上了花花草草，在院子中間栽種了一棵枝葉茂盛的桂花樹，房主人可以在秋天嗅到醉人的桂花清香。總之，這是一套在古樸外表下的現代化裝修的宅院。

岳父搬進來之後情緒大振，彷彿回到了孩童時代。他邊指點邊回憶：這一處是他與馮正蕊結婚的洞房，那一處是他休假在家讀書的地方，某處是他與我父親見面時喝酒的地方，某處是他與我父親曾經爲什麼事情吵架的地方，某處是李少白喝多了酒撒過一泡尿的地方。最後，他淚花閃閃地說：

「天和呀，我以爲自己再也看不到這個將軍院了，沒想到我今天還能回來，還能安頓下來，這真是託這個新時代的福啊！」

岳父、岳母，還有小姨子林肖楚一起搬進院子後，爲照顧他們的生活起居，我特意從老家請來了一個保姆。不久，岳父就和這裏的普通居民一樣，挎著籃子上菜市場買菜了。緊接著，岳父開始早起運動，老人家生活進入了一個全新的軌道。

平安的新生活過了一周多。這一天，我正在地委開會，小姨子給我打電話，說：「姐夫，爸爸今天準備了家宴，請你和我姐姐務必帶著老阿公過來。」

「有什麼要緊事嗎？」

「爸爸似乎有一件大事要跟你們談。爸爸只要我告訴你，不管多忙，你務必來，而且是只你們三個來，別的人他一概不想見。」

到了岳父家，岳父先是陪著父親參觀了這個新家，然後吃飯。飯畢，我們在客廳裏坐了下來。

岳父神色莊重地說：

「啓星，你還記不記得那一年你處決了委員長遠房舅舅王允祥那件事？」

「怎麼不記得？我殺了王允祥，也隨時準備把自己腦袋交出去。」

「委員長不但沒有殺你，還賞了你——這事你不記得了嗎？」

「賞……賞我什麼了？」

「你真的記不清了？」

「真的一點印象也沒有了。」

「你再想想，當時，你把軍法處判決送上來的時候，還附了些什麼？」

「從他情婦那裏搜出來的五十根金條。」

「這金條委員長怎麼處理了？」

「他獎給了我——可是我並沒有拿呀。」

說到這兒，岳父那張老臉浮現出帶有幾分詭異的笑意。他哆哆嗦嗦地從貼身衣袋裏掏出了一張支票，送到父親面前。

「這是什麼？」

「你的錢。」

父親一看支票的面額，倒抽一口冷氣：「一百萬？我什麼時候有這麼多錢？」

「你怎麼忘了？委員長不是把那五十根金條交給了我，叫我替你保管的嗎？我一直給你存著呢。後來我到台灣，把這五十根金條也帶去了。開始，我一直給你存在銀行裏，後來我又把它從銀行裏取了出來，投了股市，賺了一大筆錢，後來就放入了我開的那個公司裏。現在，連利息什麼的全都在這兒了。這些年我一直在想，雖然眼下我們天各一方，但是人終究要落葉歸根，我就命令自己好好活著，活到能再回來的那天。就這樣等呀等的，我都以爲自己等不到這個好日子了。如今天老爺有眼，終於等到了大陸開放，我們可以來了。說一句不怕忌諱的話，剛來的時候，我只怕你死了，我只知道你有兩個兒子和兩個女兒，一個叫天奇，一個叫天嬰，一個叫天達，一個叫天珍，至於後來有的關天和，我根本不知道。我當時就想，天老爺總不會這麼狠心，叫你們關家全都死絕了吧。若是我找著了你的家人了，我就把這一百萬給他們；如果找不著了，我也沒有法子，只好以你的名義捐給慈善機構了。我做夢也想不到，你不僅沒有死，而且你的小兒子還成了我的女婿，還在共產黨內當上這麼大的官。這是你的錢，今天我總算是完璧歸趙了。」

父親慘笑著搖頭：「我老了。過去我要用它的時候它不來；我現在用不著它的時候它卻來了。」

「老弟，我與你都是過來人，什麼罪都受過了，我也知道錢對你沒什麼用了，可這錢畢竟是你的啊，你想怎麼處理就怎麼處理吧。我之所以不讓別人來，只怕人眼珠子是黑的眼仁是白的，萬一這錢給你帶來不必要的麻煩，那我心裏可就不安了。」

對這一百萬元的支票，父親連瞟都沒有瞟它一下，更別說是伸出手來動它了。支票就這樣一直放在桌子上。門開了，一陣輕輕的夜風順著窗口吹了過來，把支票悠悠地吹落到地上。林興軍馬上俯下身去，把它拾了起來，交給了我。

「我的好女婿，這是你爸爸用命換來的錢，你拿著。」

「爸，我覺得這筆款項應該由我爸爸自己來處理。」

林興軍以懇求的語氣對父親說：「親家翁，你別讓我爲難好不好？我可是爲你保存了整整四十多年哪！」

聽到這話，父親面有難色地說：「兒女們都大了，他們有他們自己的活法。我什麼也不求了，只求平安足矣，如今這一百萬從天而降，決非好事，怕是我的太平日子又不會太多了。」

「唉，福禍吉凶非人力能掌控，既來之，則安之。這張支票你還是收了吧。」

回到家之後，父親寫了張條子送到了我的臥室裏。這張條子是用鉛筆寫的，紙張亦是從我女兒作業簿上撕下來的，上寫：

小兒，此事萬勿外洩，我對此款項另有打算。

我大哥退休了。

二哥也退休了。

大姐與大姐夫也退休了。

二姐夫也退休了，二姐調回到黃岩人民醫院工作。夫婦倆傾盡所有積蓄，在黃岩九峰山購了一間造型別致的別墅。他們在北京的房子讓給他們的子女了，他們再也不打算到北京去住了。

關家的這一輩，除了我仍在領導崗位上，全進入老年生活了。

大哥給我打了一個電話，說他與二哥商量過了，想把桃源村我們老家的房子修一下。大母親也年過九十了，在他那兒也待不住了，他準備近期和大母親一起回老家去。他要我徵求一下父親的意見，他是繼續住在我這裏，還是回老家去住。

我從辦公室回來，就把大哥與二哥的打算對父親說了。父親正坐在他的房間裏讀經，他放下書，對我說：「叫他們帶著自己的娘住在那兒吧。我呢，該我回去的時候我會回去的。」

市委接到中央辦公廳的一個電話，老同志粟定鈞要來了。中辦轉達了粟定鈞的意見：他這一次來，地方領導不要出面接待陪同，他只有兩個願望，一是想到當年指揮攻下的海山島看一看，二是如關光明老先生還活著的話，由地方政府安排一下見面。

當晚，我把這件事告訴了父親。

父親一個晚上都處在亢奮中，語無倫次地說著：「我知道他不會死，我知道他不能死。我們這些人，沒有死在戰場上，怎麼能死在自己人手裏呢？我知道只要他不死，他就會來找我，他就會來找我。」他說夠了，在屋裏轉累了，又自言自語：「快了，快了，我們都快了，是該到了了心願的時候了。」

粟將軍終於來了。他什麼人也沒有帶，只有他的三女兒陪他來。他是穿著一身綠軍服坐在輪椅上出港的，還是過去那身打扮：頭上一頂軍帽，腳上一雙老布鞋和一雙白得耀眼的老棉布襪子。我們把老將軍接到了安排好的賓館，父親在妻子的陪同下，早就在那兒等著了。

老將軍還鄉的消息不知是怎麼走漏風聲的，賓館大廳裏來了一群特別的歡迎者——那些參加過解放海山島戰役的軍人們都來了。粟將軍的輪椅一進大門，父親就跌跌撞撞地奔了過去，俯身握住粟司令的手嗚咽起來。粟司令也百感交集地搖晃著父親的手。隨後，他們倆什麼人也不管，什麼人也不問，旁若無人地交談了起來。兩個人都是重聽，儘管他們的耳朵上都戴著助聽器，仍然必須大著嗓門喊，對方才能聽得見。

「沒想到你還活著，不易呀，不易呀……」

「這些年你也不容易呀，我都知道了。」

「粟司令，你的腿怎麼啦？」

「別提了——叫造反派給打斷的。」

「哎呀，這份罪……」

「假如不是你寧死不肯寫那份東西，還拖著那傢伙從樓上跳下來，我怕是早就叫他們活活整死了。」

「我那時候一天天都想著死，可我又一想，你粟定鈞總有一天會來救我的。」

「我也是，一天天想著死。可我想，人家潑出一條命來救我，我若是不好好活下來，怎麼對得起你這個老倔種啊！」

「沒有想到，我們這對戰場上的對手變成了生死之交！」

「想我粟定鈞戎馬大半生，戰場上的對手主要有三個，一個是你，一個是傅信道，還有一個是林興軍。你是被我打投降了，傅信道被我打潰了，林興軍在海山島一戰後逃回台灣，當了空軍副總司令，也不知他現在是死是活？」

「粟司令，你想見見你的另外兩個對手嗎？」

「想啊！怎麼，他們都還活著？」

「都活著，現在他們都在本地養老呢。」

「林興軍從台灣回來啦？」粟定鈞眼珠子都快從眼眶裏迸出來了。

「一言難盡，緣分難解啊！不僅他本人從台灣葉落歸根回來了，而且他流落在大陸上的女兒還成了我的兒媳婦。」

「老天，它是怎麼安排這齣戲的！」

「你我都是凡夫俗子，哪能猜破這裏頭的玄機！」

「今天我能不能見見他們兩個？」

我即刻叫市委機關的人把傅信道、林興軍二人接了過來。

吃過了飯，當晚，這四個故交又一次坐在會客廳裏閒談。他們時而高聲大笑，時而又相對唏噓。歷史開了一個多大的玩笑，這些昔日的對手如今竟變成了最好的朋友！

傅信道說：「我們都老了，能不能積自己一生的經驗，每人說一句對後代子孫有益的話？」

父親說：「人生有定數，數完了，一切也都完了；數沒有完，你想完也完不了。」

林興軍說：「得之失之，失之得之。人生本身就是一個圓。」

傅信道說：「人性太惡了。什麼時候人性能變一變，這個世界也就不會有這麼多的麻煩了。」

粟定鈞想了好長好長時間，終於說出了一句：「積我一生政治經驗得出來的結論是：政治是暫時的，發展是永遠的，人類的和平是永恆的。」

幾個老人拍著手呵呵大笑：「解得切，解得切啊。好，好，到底你是共產黨的高官啊，看問題看得遠，也看得深。」

一周後，粟老將軍回北京去了。

父親、林興軍、傅信道，還有一百多位老兵們到機場裏去送他。

清明節前一天，岳父給我打了一個電話，他想和我父親一起去看一看李少白與陳叔桐的墳。父親十分贊成這個計劃，他幽幽地說了一句：「現在要是不去，再過幾年怕是連山也爬不上去了。」

第二天的一大早，我安排好了一輛車，由李希娟作陪一起去上墳。

到了地點，兩個老人先是一動不動地坐在那兒，然後拿出酒杯斟滿了酒，一遍又一遍地往那兩人的墳頭上倒。我滿以爲他們的酒倒完了，祭奠也結束了。不曾想，兩個老人居然在墳頭邊打起撲克來，彷彿墳裏的人還活著似的，大著嗓門叫他們出牌，直到了三局牌下來，天也差不多黑了，兩人這才開始燒紙。

父親一邊燒，一邊說：「老兄弟啊，你們就好好地待著吧，我們倆也快來了，快到了我們牌桌湊齊的時候了。」

我一直搞不清楚，岳父帶回來一百萬元的事是怎麼在外邊傳開的。先打電話來探聽此事的是二嫂，她劈頭就問：「爸爸是不是有一百萬元錢？」一時間我竟說不出一句話來。我想跟她說，爸爸是有這一百萬，是我岳父從台灣帶回來的；但我又怕失信於父親，我畢竟答應了父親，什麼人也不告訴；但是如果我否認此事會更麻煩，那些人會胡亂聯想：是不是關天和兩口子想獨吞這筆鉅款？難怪父親不肯回桃源老家，原來是關天和一手安排的呀。

我拿著電話筒，猶豫了好長時間，最後還是心一橫，說：「二嫂，這事是有。但父親對這筆錢有他自己的打算，我們做子女的還是別干涉爲好。」

這電話剛剛放下不到三分鐘，二姐的電話又打來了。我這個二姐過去視我爲仇敵，對我不聞不問；「文革」結束後，特別是我當上了市委書記後，她一反常態地對我畢恭畢敬起來。可是這一次，她的腔調也不那麼客氣了。

「小弟，你岳父是不是給老爸帶回來一百萬？」

「是的。」此時此刻，我沒有必要含糊其辭了。

「這錢現在在誰的手裏？」

「在爸手裏。」

她提高了聲音問我：「那你和肖英爲什麼從來不與我們兄弟姐妹提一句？」

我也有些不客氣了：「我覺得沒有必要！二姐，這筆錢我們誰都不要惦記，以後我會告訴妳情由的。」我不分由說把電話掛了。

打發了這些「熱心」的電話，另一個我料想不到的人又上了門，是關光成。

這個關光成是個麒麟無寶不著地的人。他的日子一直挺順遂的，他家所在的地段處在十里長街的中心位置，由於發展工業的需要被徵用，就他們家得到的土地補償款，少說也得有上百萬了。可他也要湊上來算計這筆錢。

一天晚上，他不請自到，坐在我家客廳裏吞吞吐吐，要跟我「敘舊」，話語之間露出他曾經對我們家有過「照應」的意思。聽到這話，我有些坐不住了。我將手裏的茶杯捏得緊緊的，竭力克制著想把茶杯砸到他臉上的衝動。

就在我準備拉下面子下逐客令的時候，我看到關光成臉色一變──順著他的眼光看過去，原來父親不知什麼時候已站在了客廳裏，正似笑非笑地看著來客。

「我聽你說，在我遭難的時候，你幫了我們家不少忙？」父親緩緩地開口了。

「唉，那還不是應該的……」

「那你說說看，你幫了我什麼？」

關光成說：「你看……」

父親打斷他的話：「是呀，你們家的確是幫了我們家不少，不然天和的娘怎麼會瘋呢？幾十年來，你幹的那些陰虧事、臭事、髒事，還要我一件件幫你擺出來嗎？」

就這幾句話，一下子令關光成全身的血都跑到臉上去了，瞬間變成了一塊大紅布。關光成怎樣狼狽地離開我家，我記不得了，我只記得八天後關光成就死了。那天，他從市場上回來，路上堵滿了各種各樣的車輛。他見兩輛大貨車相挨的當間有點兒空檔，便側著身子往裏擠。偏偏就在這時，兩輛大貨車同時開動，一左一右，一下子就把他夾住了，他是一點一點被夾死的，是一種意想不到的「凌遲」，其慘號聲令路人無不失色。等人們把他拖出來時，他已口鼻耳流血、人事不知了，回到家裏的當天就死了。

儘管他一生做了很多壞事，但他畢竟是我的叔叔，出葬的那天，我的叔伯兄弟關天蘭來通知我。我問父親：「你老是不是去送一下？」

父親輕輕搖頭：「是人遲早都要走的。要送，你就去送一下吧，我就不去了。」於是，我代表父親去了。

葬禮剛辦完，姨表妹于素心就來了。她現在的境遇很不好，她的繼父在「文革」期間仗著自己出身成分好，參加了文攻武衛戰鬥隊，每天都揹著一支槍耀武揚威地在大街上走來走去，結果在一次武鬥中，被對方扔過來的一枚手榴彈炸死了。在我被抓去勞改的那一年，于素心嫁了一個機械廠的工人。兩年後，我表姨米彩荷得了肺結核吐血死了。

我這位表姨是一個會生孩子的「英雄媽媽」，生了差不多半打的子女。父母一撒手，家裏所有的擔子全落在身爲長女的于素心身上。平靜的日子沒過幾年，下海（編者按：指拋棄本業去經商）熱又來了，她丈夫率先辭職下海，開了一家服裝店。起初夫妻兩人只是小本經營，略有盈餘，後來兩口子都耐不住性子，想一夜暴富，看到貂皮大衣非常走俏，一下子動了心。

那時，他們已經有了三個孩子，哪有那麼多錢來做資本?兩口子四處告貸，借到了二十八萬元錢，上了一趟哈爾濱，進了差不多一百件貂皮大衣，滿希望能大撈一把。偏偏天老爺不作美，這年是個暖冬，貂皮大衣無人問津，只有壓在倉庫裏了。更要命的是，那些貂皮大衣全是鹹硝皮子，趕上江南的梅雨時節，大衣全生了蟲子。這一下投進去的錢血本無歸。不但沒掙著錢，還得處處花錢，這一邊要付房租錢，那一邊要上稅，這一邊小工要工錢，那一邊還得還銀行裏好大一筆利息，樁樁件件急得她差一點要上吊。

我十分瞭解這個表妹，雖然母親受到過表姨傷害，于素心本人也做過一些說不上口的事，但在母親落難之時，她們母子到底送過飯。更重要的是，沒有表姨的撮合，我父母親的婚姻也無從談起。

于素心上門直接找到林肖英，她紅著臉說了一遍家裏的難處，用央求的口氣說：「老爺子現在有了那麼多錢，你們家暫也不用，能不能借給我周轉一下?」

「妳打算借多少?」

「十八萬。」

「這是我公公的錢，我們也做不了主，我去給妳問一下吧。」

妻子多多少少知道一些過去的事情，但她是宅心仁厚之人，親戚開口，她總是不忍拒絕。她走進了我的書房，把表妹借錢的事和我說了。

我有些憤憤不平地說：「一想起她們家過去對母親那樣子，我就心寒，她現在還有臉找我!」

妻子沈吟了一下，說：「最受罪的日子我們不是都過來了？何必再計較這種事情？」

我垂下頭，抑制了一下自己的情緒，百感交集地撫了一下妻子的手，走到了父親的房間裏。

父親正陪著我的女兒方方坐在一起寫作業。儘管他幫不上任何忙，只是在一邊看著，臉上還是流露出心滿意足的笑容。聽說于素心上門借錢的事，父親的臉一下子就黑了下來。

「她現在還好意思走進我們家的門？」父親氣得喘息起來。

「爸，過去的事就讓它過去了吧，老虎也有打嘴的時候，咱們老祖宗也有走麥城的時候。況且，那種人鬥人的情景也是政治環境造成的。從某一方面說，他們同樣也是受害者，我們就不必再計較了吧。」

父親還是搖頭：「這可怪了，就這麼一點錢，惦記的人竟這麼多，這世道怎麼啦？兒子，我今天和你實話實說吧，我今年九十有六了，也活不了幾年了。這一筆錢我有正用。你們所有兄弟姐妹哪一個也別想。你有錢你就借給她，我一個子兒也不借。」

父親說完，又回過身看孫女寫作業去了。

我沒有別的法子，只有走了出來。

妻子問：「怎麼樣？」

我說：「妳看著辦吧，我們家若是有錢，就給她一點；沒有錢，只好算她不走運。」

妻子走了出去，她想了又想，把家裏唯一的存摺拿了出來，上面大約有三萬元，全給了我表妹。

妻子一臉歉疚地對她說：「素心，那筆錢除了爸爸外，哪個人也做不了主。我家也只有這三萬元，這是我們多年的積蓄，妳就拿著吧。」

于素心也不說什麼，接了存摺低著頭急匆匆地走了。

三個月之後，我得到了一個消息，我這位表妹四處借錢，借了三十多萬，然後捲著錢同丈夫跑了。跑哪兒去了？誰也無法說清。有人說他們在雲南的一處邊陲小鎮做小買賣；有人說他們在中緬邊境做毒品生意，現正在被公安局追捕；也有人說這夫妻倆一直在俄羅斯鬼混；還有一些更難聽的說法。我們唯一能確認的是，借出去的那筆錢打水漂了，我們家的一個好親戚就此消失了。

大母親和其他兄弟姐妹突然要登門拜訪。

有道是「富貴不相見，貧窮大團圓」，可在我們家卻恰恰相反。過去，我的哥哥姐姐們基本上不登我家的門，我的兩個姐夫更是與我們形同路人。現在，大母親攜領了這一大幫子人來我家裏，讓我這個小家小戶確實有些招架不住，光招待就是一個大問題。聯想到多年來我們很少走動，即使是我當了市委書記後，他們仍然不上門，沒想到這時卻一下子全來了。我想來想去，覺得還是那一百萬惹的禍。我和妻子雖然私底下犯嘀咕，但面子還是要做足的，畢竟這是一次難得的團圓。

爲了接待好這麼多人，我們做了精心安排：所有的房子能騰的全騰了出來；被子不夠，從岳父家借了六床；還把一些家具騰到了一邊，以便客人太多臨時打地舖。剛剛安排妥當，大母親一行就上門了，原本很寂靜的小家一下子熱鬧了起來。

儘管我儘量把事情往好處去想，可他們的到來卻讓我更加鬱悶。最讓我忍無可忍的是，大哥大嫂一幫人竟然沒有人提出到房間裏看一下我母親！甚至連客套性的問語都沒有！吃飯的時候，我特意把母親扶了出來，恭恭敬敬請到上首，希望我的這些好親戚們能夠有所觸動——至少表面上客套一下，問候一下，也是人之常情。可是我失望了，他們的所作所爲似乎在考驗我的耐心：沒有一個人願意挨著母親坐，沒有人理會她，彷彿她就是一座泥雕。

妻子一看不好，連忙讓女兒從父親身邊站起來，坐在母親身邊。我當時心裏十分惱火，不管好賴，我這個兒子還在！當時我的臉就黑了下來，真想大喝一聲：你們他媽的統統給我滾！這是我的家，不是你們的家！我可以接待你們，也可以不接待你們。這麼多年了，你們居然還這樣不把我母親放在眼裏！

妻子一看我那臉色，什麼都明白了，畢竟是夫妻，她太知道我的脾氣了。她先用歡快的聲調把我叫到廚房，然後悄悄說：「你別這樣沈不住氣好不好？人家這麼多年也就來這一回。母親有我們當子女的伺候，你計較這些幹什麼？你這一發火，他們還不得全亂套了？爸爸怎麼受得了？」

我這才重新打起精神與他們周旋。這頓飯的氣氛非常古怪，大家都期待著父親和我揭破「主題」。飯後，全家人都在小客廳裏會齊了，妻子給他們倒好了茶，此時，父親那雙朦朧著的兩眼突然明亮起來了。

父親問大哥：「你回到老家了？」

大哥說：「是，我退休了。」

父親用極其平靜的口氣說：「我出獄之後這麼長時間，除了老二外，你們沒一個人來看我，也沒一個人來接我，今天怎麼一下子全上這兒來看我了？」

大哥說：「唉，那些年我們做兒女的也是擔驚受怕，都活得很難，沒有照顧好爸爸，一直是我們的心病，這回一塊兒上門也是了一個心願吧。」

父親冷笑一聲：「天奇，別看你是家裏老大，我告訴你，你是家中最沒主意的人。你們說的比唱的都好聽，表面上說是看我來了，實際上，你們另有圖謀吧！」

父親這話一出口，大哥就發慌了：「爸，我們不是這個意思。」

父親撓撓頭，做出一副釋然的樣子說：「那你們說說看，不是這個意思還有什麼意思？」

大哥漲紅了臉，半晌才說：「我們只是想看一看爸……」

父親立即打斷了他：「好啦，這些虛頭巴腦的話我聽了一輩子了，你們爲什麼就沒勇氣說真話？你以爲我老了是不是？你們以爲我手頭有一百萬，怕我一死全叫你小弟弟拿走了是不是？」

二姐見狀忙說：「爸，你別總用老眼光看人好不好？」

父親說：「天珍，我看了妳這麼多年了，妳自己說說吧，妳叫我用什麼樣的眼光看妳？我告訴妳，妳也別在我面前裝好人，連自己的親生兒子妳都能扔下來，妳還有什麼扔不下來的？今天拉隊伍上門的主意，除了妳之外誰也想不出來！」

二姐也不示弱：「爸，今天你既然把話挑開了，我也用不著遮遮掩掩的了。我們確實是爲這筆錢過來的。本來這錢是爸的，爸有權處理，可我們聽小叔叔家裏人說，你要把這些錢全送給別人，我們心裏就想不通。你想想，我們家五個兄弟姐妹，大多數家庭生活並不十分寬裕，除了老五在市裡當書記，生活條件好一點之外，哪家的日子不是過得緊巴巴的，憑什麼爸用命換回來的錢叫別人享受了去？」

我大嫂也開口說話了：「爸，我說兩句。我們關家人不管是嫡是庶都是爸的親骨肉，打斷骨頭連著筋，用不著如此生分。我不知道小叔叔死之前是怎麼講這件事的，這錢爸爸要是送給老五一個人，我們沒有意見，若是你想要送給別人，我們的確就有想法。想當初，我們大難來臨的時候，有誰伸出手幫過我們？那個林星雨，爸爸你對他怎麼樣？人家最後還是把你整得死去活來。你幫了人家九十九次，只要有一次沒幫好，這仇就算記下了。我總想，大公無私我們做不到，自私自利我們也不贊成，先公後私總算是可以了吧。過去，我爸爸也搞慈善，但那是在我們家中富得不能再富的前提下才做這些事的。可現在，我不知爸是怎麼想的，你有好幾個孫子，他們一天天全長大了，馬上面臨著結婚，要買房子。我們一不辦企業，二不做生意，上哪兒弄那麼多錢？你老人家現在放著自己的骨肉不疼，反倒是疼起別人來，我們做子女的真的不理解。」

這時，二嫂伸手揉了一下二哥。她的用意十分明顯，就是希望我二哥跟著說兩句。可二哥呢，他裝作沒感覺，頭往邊上一側，就是不肯說，只是低著頭大口大口地抽煙。他抽了一根又一根，三兩根下去，小客廳就叫白色的煙霧給籠罩了。二嫂實在有些不高興，她輕輕地罵了二哥一句，可二哥就是不理她。

二嫂被逼得沒有法子了，只有開口：「爸，我不知道小叔公臨死前說的話是真是假，可大嫂、二姐說的都對，這錢應當是由你說了算，但你看看你的孫子，到現在還沒有對象，哪個女人願意嫁一個窮光蛋？再這麼下去，怕是要打光棍了……」

就在這個時候，大母親開罵了：「我這一世爲你們關家做了多少事，你這個沒良心的，有了幾個錢，也不想到顧一顧家，反倒想去送人。人不爲己，天誅地滅！我不知道你是又犯了傻病了還是老糊塗了？你真的要把這一百萬送了別人的話，那對不起，你死後也就別想埋在桃源村！」說著說著，她便猛烈咳嗽了起來。

父親這才開了腔：「那好吧。我今年九十有六了，你們說說看，我死了之後，你們給我的墳怎麼做？我呢，本不想談這個問題，可既然現在你們全來了，那你們就給我好好說說看！」

父親這句話一拋出來，兄弟姐妹們一下子全都沈默了。見他們都不吱聲，父親開始不緊不慢地點將了，他第一個點的就是大哥。

「天奇，你是家裏的長子，現在我老了，你們大了，當家了，你先說說看。」

大哥想了想，開口說：「我的意見是做三個：一個給您老人家預備，一個留給母親，還有一個……給天和的娘。」

父親說：「天達，你說說看。」

二哥說：「到底做幾個，這件事當由爸爸自己定。」

父親說：「天珍，你呢？」

二姐說：「我只有一個母親、一個父親。別的我不管。」

父親把目光轉向了我：「老五，你說說看。」

我說：「爸，這件事我一切聽你決定。合在一起，可以；不合在一起，我也會把我母親安排得好好的。」

父親又一陣沈默。

大姐一聽，所有人的提議之中，獨沒她那親生母親的份兒，開口道：「你們不應當這樣。既然你們承認了我是你們的大姐，你們也應當承認我母親。」

二姐不是省油燈，她頂了一句：「妳親娘不是跟別人跑了嗎？怎麼現在又想和爸埋在一起了？」

大姐變得激動起來：「那是爸爸對我娘做得太狠了！」

就這一句話，二姐火了：「妳娘算是什麼人，連酒水也沒有辦過，怎麼能算是我們關家的人？」

大姐瞪著她：「她生了我了，你們承認我了，就得承認我母親。」

「妳是妳，她是她，這是兩回事。」二姐又想起了什麼，冷笑一聲，「想當初，妳不是改姓了嗎？」

大姐不愧是當過幹部的人，立馬回敬道：「這是那個極『左』的時代環境造成的！我們家裏人哪個不是受害者？」

父親突然無聲無息地冷笑起來。這一笑，讓所有人都覺得有些毛骨悚然，他從那張很是寬大的沙發上站了起來，拄著拐棍，頭也不回地走了。不怕父親鬧，就怕父親笑，這是我們家的一個規律，兄弟姐妹們全都呆住了。

第一次家庭會議就這樣不歡而散了。

第二天，我沒有時間再在家裏跟他們耗下去了。大哥他們都是退休人員，有的是時間，而我畢竟是市委書記，馬上就要召開全市經濟工作會議，有個重要報告必須由我來準備。離開家前，我有點不放心，先來到了大哥的房間，想叮囑他幾句。

我說：「大哥，家裏有矛盾，你要把個舵。有一些事能議下來的我們就議，議不下來的也不要耗在那裏徒增矛盾，我相信時間能解決一切遺留問題的。有好些事，可以等老人過世之後，我們兄弟幾個坐下來再議。」

大哥說：「那你得說出個意見來。」

我說：「做墳一事是爸的一塊心病，我的意見是先不要議。」

大哥說：「關鍵是這一百萬，爸爸是怎麼打算的？總得給兒女們一個說法吧。」

我勸大哥：「這一百萬，我們當子女的最好不要插手。」

大哥歎口氣：「當初我也是這個意思，可母親與天珍她們聽不進去。」

我說：「大哥，你想想，父親九十有六了，他還能活多少日子？對於他來說，過一天就少一天了，讓他平平安安地享受一下晚年幸福吧。父親人雖老了，可思路清楚著呢，他既然不想拿出來，一定有他不同尋常的想法。也許他老人家盤算的，就是想把這筆錢分給兒女，你們這麼一鬧，讓老人家心冷了，最後對大家有什麼好處？這個道理，你也讓幾個兄弟姐妹掂量掂量。」

大哥默不作聲，似有所觸動。

我一去開會就是三天，不料想，第二天晚上，二姐從關光成兒女家裏不知探聽到什麼，回到我家，不顧一家人正在吃飯，衝著我妻子劈頭就問：

「這一百萬元的支票在誰手裏？」

「在爸手裏。」

「妳一定要爸把這一百萬支票交出來讓我們保管。」

「不可以這樣做的！」

大姐也覺得天珍太過分了，忍不住插嘴：「妳怎麼能這樣呢？當初，妳給我們打電話，叫我們會齊一下，說好是來看爸爸的，不想一到了這裏就把分財產的事兒捲了進來！你們家現在好幾個人掙國家的工資，連別墅都有了，何苦在父親這幾個錢上做文章呢？」

二姐根本不吃她那一套：「妳有什麼資格在這裏裝道學？我們一家被父親連累吃苦遭罪的時候，妳一個人躲得遠遠的！」

大姐口氣有些發虛：「對，妳苦，可妳也不能把什麼都算在爸爸身上呀！」

二姐手指著大姐的鼻尖大嚷起來：「這兒沒妳說話的地方！」

大姐立刻臉就有些發青了：「爲什麼不讓我說話，難道我不是關家人嗎？」

二姐咯咯一笑：「妳現在承認是關家的人了，過去爲什麼不認？妳還有臉在這裏裝公道，還想把那個婊子的墳做到我們桃源村來！」

這句話一出口，大姐的五官抽搐起來，她站起來就往門外衝，衝到門口的時候，她滿面淚痕地回過頭來，用仇視的目光逼視著滿屋子的人，點點頭道：

「好，從今天起，我與你們關家所有關係一刀兩斷，我再也不會登你們關家的門了！」

大哥等人連忙跑出去想拉她回來，可大姐瘋了似的掙脫了他們的手。這時，一直沈默著坐在飯桌前的父親突然站了起來，誰也想不到老態龍鍾的父親一刹那間會有這樣的力氣——他猛地一下把那張擺滿了飯菜的桌子掀翻了。

他大吼起來：「你們這些畜生，統統給我從這裏滾！」

隨後，他突然一頭栽倒在地上，當下便牙關緊閉、臉色若鐵、人事不知了。

大姐、二姐等人頓時一片忙亂，大哥急忙去打電話。此時此刻，獨有大母親一動不動地坐在椅上，臉上一點表情也沒有。

我母親走了過來，在父親身邊坐下，溫柔地拍著父親的胸脯說：「你別睡，你別睡，還沒有到睡的時候呢。」

三分鐘不到，救護車趕來了。兄弟姐妹們七手八腳幫著醫生把父親抬上了救護車。

得到消息的我直到會議結束之後才趕到了醫院裏，當時哥哥姐姐們都守在父親的病房裏。父親艱難地睁開眼看了我一下，他揮了一下手，示意哥哥姐姐們迴避一下，他有話要和我說。哥哥姐姐們悻悻然退了出去，我在父親的床前坐了下來。

父親喃喃地說：「他們除了認得錢之外，還認得什麼啊？」

「這筆錢呢，我和大哥二哥他們都商量過了，他們也想通了。這筆錢是你的，你想怎麼處理他們都會理解。至於二姐與大母親有一點不同看法，這也屬正常，不足爲怪。」我連忙寬慰他。

「兒呀，做人一點兒意思也沒有啊。」父親閉著眼搖著頭。

「爸爸，你不能這麼想。」

「你還記不記得過去我和你說過的鄭天啓？」父親幽幽地說。

「我聽說過這個人。」

「他早先就對我說過，我這條命遲早要斷送在你二姐手裏。」

我並不相信鄭天啓說的那一套東西，但我明白，父親已經深深沈浸在那種特定思維裏了，我只好順著他的話頭說下去：

「爸，你早就和我說過，命中有的，你想逃也逃不過，命中沒有的，你求也求不來。若是命中注定她真的是來殺你的，也只能任由她去做。只是要明白一點，我們不能自己戕害自己。」

「要是他們都像你這樣想，那就好了。」

「爸，龍生九子，還有一蛟呢。子女好賴自有命在，不可強求。」

「一看你二姐出場，我就明白，我快要到該走的時候了。」

「爸，有些事你可以信，可那些過於荒誕不經的事不能相信。現在，好日子剛開了個頭，方方還要爺爺教書法呢。」

父親神情黯然了，頭偏到了一邊，一行混濁的老淚順著深溝樣的皺紋慢慢流了下來。

半個月過去了，在我妻子與醫務人員精心照料下，父親的病終於一天天好轉了。他這個人平生最怕的就是去醫院，只要有一點見好，他就死活也不願在醫院裏再待下去了。臨出院前，主治醫生告訴我：

「這一次全面做了檢查，老爺子除了生理機能老化之外，身體好著呢。唯一的毛病就是腦動脈硬化。這是老年病，很難避免。爲安全起見，你們做子女的務必要做到不能讓他過分激動，不能惹他生氣，不能叫他吃高油脂食品，不能叫他勞累。」

我點頭稱謝，當天就帶著父親離開了醫院。

父親從出了醫院的那一天起，又出現了一些變化：是大人他都不願理，倒是越來越喜歡小孩。方方成爲他須臾不能離的寶貝，一到了放學時間，他就會拄著拐棍去學校裏接孫女，每一次看到方方走出校門，叫著「爺爺」向他跑過來，他的老眼就歡喜得瞇成了一條縫兒；孫女穿上一件紅衣服，他就叫她「紅孩兒」；孫女把好吃的東西往爺爺嘴裏塞，他馬上會張開牙齒已掉光了的嘴；晚上，祖孫倆有時會一起去散步；不出門的時候，房間裏充滿了一老一小唧唧噥噥的話語，彷彿知心的話兒怎麼也說不完似的。

他比什麼人都聽我女兒的話。方方說「爺爺，該上床睡覺了」，他便乖乖地脫了衣服上床了。有一段時間，父親說什麼也不吃藥，說：「生死有命，富貴在天，劉邦都知道藥沒有用，我吃它做什麼？」妻子拗不過父親，只好使出「殺手鐧」——支使女兒手裏拿著藥碗，來到爺爺的身邊說：「爺爺，你不吃藥，方方就不跟你好了。」

父親笑了起來：「爺爺吃藥，方方跟爺爺好。」說著他拿起藥碗，在我女兒的監督之下，一口接一口地喝了。

老人家的另一個變化是特別眷顧我。孫女睡著了，他卻並不真睡，而是一個人溜到客廳裏，抱著膝癡癡地等著我回家。

於是，每次回家我多了一個任務，就是陪父親談天。

他反覆地對我說：「小兒啊，這兩天我老是做夢，一會兒夢見陳叔桐，一會兒夢見李少白，一會兒夢見蘇夢茵，一會兒夢見黃昌新，一會兒夢見林星河。我總夢見他們叫我一塊兒去，看來我要走了，我真的快要走了。你媽媽也快要走了，你岳父也快要走了，我們這一代人的活罪都受夠了，都快要走了。我們的時代該結束了。」

我說：「爸，你別胡思亂想好不好？好日子剛剛開了一個頭，我還想給你張羅百歲大壽呢。」

父親不往地搖頭：「一百歲？一百歲和五十歲沒什麼區別。」

連續好長時間，他總是如此。

有一次，他突然問我：「你說，在這個世界上誰最幸福？」然後又自問自答：「這人是我，我比起手下的那些將士來說，算得上是個大福人了。」

他還說：「我活了九十多年，我給自己考量過了，我這一生最對不起兩個人，一個是你的三母親李絢麗，一個就是你的親娘。」又說：「我要死了的話，一定要帶你娘走。你娘是我一生中真正愛過的女人。在陽間我們倆沒這個福分了，我們死了再到那邊兒好好過。」

又有一次，他突然問我：「你見沒見到過三母親？」

我說：「遵著你的囑咐，每到年節我總是去看看她。」

父親想了想，說：「我多時沒有看過她了，她也不來我這裏了，你能不帶我去看她一下？」

於是，我選了一個星期天，把父親帶到了荔枝巷。兩個老人見面後只是平平淡淡地說一些話，無悲無喜，無嗔無歡。我只聽到二老說到了死，父親說：「老了，自己也管不了自己了。」三母親說：「就這麼死，也不敢死，只有湊合著活吧。」父親說：「什麼難哪？小時候難，老時候更難哪。」

不知從什麼時候起，父親多了一個學習任務，成天鑽研一些法律文件。有時候，他自己嘴裏念念有詞，誰也不知他在嘟噥什麼。有時候，他自己就拄著拐棍篤篤地走了，一個上午都不回來。

第二十一章 永劫永誌

我去中央黨校學習了。

就在黨校學業結束前五天的夜裏，我做了一個十分蹊蹺的夢。我夢見父親走到我的面前，他伸出手來，遞給我五個大銅錢，說：

「我們關家沒有什麼東西可以傳世的，唯有這五個銅錢是祖上傳下來的，一直傳到了現在。我們關家現在沒一個人合適傳這五個銅錢，想來想去還是傳給你罷。」

我接過了那銅錢，反過來看了一下，只見那銅錢上面刻有五個字：「仁、義、禮、智、信。」我打了個激靈，醒了，一種不祥的預感死死地抓住了我的心，我總覺得有什麼事要發生了，我想到的第一件事是：是不是父親真的要走了。

我正要拿起電話來給妻子打電話，手機嘀嘀地響了起來，一看，是家裏的號碼，我馬上接了起來。

電話那一頭傳來妻子顫抖的聲音：

「爸爸去了，你必須馬上回來。」

「他怎麼死的？」

「在電話裏一兩句話跟你說不清楚，你趕緊請假回來吧。」

當天下午兩點，我回到了家裏。妻子已把父親從醫院病房裡拉了回來。他全身蒙著一塊白布，靜悄悄地躺在我們家的樓下（按規矩，在外面死的人不能重新拉到正房間裏）。大母親、哥哥、姐姐一干人也全都趕了過來。我揭開父親頭上蒙著的白布，他的面部表情顯得非常平靜，彷彿睡著了一樣，只是臉色非常難看。

我問妻子：「爸爸到底是怎麼死的？」妻子不肯說。

二哥把我拉到了一旁，對我說，父親前兩天出門時不小心踩了一塊石頭，跌了一跤，把下腿骨跌斷了。可去醫院上了夾板後，那腿腫得又紅又亮，有如一根大紅蘿蔔，痛得父親身體抽搐，醫生也一籌莫展。正沒奈何時，二姐來了。她一看父親的腿，就對醫生嚷了起來：

「腫成這個樣子，怎麼不用青黴素？萬一出現肌肉壞死怎麼辦？」

二姐是醫生，和這間醫院的醫生十分熟，醫生也認爲二姐的話有道理，就給父親開了一天量的青黴素。按理說，打青黴素必須先做皮下試驗，然而父親一則皮膚黑，看不出有什麼反應，二則他過去打過青黴素，不曾有過過敏反應的病史，於是護士就給父親打上點滴了。哪知點滴一掛上去，父親就接二連三地呃氣，三分鐘不到，身子一挺，眼一翻，口水就順著嘴角流了出來，人就沒氣了，醫院裏怎麼搶救也過不來了。

二哥說：「從多方面考慮，我們無法追究醫院的責任，你又是這個市的市委書記，鬧大了影響也不好。人死了不能復生，只有不了了之。」

我冷冰冰地橫了一眼坐在父親身邊痛哭的二姐，什麼話也沒有說。此時此刻，我這個當弟弟的又有什麼話可說的？

當天晚上，我們家所有人第二次聚在一起開家庭會。

家庭會議一開始，我說了兩條：第一條，父親生前要求把他的遺體送回到桃源村安葬。這一點沒有什麼可說的，他們馬上全同意了。我們兄弟三人馬上作出分工，二哥立刻回老家去，把那幾個叔伯兄弟動員起來，組織做墳事宜。關於費用問題，我的意見是由我們三兄弟均攤。大哥是個沒有什麼主意的人，他馬上同意。二哥也無異議，還說要遵從地方風俗習慣，選擇一個黃道吉日下葬。

我說的第二條是做幾曠墳的問題。我繞開了那個死結，首先說出自己的意見：先管死人，不管活人，把父親的事情安排下來再說。

就在這時，很少開口說話的大母親突然開了口：

「天和，那一百萬支票現在在哪兒？」

「肖英保管著。」

「都到這個時候了，是不是該把這筆錢交出來了？」

「……現在我們不談這個問題好不好？」

「這不行，這筆財產所有的子女都有份。」

我忍不住說：「妳老人家不能這樣說話。我並不想要這筆錢，我也不想管這筆錢，我只是說先把父親的問題處理好以後再說。」

大母親猛拍桌子叫了起來：「不行就不行！」

無奈之下，我叫妻子把那張支票拿了出來，擺放在他們面前。

大母親伸出手去，一把把支票拿到了手裏。她動作之迅速令我感到十分驚異。

「你爸爸有沒有立下遺囑？」大母親用的措詞是「你爸爸」，我的心有如沈進冰水中。

「我不知道，我一直在北京學習。」我無力地回答。

「你問一下肖英。」大母親一副急不可耐的樣子。

妻子小聲地說：「爸爸一生病住院，是二姑來這裏處理的。爸爸說過什麼話，二姑應該知道。」

二姐說：「他什麼也沒說。」

大母親接下來說出的話，叫我一輩子都忘不了，我也第一次真正體會到什麼叫女人的刻骨之恨。

她說：「那好，我今天就把我的話放在這裏。老關他如果把所有的錢都送了別人，那他也就別想回老家。如果他臨終前什麼也沒說，那麼你們幾個兄弟姐妹人人都有份，應當分成七份，你娘的那份由你娘自己決定，我的一份由我自己決定。我早就算過了，平均每人是十四萬，剩下的兩萬元就是喪葬費。」

這樣的分配一點兒也沒有錯，可以說是公正之極。但聽了大母親的發落，我卻有一種難以說清的難受，彷彿一根大得不能再大的魚刺卡在我的喉嚨裏。我終於知道什麼叫做狠毒、什麼叫不露痕跡的報復了。

我壓抑著怒火，說：「娘，妳這麼做叫人太心寒了吧。爸爸他屍骨未寒，咱們就先算起錢的賬來，也太……那個一些了吧。」

大母親抬高了嗓門：「老五，你這話是什麼意思？」

我也抬高了聲音：「錢一分不少地放在這兒，咱們慌什麼？關家不管怎麼說，也是有身分的人家，兄弟姐妹們雖然說在一段時期裏遭了些罪，可現在不是也好起來了嗎？在座的眾人除了兩位母親，包括你們後一代，哪個不是拿著國家的俸祿？現在爸爸的後事還沒有操辦，全家就談起了分錢，傳出去叫外人如何看待我們？」

這番話起了一些作用，除了二姐一聲不吭之外，眾人都同意我的觀點。

二哥說：「這錢原本就是爸的，爸想怎麼樣就怎麼樣。既然爸爸生前什麼也沒說，這錢就先放在這兒，反正也跑不了，莫不如把爸爸的喪事辦了以後，再坐下來議這件事吧。」

接下來討論的就是做幾曠墳的問題。

我說：「我倒是有個想法，只是擔心若是把我的想法說了出來，你們會不高興的。」

大哥說：「既然我們現在只是商量，你說一下也無妨。」

我說：「說出來可以，但有個要求，聽了我的話後，即使有人不同意也不能吵鬧。你們不怕丟人，我可怕丟人。」

我就把父親活著的時候與我陸續說過的一些想法說了出來。他的主張是做五曠：一曠居中是自己的；

一壙居左是大母親的；另一壙居右是我母親的；第四、第五壙墳同樣居右，屬於父親的第二個女人蘇夢茵與第三個女人李絢麗。雖然她們兩個後來離開了父親，但父親一直是後悔莫及，給這兩個沒有名份的可憐女人一個最終的安置一直是他的心願。

大母親一聽就火了：「現在就做一壙墳！別的什麼也不用提！」

正在這個時候有人敲門，一直站在一邊不聲不響的妻子出去開了門。兩個穿制服的人站在門外。

「請問這是關書記的家嗎？」

「是的——你們是……」

「您好，我姓邢，我們兩個是市公證處的。」

妻子不知發生了什麼事，把兩人讓進了客廳。

「我們沒有到公證處辦過什麼公證呀？」我有點奇怪。

「是的，你們沒有辦過，可剛過世的那位關老先生辦過。」

所有的人都屏住了呼吸，屋裏一下子安靜得連來客都覺得有些發窘。

「你們全是他的子女吧？」

「我們都是。」二姐開口了。

「那太好了，我們今天到這裏來的目的，就是受關老先生生前之囑，向你們五位子女知會關光明老先生的一個囑託。」

來人向我們出示了父親的親筆信，上面印有一個鮮紅的名章。這封信從大哥開始，一個個地傳了過去，最後才傳到了我手裏。上面共有兩條：

我死後，葬我於桃源山，此是我生前看中之地；若是移地，我決不下葬。若火化，由老五關天和保存一部分骨灰，另一部分撒在老家山頭。做墳必須四曠，我之墳居中，左者為何秀英，右一為米久蘭，右二為蘇夢茵。蘇夢茵墳址我已查清，現在常熟蘇家村。她本人臨死前就留有遺囑，要求與我合墳。我死後，當由其女天嬰與五子天和一起去常熟遷墳。李絢麗雖然沒有子女，但她之災難皆由我心地太惡造成，我曾徵求過她本人的意見，她死後，要與她一生中真正結過婚的丈夫埋在一起。她過世後，骨灰由關天和送至黑龍江建三江農場與她丈夫合墳。此事是我一生最後的要求，希望兒女們遵守。

關於遺產分割，在這四曠墳全部做好、我入土後，由公證處兩位同志宣讀。本人遺產百萬元支票壹張，無公證處的同志出示相關遺囑，銀行不予提取。此件已具備法律效應，望你們實行。

公證處的兩個人走了，輪到我們幾個站在那兒發呆了。

大哥說：「別看父親老成這個樣子，可該料到的事、該想到的事，他全都想到了。」

我與妻子交換了一下眼色，會心地一笑。父親既然會做出這一步，接下來他肯定是什麼都想好了，我們就等著看吧。

下葬的日子很快選定了。兩天後，父親的葬禮十分隆重地舉行了。

台州市政協來人了。

我的岳父林興軍與我的小姨子林育楚來了。

傅信道與他的兒子傅春水來了。

我那個義舅舅高順達來了。四妗婆的乾兒子朱恩林來了。

周澤人的兒子來了。

李希娟與她的丈夫來了。

榮仁公司的老職工黃昌球來了。

秦三觀與他的兒子秦明清帶著我的外甥也來了。

父親的第三個女人李絢麗穿著一身的黑衣，也叫人攙著來了。

政協送來了一個很大的花圈，政協一位副主席讀了悼詞，給了父親一個很高的評價。我想，父親聽到這份悼詞後，靈魂也可以安息了。岳父林興軍代表那些老兵上臺說了幾句話。接下來，眾人遠送靈柩上山。

那一天的天氣十分好，來給父親送行的人足足有一千多人，送葬的隊伍有如一條長蛇，蜿蜒著從山下一直排到了山腰間的墳地。村民們送來大大小小的千張與老酒之類的東西，排滿了整整一院子。很多曾受到過父親照顧的人一大早就趕了過來。有些人整整走了一天，還有好些人自己老了、病了，實在走不動了，也要叫他的後一代來給我父親磕一個頭，了一個心願。

這些人對著墳頭跪下去，說：「老太爺，我今天來看你了。過去你救了我們一家，今天我也沒有什麼可還你的，你就收下我這個禮吧。」甚至有幾個我從來不認識的男人撲倒在父親的墳地上，號啕大哭起來，他們流出來的眼淚甚至比我們這些子女的淚水還真誠。

父親是一棵大樹，這棵大樹一旦倒下，最後的結果必然是樹倒猢猻散。父親去世後第八天晚上，我們決定再聚一次，把這個打了一輩子結的家徹底理一理。也就在這個時候，公證處的人再一次來到了我家——父親的底牌亮出來了。

公證處的人當眾宣讀了父親的遺囑：

兒子女兒們：

這是為父給你們寫下的最後一封信了。孔子云：老而不死是為賊。我一生受了許多的磨難，能活到九十七歲算是福星高照了。你們現在個個都託新時代的福，當官的當官，搞科技的搞科技，人人都有自己的人生歸宿。當初你們爺爺帶著我來到這裏的時候，全家只有兩個人。你們奶奶在我三歲的時候就被五步蛇咬死了。現在，我共有五個子女，可以說是子孫滿堂了。看到你們人人生活有保證，不愁吃，不愁穿，在社會上都有一定的地位，我這個當父親的還有什麼可遺憾的呢？我知足了。

我們關家自關帝爺起，到你們這一代已經是第一百零一代了。關家的祖訓是「仁、義、禮、智、信」，此五字是我們關家做人的標準。我只要求你們，虧心之事莫做，作孽之心莫存。你們所有的行動及你們的想法我都明白。你們對那從天而降的一百萬元的態度令我感傷。在這裏，我不想對任何人抱以譴責之辭，只給你們留下佛門弟子的幾句話：「知足第一富，無痛第一貴，善友第一親，涅槃第一樂。」人之將死，其言也善，此良苦贈言望子女銘記。

現在特請公證處公證，將這一百萬元安排如下：

何秀英，念其一生為我們關家含辛茹苦，十萬元給她養老。天珍、天達、天奇、天嬰每人各五萬元。桃源村老家四間房屋由上述四人均分。

米久蘭是我一生之中唯一鍾愛之女人，由於時代原因，米氏為我吃盡苦頭，此款本應多授予她。但因其子天和堅決不受，我尊重其意願，唯有路橋臨河兩間老屋由他們繼承。

李絢麗與我的結合以悲劇收場，皆因我當時年輕，心躁情急，造成傷害，我必須以切實行動贖罪。現在她還活著，家住在黃岩，贈予十萬元作為她養老之費。同時，由於她一生無兒無女，天和務必盡綿薄之力，讓她好生安度晚年，身後再由天和送往黑龍江與其丈夫合墳。

李少白於我有恩，其女李希娟原本自幼說定嫁給我五子天和，皆因人之命運無法預期未能如願。她本人已從邊疆回來，丈夫多病，家中生活十分困難，現贈予李希娟十萬元作為養家之用。

四妗婆是我家恩人，雖她早在十年前去世，但其義子朱恩林還在橫峰橋，家中生活困難，贈其十萬元。

本人一生作惡頗多，現業報已畢。為了贖自己之罪，特將所餘款額一併捐給南山養老院與北山孤兒院。

此囑。

一切都如輕風拂過一樣平平靜靜了。家裏所有人沒有一個開口說話，只是默默地坐在那兒。他們在想什麼，我一無所知，但我相信，父親最後這封信肯定觸動了每一個人的心。

三天之後，他們都回到了自己的家，我也回到了我的家。按照那份遺囑，我又多了一個母親：三母親李絢麗住到了我家裏，我們又從老家雇來保姆照顧她的生活。

大姐本來就同我們很冷淡，自此之後更是形同路人。二姐本來答應我大哥二哥與他們輪著伺候大母親，可到了由她來孝敬大母親那年，她卻把父親留給大母親所有的錢一掃而空，然後揚長而去，回到北京。

我大哥家在河南，二哥家在臨江，又受雇於兩家企業，一時間脫不開手。我與妻子商量了一下，反正我們家有保姆，多一個少一個也無所謂，不如把大母親接到我家來住算了。我爲此特意回到老家一趟，同大母親商議。

殊不知大母親根本不領情，反而問：「老五，你要我跟那兩個女人一塊兒住？」

「娘，那有什麼？各人住各人的房間嘛。」

「吃飯還不是在一起？我不去。」

「現在你們都老了，妳何必這樣自苦？」

「我還有兒子、孫子，用不著你行好心。」

我一看不對頭，這結還是解不開，沒有法子，只好給我兩個哥哥打電話。我把二姐的行事與他們一說，大哥與二哥都從外地趕了回來，由他們兩家共同出錢，在當地請了一個保姆照顧大母親的生活。

不知為什麼，在父親死後的第四十九天，母親突然間清醒了起來。自從我從勞改農場回來後，母親就不愛洗澡了，每一次都是妻子像哄小孩一樣把她帶到大澡堂裏去。而現在，她似乎從十年一夢中甦醒了，天天總覺得自己身上不潔不爽，一天要洗兩遍澡。

尤其令我驚訝的是，有一天，她突然要我給她購買熟宣、生薑、狼毫、羊毫。我問：「媽，妳還想畫畫？」她眼睛清亮地看著我：「兒子，你不想媽給你們留下一點作品？」於是，我立刻上街給她採辦。

三個多月裏，她一點點描，一點點畫，畫了一幅六尺的《十里長街圖》。畫成之後，我一看，吃了一驚，這幅畫大有《清明上河圖》之氣派，筆觸之細超乎想像。光是各種各樣的人物就有三百多。畫上有船，有房屋，有汽車，有河流，有古老的街道，有十一座拱橋，有三十八棵垂楊柳，有一百八十二棵桃花樹，有七十一棵馬櫻花。而她在畫上題的字「在世無久，留與我兒，閨閣素心寫」更令我心驚肉跳。

更讓我感到憂懼的是，她的思路變得越來越清晰。她經常輕言細語地跟兒媳談心，談到她曾有過的畫家夢，談到她遺失了的那些作品。她還反覆說，父親在下面叫她，要叫她走了。

一天她突然叫我：「天和，你來一下。」

「媽，有什麼事？」

「我是不是給你畫了一幅畫？」

「是呀。」

「我可還沒給你爸畫一幅呢。」

「媽，爸……爸不在這兒了。」

「不要緊的，兒子，我畫好之後，等我一死，你把那幅畫燒了，你爸就收到了，他就知道我來了。」

我只好又給她準備紙筆。這次作畫工程浩大，但母親進食很少，每天只喝一兩杯牛奶而已，她的生命之火在燃燒放出最後的光和熱。

那畫終於成了，我在一剎那間呆住了，這是幅《娶親圖》：一個英俊的軍人牽著一個姑娘的素手，向停在河邊的一艘大船走去。她所畫的並非是路橋的景致，而全是我外婆家橫峰橋的景致。那個頭上戴著軍帽的男人分明就是父親，而那個羞羞答答上船的女人，分明就是那個時候的母親。畫中的人物景致，她用的全是工筆。一個快七十歲的老人居然能畫出這樣細膩的東西來，讓我內心撼動，也增添了更多的不祥之感。

母親畫完此畫後的第三天，正是父親的祭日。我打算這一天到老家和二哥去祭墳。就在頭一天的夜裏交子時，我夢見自己坐在桃源老家堂前不斷地搓麻繩，一共搓了三根。我一下子醒了，一摸身上全是冷汗。我當時嚇了一跳，對妻子說：「不好，母親可能要出事了。」

妻子說：「你別那麼神神叨叨的好不好，媽媽她好好的，會有什麼事？」

我說：「不對。要是好好的，我怎麼會坐在我們老家的堂前搓麻繩呢？麻繩是什麼？是戴孝用的啊，而且不多不少正好是三根。從母親這一邊論，她現在的親人不就是三個嗎？」

我非要起來到母親的臥房裏去看看，妻子執意不肯，說是別無事生非攪鬧老人家。但我明白，她是害怕，有一種無形的恐懼也縈繞在她心頭。

天亮了，妻子先起來了。按著一般的規律，我的兩個母親住在樓下不同的房間裏，人老了，覺輕了，一般她們早早就起來了。而這一天，我三母親早就出去運動了，妻子獨沒見我母親起來，心裏不由「格登」了一下。她連忙走進房間，只見母親直挺挺地躺在地上，看樣子是在小便的時候摔倒的，褲子也濕了。妻子先是看了看母親的臉色，只見她的臉色蠟黃。妻子嚇了一跳，隨之俯身看便桶，只見排泄物如一團柏油。妻子知道不好，連忙叫我起來。

到醫院裏，主任醫師只是伸出手來在母親的腹部上按了一按，便對我說：「你準備後事吧。」

我問醫生：「到底是什麼病？」

醫生回答我說：「是癌擴散，把膽都壓破了。」

我不解：「我平常沒看到母親有什麼異常呀。」

醫生說：「這就是癌的可怕之處。」

我沒有法子，只好把母親抱了回來。她的身子非常輕，抱著她就如同是抱了一個嬰孩一樣。

母親昏迷不醒，我與妻子輪流守在床邊。一直到了第二天上午九點，母親兩隻眼睛睜開了，我俯下身子端詳她的面容，發現她的眼睛睜得大大的。這是什麼緣故？是不是有什麼事情叫母親心有掛念？於是，我小心翼翼地問：「媽，妳是不是想見妳的孫女兒？」

她點了點頭。我馬上派保姆到學校去把女兒找回來。方方回來後，我叫她給奶奶跪下。方方跪下了，嘴裏叫著「奶奶」。

我發現她還是圓睜著兩隻眼，又問：「妳是不是欠誰的錢？」

她搖了搖頭。這一下我有點蒙了，母親到底有什麼心事叫她如此閉不了眼呢？是她的畫？不對，母親從來不把自己的畫看得那麼重。突然間，我想起了一件事，連忙說：

「媽，我明白了，妳是不是要與爸爸合墳？」

這句話剛一說完，母親的兩隻眼一下子就閉上了。

我老家來了人。兄弟姐妹中，只有我那個好心的二哥來幫我料理後事，我大哥沒有來，大姐與二姐更是不用說了，連一個電話都沒有打。那時台州還沒有強制實行火化。我備好了棺材，幾位叔伯兄弟都來了，我打算雇一輛車，把母親送回老家去與父親合墳。但就在這個時候，二哥接到了老家一個叔伯兄弟的電話，電話裏說，大母親放話，如果老五要把他的娘運回到老家來，她就要在那口棺材上一頭撞死。

二哥一臉尷尬地把大母親的話一說，幾個叔伯兄弟們都氣炸了：

「你娘是明媒正娶的，又不是姘頭，她怎麼能這樣？」

「你爸爸臨死前不是一切都安排好了嗎？怎麼那麼不講信用，說變就變？」

「走！我們把你娘的棺材送上去，看她怎麼樣在棺材上活活撞死！」

人聲喧鬧，大家越說越激昂。

所有的目光都落在我的身上，我一下子從他們的目光中讀出了含義：你是你娘的親兒子，你開口說一句話吧，我們一切都聽你的。

我的確氣壞了，全身都在發抖，手哆嗦得連煙都拿不住了，我第一次真正開始恨這個大母親了——當初，妳明明答應的，而現在妳說變卦就變卦了。怎麼連人死了妳都不寬容？可我又轉念一想，老一代的仇怨何必再挑起來呢？這事如果傳了出去，市委書記為母親安葬問題挑起宗族爭端，影響會很不好。在死人身上爭什麼高低呢？還是保活人要緊。

於是我說：「不去老家了，就地埋葬。」

那幾個叔伯兄弟不太理解，說：「你娘的墳早就做好了的，為什麼不讓動？若是如此，那當初就不應該做這個墳吶。」

我說：「你們就不要爭這些了。我是她的兒子，一切由我來定吧。」

就這樣，我在附近的山上找了一塊墳地，就地把母親安葬了。在最後告別的時候，我跪在墳前對她說：「娘啊娘，我不是怕事，而是心有不忍。等到一切仇怨消散後，我再把妳與爸爸合在一起吧。」

我說完這些話後，雨就下來了，越下越大，直下得地上全冒泡了，河水全渾濁了，山影看不見了，道路全泥濘了。爲母親送行的人全都變成了落湯雞。十里長街的人一看到這個情景，都說我娘命真苦，連天老爺都跟著掉下眼淚來了。

又一年過去了。岳父林興軍死了，他死於肝癌。原本我與肖楚、肖生商量了好長的時間，想把他送到美國去救治。但岳父十分倔強，說什麼也不同意：

「你知道我得的是什麼癌？是癌中王。我今年活到九十有九了，再活下去有什麼意思？我若是到了美國，就要葬在異國他鄉了。」

我們沒辦法，只好把他送進了本地的醫院。

但肝癌折騰得他痛得實在受不了，終於有一天，他從醫院的住院部裏溜了出來，縱身跳進了南官河。他在醫院的病床上留下了一封信，信中說：「人活著實在是太受罪了，我一切心願都了了，好就是了，了就是好，就讓我去死吧。對於我來說，一個差不多一百歲的人了，死得早點遲點，都沒有什麼關係了。」

半年後，父親的老朋友粟定鈞將軍也去世了。中央爲他開了十分隆重的追悼會，首都各家大報紙都發了照片，我也專程到八寶山革命公墓爲他送行。

又一個月後，傅信道也死了。他是自然死亡。一天飯後，他說自己有一點頭痛，便上床睡了，一睡到了第二天早上八點也沒起來。他家裏人到他屋裏一看，老人已全身發硬了。

再過了八個月，大母親也去世了。她是活活餓死的。起初她怎麼也吃不下飯，一吃便吐，隨後又便血。二哥接到信之後，去了老家，天天守著她。後來她就滴水不進了，一共整整餓了七天，最後就這麼死了，死的時候連一句話也沒說。

又過了一年零三個月，三母親李絢麗也死了。她與我前面那兩位母親的死法又是完全不同。我們這裏有做七月半的習慣，我們家也入鄉隨俗做了。那天她吃了好些東西。到了八點，她對我說：「天和，今天我不知是怎麼了，人有一些暈，我要去睡了。」

我說：「那妳就去睡吧。」

第二天一大早，妻子把飯做好了，去叫她吃飯，可連叫了三聲也不見她回音。妻子有點怕了，趕忙撞進門去，一看一摸，誰也不知道她什麼時候就悄悄地走了。

我以兒子的身分披麻戴孝爲她送終，把她送到了殯儀館火化。然後，我抱著她的骨灰去了建三江，與她一生中唯一結過婚的丈夫合墳了。

就這樣，他們帶著他們的痛苦與遺憾，帶著他們的故事與災難，帶著許許多多不爲人知的秘密走了，悄然無聲地全走了。

人生一死萬事了，了是好，好是了。這一次，我們家所有的事辦起來自然沒有什麼阻力了。我與大哥大姐二哥共同作出了決定，由大姐與二哥一起去了一趟常熟，把蘇夢茵的墳遷了過來，然後與我母親一起移往老家。於是，我們雇車的雇車，叫人的叫人，浩浩蕩蕩地把這兩具紅辣辣的棺材運回到老家。與此同時，我們還把老家那間大中堂變成了靈堂，把我們家死去的幾位老人的照片高高地掛在了牆上。

我們家的前一代人差不多全死光了。這個當初充滿著傳奇故事的桃源村再也出不了傳奇了，變成了一個真正的空殼村，只剩下一些上了年歲的老人在那裏等待老天的發落。

一年後的清明節，我與二哥一起來到了老家。我們從村子裏的東頭沿著那條鵝卵石舖成的街道，一直走到了西頭，又從西頭走到了東頭，看著那緊緊關閉的大門，看著那孤獨開放的梅花，看著那默然無語的一座座青山，還有那湍湍流淌著的山溪水，又看著那封閉著的老屋，心裏充滿悲涼。我們都明白，我們是這個村子裏的最後一批過客了。父親母親全去了，我們不可能在這裏長住了，就是來，也只有清明這幾天。再過若干年之後，等我們這一代人全死了，我們的後一代也許再也不可能來看看這些長埋在地下的先人們了。若是再過幾代，怕是我們的後代對這裏發生的一切都已忘記，即使或許某一件事尙在人們的口裏傳頌，也只能當民間故事來流傳了。

我獨自站在家廟裏，看著父親和三個母親的大照片。爲了他們歷盡人世間的劫難，爲了他們活著的時候內心有過的種種懺悔，也爲了他們曾經在這個世界上活過，我覺得有必要把他們一生所經歷過的全寫下來。爲了後人，爲了將來，也爲了懺悔，於是，我便有了以上的這些文字。

人啊人，我沒有什麼別的企求，只盼望你們在人生的道路上小心走好。因爲人的生命只有一次，下一次來的也許是你，也許永遠不是你了。

長篇紀實小說

愴烈黃埔：將軍望

作　者　鄭九蟬
出版者　風雲時代出版股份有限公司
出版所　風雲時代出版股份有限公司
地　址　105台北市民生東路五段一七八號七樓之三
網　址　http://www.books.com.tw
電子信箱　h7560949@ms15.hinet.net
服務專線　（〇二）二七五六—〇九四九
傳　真　（〇二）二七六五—三七九九
郵撥帳號　一二〇四三二九一
執行主編　朱墨菲
封面設計　蕭麗恩
法律顧問　永然法律事務所　李永然律師
　　　　　北辰著作權事務所　蕭雄淋律師
版權授權　鄭九蟬
出版日期　二〇〇八年五月初版
定　價　新台幣三二〇元
總經銷　成信文化事業股份有限公司
地　址　台北縣新店市中正路四維巷二弄二號四樓
電　話　（〇二）二二一九—二〇八〇
行政院新聞局局版台業字第三五九五號
營利事業統一編號二二七五九九三五

國家圖書館出版品預行編目資料

愴烈黃埔：將軍望　／　鄭九蟬作.　-- 初版. --
臺北市：風雲時代,　2008 . 01
　面；　公分.

ISBN 978-986-146-425-1（平裝）

857.7　　96023099